GOUVERNEMENT

DE

CHARLES III, ROI D'ESPAGNE,

OU

INSTRUCTION RÉSERVÉE

TRANSMISE

A LA JUNTE D'ÉTAT,

PAR ORDRE DE CE MONARQUE;

PUBLIÉE

PAR DON ANDRÈS MURIEL.

Les personnes qui possèdent l'édition française de l'ouvrage de WILLIAM COXE, intitulé : *L'Espagne sous les Rois de la maison de Bourbon*, *ou Mémoires relatifs à l'histoire de cette nation, depuis l'avènement de Philippe V, en 1700, jusqu'à la mort de Charles III, en 1788*, avec des notes et des additions de D. A. MURIEL, sont prévenues que ce volume complète l'ouvrage, et y ajoute de l'intérêt.

A PARIS,

CHEZ CROZET, LIBRAIRE DE LA BIBLIOTHÈQUE DU ROI,

QUAI MALAQUAIS, Nº 15.

1839.

DE L'IMPRIMERIE DE CRAPELET, RUE DE VAUGIRARD, Nº 9.

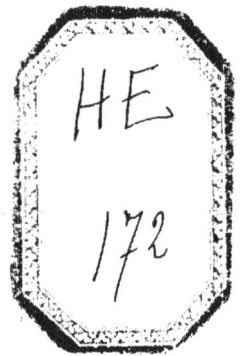

GOUVERNEMENT

DE

CHARLES III, ROI D'ESPAGNE.

DE L'IMPRIMERIE DE CRAPELET,

RUE DE VAUGIRARD, N° 9.

GOUVERNEMENT

DE

CHARLES III, ROI D'ESPAGNE,

OU

INSTRUCTION RÉSERVÉE

TRANSMISE

A LA JUNTE D'ÉTAT,

PAR ORDRE DE CE MONARQUE;

PUBLIÉE

PAR DON ANDRÈS MURIEL.

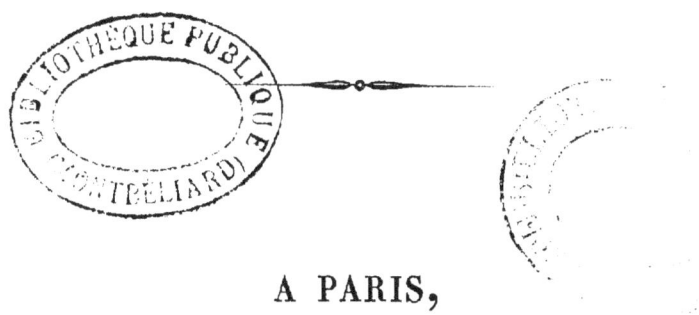

A PARIS,

CHEZ CROZET, LIBRAIRE DE LA BIBLIOTHÈQUE DU ROI,
QUAI MALAQUAIS, N° 15.

1839.

INTRODUCTION.

Parmi les rois d'Espagne des temps anciens et modernes, il ne s'en trouvera peut-être aucun qui ait
mieux gouverné l'Espagne que Charles III. On peut
citer, à la vérité, quelques règnes plus glorieux que
celui de ce prince. Isabelle-la-Catholique conquit le
royaume de Grenade, Christophe Colomb reçut d'elle
la noble mission d'aller découvrir un nouveau monde.
Charles V fit trembler l'Europe et vit un roi de France
prisonnier dans Madrid. Sous Philippe II, son fils, la
puissance de l'Espagne grandit encore; il fut donné
à ce monarque de pouvoir dire avec vérité que *le so-*

I

leil ne se couchait jamais dans ses états ; mais , quoique ces règnes aient été illustrés par de grands événemens , ils furent loin d'être aussi heureux à l'égard
du gouvernement intérieur de la monarchie. La reine
Isabelle rendit son nom immortel par la découverte
de l'Amérique et par l'expulsion des Maures de l'Espagne ; mais elle fut cause de maux sans nombre par
la création du Saint-Office, dont l'horrible autorité
prit , à cette époque , le caractère systématique qui a
affligé le royaume pendant trois siècles. Charles V
parut en Espagne entouré de ministres flamands ,
avides et hautains , qui irritèrent les Castillans par
leurs rapines , et provoquèrent la révolte des *communautés* contre l'autorité royale ; en outre , il eut pour
but principal de sa politique d'atteindre , à quelque
prix que ce fût , à un grand pouvoir en Europe , et
pour cela il lui fallut s'engager dans des guerres longues et coûteuses en pays éloignés : passion qui dut
être funeste à la paix et au bonheur de ses sujets.
Sous Philippe II, on gagna la bataille de Lépante ; les
Maurisques de Grenade furent domptés ; l'Espagne
posséda le Portugal avec les îles Tercères, et fut maîtresse de toutes les autres possessions de ce royaume
dans l'Inde orientale. Le roi donna son nom aux îles
Philippines ; enfin il y eut d'autres glorieux événemens. Mais Philippe prit part aux dissensions de l'Europe , et il fut forcé de combattre sans cesse pour
maintenir la prépondérance de sa couronne. De plus,

tant le gouvernement d'Isabelle que ceux de Charles V et de Philippe II ne purent avoir que des notions fort peu étendues en matière d'administration et d'économie politique, science qui était alors inconnue ; ainsi les lois et les réglemens qu'ils firent n'influèrent que médiocrement sur les progrès de la nation.

Charles II fut plus heureux, car il régna dans un temps où les lumières étaient déjà répandues. Ayant confié l'exercice de son autorité souveraine à des ministres sages et éclairés, il réussit à extirper un grand nombre d'abus ; il fomenta l'agriculture et le commerce ; il jeta enfin les fondemens d'autres améliorations qui devaient être opérées par la suite avec une lenteur prudente et par cela même salutaire. Le Saint-Office, source permanente de calamités, se vit tout à coup arrêté dans le cours de ses persécutions, et privé de tout moyen de revenir à ses anciennes fureurs. On ouvrit l'examen de plusieurs questions morales, historiques ou littéraires ; les connaissances utiles furent ainsi répandues. Des conseillers fidèles, aimant le bonheur du pays, parmi lesquels on doit nommer Roda, et les comtes d'Aranda, de Floridablanca et de Campomanes, travaillèrent avec ardeur pour réformer graduellement toutes les branches de l'administration. Cela est démontré par une foule de mesures et de réformes ébauchées ou déjà mises à exécution à la mort de ce monarque. La banque de Saint-Charles fut créée : le gouvernement, dont la bonne foi était reconnue et

universellement respectée, trouva toutes les ressources
dont il eut besoin. Par sa fidélité à remplir les engagemens qu'il contractait, il jeta le premier et le meilleur fondement du crédit public.

Cependant, si le gouvernement de Charles III était
animé du désir d'améliorer l'état du royaume, ce désir avait des bornes et était réglé par la prudence. Il
n'était point tourmenté par l'amour déréglé d'innova-
tion ; il ne se laissa pas non plus éblouir par des théo-
ries vagues et abstraites, qui sont bonnes en apparence,
et difficiles, et quelquefois même funestes dans leur exécution. Comme les ministres de Charles III étaient des
hommes doués de capacité et d'un savoir réel, comme
ils marchaient toujours guidés par l'expérience, ils ne
songèrent pas à gouverner les Espagnols par les idées
et les usages des autres peuples ; bien au contraire,
leurs mesures se trouvèrent constamment en harmonie
avec les idées dominantes, ou du moins elles ne les
blessaient pas ; ils les fondèrent sur des considérations
d'une utilité évidente, seul moyen de surmonter les
obstacles qui eussent pu empêcher de les réaliser. Si
parfois il y eut des plaintes émises par un faux zèle pour
les intérêts du clergé, l'autorité fit taire sur-le-champ
les plaignans qui s'étaient laissés entraîner par des suggestions trompeuses, ainsi que cela arriva à l'égard de
l'évêque de Cuenca Carvajal.

En examinant l'histoire de ce règne, on voit que
tous les écrits où l'on essaya de justifier de nouveaux

projets en matières économiques, administratives ou
judiciaires contenaient de saines doctrines et mon-
traient un respect inviolable pour le roi et pour la religion. La dialectique des ministres espagnols de ce
temps-là était non moins profonde qu'elle était précise.
Ne pouvant obtenir aucun bien pour le royaume, si
ce n'était par l'autorité royale et par la croyance religieuse, ils partaient de ces deux principes pour en
déduire toutes leurs conséquences. Que l'on parcoure
les ouvrages du comte de Campomanes, le plus illustre
parmi nos magistrats, l'on n'y trouvera pas la moindre insinuation qui mérite d'être censurée à cet égard.
Dans son *Appendice* à l'éducation populaire, et dans
le grand nombre de Mémoires et de Rapports au conseil de Castille qui nous restent de cet écrivain laborieux, dans lesquels on trouve tant d'avis salutaires et
une aussi grande diversité d'idées sur l'économie publique, on voit que, réformateur toujours prudent et
très instruit dans notre histoire civile, il n'oublie jamais les croyances ni les mœurs du peuple espagnol, et
il s'éloigne avec soin du *philosophisme* téméraire et
destructeur qui dominait en France vers le milieu du
dernier siècle. Respectant sans cesse la religion d'une
part et se servant utilement, de l'autre, du pouvoir de
la couronne, il propose seulement les réformes que le
caractère et les mœurs nationales peuvent comporter.
On peut affirmer, sans crainte de voir cette assertion
contestée, que le règne de Charles III, n'ayant été

qu'une série continuelle de réformes dans toutes les branches de l'administration, à la mort de ce monarque, on vit la religion vénérée partout, et l'autorité royale dans toute la plénitude de son pouvoir, forte, énergique pour opérer le bien, et en même temps redoutable pour quiconque aurait eu la volonté de troubler l'ordre public.

Nous n'entendons pas relever trop haut le mérite de ces ministres pour avoir protégé la religion ; car cette protection était une nécessité. Quel est le gouvernement digne de ce nom qui ne considère le christianisme comme le plus ferme soutien de la paix et du bien-être des familles, et comme le meilleur appui de l'autorité civile ? Des éloges sont dus toutefois au gouvernement de Charles III pour avoir su respecter la sainteté des principes religieux, sans laisser de faire pour cela une guerre ouverte aux abus et aux pratiques superstitieuses qui les déconsidèrent ; sagesse qui ne fut pas toujours partagée par d'autres gouvernemens de l'Europe à cette époque ; car il y eut des monarques assez mal conseillés pour confondre les abus ecclésiastiques avec les vérités éternelles proclamées par l'Évangile, et qui souffrirent qu'on attaquât indistinctement les uns et les autres, mettant ainsi la cognée au tronc même de l'arbre, alors qu'il aurait suffi d'élaguer seulement quelques branches qui énervaient sa force et paralysaient sa sève.

Pour ce qui concerne l'autorité de la couronne, les

ministres la transmirent dans toute son intégrité sans
qu'elle eût subi la moindre altération entre leurs
mains. Le sacerdoce, ancien allié du pouvoir royal,
ne se montrait plus exigeant ni hautain à son égard
comme dans les temps passés ; maintenant soumis,
reconnaissant même de la protection du monarque,
sans laquelle il ne se serait plus trouvé en état de résister aux terribles attaques des ennemis suscités tout
récemment contre ses prérogatives, il témoignait de
son obéissance et de son sincère dévouement à la couronne. Les descendans des illustres *ricos hombres*, si
braves sur les champs de bataille, les compagnons et
parfois les défenseurs même des personnes des rois dans
le plus fort de la mêlée, n'étaient plus redoutables
comme l'avaient été quelquefois leurs ancêtres; fiers
de la gloire héritée de leurs progéniteurs, leur seul
but était maintenant d'occuper les places de la cour,
désignées à la honte d'aussi nobles familles sous le
nom peu glorieux de la servitude (*la servidumbre*). Le
tiers-état, *el estado llano*, qui, nonobstant son existence civile et sa représentation politique, dues toutes
les deux à des actes émanés de la couronne, s'était
montré autrefois ingrat envers elle, et lui avait même
résisté ouvertement, ne songeait plus à présent à se
rendre rebelle ni indépendant : des circonstances heureuses pour l'autorité monarchique l'avaient affermie, à la vérité, mais les villes, loin d'en être jalouses, vivaient au contraire obéissantes et soumises
aux volontés des rois.

Parmi toutes les autres monarchies de l'Europe, aucune n'offrait alors une aussi grande plénitude de pouvoir ni une domination aussi pacifique et aussi absolue. En France même, où les rois étaient si maîtres de leurs volontés, ils se voyaient néanmoins forcés de gagner la bienveillance des parlemens, dans lesquels résidait la précieuse prérogative de consentir les impôts, puisque l'on ne pouvait procéder à leur exaction avant d'avoir enregistré le décret royal qui les établissait. La magistrature étant d'ailleurs composée de personnes appartenant à des familles nobles et opulentes, elle ne se prêtait pas toujours aux volontés de la cour, ce qui plaçait la couronne dans la nécessité d'avoir recours à des violences pour se faire obéir. Les choses se passaient tout autrement en Espagne.

La députation de *los reynos* (1) n'était autre chose qu'un vain simulacre des anciennes cortès que les rois gardaient dans leur capitale, selon toute apparence, uniquement pour qu'elle assistât à leurs baise-mains et autres solennités. Le conseil de Castille était composé de magistrats amovibles qui craignaient toujours de perdre leurs places ; celles-ci étant leur seule ressource pour vivre, ils ne pouvaient qu'obéir aveuglément aux volontés des ministres.

---

(1) On donnait ce nom à quelques membres des cortès qui restaient dans la capitale sous prétexte de faciliter la perception des impôts, tel que celui de millones.

Sans représentation nationale donc, sans aucun corps ni institution politique quelconque qui pût le contrôler, le pouvoir royal tournait majestueusement dans l'orbite de ses facultés illimitées. A l'aspect d'un tel bonheur, qui aurait pu croire que l'autorité royale fût menacée si près d'une tempête effroyable, et qu'après avoir passé à travers mille écueils, elle ferait enfin un horrible naufrage?

On doit regarder comme un grand bonheur pour l'Espagne que le pouvoir royal ait été si libre et si indépendant sous ce règne, car le monarque étant tout puissant, il lui fut facile de mettre à exécution ses pensées bienfaisantes. Le peuple ne gardait qu'un souvenir confus des anciennes cortès, partie intégrante du gouvernement des rois de Castille pendant tant de siècles. Personne ne songeait à la convocation de cette assemblée. La désuétude de sa réunion avait fini par faire oublier aussi sa convenance pour l'administration du royaume. Ainsi, les ministres de Charles III voyant d'une part qu'ils étaient investis de pouvoir illimité pour réaliser leurs intentions patriotiques, et considérant d'une autre part qu'aucune ville ne demandait la convocation des cortès, et que même la tradition de ces assemblées était presque oubliée, ils gouvernèrent par l'autorité royale seulement, sans éveiller des résistances ni des conflits, et en cela il faut louer leur sagesse, puisqu'ils pouvaient marcher seuls sur la bonne route sans rencontrer d'obstacles.

Il se peut qu'ils n'eussent alors que des notions
confuses sur la nature du gouvernement représentatif.
Peut-être aussi, habitués à défendre sans cesse les droits
de la couronne contre les envahissemens de l'autorité
ecclésiastique, se laissèrent-ils préoccuper de l'idée de
sa toute-puissance ; peut-être encore regardèrent-ils le
rétablissement de l'ancienne représentation de Castille comme un danger pour les prérogatives du trône,
quoiqu'à la vérité cela fût fort peu à craindre, lorsqu'on se rappelait quelle avait été la forme des assemblées nationales dans les derniers siècles de leur existence ; mais, en admettant que telles eussent été les
pensées des ministres, il n'y aurait pas lieu de s'en
étonner, car il est assez naturel qu'ils partageassent
les opinions dominantes de leur époque, et ce serait
plutôt un motif d'étonnement qu'ils eussent préféré
celles des temps où nous vivons.

Un siècle s'était écoulé depuis que la couronne avait
cessé de subir la dépendance des états du royaume
pour les subsides et autres affaires importantes, comme
elle l'avait subie naguère. Charles II, le dernier roi
de la dynastie autrichienne, borné, atteint peut-être
dans ses facultés intellectuelles, le plus incapable, sans
aucun doute, parmi tous les monarques espagnols
tant anciens que postérieurs à son règne, Charles II,
disons-nous, cessa de convoquer les cortès pour la
concession des subsides, et il ravit ainsi à son peuple
un droit ancien et sacré que l'empereur Charles V et

son fils Philippe II avaient respecté jusque dans le
temps même où la couronne était parvenue à l'apogée
de sa puissance. A l'époque de la translation du trône
à la maison de Bourbon, les princes de la nouvelle
dynastie trouvèrent déjà le gouvernement établi sans
le concours des représentans des villes ; ainsi il n'y a
pas lieu de s'étonner s'ils le conservèrent sous la
même forme. Nous ne nous arrêterons pas à examiner
quelles furent les causes qui purent amener l'oubli dé-
daigneux de la convocation des procureurs du royaume
dans les dernières années du xviie siècle. Cependant
on pourrait signaler comme la plus puissante d'entre
elles l'exemple de ce qui se passait au-dehors, car les
vicissitudes qui eurent lieu à cette époque tant en
France qu'en Allemagne, ne purent qu'exercer une
grande influence sur les conseils du roi d'Espagne.
Fatigués de tant de guerres et bouleversemens qu'a-
vaient occasionnés les principes des novateurs de ces
pays, désenchantés par une expérience non moins
longue que coûteuse des brillantes et folles illusions
de ceux qui demandaient la souveraineté du peuple,
les esprits acquirent enfin une conviction au bout de
cent cinquante ans de troubles et de continuelles souffrances, savoir, que le peuple est de tous les souverains
le plus inepte, le plus ignorant, parfois même le plus
cruel ; ils virent qu'il n'y a aucune sottise, quelque
grande qu'elle puisse être, qui ne soit en droit d'aspi-
rer à obtenir la sanction du peuple, et que, ainsi que

De Lolme l'a fait observer avec raison (1), il serait plus sage de mettre la sanction d'une loi à pair ou non que de la faire dépendre des caprices et des votes de la multitude. Désirant donc la paix avec ardeur, ils cherchèrent la protection d'une autorité tutélaire ; décidés à sortir, à quelque prix que ce fût, de la position fâcheuse où ils se trouvaient, ils invoquèrent le pouvoir illimité des rois comme étant le seul moyen de salut pour les états. Malheureusement il est dans la nature de l'esprit de l'homme de toucher les extrémités. L'on perdit alors de vue les dangers d'une autorité aussi étendue ; les esprits se laissèrent éblouir par les avantages d'un pouvoir unique, central, libre dans toutes ses actions et mouvemens, sans considérer qu'il n'est pas toujours accompagné de la justice et de la sagesse, et qu'autant il est salutaire et bienfaisant lorsqu'il écoute les conseils de la raison, autant devient-il funeste aux nations lorsque des passions sans frein le rendent tyrannique ou capricieux.

Par ces motifs, les soulèvemens des protestans aggrandirent le pouvoir de la couronne de France sous Louis XIII. Louis XIV, son successeur, fut le monarque le plus impérieux parmi tous ceux des nations modernes. Pendant son règne, qui eut une aussi longue durée, il ne fut jamais question de convoquer les états-généraux. La doctrine enseignant que le bonheur

_____

(1) *Constitution d'Angleterre*, tome 1er. liv. 11, chap. 5.

du royaume ne pouvait être obtenu que par la volonté
d'un seul homme, fut tellement répandue que tout ce
qu'a pu faire Fénelon pour prévenir l'abus de ce principe politique, ce fut de porter les clameurs des
peuples jusqu'aux oreilles des rois; puisque la volonté du souverain devait être la seule règle pour les
régir, il voulut que les conseils salutaires de la religion pussent entrer dans le cœur de son auguste élève,
pour qu'ils lui servissent de boulevart inexpugnable
contre la force des passions, et qu'il écoutât aussi les
doux accens de la philosophie, comme un sûr pré-
servatif contre les caresses de la flatterie. Ce fut là le
but qu'il se proposa en écrivant son *Télémaque.*

On est fondé à penser que l'exemple des rois de
France ne put qu'être contagieux pour ceux d'Espagne.
Ces deux nations, placées près l'une de l'autre,
se communiquent par nécessité leurs biens et leurs
maux. Cela est démontré par l'histoire de ces deux
peuples, parmi lesquels il y eut toujours un échange
réciproque de leurs principes religieux, politiques et
littéraires, ainsi que de leurs mœurs et de leurs usages.
L'on ne put qu'apprendre avec satisfaction à la cour
de Madrid que Louis XIV non seulement avait forcé
à l'obéissance les mécontens de son royaume, mais
qu'il était aussi victorieux de ses ennemis extérieurs,
et qu'il portait sur son front un brillant diadême, sans
qu'il eût eu à consulter d'autres volontés que la sienne
pour obtenir des avantages aussi signalés. Les chaires

des professeurs ou des prédicateurs de France reten-
tissaient de la doctrine d'après laquelle les rois repré-
sentent la Divinité sur la terre, et sont des organes
de la volonté du ciel. Or, les jurisconsultes et les
théologiens espagnols posaient aussi la même maxime
dans tous leurs écrits, et la regardaient comme un
principe hors de toute discussion. Le dédain avec lequel on traita en France l'ancienne représentation des
états-généraux dut sans doute se communiquer à l'Espagne et y exercer une funeste influence sur nos assemblées. Le fait est que, depuis cette époque, elles ne
furent plus convoquées, si ce n'est dans les avénemens
des rois, ou pour le serment à prêter au prince des
Asturies ; en sorte que l'autorité du monarque se
trouva placée dans une hauteur élevée et, pour ainsi
dire, inaccessible. (1)

---

(1) Marina prétend, dans sa *Théorie des Cortès*, que l'ouvrage
de D. Francisco Ramos del Manzano, précepteur de Charles II, intitulé, *Régnes de minorité*, contribua à répandre en Espagne la
doctrine relative au pouvoir absolu des rois ; ou que du moins il était
aisé d'y voir que l'esprit public était déjà perverti par de fausses
maximes politiques. Cette assertion ne paraît point fondée. Il est
vrai que lorsque l'on y parle de la nécessité où l'on se vit, dans la
minorité de D. Enrique *el Doliente*, de convoquer les cortès, Ramos del Manzano s'exprime ainsi : « Il fallut avoir alors recours à ce
moyen, le roi D. Enrique n'ayant ni parens ni tuteurs, ni aucune
sorte de gouvernement pour ses royaumes, et ne sachant pas d'ailleurs qu'il y eût été pourvu par le testament de son père ; *mais ce
moyen offre toujours des inconvéniens qui sont bien autrement
graves dans les temps de troubles et sous les règnes de minorité.* »
Il dit aussi dans un autre endroit de l'ouvrage ; « Il résulte souvent

Il n'y aurait pas lieu de se plaindre, je le répète, de cet accroissement de l'autorité royale, bien au contraire, nous pourrions nous féliciter de la voir placée

---

des inconvéniens pour la souveraineté, de l'union et représentation d'une assemblée des royaumes, surtout sous les gouvernemens de minorité de *faible pouvoir, et dans les temps de troubles.* » Cependant il est prouvé par l'ouvrage même de cet auteur que, pour les affaires graves, les cortès avaient été tenues tant sous les règnes ordinaires que sous ceux où les rois étaient dans leur minorité, ce qui équivaut à la reconnaissance positive du droit du royaume ; car en admettant que la réunion des cortès ait pu entraîner quelques inconvéniens, notamment pendant les minorités des princes, il ne s'ensuit pas que l'on doive proscrire ces assemblées, ni les regarder comme pernicieuses. Quelle est parmi les institutions des peuples, quelque sages et utiles qu'elles puissent être, celle qui pourra se vanter du privilége d'offrir toujours des avantages seulement et point du tout d'inconvéniens? Que l'on suppose le pouvoir illimité de la couronne aussi utile qu'on le voudra, ne pourra-t-il pas subir la violence des passions du monarque? Ne restera-t-il pas exposé aux intrigues d'un favori, à l'influence d'un confesseur, ou aux séductions et aux caresses de la beauté, sans nommer maintenant une foule d'autres causes qui peuvent le corrompre ?

Mais ce qui démontre jusqu'à l'évidence que Ramos del Manzano n'était point contraire au gouvernement représentatif, ce sont ces mots sur le règne d'Alfonse XI ; il s'exprime ainsi : « Il rendit à ses sujets une certaine liberté, les écoutant toujours dans les cortès, et leur donnant des lois faites dans celles-ci, parmi lesquelles il y en a une fort importante, savoir, celle qui établit qu'aucune imposition ne pourrait être faite si ce n'était par les cortès. Il ordonna aussi avec une haute sagesse qu'à l'avenir on convoquerait pour ces assemblées les royaumes de Tolède et d'Andalousie, en maintenant son vote à Burgos, sans porter préjudice à Tolède. Les qualités excellentes d'un roi juste et sage étaient accompagnées chez D. Alfonse.... etc. » Paroles qui, certes, n'indiquent point d'aversion pour le gouvernement représentatif, et qui prouvent bien évidemment au contraire que l'écrit de Ramos del Manzano n'autorisa pas la désuétude à l'égard de la convocation des cortès.

dans une aussi haute sphère, si, sous tous les règnes, les ministres avaient autant de lumières et de vertus que ceux de Charles III ; car parmi les divers genres de gouvernement imaginés par les philosophes pour la direction des peuples, il ne s'en trouvera certainement aucun d'aussi convenable ni d'aussi parfait que celui d'un monarque droit et zélé pour le bien de ses sujets, lequel aurait auprès de lui des ministres et des coopérateurs également justes et désireux de la félicité publique. On ne saurait trouver dans aucune autre sorte de gouvernement une aussi grande facilité que dans celui-ci pour faire le bien. D'ailleurs, Charles III eut un bonheur singulier à cet égard-là, ainsi que nous l'avons fait observer déjà : il choisit toujours pour ministres des hommes sages, de vertueux patriotes, lesquels, ou introduisirent des réformes utiles dans toutes les branches de l'administration, ou, s'ils trouvaient quelquefois des obstacles insurmontables, les préparaient pour l'avenir ; ainsi l'attestent les mesures prises par eux dans la direction des affaires d'une monarchie aussi étendue. Agriculture, arts mécaniques, commerce, enseignement, milice, marine, sciences, lettres, législation, enfin tout ce qui pouvait contribuer à la prospérité du royaume, attira l'attention des ministres, et dans ces différentes parties, ils firent ce que les circonstances leur permettaient de faire.

A la vérité, vers la fin du règne ils ralentirent leurs pas sur le chemin des réformes, et ils agirent, nous l'avouerons, avec la plus grande circonspection. Jus-

que-là la presse avait joui d'une liberté et d'une protection marquée. Dans les dernières années ils s'effrayè-
rent à la vue de la puissance qu'elle pourrait exercer,
et ils devinrent soupçonneux et méfians à son égard.

Je suis loin de prétendre que le gouvernement ait
été tempéré par les conseils de la presse pendant ce
règne, car il ne lui fut pas permis de traiter d'affaires
politiques; mais du moins, respectant l'autorité royale
et la croyance religieuse, elle put encore se mouvoir
dans une sphère assez étendue. Cependant si, vers les
derniers temps, on aperçut dans les mesures du gouvernement de la timidité, de la méfiance; si son système était tout-à-fait différent de celui suivi antérieu-
rement, ce changement venait de la fausse direction
que l'esprit des novateurs commençait à prendre en
France. Par cela même que les ministres de Charles III
étaient des hommes éclairés et qu'ils désiraient de détruire les abus dans le royaume, ils évitaient de coopérer au bouleversement de l'état, et ils ne se sou-
ciaient pas de renverser les fondemens sur lesquels il
s'appuie. « La liberté qu'ils voulaient pour la presse,
c'était la liberté juste, modérée, qui respecte la religion et ses pratiques, celle qui reconnaît l'autorité
souveraine et le pouvoir légitime, celle enfin qui
s'abstient de nuire à la réputation des autres par des
détractions et des calomnies (1).»

---

(1) *Observations* du comte de Floridablanca en réponse à l'auteur
anonyme.

2

Cinquante ans se sont écoulés depuis que le comte de Floridablanca prononçait ces paroles si sages ; les tentatives et les essais qu'on a faits depuis lors, tant en Espagne que dans d'autres états de l'Europe, sur la liberté de la presse, sont innombrables, et l'expérience n'a fait que montrer encore plus clairement la vérité éternelle de ces maximes, et la sagesse du ministre qui les prenait pour règle de sa conduite.

Dès les premiers momens de la réforme française, l'on voyait déjà l'ardeur avec laquelle les ennemis de la monarchie et de la religion les combattaient toutes deux. Or, à la vue de la tempête horrible qui se formait au-delà des Pyrénées, les ministres espagnols, qui avaient toujours regardé ces deux institutions avec raison comme les seules sources du bonheur du peuple, pouvaient-ils ne point s'en alarmer ? Peut-on s'étonner si le gouvernement, dans une position aussi grave, hésita sur les moyens qu'il conviendrait de prendre pour mettre le royaume à couvert d'un orage aussi désastreux ? Par malheur, cette tempête nous ravit à la fin les fruits des travaux commencés dans les intentions les plus pures, en nous enlevant en même temps les plus flatteuses espérances pour l'avenir. Avec un pas lent mais assuré, les ministres se seraient avancés dans la carrière des réformes, si la révolution française n'était venue les épouvanter ; alors il n'aurait point fallu passer à travers un chaos épouvantable avant d'obtenir la prospérité du pays, car rien n'empêchait d'ouvrir les sources de richesse que le temps avait obstruées chez nous, sans troubler l'ordre public. Il était bien moins nécessaire encore pour cela de bouleverser les fondemens de la société civile sous prétexte d'améliorer l'organisation. De toutes les erreurs qui peuvent égarer l'esprit humain, aucune n'est aussi funeste assurément que le parallélisme de la liberté civile et de l'irréligion, puisque parmi les peuples où manquent les croyances religieuses il n'y a jamais eu, il n'est pas même possible qu'il y ait jamais, je ne dirai pas de liberté, mais pas même de l'ordre, de bonheur, ni de la justice, n'importe leur forme de gouvernement, absolu ou représentatif. Cette vérité est consignée dans les annales de toutes les nations. Voilà la cause de la terreur qu'éprouvèrent les ministres de Charles III, la révolution française ayant pris presque dès sa naissance le caractère de réforme radicale, et ayant arboré impudemment, peu de temps après, sa bannière contre toutes les croyances religieuses.

Singulière inconséquence en vérité! vouloir réformer les abus dans le but de rendre les nations heureuses, et saper en même temps les seules bases sur lesquelles s'appuient l'ordre public ainsi que la paix et le bien-être personnel des membres qui composent la société civile. Il n'a pas été donné à la génération actuelle de voir cette erreur tout-à-fait dissipée, quoiqu'il soit vrai de dire que l'empire de celle-ci s'affaiblit tous les jours; mais tant qu'elle ne sera pas extirpée

entièrement, il est de toute évidence que les états
portent dans leur sein une plaie cancéreuse, qui les
mènera infailliblement à leur perte. Peu importent les
progrès et les améliorations purement matériels dont
nous sommes redevables aux connaissances scientifi-
ques, si nous ne pouvons atteindre à la perfection morale. Et comment parvenir à celle-ci laissant sans
solution les questions importantes que le christianisme seul avait résolues avec tant de bonheur? Quels
devoirs, quelles relations sociales pourra reconnaître
sur la terre celui qui se fait gloire d'ignorer le but
dans lequel il y a été placé, qui ne connaît ni la noblesse de son être ni la fin de sa création, et qui est
plongé dans l'obscurité la plus profonde sur ces matières ainsi que sur d'autres qui ne sont pas moins essentielles pour sa tranquillité et pour son bonheur ?
Comment s'étonner alors de l'incertitude des ministres
de Charles III, puisque, comme nous l'avons dit, ils
avaient vu naître cette erreur en France, se propager
partout avec une incroyable promptitude, et menacer
tous les royaumes de l'Europe de sa funeste domination? Il eût été plus sage sans aucun doute, d'ouvrir
peu à peu la discussion sur les véritables principes politiques, antidote véritable contre les paralogismes
révolutionnaires; mais les circonstances où se trouvèrent ces ministres étaient tellement graves qu'il y
aurait de l'injustice, ce me semble, à leur reprocher
d'avoir hésité sur les remèdes qu'on devait appliquer

au mal dans les premiers momens où il venait de se montrer.

Tant que l'esprit des réformes ne déclara pas ouvertement la guerre à l'autorité civile et religieuse, les ministres espagnols furent les protecteurs de tous les hommes éclairés, nationaux ou étrangers. Jean-Jacques Rousseau eut le projet d'aller jouir des plaisirs de la campagne chez son ami Altuna, et il accepta l'offre que lui fit celui-ci d'une maison de plaisance, située dans un endroit pittoresque à Ibarluce, à une très petite distance d'Urrustilla près Azpeitia. Le marquis de Narros, celui à qui est due en grande partie la splendeur de la *Société Bascongade*, se chargea d'obtenir le consentement du conseil des ministres, et il l'obtint en effet sans aucune difficulté, quoique le philosophe de Genève eût déjà fait paraître des ouvrages hardis, fruit de son imagination ardente, qui renferment les paradoxes les plus étranges. Si Rousseau ne réalisa pas son projet, l'obstacle ne vint pas des ministres du roi, mais du saint-office, lequel, tout en donnant aussi son consentement pour qu'il pût venir en Espagne et y demeurer, mit pour condition qu'il aurait à rétracter les maximes ou propositions erronées contenues dans ses livres examinés par l'inquisition, condition à laquelle le philosophe refusa de se soumettre, en donnant pour raison qu'autant serait-il disposé à engager sa parole de n'écrire aucun livre à l'avenir, autant il refusait de rétracter ce qu'il avait déjà écrit

avec pleine conviction et bonne foi. Avec non moins
de tolérance agit le gouvernement dans d'autres occasions (1).

Grâce à cet esprit de tolérance du gouvernement,
les inquisiteurs non seulement n'osèrent pas condam-
ner le fondateur des nouvelles villes de la Sierra-Morena à être *relaxé*, c'est-à-dire à la peine de mort, ainsi
que cela aurait eu lieu très certainement sous les
règnes précédens ; mais, après avoir été relégué dans
un monastère, il lui fut facile d'obtenir au bout d'un
certain temps la permission du roi et celle du grand-

---

(1) Rousseau eut aussi l'intention d'aller se fixer en Prusse. Mylord Maréchal, qui était son ami, obtint de Frédéric II tout ce qui,
à son avis, pouvait être agréable à l'auteur de *La Nouvelle Héloïse.*
« Nous lui donnerons, disait le roi à Panckow, contre les jardins de
Schonhausen, et à une lieue de Berlin, une maison suffisante avec
jardin et pré, de manière qu'il aura de quoi nourrir une vache, entretenir quelques volailles, et se fournir de légumes. Il vivra là sans
inquiétude et sans besoins ; sa solitude sera complète ; et, de son jardin, il sera le maître d'aller s'enfoncer dans les bosquets de Schonhausen, où la reine ne passe que quelques mois d'été. » Mylord
Maréchal, enchanté de ce plan, n'eut rien de plus pressé que de
faire sa lettre, qu'il vint montrer au roi avant de la faire partir. Le
roi prit la plume et ajouta ces mots : *Venez, mon cher Rousseau :
je vous offre maison, pension et liberté.* Peu de temps après, vint la
réponse conçue en ces mots : *Votre Majesté m'offre un asile et me
promet la liberté ! mais vous avez une épée, et vous êtes roi. Vous
m'offrez une pension à moi qui n'ai rien fait pour vous ; mais en
avez-vous donné à tous ceux qui ont perdu bras et jambes à
vous servir ?* Après cette réponse singulière, chaque fois qu'on prononçait le nom de Rousseau devant Frédéric, ce monarque disait :
« *Oh ! pour celui-là, c'est un fou.* »

   Souvenirs de la cour de Frédéric, par Thiébault.

inquisiteur pour aller prendre des eaux minérales ; et
il put passer sain et sauf en France dans sa propre voi-
ture avec ses laquais, comme un riche gentilhomme
voyageant avec luxe et sans aucune des précautions
des fugitifs. Le saint-office conservait encore alors, il
est vrai, une assez grande autorité ; c'est pourquoi les
ministres se trouvèrent dans la nécessité de lui accorder leur permission pour qu'il pût instruire contre un
magistrat d'un ordre éminent dans l'administration,
tel que *l'asistente* de Séville, car, faute de leur consentement, l'inquisition se serait vue dans l'impossibilité d'agir contre Olavide, en vertu de l'ordonnance
royale prescrivant la nécessité d'une autorisation explicite de Sa Majesté pour qu'on pût instruire des procès contre les employés du gouvernement. Il est vrai
aussi que les ministres ne purent empêcher la condamnation d'Olavide, ni *l'auto-da-fé*, et que les inquisiteurs osèrent même exiger que les comtes d'Aranda,
de Montalvo, de Campomanes, de Floridablanca,
d'Oreilly, de Lacy, de Ricla, le général Ricardos,
et quelques autres personnages fussent présens à
la triste cérémonie, voulant par là leur faire entendre d'une manière indirecte qu'ils pouvaient aussi
appeler des rigueurs sur leurs têtes, s'ils n'étaient point
prudens, étant déjà fortement soupçonnés de professer
des principes erronés contraires positivement à la foi
orthodoxe. On ne devra pourtant pas oublier que
Charles III était un prince doué d'une piété sincère,

et que son directeur spirituel lui disait sans cesse que les principes philosophiques étaient non-seulement contraires à sa croyance religieuse, mais même à son système de gouvernement. D'ailleurs, quoique le roi eût réussi à éteindre les bûchers que le saint-office faisait autrefois allumer avec non moins de fréquence que de barbarie, et quoiqu'il se fût prêté de très bonne grâce à arrêter la férocité du saint tribunal, néanmoins il appréciait, comme il le devait, les opinions dominantes parmi ses sujets, et prévoyant qu'il pourrait résulter de grands malheurs en leur résistant ouvertement, il eut la sagesse de les tolérer, en attendant que le temps, auxiliaire des gouvernemens éclairés, les eût affaiblies. Ce fut pour cette cause que l'inquisition n'a pas été supprimée sous son règne; ce fut pour cela qu'une juridiction aussi odieuse fut encore maintenue malgré le désir que le roi ainsi que les ministres avaient de l'abolir, et enfin ce fut pour cela aussi qu'Olavide, quoique estimé et honoré par Charles III, eut à se soumettre aux châtimens ignominieux prononcés contre lui par le tribunal de la foi (1).

---

(1) D. Pablo-Antonio Olavide naquit à Lima en 1725; fort jeune encore, il montrait déjà un esprit et une capacité au-dessus de son âge. A vingt-cinq ans il fut nommé conseiller à la cour royale de Lima, et *alferez* de la vice-royauté (porte-étendard dans les cérémonies de la proclamation des rois). Un tremblement de terre avait fort endommagé la ville Lima en 1740, Olavide s'occupa avec le zèle le plus ardent de relever les bâtimens qui avaient été ruinés. Un

Mais la gloire de ce règne est due principalement
au monarque dont la droiture et l'amour pour la jus-

---

d'eux était le théâtre : par ses soins, il fut rebâti avec magnificence ;
mais les moines ayant remarqué qu'il était plus beau et plus magnifique que l'église, qui avait été aussi rebâtie, ils accusèrent Olavide de
mépriser les choses saintes. Il est à croire qu'entraîné par l'ardeur
propre à son jeune âge, il professa quelques maximes peu réfléchies,
et que ce fut sur cela principalement que porta l'accusation. Le fait est
qu'il fut envoyé en Espagne en qualité de détenu, et qu'il fut gardé
en prison à son arrivée. On ignore la durée de son emprisonnement ;
mais peu de temps après, une veuve riche, femme d'un des fournisseurs sous Philippe V (Doña Isabel de los Rios), éprise de son talent
et de sa personne, lui offrit sa main. Olavide était d'une taille gigan-
tesque, et jouissait d'une constitution très robuste. Placé par son
mariage dans une position avantageuse, il voulut obtenir la décora-
tion d'un des ordres militaires, ornement, à la vérité, purement
extérieur, mais qui donnait toujours une certaine considération dans
le monde. Il fut reçu chevalier de l'ordre de Saint-Jacques, et bientôt, brûlant du désir de connaître les nations étrangères et d'y acquérir de l'instruction, il parcourut l'Italie, la France et autres pays,
d'où il retourna vraisemblablement en Espagne imbu ou affermi
dans les principes du *philosophisme* dont l'Europe était si engouée à
cette époque. Le comte d'Aranda était président du conseil de Castille ; Olavide, voulant réformer l'enseignement, lui présenta un projet
qui plut beaucoup à cet homme d'état. Le comte fit bon accueil à
Olavide et à son projet. Plus tard, il fut nommé surintendant de
police de Madrid : il remplissait cette place sous le ministère d'Squilace et à l'époque de l'expulsion des jésuites. Par sa bonne administration il obtint d'être nommé syndic, *personero*, par la munici-
palité de Madrid, ayant été le premier qui ait rempli ces fonctions.
Il prit part aussi à la création des *sociétés économiques*, et enfin,
il fut nommé *asistente* de Séville (maire avec des facultés spéciales).
On sait que l'Espagne est redevable à son zèle des colonies de la
Sierra-Morena. Malheureusement il se trouva arrêté dans la continuation de travaux aussi importans par la dénonciation, dit-on, d'un
capucin allemand venu avec les colons, lequel fut scandalisé enten-

tice communiquèrent à son gouvernement ce même esprit d'équité, et lui imprimèrent une direction salu-

---

dant quelques maximes de la bouche même d'Olavide. Pendant le voyage que celui-ci fit à Madrid en novembre 1776, le duc de Medinaceli, *alguacil* major de l'inquisition, vint l'arrêter, et saisit tous ses papiers. Deux ans plus tard, on prononça contre lui l'arrêt connu de tous. Le *fiscal* (le ministre public de l'inquisition) l'accusa d'avoir tenu cent soixante-six propos hérétiques; il l'accusait aussi d'avoir défendu le système planétaire de Copernic, qui, certes, n'a rien à démêler avec la foi orthodoxe.

On raconte que dans le monastère où il fut relégué en exécution de son arrêt, l'imagination ardente d'Olavide donna lieu à des scènes fort attendrissantes, soit que les principes philosophiques qui motivèrent sa condamnation fissent place dans son esprit à des maximes d'une nature tout-à-fait opposée, par suite de méditation de la vie pieuse et solitaire des cloîtres, ou soit plutôt que sa tête, naturellement variable et légère, embrassât d'abord les doctrines avec ardeur pour les abandonner ensuite avec une égale facilité, toujours est-il qu'entendant chanter quelques psaumes lorsqu'il assistait aux solennités de l'église, il pleurait à chaudes larmes, mu par les beautés des hymnes sacrés, et frappé des grandes vérités qu'ils renferment; ces scènes pathétiques attendrissaient et édifiaient à la fois les religieux qui en étaient témoins.

En sortant du monastère il se retira à Almagro (ville de la Manche), où il habitait une maison qui avait autrefois appartenu à la société des jésuites; ses neveux, le marquis et la marquise de San-Miguel, lui tenaient compagnie dans cette résidence. Parmi les œuvres de bienfaisance dues à son zèle, la fondation d'un hôpital dans cette ville mérite d'être signalée. Cet acte de bienfaisance et d'autres services encore qu'il rendit au pays, lui gagnèrent l'estime et la reconnaissance des habitans.

Le bruit de son procès et de sa condamnation retentit dans toute l'Europe. Il était regardé comme une victime immolée à la rage et au fanatisme des inquisiteurs. On peut donc aisément se faire une idée de l'accueil qu'on dut lui faire à son arrivée en France, où il prit le nom de comte de Pilos. Dans les premiers temps de la révolution

taire. Si Charles III n'avait été constamment jaloux de
rendre son peuple heureux ; s'il ne s'était point fait un

---

de 1789, l'Assemblée constituante le proclama le fils d'adoption de la
nation française ; M. Lecoulteux Dumolay, riche propriétaire, l'en-
gagea à demeurer dans sa famille. Là, Olavide était pour ainsi dire le
centre d'une société nombreuse d'hommes distingués qui professaient
des opinions constitutionnelles, à laquelle Mirabeau assistait. C'était
alors le temps de douces illusions pour ces esprits épris de la beauté
des constitutions politiques. L'espoir d'atteindre le bien, objet de
tous leurs vœux, les éblouissait à ce point de ne voir aucun obstacle
qui pût s'y opposer. Bientôt les espérances de ces âmes honnêtes furent
cruellement évanouies. Le pouvoir étant tombé entre les mains de
tribuns aussi ignorans que féroces, tous ces hommes de bien défenseurs des bonnes doctrines périrent sur l'échafaud les uns après les
autres. M. Lecoulteux Dumolay put se soustraire à la fureur des ter-
roristes tant qu'il eut de l'argent à donner pour les besoins de la
Convention nationale, mais lorsqu'il en manqua, il fut arrêté dans sa
maison de campagne de Cheverny, située sur les bords de la Loire.
Olavide fut arrêté en même temps : ils furent conduits tous deux à la
prison d'Orléans. Ils y attendaient leur tour pour monter sur l'échafaud, lorsque Robespierre tomba et avec lui le système de la terreur
qui avait épouvanté l'Europe.

Le célèbre château de la Malmaison, qui fut plus tard la demeure
de prédilection de l'empereur Napoléon, appartenant à cette époque à
M. Lecoulteux du Molay, Olavide vint y occuper l'appartement qu'ha-
bita depuis l'impératrice Joséphine. Madame Lecoulteux se tenait dans
le cabinet de travail de l'empereur Napoléon.

Olavide déjà avancé en âge, ayant appris par l'exemple funeste de
la Révolution française combien les principes d'irréligion étaient contraires au bonheur des peuples, écrivit *le Triomphe de l'Évangile*,
ouvrage tant lu et si généralement estimé en Espagne, il y a trente
ans ; la faveur populaire de ce livre facilita à son auteur le retour à
Madrid.

Le roi lui accorda la permission de se rendre en Espagne sous la
condition qu'il s'entendrait avec le grand-inquisiteur, et en effet il fit

devoir d'obtenir son bien-être, ses conseillers n'auraient point travaillé avec tant d'ardeur, car un

---

sa soumission dans les termes les plus pieux et les plus édifians (*).
Le roi fit plus : sachant qu'Olavide n'avait point de moyens pécuniaires
pour faire son voyage, fit écrire par le ministre d'état don Francisco
Saavedra à son ambassadeur à Paris, pour qu'il lui fournît les sommes
dont il aurait besoin pour partir de Cheverny, maison de plaisance
sur les bords de la Loire, où il demeurait, ainsi que nous l'avons dit
plus haut; mais Olavide, en noble chevalier, connaissant les besoins du
trésor public, remercia le roi de sa libéralité, et assura qu'il ne demanderait rien, hors dans le cas extrême où il serait dénué de tout. Il
s'arrêta peu de temps à Madrid, d'où il se rendit à Baeza. Il s'y fixa,
s'occupant pendant les dernières années de sa vie des progrès de l'a-
griculture, et faisant des œuvres pieuses par lesquelles il se préparait
à la mort, dont il voyait les approches avec joie, ou plutôt avec une
vive impatience. Il était toujours accompagné de deux ecclésiastiques
français qu'animait la dévotion la plus ardente. Attaqué de sa dernière maladie il reçut les saints sacremens, qui lui furent administrés
par l'évêque de Jaen. On l'entendait répéter souvent les paroles de
l'apôtre saint Paul : *Desiderium habeo dissolvi et esse cum Christo.*
Il mourut au commencement de l'année 1802 (**).

Si Olavide avait continué dans la carrière de l'administration, il
aurait rendu de grands services à l'état, car il était doué d'une acti-

---

(*) « Le roi a daigné me permettre de rentrer en Espagne ; mes parens ainsi
que mes amis me demandent avec instance : je ne peux leur porter que mon
cadavre, c'est le seul sacrifice que je puisse faire pour une famille à laquelle
je fis tant de mal. »

Lettre d'Olavide à don Joseph-Nicolas d'Azara,
ambassadeur du roi d'Espagne à Paris; 29 août 1798.

Les infirmités habituelles d'Olavide l'obligèrent à se faire accompagner dans
son voyage par le chirurgien de l'hôpital de Blois, avec l'autorisation formelle
du gouvernement français.

(**) Llorente dit qu'il mourut en 1804 ; c'est une erreur. Le chevalier d'Ur-
bina, qui était neveu d'Olavide, et qui l'ayant accompagné dans son voyage
en Espagne, connaissait les détails de sa maladie et de sa mort, m'a assuré
qu'il mourut en 1802.

des motifs très puissans, le seul peut-être qui porte à s'immoler au bien public dans les monarchies absolues, c'est l'approbation et le consentement du souverain, ce genre de gouvernement ne permettant pas les acclamations et applaudissemens de la place publique, comme chez les Grecs et les Romains, et ne pouvant pas non plus obtenir les suffrages si enivrans des élections populaires comme chez quelques unes des nations modernes. Pour conserver la faveur de ce souverain, les ministres ne pouvaient avoir un moyen plus sûr que de remplir avec zèle et fidélité le mandat qu'il leur avait confié; c'était encore un excellent bouclier contre les traits de l'envie; enfin si la considération et le respect des courtisans pouvaient être de quelque prix aux yeux de ceux qui veillaient pour le service du roi, ils étaient bien sûrs de les obtenir, car l'on ne pouvait que respecter à la cour ceux qui servaient le souverain selon ses désirs.

Il y a des personnes qui, jugeant ce monarque avec sévérité, lui reprochent sa passion pour la chasse, exercice auquel il se livrait tous les jours de l'année; et, à la vérité, quoique cette récréation fût recommandée particulièrement par Louis XIV aux membres

---

vité prodigieuse et désirait ardemment les améliorations de l'état social de son pays. Quant à ses principes spéculatifs sur quelques matières importantes, soit de politique, soit de philosophie, il est maintenant reconnu qu'ainsi que la plupart des esprits de ce temps-là, il tomba dans les extrêmes, et balança incertain pendant toute sa vie, allant tantôt de la vérité à l'erreur, tantôt de l'erreur à la vérité.

de la famille de Bourbon comme un moyen fort utile
contre leur constitution hypocondriaque, et quoique
d'ailleurs ce noble exercice, pris avec mesure, ait procuré presque toujours soulagement et distraction à ceux
qui régissent les états, l'on ne saurait approuver que
Charles III en eût fait une occupation de tous les jours,
peu compatible par conséquent avec les devoirs de son
éminente dignité. Toutefois, il faudra convenir qu'entre ce travers et la vie sédentaire d'un roi entouré de
ses valets d'ordre inférieur, fumant la pipe et plaisan-
tant avec eux, et, ce qui est pis encore, écoutant leurs
propos grossiers, prenant parfois leurs conseils pour
les affaires essentielles de l'administration, ainsi que l'a
fait de nos jours le petit-fils de Charles III, il faudra
convenir, disons-nous, que la chasse même avec excès
est bien préférable à un tel avilissement de la majesté souveraine. Ajoutons que si Charles III laissa à ses ministres
les soins graves de l'administration du royaume pendant qu'il courait après les cerfs et les sangliers, il avait
la certitude qu'ils étaient doués des lumières et de la
capacité que demande le gouvernement; dès lors,
non seulement sa confiance était justifiée, mais encore
il était peu regrettable qu'il les laissât agir avec une
pleine et entière liberté.

Pour atténuer le mérite de Charles III, d'autres
personnes rappellent quelques bizarreries ou superstitions puériles que l'histoire raconte de ce prince ; mais
qu'importe que jusque dans ses vieux ans il portât
toujours sur lui les jouets de son enfance, et que, pour

se mettre à couvert des dangers et des accidens, il regardât comme indispensable d'avoir toujours dans sa
poche un manuscrit contenant des prières, qui lui avait
été offert, étant encore enfant, par un frère de l'ordre
de saint François, si nonobstant cela son esprit était
toujours droit, si son cœur était noble et généreux?
Celui qui se montrait si constant et si fidèle sur de pareilles bagatelles, ne pouvait qu'être (et en effet il
l'était) délicat et sévère sur les affaires graves, surtout
à l'égard de l'accomplissement des devoirs que la religion a imposés aux rois.

Il est vrai que cette dévotion, fruit des idées qu'on
lui donna dans son jeune âge, le portait à se confier
dans ses directeurs spirituels plus qu'il ne l'aurait dû,
en leur accordant parfois l'exercice même de l'autorité
du gouvernement, avant d'être bien assuré qu'ils pos-
sédassent le talent et l'instruction nécessaires, ainsi
que cela arriva à l'égard du père Eleta, son confesseur,
archevêque de Thèbes *in partibus infidelium*, et après
évêque d'Osma, qu'il chargea de lui proposer les personnes pour remplir les évêchés ainsi que les dignités
et les bénéfices de l'église de l'Espagne, privilége très
important, dont il n'y avait jamais eu d'exemple parmi
nous et même au dehors, car le seul cas que l'on cite
est celui du roi de France Philippe-le-Long, selon Vil-
lanueva (1); mais nous devons remarquer que si le père

_____

(1) *Vie littéraire*, t. Ier, p. 14.

Eleta ne fut pas éclairé et savant, ses mœurs étaient exemplaires, et qu'il était d'une sévérité inflexible pour l'accomplissement de ses devoirs. Ce fut cette conformité avec le caractère du roi qui donna lieu à l'élévation de ce moine récollet. Charles III chérissait avant tout chez les hommes l'observation de la loi chrétienne, c'est-à-dire une conduite tout-à-fait irréprochable.

On vit toujours le roi désireux du bien-être de son peuple, plein d'affection pour les Espagnols et vivement passionné pour la justice. Les faits suivans suffisent pour donner une idée de son amour pour cette vertu, et de la rigueur avec laquelle il l'observait; celui que je vais raconter en premier lieu est digne de remarque, puisque, ayant pu reconquérir une place importante où flotte depuis un siècle un autre étendard que le national, et désirant vivement la reprendre, Charles III préféra se priver des avantages de son occupation plutôt que de les obtenir par des moyens injustes, contraires à sa droiture caractéristique.

Un tremblement de terre avait causé de grands dommages dans les fortifications de la place de Gibraltar. Les soldats qui y tenaient garnison furent ensevelis sous leurs ruines. Le général Crillon, qui fut après duc de Mahon, commandait les troupes espagnoles dans le camp de Saint-Roch, et avec la vivacité de compréhension qui lui était habituelle, il vit sur le champ que les batteries de la place ne pouvant pas être réparées de sitôt, c'était une belle occasion de la reprendre et de s'emparer de tout son matériel. Il réunit donc toutes les forces qu'il put sans donner l'éveil aux Anglais, avertit les capitaines généraux qui commandaient dans les provinces voisines, pour qu'ils fissent avancer avec précaution vers le camp celles qu'ils avaient sous leurs ordres; et après avoir pris d'autres mesures qu'il jugea convenables pour la réussite de son projet, il en fit part au roi en lui demandant son approbation souveraine.

Crillon attendait à chaque moment dans la plus vive anxiété l'ordre de pénétrer dans la place, lorsqu'il reçut la réponse suivante : *Il nous serait fort utile d'avoir Gibraltar; mais étant en paix avec l'Angleterre, il n'est point juste de la violer.* Noble et belle réponse que Charles III ne fit point d'après celle d'Aristide au peuple d'Athènes lorsque Thémistocle proposa d'incendier la flotte grecque, car Charles III ignorait, selon toute vraisemblance, jusqu'à l'existence même de l'Athénien célèbre, à qui ses compatriotes décernèrent le surnom de *Juste* (1) : elle lui fut dictée

---

(1) Le savant évêque don Antonio Tavira, qui avait passé à la cour la plus grande partie de la vie, en sa qualité d'aumônier du roi et de prédicateur de Sa Majesté, racontait que Pérez Bayer, précepteur des Infans, s'étant plaint au roi de l'inapplication de l'infant don Antonio, Charles III, sans faire au précepteur une réponse directe, lui dit : « Lorsque j'étais enfant, mes précepteurs voyant mon peu

par son esprit droit, guidé toujours par les principes de l'honneur, desquels il ne dévia pas un seul instant, pendant toute sa vie.

Un autre fait qui prouve son amour pour la justice, c'est la fermeté et la promptitude avec lesquelles il s'opposa aux projets qu'avait Catherine II sur la Turquie, quoiqu'il dût y avoir aussi quelque profit pour lui. M. de Ségur, ambassadeur de France près la cour de Russie (1), qui était alors fort jeune, voulant décider l'impératrice à conclure un traité de commerce avec la France, et connaissant l'ardeur avec laquelle la czarine désirait de s'emparer de Constantinople, consentit au partage de l'empire ottoman, sans être duement

---

d'amour pour l'étude, me menacèrent plusieurs fois de le dire au roi mon père ; la menace produisait presque toujours un bon effet, mais il n'était point durable. Ainsi ils se décidèrent enfin à se plaindre au roi, qui donna l'ordre de me mener en sa présence. Il n'est pas besoin de dire que j'arrivai tout tremblant et dans l'affliction la plus grande. En me voyant, mon père dit à mes précepteurs d'un ton grave qui mit le comble à ma crainte : *L'Infant ne veut donc pas travailler ?* Non, Sire, répondirent les précepteurs. *Eh bien ! puisqu'il ne lui plaît pas de travailler, qu'il ne travaille pas.* Il tourna le dos et s'en alla ; lorsque je l'eus entendu parler ainsi, je fis une cabriole, et depuis lors *je n'ai jamais ouvert un livre.* »

Tavira ajoutait que Pérez Bayer, qui jusques là avait travaillé avec zèle pour instruire les Infans, se refroidit et leur laissa faire ce qu'ils voulaient.

(1) Le même qui fut par la suite grand-maître des cérémonies sous l'empereur Napoléon, et dont les ouvrages historiques avec de la critique et un style agréable lui gagneront plus d'estime dans les temps à venir que cette dignité.

autorisé par sa cour pour cela. Dans l'arrangement qu'on projetait, l'Égypte devait appartenir à la France, la côte de l'Adriatique à l'Autriche, les îles Ioniennes à Naples, quelques îles de la Grèce au roi d'Espagne, et Constantinople à la Russie. Besbarodko, qui était secrétaire d'État, regardait ce projet comme d'une exécution très facile, et il le communiqua au duc de Serra Capriola, ambassadeur de Naples. Surpris d'une telle communication, celui-ci demanda : *Que fera le cabinet anglais?* Il ne faut pas s'arrêter par cette considération, répondit le secrétaire d'État ; lorsque ce cabinet verra que le traité est fait, il faudra bien qu'il y consente. L'ambassadeur napolitain, voyant donc que quatre grandes puissances étaient unies, et qu'il ne pouvait pas déjouer leur projet, en rendit compte à sa cour, et celle-ci instruisit aussitôt le cabinet de Madrid. Charles III, homme juste, dit l'auteur (1) qui rappelle ce fait, ne voulant ni usurper le bien d'autrui, ni ruiner la Turquie pour agrandir l'empire moscovite, témoigna son improbation, à l'égard du projet, au cabinet de Versailles ; celui-ci fut surpris également d'une telle négociation, puisqu'il n'avait point donné d'instruction ni de pleins-pouvoirs pour la conclure. Non seulement ce partage n'eut pas lieu,

---

(1) Mémoires tirés des papiers d'un homme d'état, ouvrage écrit ayant sous les yeux les papiers du ministre de sa majesté prussienne, M. de Hardemberg.

mais le comte de Ségur fut réprimandé pour sa légèreté.

Charles III était si bien connu par son caractère
droit chez les autres nations, que leurs gouvernemens
s'empressaient de le prendre pour arbitre dans leurs
querelles, et se soumettaient à ses décisions. Le même
M. de Ségur nous dit, dans le troisième volume de
ses *Mémoires* (1), que Catherine II se vit dans le plus
grand embarras en 1788. Le roi de Suède d'un côté
appuyé par l'Angleterre, et d'un autre côté le roi de
Prusse inspiraient de vives craintes à l'impératrice;
les esprits en Pologne étaient très exaspérés. Il s'élevait
une clameur générale pour demander que les Russes
quittassent le territoire, ce qui aurait rendu très difficile, sinon impossible, la retraite de l'armée de Ro-
mansoff. « Invoquer la médiation du roi d'Espagne
dans ces circonstances, dit l'auteur que nous venons
de citer, était réclamer en même temps celle du roi
très chrétien. Les deux souverains étaient intimement
liés et agissaient d'un commun accord au sujet de la
politique extérieure; mais l'Espagne avait pour elle
l'expérience, la sagesse, l'équité et l'amour de la paix
dont Charles III avait donné tant de preuves. L'impératrice se décida donc, par cette considération, à accepter formellement la médiation de ce monarque. »

A cet amour pour la justice, Charles III réunis-

---

(1) Page 438.

sait une bonté admirable dont je rapporterai un trait digne d'être remarqué. Il fera voir les qualités qui ornaient l'esprit de ce monarque, et combien ses actions durent influer sur les mesures de ses ministres, c'est-à-dire sur la bonne administration du royaume. Le roi se couchait habituellement à dix heures du soir, très précises : deux minutes après, tous les appartemens étaient dans l'obscurité la plus profonde, par la raison que les bougies étaient enlevées par les domestiques du château, et que, leurs appointemens n'étant pas considérables, ils s'empressaient de se mettre tout de suite en possession de cet émolument. Un soir, le roi entendit du bruit, déjà fort tard, dans un des salons qui étaient près de sa chambre ; il se lève, prend un bougeoir, et va voir d'où provenait ce bruit. En ouvrant la porte, il vit un de ses valets qui coupait les galons et les glands d'or qui garnissaient les tentures de la tapisserie. Au pied de l'escalier, il trouva un paquet où étaient déposées les franges à mesure qu'on les coupait. Il n'est pas besoin de dire que le valet resta stupéfait en voyant le roi s'approcher. Il descend précipitamment l'escalier, et, mort de frayeur, il se jette à ses pieds en implorant sa miséricorde et donnant pour excuse de sa mauvaise action l'état malheureux de sa famille. *Lève-toi*, lui dit le roi, *prends ton paquet, et va-t'en ; mais prends garde que personne ne te voie, et qu'on ne découvre ce que tu portes, car en ce cas je ne pourrai rien faire pour toi. Quant à moi, tu peux être sûr que personne ne saura rien.* Le jour suivant, aussitôt que l'on s'aperçut du vol, il y eut grande rumeur au château. Le majordome major, tout confus et agité de crainte, fut instruire le roi de l'attentat commis, sans pouvoir toutefois lui dire qui en était l'auteur. *Je le sais, moi,* dit le roi; *mais je suis caballero* (gentilhomme), *j'ai promis de garder le secret, et je tiendrai parole.* En effet, jamais on n'a pu savoir qui avait fait le vol des franges.

On pourrait citer plusieurs autres faits relatifs à la douceur de Charles III. Il y a des traits de bonté si singuliers de la part de ce prince, non seulement pour ses amis de prédilection, mais même pour ses ministres, avec lesquels il n'avait d'autre communication que celle nécessaire pour l'expédition des affaires, qu'on ne peut vraiment s'empêcher de les admirer. En effet, outre qu'il était indulgent avec eux, et tolérait leurs défauts physiques ou leurs travers particuliers, ce qui arrivait assez souvent, il était bon pour eux sans affectation, sans calcul, et uniquement parce que son cœur était noble et généreux. De plus, ce monarque était constant dans ses affections; heureux celui qui parvenait à lui inspirer de l'attachement! il pouvait être certain qu'il était durable; nul obstacle n'était capable de refroidir ou de diminuer sa confiance une fois qu'il l'avait accordée. Il y eut un grand mécontentement dans le public; les clameurs populaires devinrent véhémentes et générales contre le comte d'O'Reilly, qui commanda la malheureuse expédition contre Alger, et cependant Charles III, qui estimait cet officier général, et qui connaissait les difficultés d'un débarquement sur les côtes ennemies ainsi que les vicissitudes de la guerre, continua à l'honorer toujours, malgré l'indignation du public. Je ne sais si la constance de son attachement ne pourrait pas être qualifiée, avec justice, de ténacité. Tout le monde sait qu'il y avait un chêne sur la route qui conduit de Madrid au Pardo, et qu'ayant voulu l'abattre à plusieurs reprises, pour donner la direction convenable au chemin que l'on faisait alors, le roi, qui chérissait cet arbre, ne consentit pas à son abattage. Son fils, le prince des Asturies, laissa apercevoir son opinion sur une prétendue nécessité de donner à la route une direction tout-à-fait droite. Il resta donc intact, et le bon Charles III ne manquait jamais de dire, en passant près de ce chêne : *Pauvre petit arbre, qui te défendra quand je serai mort ?* Puisque le roi était si constant dans ses affections, on devine qu'il devait l'être aussi dans ses antipathies (1).

---

(1) La régularité de Charles III est devenue proverbiale. Son valet de chambre favori, Pini, prenait du tabac avec la permission spéciale du roi, à qui cette habitude déplaisait. Comme il couchait dans la chambre de Charles III, il remarqua, un soir, que le roi prit une prise de tabac à la dérobée. Connaissant bien le caractère de son maître, Pini ne manqua pas de placer la tabatière le jour suivant, au même endroit que la veille. Le roi répéta la prise croyant toujours

Il serait superflu de rapporter d'autres particularités du caractère de Charles III pour prouver la bonté de son âme. On sait combien sa vie était réglée, quelle était sa délicatesse sur l'honnête et avec quelle piété sincère et ardente il observait la pratique des vertus chrétiennes. Or, l'autorité se trouvant concentrée dans le roi, l'éclat de ses vertus ne pouvait que se réfléchir dans ses ministres, et contribuer essentiellement au bonheur du royaume, c'est pourquoi les bons exemples du monarque conservèrent soit à la cour, soit dans le royaume la gravité des mœurs, la décence, la politesse, la bonne foi, et relevèrent encore plus haut cette bonne et ancienne loyauté qui a rendu les Espagnols si recommandables aux yeux des autres peuples dans les temps anciens. Charles III ne fut point un héros, en donnant à ce mot le sens qu'on y attache généralement, car il ne fit point de conquête (1). Il ne

---

que le valet de chambre ne le voyait pas. Depuis lors il continua pendant toute sa vie sa prise de tabac à la dérobée. On lui présentait aussi tous les jours au moment de se coucher un bonbon d'ananas depuis que les médecins lui ordonnèrent d'en prendre étant enrhumé. Enfin la force de l'habitude était telle chez ce monarque qu'on assure qu'elle fut la cause de sa mort. La maladie dont il fut atteint à la chasse au mois de novembre aurait pu être guérie probablement, si, au moment où il se sentit malade il s'était retiré tout de suite, mais éprouvant déjà de grands frissons dès midi, il s'obstina à continuer la chasse par un temps de pluie, l'heure n'étant pas encore venue à laquelle il avait l'habitude de se retirer, ce qui aggrava la maladie, et la rendit mortelle.

(1) Ce fut le comte de Montemar qui conquit pour lui le royaume de Naples.

se signala pas par de hauts exploits, mais il conserva toutes les parties de sa vaste monarchie et les maintint dans l'obéissance la plus constante à son autorité. En outre, il chercha à améliorer le sort de son peuple, gloire qui est d'un plus grand prix et bien plus véritable que celle des conquérans les plus célèbres. Avec ses qualités et ses vertus il se trouvait aussi mêlé des défauts, mais ceux-ci étaient à peine perceptibles et de mince importance, tandis que celles-là furent connues de tous, et contribuèrent efficacement au bien-être de la monarchie.

De la droiture personnelle du roi venaient l'ordre et l'économie avec lesquels les finances étaient administrées, ce qui est d'une si haute importance pour maintenir la paix des peuples. Dans les dernières années de son règne, il y eut des améliorations bien essentielles dans ce département : l'augmentation des recettes remplit les caisses publiques et releva le crédit, puisque l'on fut en mesure de commencer à payer les dettes considérables qui avaient été contractées tant en Europe qu'en Amérique pendant la guerre de l'indépendance des colonies anglaises. « Malgré les nombreuses rémissions accordées par le roi, notre maître, dit le ministre don Pedro Lerena, à l'occasion de plusieurs mauvaises récoltes qui s'étaient succédé les unes aux autres, ainsi que des épidémies, inondations et autres calamités, le revenu de l'année 1788, comparé à celui des dix années précédentes jusqu'en 1784.

présente un excédant de 167,337,520 réaux, la somme
totale de l'augmentation de ladite année, et des trois
précédentes depuis 1785 (pendant lesquelles la surintendance générale des finances était confiée à ce
ministre), étant de 566,018,973 réaux et 30 maravédis,
sans qu'on ait frappé aucune imposition nouvelle, car
celles qu'on a voulu désigner mal à propos sous ce
nom n'ont pas eu lieu pendant ces quatre années; au
contraire, on a diminué considérablement les droits
des *millones,* imposés par les cortès sur les objets de
première nécessité, et l'on a également affranchi des
droits d'entrée dans le royaume plusieurs premières
matières, des instrumens mécaniques et autres choses
semblables, afin d'encourager l'industrie nationale. »
Le même ministre expliquant ensuite les diverses
branches du revenu de l'État, ajoute : « Les conséquences que l'on peut déduire de l'examen profond et
minutieux de ce plan (le ministre accompagnait son
rapport d'un plan) sont aussi nombreuses qu'importantes. Parmi elles mérite sans doute une attention
particulière l'économie et l'ordre avec lesquels on
fait la perception, eu égard à la nature diverse des
impôts; car il démontre, sans qu'il puisse rester aucun
doute, que les appointemens, secours extraordinaires
et consignations de toute nature des employés des
finances d'Espagne, en y comprenant le dixième pour
ceux qui ont des bureaux de tabac, ainsi que d'autres rentes moins considérables, montent seulement

à 8 $\frac{11}{14}$ pour cent de leur produit , c'est-à-dire une somme bien au-dessous du *dixième* autorisé par nos lois, et bien au-dessous aussi des grandes sommes destinées tant en France qu'en Angleterre à ce même objet : ce qui est bien fait pour rassurer et détromper ceux qui prêtent l'oreille aux clameurs exagérées de plusieurs personnes qui prétendent, sans avoir l'instruction nécessaire, que les employés absorbent la plus grande partie du revenu public (1). Les améliorations, quoique considérables , n'étaient pas à la vérité aussi importantes qu'elles auraient pu l'être si l'on avait réformé le système de l'impôt, et si l'on avait mis de l'ordre dans le chaos de contributions aussi multipliées et d'une aussi diverse nature ; mais les avantages obtenus par le ministère , tels qu'ils étaient, faisaient voir clairement que la sollicitude et la justice du monarque animaient également ceux qui étaient chargés.de remplir ses intentions (2).

---

(1) Le ministre voulait sans doute désigner *Cabarrus* , qui, dans son mémoire au roi sur l'amortissement de la dette publique et sur le système de contribution présenté en 1783 , avait dit que la perception de 306 millions de réaux coûtait 79 millions. « Il est clair , ajoutait Cabarrus, que si le recouvrement de ces impôts pouvait s'affranchir de ces dépenses, le roi ne perdrait rien , et les contribuables épargneraient 25 pour 200. » Ainsi la contradiction entre les assertions du ministre et celles de Cabarrus est évidente. Comment concilier des propositions si contraires ?

(2) Le prédécesseur immédiat de Lerena dans le ministère des finances fut don Miguel de Muzquiz, premier comte de Gausa, homme droit , laborieux , éclairé, et qui fit des réformes importantes dans les

Les principales améliorations sur les matières des finances eurent lieu dans les dernières années du règne. D'après les documens du trésor, on sait que le revenu total était de 420 millions de réaux du temps du trésorier-général don Francisco Montès, et les dépenses de 445 millions environ. Mais dans les dernières années le revenu montait à 500 millions, les impôts d'Amérique non compris. En sorte qu'il y eut excédant d'à peu près un quart comparativement aux temps de Ferdinand VI, et pourtant l'augmentation ne venait pas de nouveaux impôts ; elle consistait dans le progrès ascendant de la richesse, ainsi que dans quelques améliorations administratives. A la vérité, les dépenses de la maison royale suivirent la même proportion, car les 30 millions qui suffisaient à la parcimonie de Ferdinand VI montèrent à 60 sous son successeur,

---

finances pendant la longue durée de dix-neuf ans qu'il occupa le ministère. La guerre contre l'Angleterre à l'occasion du soulèvement de ses colonies fut une époque difficile pour lui, ayant eu besoin de réunir de grandes ressources pour faire face aux dépenses énormes qu'elle entraîna. « Cependant il put se flatter d'avoir été le premier ministre des finances, depuis le règne de Charles V, qui, en temps de guerre, ait subvenu à toutes les dépenses sans engager le revenu de la couronne, et sans ajourner le paiement d'appointemens, ou assignations aux fabriques et autres établissemens utiles. » Cabarrus prononça l'éloge de ce ministre dans la *Société d'amis du Pays*, à Madrid, le 24 décembre 1785. C'est de ce discours que nous avons extrait les paroles ci-dessus. Quoique le labyrinthe de nos finances soit resté inextricable depuis, il fut encore donné à Muzquiz de faire d'utiles réformes dans plusieurs branches ; voyez le discours cité.

dont la passion pour la chasse occasionnait en grande partie cet excédant (1).

L'armée, quoiqu'elle ne montât qu'à cinquante mille hommes, coûtait 200 millions à cause de son nombreux état-major, composé de quatre-vingt-dix lieutenans-généraux, d'autant de maréchaux de camp et ainsi de suite. Pour les intérêts et l'amortissement de la dette, il y avait assez de 40 millions, car quant à cela, l'état de l'Espagne était plus avantageux que celui des principaux royaumes de l'Europe. En sorte que, tout en conservant encore des abus graves et invétérés, les recettes suffisaient pour couvrir toutes les obligations du trésor.

Il y a toutefois des ombres qui obscurcissent la beauté d'un aussi brillant tableau. On ne saurait nier que des actes arbitraires eurent lieu dans l'exercice de l'autorité. Les ministres agissaient d'une manière impérieuse et occasionnaient parfois des vexations en vertu de leurs facultés illimitées. Mais en avouant qu'il y eut quelques abus de ce genre, on nous accordera aussi que l'exercice d'une autorité absolue, surtout lorsqu'elle a en sa faveur la sanction du temps, pourra difficilement n'être point quelquefois dur et violent, alors même que le pouvoir se trouvera entre

---

(1) Dans les premières années du règne de Charles IV, la dépense de la maison royale montait déjà à 100 millions. (*Lettres de Cabarrus à Jovellanos.*)

Ferdinand VII dépensait pour lui et pour sa maison 120 millions dans quelques unes des années où il ne fut pas sous la tutelle des cortès.

les mains des hommes sages et vertueux. Il arrive
parfois que des agens intermédiaires ou des employés
subalternes, intéressés à montrer un zèle démesuré,
égarent leurs chefs par leurs rapports, et que s'écartant
des réglemens et des instructions qui leur ont été communiquées, dénaturent l'esprit du gouvernement dans
le but soit de favoriser leurs amis, soit de satisfaire
leurs inimitiés et leur haine.

Une autre accusation que l'on pourrait faire à ce
règne, c'est la manière dont les jésuites furent expulsés de l'Espagne ; car quoique les agens du gouvernement la vantèrent alors et la célébrèrent comme
ils auraient pu exalter une victoire remportée sur les
ennemis, elle ne fut en réalité qu'une mesure violente ;
on serait même en droit de l'appeler une injustice
révoltante. Dans cet acte de violence, dont le seul but
était de faire la cour au ministre de France, duc de
Choiseul, qui était le protecteur avoué du parti philosophique, on chercherait vainement la droiture personnelle de Charles III ; car l'on réussit à lui inspirer
des craintes telles qu'il ne sut voir dans cette affaire
que le danger imaginaire auquel sa couronne était
exposée. Les jésuites, à la vérité, étaient accoutumés
depuis long-temps à diriger les affaires principales du
royaume en influençant au confessionnal des rois la politique tant extérieure qu'intérieure de la monarchie,
par conséquent ils faisaient conférer les emplois à leurs
disciples ou à leurs affidés, ce qui jetait le décourage-
ment parmi ceux qui ne pouvaient compter sur la pro-

tection de leur société. Leur influence étant donc
évidemment préjudiciable à la cause publique, il fallait
la leur ravir ; mais pour cela était-il nécessaire de
supprimer leur institut ? n'avait-on pas d'autres moyens
de les éloigner de la cour et de les confiner dans leurs
colléges ? On ne saurait en douter.

La nomination du confesseur du roi ne tenait qu'à
sa volonté, et les jésuites ne réussissaient pas toujours
à la leur rendre propice. Il aurait suffi que Charles III
eût témoigné la moindre répugnance à prendre des
confesseurs parmi les individus de la société, pour que
le mal qui occasionnait tant de frayeur eût été coupé
dans sa racine. La couronne était toute-puissante ; les
jésuites auraient cessé bientôt d'être redoutables. Qui
se serait opposé aux mesures que le roi aurait jugé
convenable de prendre contre eux? D'ailleurs si les
conspirations imaginaires dont on accusait les jésuites
avaient été aussi vraies qu'elles étaient supposées, si le
soulèvement de la population de Madrid contre le ministre Squilace ; dont leurs ennemis les disaient coupables, avait été réellement leur ouvrage, il y aurait
eu des motifs pour des châtimens individuels, après
avoir constaté l'existence des crimes. Enfin, quand
même la suppression de l'institut tout entier eût été
nécessaire, on n'aurait pas dû y déployer un grand
apparat ; car chasser de leurs colléges dans la même
nuit tous les membres d'une corporation aussi nombreuse sans distinction aucune ; arracher de leurs
cellules des hommes vénérables dont la vie était con-

sacrée à l'étude et l'enseignement, avec des avantages
si marqués pour les lettres; ne respecter ni la vieillesse,
ni les infirmités, ni les lumières, ni la· vertu ; trans-
porter escortés par des soldats jusqu'aux ports de mer
des religieux exemplaires, comme on aurait pu le faire
pour des conspirateurs ou des assassins, ce fut là une
mesure qui, loin de prouver de l'énergie de la part
du gouvernement, faisait voir des craintes puériles, si
toutefois il y avait de la sincérité dans ces précautions
excessives. Ce fut, je le répète, une injustice révoltante, digne seulement des États que tourmente la
fièvre révolutionnaire. J'ignore si, comme cela arriva
dans la catastrophe des Templiers, et dans d'autres
proscriptions des temps anciens et modernes, l'avidité
a joué un rôle dans celle-ci. et si les biens des jésuites,
regardés à travers la loupe de l'avarice qui grandit
les objets outre mesure, n'ont pas trompé la vue des
protecteurs du fisc ; toutefois, on ne saurait dire que
l'État se soit enrichi beaucoup avec leurs dépouilles.

La vérité est que la secte dont le duc de Choiseul
était le protecteur, ayant déjà essayé ses forces, et obtenu des avantages marqués contre les jésuites, n'était
pas contente ni même rassurée tant que son ouvrage
n'était pas achevé par leur expulsion des états du roi
d'Espagne. Sachant l'attachement de Charles III pour
les membres de sa famille, et surtout pour le roi de
France, il lui fut facile de déterminer le ministre
protecteur à la demander. Les ministres espagnols, de
leur côté, s'empressèrent de satisfaire son désir; ils

n'eurent pas une grande peine à obtenir le consentement du roi. Les doctrines du *tyrannicide* et du *régi-
cide*, qui avaient été soutenues par quelques écrivains
de la *Compagnie de Jésus*, jetèrent l'épouvante dans
l'âme du monarque espagnol, et croyant à tort que
ces maximes antisociales renfermaient le symbole de
tous les membres qui composaient l'institut, il donna
son consentement pour qu'ils fussent expulsés du
royaume avec fracas. Charles III agit en cette occasion
comme les ministres lui dirent qu'il devait agir : ce
qu'il y eut d'odieux dans une mesure semblable tombe
sur eux et non sur la personne du roi. Roda, qui était
le type véritable des hommes que nous avons connus
sous le règne de Charles IV, et que l'on désignait avec
la fausse dénomination de *jansénistes*, était l'ennemi
des doctrines théologiques de la Société, et il n'était
rien moins que favorable aux prétentions de la cour
romaine, dont les jésuites étaient les défenseurs;
aussi fut-il infatigable dans ses démarches pour supprimer l'institut (1). Le comte d'Aranda, de son côté,
travailla avec non moins d'ardeur pour arriver au
même but, non par ses principes théologiques ni par
son amour pour l'ancienne discipline ecclésiastique,

_____

(1) Dans le cinquième volume, chapitre additionnel de l'ouvrage
intitulé : *L'Espagne sous les rois de la maison de Bourbon*, on
peut voir l'adresse avec laquelle Roda sut amener Charles III à cette
résolution.

4

comme Roda, mais par son étroite amitié avec les
encyclopédistes ; ce fut lui qui, avec le mystère le
plus profond, arrêta avec le roi la prison et l'exil des
jésuites, tellement qu'ils devaient être tous surpris à la
même heure dans toute l'étendue du royaume. Il prit
contre des hommes pacifiques et dignes de respect, des
précautions tellement sévères, pour ne pas dire si in-
humaines, qu'elles ressemblent à celles que prit
Pierre-le-Grand de Russie pour surprendre et dés-
armer le corps rebelle des strélitz, et le sultan Mah-
moud pour dissoudre la garde turbulente des janis-
saires. En voyant une ostentation de pouvoir aussi
inutile, un luxe aussi excessif de prévisions et de mesures contre de pauvres religieux, on se rappelle in-
volontairement les moulins à vent du chevalier de la
Triste-Figure. Ces conspirateurs si redoutables, ces
ennemis du trône, n'ont offert pendant leur long exil
en Italie que des exemples de soumission, de vertu et
du patriotisme le plus pur.

Aussi la cour de Rome refusa constamment pendant
quatre ans d'expédier la bulle pour la suppression de
la Société. Ce ne fut pas sans peine que Charles III
réussit enfin à l'obtenir de Clément XIV (Ganganelli),
qui déclara leur institut aboli en Espagne. (1)

---

(1) Clément XIV mit à son grand regret sa signature au bas de la
bulle pour l'expulsion des jésuites ; mais ne pouvant pas trouver de
repos après qu'il l'eut signée, il délibéra avec ses confidens (entre

Une autre faute, la plus grave sans contredit parmi celles du gouvernement de Charles III, fut la guerre déclarée à la Grande-Bretagne, pour favoriser l'insurrection des colons de la Nouvelle-Angleterre. Ce monarque avait une aversion personnelle pour les Anglais ; il vécut toujours très uni avec les princes de la famille des Bourbons. Ainsi, dès les premières années de son règne en Espagne, il s'allia avec ceux-ci et signa le fameux traité auquel on donna le nom de *pacte de famille*, par ce traité on convint des troupes et des

---

autres le père Bontempi) sur les moyens de la reprendre des mains du chevalier Moñino, qui fut après comte de Floridablanca. Le père Bontempi dit au pape qu'on pouvait lui demander la bulle sous prétexte d'y ajouter quelque chose. L'idée plut à Ganganelli. Bontempi se rendit le lendemain chez Moñino, qu'il trouva avec le cardinal Zelada ; il lui dit que le pape voulant ajouter à la bulle de la suppression des jésuites quelques expressions encore plus fortes contre eux, il la lui demandait avec promesse de la lui rendre aussitôt après sa correction. Le cardinal Zelada, qui était contraire aux jésuites, fit signe à Moñino avec la main ; mais celui-ci n'ayant pas bien compris ce qu'il voulait lui dire, répondit au père Bontempi qu'il voulait conférer un instant avec le cardinal. Il fut aisé à Zelada de faire comprendre à Moñino que s'il rendait la bulle on perdrait tout ce que l'on avait gagné jusques-là, car il était clair que le pape regrettait de l'avoir signée, et qu'il était à craindre qu'il ne la déchirât. Moñino dit donc à Bontempi que la bulle, telle qu'elle était, remplissait complétement son but ; que d'ailleurs il ne tenait en aucune façon à ce qu'elle contînt des expressions plus fortes contre la Société de Jésus, et qu'il se souciait encore moins d'être le persécuteur de cet institut. Le père Bontempi insista encore, mais ce fut en vain. Il partit pour aller rendre compte au pape de la non-réussite de sa négociation. Clément XIV, qui s'attendait à reprendre sa bulle, fut très contrarié. (Plassan, *Diplomatie française.*)

vaisseaux que les puissances contractantes devaient
fournir respectivement, dans le cas qu'une d'elles en-
trât en guerre avec une autre nation. Il est évident que
ce traité n'était point avantageux à l'Espagne, laquelle,
en vertu de sa situation géographique, ne pouvait
avoir la guerre qu'avec l'Angleterre (quant au Portugal, ses hostilités n'étaient pas fort à craindre);
tandis que la France, au contraire, étant entourée de
nations continentales très puissantes, devait se trouver
nécessairement dans des occasions fréquentes de rompre avec elles. La rivalité du gouvernement anglais,
constamment jaloux de notre puissance dans le Nouveau-Monde, et infatigable dans la recherche des
moyens d'introduire les produits de son industrie sur
le continent, nous donnait déjà de continuelles et très
vives inquiétudes. Maintenant l'Espagne allait devenir
partie, en vertu de ce traité, dans les fréquentes et
sanglantes querelles entre la France et l'Angleterre,
deux nations voisines, anciennes rivales, braves toutes
les deux et prêtes à s'armer même pour de légères
mésintelligences. Ce fut ce fameux *pacte de famille* qui
força Charles III à protéger les insurgés de la Nouvelle-Angleterre, et qui le décida à mettre en mer ses
escadres pour soutenir leur soulèvement : résolution
inconsidérée que l'on ne trouve aucun moyen d'excuser.

Que la France inquiète, agitée à la vue de la puissance maritime de l'Angleterre, tendît la main aux

colons insurgés ; qu'oubliant les préceptes de la morale qui défendent de protéger ceux qui se soulèvent
contre l'autorité de leurs souverains, elle se laissât
éblouir par l'occasion favorable d'abattre l'orgueil de
son ennemie, on le comprend sans peine ; car la force
des préjugés nationaux n'est que trop souvent irrésis-
tible. D'ailleurs, si le mauvais exemple qu'elle donnait à ses propres possessions, en protégeant l'insurrection des colonies anglaises, pouvait avoir des
résultats contraires à sa propre puissance, elle en pré-
voyait d'autres bien plus considérables pour celle de
sa rivale. Mais que le gouvernement espagnol, possédant de grands empires dans le Nouveau-Monde, recevant des mines de ces contrées des sommes énormes
que ses flottes et ses galions lui apportaient dans la baie
de Cadix, tant pour le Trésor public que pour des
particuliers (1); que devant en grande partie à la possession d'un aussi vaste et aussi riche continent le poids
qu'elle mettait dans la balance de l'Europe ; que le
gouvernement espagnol, disons-nous, voulût contribuer lui-même à l'émancipation de ses Indes, et aidât
les colons anglais à secouer le joug de leur métropole,
c'est un événement tel, que, même après l'avoir vu et
avoir été témoin de ses conséquences, il paraît encore
incroyable. On dirait en vain que Charles III résista

---

(1) On pourra juger de l'importance de ces convois par l'énuméra-
tion des objets qu'apporta à Cadix celui qui arriva le 1er mars 1784,

pendant long-temps aux sollicitations et vives instances du cabinet français pour le déterminer à s'engager dans la guerre, et qu'il se démena inutilement pour se dispenser d'accomplir les stipulations du *pacte de fa-*

---

venant de Vera-Cruz et de la Havane. Le chargement des divers bâtimens dont il se composait était :

Pour le compte du roi.

	Piastres.
Argent monnoyé............................	181,796 2 8
De l'or..................................	30,084 6
Lingots d'argent...........................	192,903 5 5
Argenterie de vaisselle......................	3,341
Curiosités d'histoire naturelle, 13 caisses	000,000
Lin peigné.............. 64 *idem.*	
Cochenille fine........... 13 surons.	
Cacao soconuzco.......... 104 *idem.*	
Pierres minérales et autres curiosités de Carthagène.	000,000
Cuivre, 1488 quintaux 9 $\frac{5}{7}$.....................	26,793
Vanille et farine.............................	1,300
Plomb, 1807 quintaux 63 livres................	14,456 6 2

Pour le compte des particuliers.

Argent monnoyé........................	22,388,799 4 4 3
Argent en lingot et en masse..............	6,273 2 4 1
Vaisselle...............................	61,471 3
Or monnoyé............................	3,622,196 7 0 3
Or en lingots et bijoux...................	294,377 4 10 3

Outre ce riche chargement, il arriva à Cadix dans le courant de l'année plusieurs frégates, corvettes et autres bâtimens, ayant à bord de l'argent et des produits du sol de l'Amérique. A la vérité, la paix venait d'être conclue entre l'Angleterre et l'Espagne, et les communications qui avaient été interrompues pendant la guerre redevenaient actives et profitables. La pragmatique de 1788 portait chaque jour maintenant de nouveaux fruits.

mille; que l'on ne dise pas non plus qu'avant de se décider à entrer dans la lutte, il tenta tous les moyens possibles pour arriver à une conciliation entre la France et l'Angleterre : rien ne saurait excuser sa résolution. Comment le roi et ses conseillers ne frémirent-ils pas en considérant que protéger le soulèvement des colonies anglaises, c'était arborer aussi une bannière de révolte dans les possessions de l'Amérique espagnole ? Un semblable aveuglement pourrait-il être justifié ?

Il serait facile de rappeler aussi d'autres maux plus immédiats, d'autres résultats encore plus graves qui suivirent l'émancipation des colonies anglaises : car s'il est vrai qu'il n'est juste en aucune manière de reprocher à ceux qui gouvernent les nations les événemens au-dessus de la prévoyance des hommes, et qu'on ne doit pas leur demander compte de ce qui échappe à la pénétration des vues les plus perspicaces, n'a-t-on pas droit de leur reprocher leur manque de prévoyance pour des résultats devenus nécessaires une fois que leurs causes sont établies ? Les gouvernemens de deux anciennes monarchies, fondées sur des croyances et des institutions propices à leur conservation, devaient-ils aider des novateurs qui, au nom de la *liberté* et de l'*égalité* déclaraient solennellement leur but de fixer les droits de l'homme par rapport à la société ? Les déclarations de ces novateurs devaient-elles être non seulement publiées dans les États des rois d'Es-

pagne et de France, mais être encore applaudies,
exaltées, quoiqu'elles fussent le symbole des républicains
les plus purs et les plus ardens?

Certes, Louis XVI était loin de s'imaginer alors que
les idées de liberté civile et politique proclamées par les
colons anglais exciteraient dans peu une tempête
effroyable dans son royaume, contre laquelle ni son caractère doux et bon, ni l'amour même qu'il avait pour
son peuple ne pourraient le défendre, et qu'après mille
tourmens il mourrait sur l'échafaud, victime de la
tyrannie des passions populaires, ainsi que Charles Ier
d'Angleterre. Charles III ne pensait pas non plus alors
que le même orage viendrait un jour décharger aussi
sa fureur sur l'Espagne et sur ses propres enfans; et
que son peuple, ainsi que sa famille, seraient affligés
des dissensions et atrocités inouïes provenant de cette
même cause. Ce n'est point ici le lieu de considérer des
scènes aussi terribles et aussi douloureuses; l'occasion
de les déplorer ne se présentera que trop souvent, en
rappelant les événemens des règnes de Charles IV et
de Ferdinand VII; il suffit maintenant d'établir comme
une vérité incontestable que celui-là manqua de sagesse
qui, ayant de vastes empires à conserver au-delà de
l'Atlantique, nourrit lui-même l'incendie qui venait
d'éclater dans les colonies anglaises, étant hors de
doute que de là il devait un jour se communiquer à
ces contrées, et que l'Espagne perdrait ses vastes et
riches possessions qu'avec la faveur de la Providence

la vaillance de ses nobles guerriers lui avait acquises autrefois.

Il n'y avait à la vérité aucun homme doué de bon sens parmi nous qui ne regardât la possession des Indes comme précaire. Dès les premières années qui suivirent la conquête de l'Amérique, on dut déjà prévoir et on prévit en effet qu'il viendrait un temps où elle secouerait le joug de la métropole, et que pour conserver en notre tutelle des établissemens aussi éloignés, il faudrait non seulement combattre contre les nations jalouses de notre bonheur et de notre prospérité, mais surveiller aussi les nouveaux États pour les maintenir obéissans et fidèles. Cela est démontré par la législation même des Indes, dans laquelle, s'il se rencontre des dispositions dictées par les vertus chrétiennes de nos rois, ainsi que par leur amour paternel pour cette partie de leurs sujets, non moins nombreuse que digne d'intérêt, il y en a aussi d'autres qui dénotent une politique soupçonneuse, oppressive, méticuleuse, dont le but était d'écarter le danger de l'émancipation des colonies, si cela était possible, ou du moins de l'éloigner.

Il importe de remarquer que le gouvernement de Charles III montra à cet égard une plus grande prévoyance que ses devanciers. Connaissant que le régime suivi jusqu'alors pour l'administration des colonies offrait de graves inconvéniens, il jugea avec raison qu'il devait accroître la population, l'industrie et le commerce de ces contrées. En effet, il essaya de tirer peu

à peu les Américains de l'ignorance, de l'oisiveté et de
la misère en favorisant l'enseignement , en ouvrant
des communications entre les diverses provinces, et en
préparant par des relations aussi utiles des moyens
sûrs d'accroître la prospérité tant de l'Espagne que de
l'Amérique, car on ne pouvait pas vivifier dans celle-ci
l'agriculture, le commerce et tout ce qui contribue
à améliorer un état social sans que la métropole
en tirât des avantages très marqués. Bientôt on commença à recueillir les fruits de cette politique vraiment
libérale. La Catalogne , Valence et autres provinces
maritimes du royaume augmentèrent leur commerce
et s'enrichirent avec une singulière promptitude; mais
par cela même que cette politique était si convenable
pour l'administration coloniale, la protection accordée
aux insurgés de la Nouvelle-Angleterre paraît moins
excusable encore. Ce n'était pas dans les premiers
momens de cette aurore de félicité, annonçant bonheur
et richesse aux deux hémisphères , dans le moment
même où les mesures bienfaisantes allaient leur rendre
une nouvelle vie , ce n'était point dans de telles circonstances , disons-nous , que l'on devait rompre les
liens qui les unissaient. Il n'était pas prudent , certes,
de soutenir l'insurrection de l'Amérique anglaise , et
d'offrir par là à ses propres colonies l'exemple le plus
scandaleux et le plus funeste (1).

---

(1) Il est assez digne de remarque que ce fut La Fayette qui, por-

Les améliorations dans le régime des colonies et
dans la législation commerciale au sujet du nouveau

tant les premiers secours d'armes et des munitions aux insurgés de
l'Amérique anglaise, partit pour cette contrée d'un port de l'Espagne. Quelque ardens que fussent les vœux de la France pour les
succès de l'insurrection américaine, elle n'osait pas se déclarer en
core en leur faveur. Aussi La Fayette quitta Paris à la dérobée, et il
fut s'embarquer au Passage : en sorte que le premier, le plus actif, le
plus zélé parmi les défenseurs de l'indépendance des colonies anglaises, mit à la voile avec des secours pour elles, du port de la puissance qui était plus intéressée que toutes celles de l'Europe à éteindre
cet incendie dans le commencement. Il paraîtra fort singulier aussi
que cette expédition de La Fayette fût si célébrée et si vivement ap-
plaudie par Catherine II et par d'autres souverains du Nord, dont les
sujets ne pouvaient puiser non plus un exemple très salutaire dans
le soulèvement des colonies anglaises. Cet exemple pouvait-il n'être
point contagieux pour les peuples de l'Europe? Le cri de *liberté* ayant
retenti dans notre continent, les fondemens des anciennes institutions ne devaient-ils pas être ébranlés? Plus tard, Catherine, ainsi
que d'autres souverains du Nord, changèrent d'avis ; mais le mal était
déjà sans remède. Le même La Fayette, qu'ils saluèrent comme un
héros lorsqu'il défendait la liberté dans l'autre hémisphère, leur parut un tribun turbulent, ennemi de la paix publique, quand il
embrassa avec ardeur la cause de la révolution française. Cependant
La Fayette était en cela aussi conséquent que les souverains s'étaient
montrés imprévoyans en célébrant son expédition en Amérique.

Lorsque la guerre fut terminée, La Fayette se trouvait déjà
à Cadix en qualité de quartier-maître général de l'armée française et espagnole qui devait passer aux Antilles sous l'escorte de
quarante-neuf vaisseaux de ligne des deux nations, aux ordres du
comte d'Estaing, et dont la destination était de s'emparer de l'île de
la Jamaïque, après sa réunion avec d'autres forces tant terrestres que
maritimes, qui se trouvaient dans ces régions. Après que la paix eut
été signée, La Fayette vint à Madrid pour traiter des intérêts de
la nouvelle république. Il n'est pas besoin de dire que ce nouveau
Malebranche, voyant toute chose dans son idée fixe de l'égalité dé-

continent, furent l'œuvre du ministre Galvez, qui fut
ensuite marquis de Sonora; homme instruit et laborieux, qui, ayant constamment travaillé sur les affaires d'Amérique, ayant habité le pays, et vu de ses
propres yeux les ressources immenses qu'il offrait à la
métropole, proposa au roi la liberté de commerce
avec les Indes. Parmi beaucoup d'autres mesures qu'il
croyait utiles, il fut d'avis de créer des forces militaires dans ce continent, pour qu'il pût se défendre
lui-même contre les ennemis extérieurs, sans qu'il fût
nécessaire d'y envoyer pour cela des régimens espagnols qui, peu de temps après leur arrivée, étaient
décimés ou entièrement détruits, soit par les maladies,
soit par l'avantage que trouvait l'Européen de s'établir

---

mocratique, se trouva désappointé en présence de Charles III et de
son ministre, le comte de Floridablanca, qui, certes, n'étaient pas
poursuivis par une semblable monomanie. En parlant des conversa-
tions qu'il eut, tant avec le roi qu'avec son ministre, il dit dans ses
Mémoires (*) que l'indépendance américaine ne laissait pas de
rendre soucieux le ministère espagnol. « Ils craignent, disait-il, de
perdre leurs colonies ; et le succès de notre révolution est bien fait
pour augmenter leurs craintes. Le roi a une manière de voir fort singulière à cet égard ; il est vrai que c'est de même dans toutes les autres
choses. »

Si Charles III craignait de perdre ses colonies, sa crainte n'avait
certainement rien de singulier, car le danger de les perdre n'était
que trop réel; seulement il aurait dû le prévoir avant de tendre la
main aux insurgés de la *Nouvelle-Angleterre* pour plaire à la
France. Quant aux *autres choses*, le roi était doué de bon sens,
quoi que puisse dire La Fayette.

(*) Lettre à M. Robert Livingston (mars 1783), t. II, p. 61.

dans les Indes, où il était considéré par les habitans comme d'une nature supérieure par cela seul qu'il venait de la race des conquérans, ce qui produisait une désertion telle que, selon l'expression vulgaire, des plus beaux régimens envoyés en Amérique, il ne revenait que les drapeaux. Cette mesure fut alors critiquée sévèrement, et peut-être elle le fut avec raison, car les armes une fois mises entre les mains des colons il était fort à craindre qu'à la première occasion ils ne s'en servissent contre les Espagnols, la tendance naturelle du pays à conquérir son indépendance étant généralement connue. Quoi qu'il en soit, et en supposant même que cette mesure doive être regardée comme convenable dans le cours ordinaire de l'obéissance habituelle des colonies à la métropole, l'exemple de la Nouvelle-Angleterre, et surtout la protection que celle-ci trouva dans le cabinet de Madrid, la rendit très dangereuse. N'avertissait-on pas par là les Américains espagnols de l'usage qu'ils pouvaient faire des armes qui leur avaient été confiées ?

Les gouvernemens qui sont assez peu réfléchis pour donner le baiser de paix à des révoltés, ne sont pas moins à plaindre que les pères qui accueillent et favorisent les fils rebelles à l'autorité paternelle dans d'autres familles. Des actions si contraires à la morale restent rarement impunies. Quelques années après que la guerre d'Amérique fut terminée, les vice-rois du Mexique, du Pérou et de Santa-Fé annonçaient au gouvernement espagnol des conspirations qu'on ourdissait contre son autorité. Nariño et Caro, dans la Terre-Ferme, Portillo et Orozco dans le royaume du Mexique, cherchaient déjà à soulever les habitans contre la métropole (1). L'Amérique put sans doute résister aux tentatives des conspirateurs nonobstant la faute d'avoir

---

(1) Miranda était fils d'un honnête négociant de Caracas. Jeune encore, il était déjà tourmenté du désir de soustraire son pays à l'autorité du roi d'Espagne, lorsqu'en 1790 la cour de Madrid fut sur le point de rompre avec l'Angleterre à l'occasion de la querelle sur *Nootka Sound*, Miranda se lia avec l'Américain-Anglais Eustace. Tous deux parvinrent à décider le gouvernement britannique à favoriser le projet de soulèvement de Caraca et de Cumana, si la guerre venait à éclater; mais les discussions entre les deux cours furent terminées dans cette année même par une convention. A l'époque de la déclaration de guerre entre l'Espagne et l'Angleterre, en 1796, le même Eustace, d'accord avec Miranda, renouvela, à Londres, ses instances sur le même objet. Mais le gouvernement de Madrid, averti à propos par les communications du ministre des affaires étrangères de la république française au marquis del Campo, ambassadeur du roi à Paris, prit les mesures convenables pour déjouer le plan des conjurés.

Caro se trouvait à Paris; Nariño fut arrêté et envoyé en Espagne; de là il s'enfuit en France, croyant que le Gouvernement de cette nation favoriserait son projet de soulever la vice-royauté de Santa-Fé; mais n'étant pas accueilli comme il l'avait espéré, il passa à Londres, où il trouva Pitt mieux disposé à le protéger pour l'exécution de son idée. En effet, le gouvernement anglais fit tout ce qui dépendait de lui pour opérer le soulèvement; seulement il ne trouva pas les Américains assez préparés pour cette tentative. Nous lisons dans une dépêche de sir Henry Dundas, qui fut par la suite lord Melville, à sir Thomas Picton, gouverneur de l'île de la Trinité : « Quant à l'espoir que vous avez d'encourager les personnes avec lesquelles vous vous êtes mis en rapport, et qui poussent les habitans à résister à leur gouvernement, je n'ai qu'une chose à vous dire, savoir : qu'en se mainte-

aidé les colons insurgés de l'Angleterre, et ce qui plus est, même après que la révolution française eut pro-

---

nant dans de telles dispositions, ils peuvent être sûrs que le gouvernement de S. M. Britannique leur donnera tous les secours dont ils pourront avoir besoin , tant d'argent que d'armes et de munitions. »

Pour ce qui est des conspirateurs du Mexique, le vice-roi don Michel-Joseph d'Azanza fit part au ministre d'état (relations extérieures) par son rapport réservé du 30 novembre 1799 , de ce que , par don T. D'Aguirre , arrivant de la Nouvelle-Galice, où il avait été employé comme chef des douaniers, il venait d'apprendre le complot formé par le neveu de celui-ci, dans le but d'expulser du royaume les Européens appelés ici *Cachupines* , et de mettre l'autorité entre les mains des créoles.

Le 9 novembre au soir, les conspirateurs furent arrêtés avec les précautions convenables , au moment où ils se trouvaient assemblés dans la maison qui leur servait de lieu habituel de leurs séances, rue des *Cachupines*.

Les personnes n'étaient pas très influentes, mais le vice-roi qualifie la conspiration de *mauvaise nature* , attendu le penchant du peuple à se partager en deux partis de *Cachupines y Criollos*.

Les noms des conspirateurs étaient :

Don P. Portillo, chef des conjurés, naturel de Toluca , Espagnol , commis percepteur des droits de l'octroi dans la place de Sainte-Catherine (âgé de vingt-quatre ans);

Don C. Orozco , de Mexico, originaire Espagnol, horloger (vingt-cinq ans);

Don T. Orozco, frère du précédent, sans profession (vingt-sept ans);

Don T. A. Bargas, né à Mexico , originaire Espagnol , orfèvre , tenant une boutique rue de la Palma (trente ans);

Don L. de Medina, de Mexico, originaire Espagnol, ouvrier en orfévrerie (vingt-huit ans);

Don A. Portillo, né à Toluca , originaire Espagnol, percepteur des contributions à Bolador, frère du chef du complot (dix-huit ans);

Don L. Alegre, de Mexico, originaire Espagnol , caissier de Portillo (dix-huit ans);

Don J. Urioles, né à Valladolid de Mechoacan, domicilié à Mexico,

clamé et répandu partout des maximes favorables à
l'insurrection des peuples contre leurs souverains.
Sans l'exemple donné par la métropole, qui s'insur-
gea contre la perfide invasion de Napoléon et sans
le faux principe de la souveraineté populaire (1),
soutenu par le gouvernement des cortès à Cadix, et
qui enfanta la malheureuse constitution, source de
tant de calamités pour l'Espagne, les Américains resteraient peut-être encore fidèles aux lois de la métropole; mais néanmoins il sera toujours vrai de dire que
Charles III jeta imprudemment des germes d'insub-
ordination dans ce continent, et qu'il agit contre les
véritables intérêts de son peuple en protégeant le soulèvement des colonies anglaises. La création d'un empire aussi vaste que riche qui grandit et s'accroît tous
les jours dans le nord de l'Amérique, l'espoir lointain
de voir un jour les nouveaux états de l'Amérique espagnole affermis et bien gouvernés, la perspective de
prospérité qui s'ouvrirait devant toutes les nations
de l'Europe et surtout de l'Espagne, par l'augmentation de l'industrie et du commerce avec ces pays, au-

---

garde de la place, destiné à la guérite de Saint-Thomas (trente
ans).

Cinq autres conspirateurs ne purent être arrêtés. L'instruction (*su-
maria*) était terminée en février de l'année suivante.

(1) Le bien-être général des gouvernés est le but de tout gouvernement; s'en suivra-t-il que la souveraineté réside dans le nombre
ou dans la force?

cun de ces motifs ne saurait excuser l'imprudence du cabinet de Madrid. Son devoir était de porter dans ces contrées tous les avantages de la civilisation, et de contribuer par-là au bonheur de l'Espagne, mais il ne devait pas contribuer lui-même à faire perdre au royaume la possession d'aussi vastes et aussi riches domaines.

Depuis cette aberration du gouvernement espagnol, la fortune s'est montrée constamment si irritée contre nous qu'elle a agi ouvertement contre nos intérêts. On aurait pu rentrer dans la possession de Gibraltar en signant la paix avec l'Angleterre. Cette puissance consentait déjà formellement à nous céder une place aussi importante, que jusqu'alors elle s'était montrée si constamment jalouse de garder. Les cours de Madrid, de Paris et de Londres étaient tombées d'accord sur cette cession, lorsque le comte d'Aranda, ambassadeur du roi catholique près S. M. très chrétienne, refusa son consentement, craignant que l'Espagne perdît dans les Indes beaucoup plus qu'elle ne gagnerait en rentrant en possession de ce rocher; car les Anglais ne le cédaient qu'à condition qu'ils garderaient l'île de la Guadeloupe, d'où notre ministre plénipotentiaire les voyait déjà s'emparer de tout le commerce de l'Amérique, et épiant le moment opportun de soulever ces colonies contre la métropole, tant pour s'enrichir que pour se venger de la guerre que Charles III venait de leur faire.

Dans un ouvrage espagnol inédit du comte de Fernan Nuñez, ambassadeur du roi successivement dans les cours de Lisbonne et de Paris (1), intitulé : *Abrégé historique de la Vie de S. M. Charles III,* on lit, à l'occasion des propositions qui précédèrent la paix de Paris de 1783 : « Les négociations avançaient à Londres, et le roi, lord Sherburn et lord Granthan, ministre d'état, homme très loyal, et qui nous était attaché (il avait été ambassadeur à Madrid en 1779, au moment de la déclaration de la guerre), tombèrent enfin d'accord avec la cour de Paris et celle d'Espagne sur les transactions pour la paix; ils nous cédaient Gibraltar, et promettaient de rendre aussi toutes les îles conquises en Amérique, à l'exception de celle de la Guadeloupe. Le comte d'Aranda crut que la situation avantageuse de cette île ouvrait les portes de l'Amérique aux Anglais, et que la cession de Gibraltar ne compensait en aucune manière les pertes dont nous étions menacés de ce côté. C'est pourquoi il prit sur lui de signer la paix avec d'autres conditions, quoiqu'il eût l'ordre de sa cour d'accepter la cession de Gibraltar; et le comte lui-même m'a dit plus d'une fois qu'il regardait ce service comme un des plus importans qu'il eût jamais rendus à la nation, et même à la maison de Bourbon, dont les sujets n'auraient pu

---

(1) Il remplit ses fonctions avec zèle, tant à Paris qu'à Lisbonne. Le gouvernement en fut très satisfait.

naviguer vers leurs îles sans passer par la douane anglaise. La cour de France reconnut en effet ce service, et le roi Louis XVI dit à cette occasion au comte d'Aranda : « Monsieur l'ambassadeur, nous n'oublierons jamais les obligations que nous vous avons en cela. (1) »

M. de Flassan ne raconte pas tout-à-fait de la même

---

(1) Nous devons à M. le duc de Villa Hermosa l'extrait du passage que l'on vient de lire.

Il pourrait paraître singulier que Charles III fût non moins satisfait que Louis XVI de la conduite du comte d'Aranda, et pourtant l'on n'en saurait douter.

Le comte de Vergennes écrivait ainsi au comte d'Aranda, de Versailles, le 8 février de cette année-là : « Je viens d'apprendre avec un véritable plaisir que la ratification de la cour de Madrid est arrivée, laquelle en aura eu aussi en la signant. Selon mes lettres, ils sont extrêmement satisfaits et de la chose et de la manière. V. E. s'est rendue immortelle pour le bien qu'elle a procuré à son pays. Le *Courrier de l'Europe* arrivé hier nous élève un monument magnifique, tâchons de le faire durable. »

Le comte d'Aranda, dans sa réponse à cette lettre, datée de Paris du 9, disait entre autres choses : « Le roi mon maître m'honore d'une manière inusitée qui m'a ravi. Sa Majesté daigne m'écrire pour me dire qu'elle est contente de moi, honneur d'autant plus cher à mes yeux, qu'il n'est point d'usage chez nous que le roi écrive à un sujet dans des circonstances pareilles. »

Depuis l'année 1783 jusqu'en 1787, où il put obtenir du roi la permission de quitter l'ambassade de Paris, le comte d'Aranda fut en grande faveur tant à la cour de Madrid qu'à celle de Paris. « C'est à regret, disait Charles III à Louis XVI, en lui annonçant le retour du comte en Espagne, que je retire de la présence de Votre Majesté une personne qui a su gagner votre affection royale, et mériter en même temps ma satisfaction ; car c'est un des services les plus agréables qu'il m'a rendus ; mais les motifs qu'il m'a exposés sont tels qu'il m'a fallu acquiescer à sa demande. »

manière les circonstances de cette négociation :
« Lord Sherburn, dit-il, ayant pressé vivement M. de
Rayneval, plénipotentiaire français, pour que la cession de Gibraltar fût écartée, celui-ci lui répondit que
la résolution du roi d'Espagne était irrévocable, et que
bien certainement il y persisterait. Toutefois, il se
prêta à envoyer un courrier à sa cour, si l'on offrait
au roi d'Espagne une compensation qui pût le déterminer à se désister de sa demande. Le ministre anglais
proposa une des deux Florides, qui ne fut jugée une
indemnité assez considérable. Alors il offrit les deux.

« M. de Rayneval transmit cette proposition à sa cour.
Évidemment c'était au comte d'Aranda, ambassadeur
d'Espagne, à délibérer sur elle. Le ministre français,
M. de Vergennes, pria le comte de passer chez lui, et
là, il lui communiqua l'ultimatum de l'Angleterre. Pendant une demi-heure, le comte d'Aranda resta tenant
sa tête avec les deux mains, les coudes appuyés sur la
cheminée, et, sortant tout à coup de sa méditation, il
dit : *Il y a des cas où il faut risquer sa tête pour servir sa patrie* (1). *J'accepte les deux Florides à la
place du rocher de Gibraltar, quoique cela soit contraire à mes instructions ; me voilà prêt à signer la
paix.* »

Les deux relations sont donc d'accord sur cette circonstance, savoir : que le comte d'Aranda consentit à

---

(1) *Histoire de la diplomatie française*, tome VIII, p. 350.

abandonner le profit de la restitution de Gibraltar. Cet ambassadeur ne mettait pas une aussi grande importance que Charles III et son ministre à la possession de ce rocher. « Lorsque nous aurons de bonnes escadres, disait le comte d'Aranda, il nous sera facile de devenir maîtres du détroit; c'est là le seul moyen que nous ayons pour nous emparer de Gibraltar... » ce qui est une vérité incontestable; mais il s'agit de savoir quand l'Espagne aura autant de vaisseaux que l'Angleterre, et surtout quand elle aura des équipages aussi bien disciplinés et d'aussi bons amiraux que les Anglais. Quoi qu'il en soit, la résistance du comte empêcha la cession d'une place tant désirée par l'Espagne, pour laquelle on avait fait jusque-là d'aussi grands et d'aussi vains sacrifices. Le résultat définitif, le voici : d'une part, nous avons perdu les Indes, ainsi que le comte d'Aranda le craignait avec raison, et, d'une autre part, on voit encore flotter les bannières anglaises sur les murs de Gibraltar, qui continue à être toujours le dépôt des marchandises qu'on y envoie pour les introduire en Espagne, au grand préjudice de notre industrie nationale (1).

Toutefois, quelque grave que fût la déplorable erreur d'avoir favorisé l'insurrection des colonies an-

---

(1) L'instruction explique fort en détail les vues ainsi que les démarches de la cour de Madrid pour rentrer dans la possession de Gibraltar.

glaises, et quelque grands qu'aient été aussi les résultats de l'émancipation des Indes, le règne de Charles III sera toujours un des meilleurs parmi ceux que rappellent nos annales, car l'intérêt principal du royaume était d'améliorer son régime intérieur et d'ouvrir les sources de la prospérité, obstruées depuis long-temps sur notre sol. Tous les monarques qui avaient régné sur l'Espagne depuis Ferdinand V le Catholique s'étaient fait un sujet de gloire de l'agrandissement de la monarchie : leur but était de posséder un vaste empire, composé d'états éloignés et séparés les uns des autres par de grandes distances. Vaine grandeur ! ostentation ruineuse ! comment l'Espagne, qui était le cœur de ce corps si colossal, aurait-elle pu le vivifier, se trouvant épuisée elle-même et plongée dans une langueur mortelle? A mesure que la puissance extérieure s'accroissait, sa faiblesse s'augmentait par les guerres et par les dépenses énormes qu'entraînait la conservation des nouveaux états. La population du royaume n'était pas au-delà de six millions d'habitans sous le règne de Charles II; les revenus de la couronne se montaient seulement à quelques millions de ducats. C'était là la suite malheureuse des guerres entreprises par les rois qui l'avaient précédé. Qu'importait alors à l'Espagne de posséder encore Naples, la Sicile, la Sardaigne, Milan et les états de Flandre, sans compter les grands empires qui reconnaissaient son autorité dans le Nouveau-Monde?

Le gouvernement de Charles III découvrit enfin

quelle était la source véritable du bien-être de la
nation. Voyant que pour soutenir cette même domination extérieure, si chère à l'amour-propre national, il fallait améliorer l'administration publique,
il eut soin de fomenter l'accroissement de la richesse
et de la population au moyen de lois sages, et se proposa d'extirper l'un après l'autre tant d'abus qui cau-
saient la faiblesse de la monarchie. Cette pensée était
si sage et si heureuse, ses conséquences étaient si in-
faillibles, que même après l'émancipation des colonies d'Amérique, la continuation d'un bon système
suffirait pour nous dédommager des pertes que cet événement nous a occasionnées. Le sacrifice de la séparation de ce continent une fois consommé, sacrifice qui
est pénible en vérité pour le peuple qui rappelle
avec orgueil sur ses enseignes la gloire d'avoir dé-
couvert le Nouveau-Monde et de l'avoir conquis ;
la douleur d'avoir vu se lever contre son autorité des
provinces et des états qui lui doivent leur existence,
une fois adoucie, l'Espagne trouvera dans les grands
avantages de son commerce avec les peuples de l'Amérique une compensation suffisante et même au-delà
pour la perte de la domination qu'elle exerçait sur les
états d'outre-mer.

Sous le règne de Philippe II, le trésor ne recevait
des revenus de l'Amérique que 735,254 écus de douze
réaux (trois francs). Ambroise de Salazar le dit positivement dans son ouvrage imprimé à Paris en 1612 ,

intitulé : *Traité de tous les revenus du roi d'Espagne.*
La recette ne fut pas beaucoup plus considérable sous
Philippe III, sous Philippe IV, et sous Charles II.
Nuñez de Castro dit dans son ouvrage : « *Solo Madrid
es corte* (la seule cour c'est Madrid). La flotte et les galions n'étant pas un revenu fixe, puisqu'il dépend des
dangers d'une navigation si longue ainsi que des
attaques des ennemis, on estime la valeur de ce trésor, année commune, 3,500,000 ducats. » Dans le
XVIIIe siècle, on peut évaluer le produit de ce revenu
100 millions de réaux par année, quelquefois même
il s'est élevé à 130 millions. Mais on sait que la plus
grande partie de cette somme était consacrée à l'entretien coûteux de nombreuses armées navales, nécessaires pour résister aux efforts de nos ennemis contre
des possessions aussi vastes et aussi éloignées. Affranchi maintenant de cette attention, le royaume tirera
sans aucun doute des sommes plus considérables du
commerce lucratif qu'il fera avec les états d'Amérique.

Il en a été de même pour l'Angleterre à l'égard
de ses colonies. Non seulement leur administration
ne lui coûte pas les dépenses qu'elle était forcée
de faire avant 1775, mais elle gagne chaque année
dans son trafic avec elles près de 400 millions de
réaux. C'est ainsi qu'elle s'enrichit dans les Indes Orientales par le commerce plutôt que par sa domination sur elles. Pour ceux qui observent attentivement
la direction suivie par cette nation active, il est plei-

nement démontré, que les peuples de l'Inde contribuent à sa prospérité, non pas comme sujets, mais
comme producteurs et consommateurs, donnant par
là à ses manufactures ainsi qu'à sa marine un grand
élan, car elle conserve ainsi des relations avec l'Asie
que d'autres peuples moins avancés et moins puissans
qu'elle ne sauraient rendre profitables. Si, comme on
doit l'espérer, l'Espagne parvient un jour à vivifier son
industrie, si elle obtient sécurité pour les personnes et
pour les propriétés, si la population et la consommation des produits de la terre s'accroissent, si les manufactures font des progrès, enfin s'il y a une communication sûre, libre, facile tant avec les différentes
provinces du royaume qu'avec les autres états, on ne
regrettera plus bientôt les anciennes flottes ni les galions de l'Amérique.

Tant il est vrai qu'il est plus profitable de cultiver
le sol natal que d'aller dans des contrées éloignées
demander à la terre l'or et l'argent qu'elle cache dans
ses mines profondes ; que l'Espagne peut nourrir elle
seule une nombreuse population, et la rendre riche
et heureuse, le Créateur lui ayant prodigué ses dons
avec une aussi grande libéralité ; et que son gouvernement, au lieu de songer à conquérir ou à gagner
des états pour faire parade de grandeur et de puissance, agira beaucoup mieux en avançant la prospérité intérieure au moyen de bonnes lois, en dirigeant
le peuple vers le chemin du bien-être, et en éloignant

de lui les illusions de la vanité et de la fausse gloire : elles ne nous ont déjà apporté que trop de malheur et fait verser que trop de larmes.

Tels sont en général les biens et les maux dont le gouvernement de Charles III est reconnu l'auteur. En mettant dans la balance ce qui mérite d'être loué et ce qui est digne de censure, il résulte que le bien l'emporte sur le mal ; malgré les taches que nous venons de signaler, on ne peut lui contester un grand fonds de sagesse. Jetons un coup-d'œil rapide sur l'état où se trouvait le royaume peu avant la mort de ce souverain. Une armée de cent mille hommes, des forces maritimes telles que jamais l'Espagne n'en avait eu au temps même de *l'armada invencible;* savoir : soixante-seize vaisseaux de ligne avec un nombre proportionnel de frégates et autres bâtimens (1) ; le royaume conservant toutes ses provinces, ainsi que ses possessions d'outre-mer par le traité de 1783, quoique, s'étant engagé mal à propos dans la guerre, il avait couru le danger de troubler la paix et même la sécurité de ses vastes et riches colonies ; le monarque était révéré non seulement par son peuple, mais par les autres nations, qui respectaient sa sagesse, sa loyauté et son âge avancé. Les finances, quoique administrées toujours d'après les anciennes coutumes, suffisaient aux besoins de l'état ; plusieurs des obstacles qui s'opposaient à la pro-

----

(1) Voyez la note à la fin de l'*Introduction*.

spérité de l'agriculture ainsi que de l'industrie et du commerce avaient été surmontés ; des routes ouvertes, des ponts construits , des bâtimens publics élevés , le crédit établi , les tribunaux mieux organisés , les lois ordonnant de sages réformes , la main-morte civile et ecclésiastique présentée comme source de dépopulation et de pauvreté dans des écrits profonds et lumineux ; les mesures qui devaient la rendre utile déjà tracées ; l'autorité civile libre et entièrement indépendante du pouvoir spirituel ; les priviléges accordés naguère à la cour de Rome fort diminués , ou maintenant modifiés ; la régale rétablie dans la pleine jouissance de ses droits; le saint-office, loin d'être sanguinaire et despotique, se montrant humain , obéissant , timide même devant l'autorité de la couronne ; l'enseignement plus protégé qu'il n'avait jamais été jusque-là; les lettres cultivées avec ardeur, et parvenues peut-être à un degré de perfection inconnu même à la plus belle époque de la littérature nationale ; les arts protégés avec une faveur toute spéciale (1) par le gouverne-

(1) Le magnifique bâtiment sur la promenade du *Prado de San Geronimo* était destiné à recevoir l'Académie des Sciences. Dans une lettre du comte d'Aranda , ambassadeur du roi à Paris, écrite en 1787 au célèbre astronome Lalande , après lui avoir fait des remercîmens au nom de M. le comte de Floridablanca pour ses observations et projets adressés à ce ministre, il lui disait : « Aucun obstacle n'empêchera l'exécution de semblables projets. Le roi est décidé à établir une académie des sciences. Dans ce but, on construit un bâtiment magnifique qui aura toute la capacité nécessaire pour y placer aussi

ment, qui s'honorait sachant apprécier leurs beautés ;
enfin une perspective de paix, de puissance et de bien-
être pour l'Espagne à l'ombre de l'autorité paternelle
du roi. Tel était le brillant état de la monarchie, peu
de temps avant la mort de Charles III.

Quand je dis brillant, je ne prétends pas prendre ce
mot dans son acception rigoureuse, car il ne pourrait s'appliquer que par comparaison entre le règne de
Charles III et ceux qui l'ont précédé ou suivi. Pourrions-nous méconnaître que, malgré la bonne administration du royaume, il restait tant à faire encore
pour extirper les abus que le bien obtenu par elle
était à peine perceptible ? Pourquoi n'avouerions-nous
pas que les ronces étaient en si grand nombre dans ce
vaste champ, que, même après les efforts continuels
des ministres de ce souverain pour améliorer le sort
du pays, il n'y avait aucune variation essentielle dans
sa physionomie ? On ne change point les mœurs et les
usages d'une nation comme les décorations d'un théâtre, quoi que puissent dire certains hommes qui se
croient en état de réformer les lois ; les législateurs
ne peuvent recueillir le fruit de leurs travaux, et les
gouvernemens ne reçoivent non plus la récompense de

un cabinet d'histoire naturelle, des dépôts d'instrumens et machines,
ainsi que les bureaux nécessaires. On créera également des observa-
toires astronomiques, non seulement à Madrid, mais dans d'autres
villes où l'horizon soit plus étendu : à cet effet, on cherchera des
hommes instruits qui soient en même temps bons observateurs. »

leurs sages mesures qu'au bout de longues années. Le corps social est régi par des lois immuables comme celles de la nature physique; leur action est, à la vérité, certaine et infaillible, elle est néanmoins lente et progressive; mais, en admettant que l'obscurité eût été telle que les efforts de ceux qui voulaient la dissiper eussent complétement échoué, en accordant qu'à la faveur de ténèbres aussi épaisses les erreurs eussent conservé leur ancienne et malheureuse domination, il serait toujours honorable pour le gouvernement d'avoir travaillé avec zèle à les extirper. Semblable à la colonne de feu qui précédait les Israélites dans le désert et éclairait leur marche, le gouvernement paternel de Charles III signalait le chemin par lequel on pouvait sortir d'une aussi funeste obscurité et arriver un jour à la terre promise. Faute de cette lumière bienfaisante, il a fallu marcher au hasard dans les règnes qui ont succédé, égarés, perdus loin de la route qui mène à la prospérité.

Je me résume : Le gouvernement de Charles III a été sage et juste. Le monarque désirait sincèrement le bien de son peuple. Ceux auxquels il confia l'exercice de son autorité étaient des hommes honnêtes, animés du patriotisme le plus pur, probes, désireux du bien-être de la monarchie, éminens, quelques uns d'entre eux, par leur capacité et leur instruction : honneur à jamais à la mémoire d'un tel prince et de tels ministres!

Ce jugement est fondé sur des faits d'une notoriété incontestable; cependant s'il fallait donner encore de nouvelles preuves de la droiture et des intentions patriotiques du gouvernement de Charles III, celle que nous offrons dans l'instruction qu'on va lire serait, sans nul doute, la plus concluante et la plus démonstrative. La circonstance de *réservée* donne un grand prix à *l'instruction* transmise à la Junte d'État, puisqu'elle ne permet point de soupçonner que la vérité puisse en avoir été écartée par des motifs intéressés, comme cela n'arrive que trop souvent au sujet d'autres documens ou manifestes publiés par les gouvernemens, dans le but de consoler ou de contenter les peuples en leur cachant les malheurs qu'ils subissent ou en jetant un voile sur les fautes de ceux qui les gouvernent. Dans *l'instruction*, on ne saurait trouver que la vérité exposée avec candeur et bonne foi. Là, le souverain, en sa qualité de chef de la grande famille qu'on appelle état, présente à son conseil un exposé de la situation véritable où sont les affaires publiques, et il lui transmet ses pensées les plus intimes sur elles, sans ornemens calculés, et sans autres artifices de style que le désir du bien, si éloquent par lui-même. Des avantages et des maux, des amis et des ennemis, des espérances et des craintes, en un mot, de tout ce qu'il importe de savoir pour bien gouverner le royaume, *l'instruction* s'occupe avec soin, embrassant tout avec simplicité et sans déguisement. Quelquefois

les historiens se voient forcés de deviner la politique
qu'ont suivie les cabinets, en la déduisant de prémisses
qui ne sont pas toujours vraies. Il leur est rarement
donné de connaître les pensées secrètes des conseils
des rois, ou parce qu'elles sont réellement inaccessi-
bles, même après les plus diligentes investigations, ou
parce qu'elles se réfléchissent seulement dans des actes
qui ne les manifestent pas avec assez de clarté. L'*instruction* nous représente Charles III tel qu'il était :
elle nous révèle les principes véritables de son gouvernement, lesquels sont tout-à-fait d'accord avec l'idée
qu'on s'était faite précédemment sur les lumières et le
patriotisme qui présidaient à son administration. Nous
devons nous féliciter de la conservation de cet important document.

L'*instruction* exhale un parfum d'équité , de savoir
et de patriotisme. D'un autre côté, on est si peu
accoutumé à voir le talent et la puissance exempts d'orgueil ou de charlatanisme, que c'est un grand bonheur en vérité que de savoir, d'après ce témoignage
évident, qu'il y a eu chez nous un gouvernement sage,
guidé par la justice seulement, ingénu, composé enfin
d'honnêtes gens. Pour ceux qui sont disposés à croire
que le mot *pouvoir* est synonyme de ceux de *corruption* ou *perversité ,* ce document doit les convaincre
qu'il a existé de nos jours un souverain investi d'un
pouvoir illimité, c'est-à-dire non surveillé par aucun
corps représentatif , qui , fidèle aux préceptes de la re-

ligion, et obéissant toujours aux impulsions bienfaisantes de son cœur généreux, fut le père de son peuple,
et chercha constamment des moyens pour le rendre
heureux. Ceux qui, accoutumés à voir l'ambition se
parer trop souvent d'apparences trompeuses de patriotisme et de vertu, se montrent sévères ou méfians sur
le mérite des ministres des rois, avoueront aussi que le
premier ministre de Charles III, auteur de cette *instruction*, est non moins digne d'éloges que le monarque
qu'il servait et dont il mettait à exécution les intentions patriotiques.

Par quelle destinée malheureuse disparut tout d'un
coup la perspective riante de bien-être et de prospérité que le peuple espagnol avait devant les yeux,
lorsqu'il était régi par un gouvernement aussi vertueux? Il n'est point donné aux hommes de pénétrer
les secrets inscrutables de celui qui a le cœur des
rois dans sa main et qui règle les destinées des
empires. En jugeant donc des événemens par leurs
causes immédiates seulement, nous en signalerons
deux principales qui ont influé sur nos malheurs : la
première, c'est la révolution française, laquelle, avec
quelques idées utiles pour le bien-être matériel des
peuples, propagea un grand nombre d'erreurs très funestes, et se leva imprudemment contre les institutions
monarchiques, non moins que contre les croyances
religieuses. Ce fut là un événement très préjudiciable
à l'Espagne, puisque autrement elle aurait continué

à marcher graduellement dans le sentier des réformes et aurait amélioré son état social. Toutes les idées utiles proclamées et généralement répandues dans les temps modernes auraient été certainement adoptées par nos ministres, sans craindre pour cela ni les tempêtes suscitées par une démocratie turbulente, ni le souffle général et mortel du scepticisme philosophique ; mais le voisinage des nations et les continuelles communications entre elles, que le système politique suivi depuis long-temps par notre gouvernement avait rendues plus intimes et plus amicales, ne pouvaient qu'amener, et en effet amenèrent en Espagne la contagion des maximes des novateurs, c'est-à-dire les principes subversifs de toute société. Lorsque la république française triompha de ceux qui voulaient l'arrêter dans le mouvement de sa révolution, elle attacha le roi d'Espagne à son char de triomphe, et, sous le faux nom d'allié, elle en fit un véritable esclave. Depuis lors, l'Espagne ne fut qu'un satellite d'une nouvelle planète. Il était évident, dans une telle dépendance, que le torrent des innovations funestes renverserait tôt ou tard chez nous les digues qui l'avaient empêché de s'y précipiter.

Une autre cause des calamités qui ont accablé notre pays, bien plus essentielle et plus directe encore que la précédente, fut l'avénement du souverain qui monta sur le trône d'Espagne à la mort de Charles III. Quelque grands que l'on veuille supposer les dangers

6

dont l'Espagne était menacée par la révolution française, la sagesse du gouvernement aurait pu les surmonter. Un peuple fidèle, obéissant, aimant ses rois, rempli de zèle pour le maintien des institutions nationales, sensé, sincèrement pieux, offrait entre les mains de ministres instruits et expérimentés de précieuses ressources pour le défendre contre la tempête qui dévastait la nation voisine. Mais, dans une crise aussi grave, aussi imminente, lorsqu'il aurait fallu la sagesse des hommes les plus habiles, éprouvés surtout par des services déjà rendus à l'état, pour combattre la violence des factions, la femme de Charles IV, qui disposait à son gré de la volonté de son mari, esclave elle-même à son tour d'une folle passion, appela aux conseils de la couronne, presque dès les premiers temps de l'avénement, un jeune homme ignorant, n'ayant aucune expérience, et sans autre mérite que de lui avoir plu par les agrémens de sa personne, et elle l'éleva enfin au poste de premier ministre à l'âge de vingt-cinq ans, au grand regret et au scandale de tout le royaume. Ce fut cette malheureuse faveur accordée aveuglément pendant la durée du règne, et dont la source impure la rendit toujours odieuse, qui fut la cause de tous nos malheurs, tant de ceux qui ont affligé l'Espagne dans ces derniers temps que de ceux qui la menacent pour l'avenir. Ce n'est pas ici le lieu de laisser voir comment les scandales de la cour et l'ambition du favori ont

renversé le trône de Charles IV ; nous ne dirons pas
non plus comment les mauvais exemples que le peuple
espagnol eut devant les yeux, ainsi que les pernicieuses maximes propagées par la révolution française, changèrent et ses mœurs et ses croyances.
L'explication circonstanciée des causes qui ont amené
les événemens déplorables dont nous avons été et
sommes encore témoins demande un ouvrage à part,
consacré uniquement à l'histoire du règne de Charles IV.

NOTE.

Charles III mourut vers la fin de l'année de 1788. Le document qui suit fait voir l'état florissant où il laissa l'armée navale.

Relation des bâtimens de guerre dont l'armée navale se compose, avec expression du nombre total de canons qu'ils montent, des départemens où ils sont consignés, leur port, et les années où ils furent construits, d'après les états de l'armée de l'an 1790.

VAISSEAUX DE LIGNE.	PORT.	DÉPARTEMENT.	AN.
Santísima Trinidad.........	112	Cadix..................	1769
Purísima Concepcion.......	112	*Idem*...................	1780
San José.................	112	*Idem*....................	1783
Santa Ana...............	112	*Idem*...................	1784
Conde de Regla...........	112	*Idem*...................	1786
Salvador del Mundo........	112	Ferrol..................	1787
Real Cárlos........	112	Cadix.	1787
Mejicano................	112	Ferrol.................	1786
San Hermenegildo..........	112	*Idem*...................	
La Reina Luisa...........	112	*Idem*. Sur le chantier à la Havane.	
Príncipe de Asturias........	112	Cadix...................	1786
San Cárlos..............	94	*Idem*..................	1765
San Fernando.............	94	Ferrol.................	1767
Rayo....................	80	Cadix..................	1748
San Nicolas de Bari........	80	Ferrol................	1769
San Vicente.............	80	Carthagène............	1768
San Rafael..............	80	Ferrol.................	1768
Bahama.................	74	Cadix.................	1784
San Damaso.............	74	*Idem*...................	1776
San Agustin.............	74	*Idem*..................	1752
San Sebastian...........	74	*Idem*..................	1754
Africa.................	74	Ferrol.................	1750
Arrogante..............	74	*Idem*..................	1754
Galicia................	74	*Idem*..................	1753
Magnánimo..............	74	*Idem*.................	1768
Oriente................	74	*Idem*.................	1775
San Eugenio.............	74	*Idem*............ Sur le chantier.	
San Fermin.............	74	Cadix.	1781
San Gabriel.............	74	*Idem*..................	1772
Santa Isabel............	74	*Idem*..................	1767
San Isidro..............	74	*Idem*..................	1768

VAISSEAUX DE LIGNE.	PORT.	DÉPARTEMENT.	AN.
San Joaquin................	74	Ferrol.................	1771
San Juan Nepomuceno.......	74	Idem..................	1766
San Justo.................	74	Idem..................	1779
San Pedro Apóstol.........	74	Idem..................	1770
Serio....................	74	Idem..................	1771
San Telmo...............	74	Idem....	1775
Europa..................	84	Idem..................	
Angel de Guarda..........	74	Carthagène.............	1773
Atlante..................	74	Idem..................	1754
Brillante.................	74	Idem..................	1754
Firme...................	74	Idem..................	1754
Gallardo.................	74	Idem..................	1754
Glorioso.................	74	Idem..................	1754
Guerrero.................	74	Idem..................	1755
San Antonio.............	74	Idem..................	1785
San Francisco de Asis......	74	Idem..................	1767
San Genaro..............	74	Idem..................	1765
San Ildefonso............	74	Idem..................	1785
San Juan Bautista..........	74	Idem..................	1772
San Lorenzo.............	74	Idem..................	1768
San Pablo...............	74	Idem..................	1771
San Pascual.............	74	Idem..................	1766
Terrible.................	74	Idem..................	1754
Triunfante...............	74	Idem..................	1756
Velasco.................	74	Idem..................	1764
Vencedor...............	74	Idem..................	1755
San Francisco de Paula......	74	Idem..................	1788
Soberano................	74	Idem. Sur le chantier à la Havane.	
Intrépido.................	74	Idem....... Idem....... Ferrol.	
Conquistador.............	74	Carthagène.. Idem... Carthagène.	
España..................	68	Cadix.................	1757
San Isidro...............	68	Idem..................	
San Ramon..............	68	Idem..................	1775
Santo Domingo...........	68	Ferrol.................	1780
San Felipe..............	68	Idem..................	1780
América................	64	Cadix.................	1766
San Pedro Alcántara........	64	Idem..................	1787
Asia....................	64	Idem. Sur le chantier à la Havane.	
San Leandro.............	64	Ferrol.................	1787
San Fulgencio............	64	Carthagène.............	1788
Astuto..................	58	Cadix.................	1759

VAISSEAUX DE LIGNE.	PORT.	DÉPARTEMENT.	AN.
Castilla	58	Cadix	1778
Peruano	58	Idem	1750
San Julian	58	Idem	1780
Miño	54	Idem	1779

FRÉGATES.

Nuestra Señora de Loreto	40	Cadix	1782
Santa Sabina	40	Idem	1781
Astrea	34	Idem	1756
Nuestra Señora de la Asuncion.	34	Idem	1772
Colon	34	Idem	
Nuestra Señora de la O	34	Idem	
Nuestra Señora del Rosario	34	Idem	1778
Santa Agueda	34	Idem	1770
Liebre	34	Idem	1776
Santa Balbina	34	Idem	1755
Santa Bárbara	34	Idem	
Santa Bibiana	34	Idem	1768
Santa Cecilia	34	Idem	
Santa Dorotea	34	Idem	1777
Santa Lucía	34	Idem	1776
Santa Magdalena	34	Idem	1770
Santa María de la Cabeza	34	Idem	1773
Santa Matilde	34	Idem	1773
Santa Rosa	34	Idem	1778
Santa Rosalia	34	Idem	1782
Santa Rufina	34	Idem	1767
Vénus	34	Idem	1757
Santa Mónica	34	Carthagène	1774
Nuestra Señora de Atocha	34	Ferrol	
Nuestra Señora del Cármen	34	Idem	1770
Nuestra Señora de la Paz	34	Cadix	1785
Nuestra Señora del Pilar	34	Ferrol	1783
Nuestra Señora de Guadalupe.	34	Idem	1786
Santa Elena	34	Idem	1784
Santa Catalina	34	Idem	1788
Santa María	34	Idem	1785
Santa Leocadia	34	Ferrol	1788
Santa Paula	34	Idem	
Santa Perpetua	34	Cadix	1772
Santa Teresa	34	Ferrol	1778

FRÉGATES.	PORT.	DÉPARTEMENT.	AN.
Santa Clara.............	34	Carthagène.............	1781
Santa Casilda............	34	*Idem*.................	1784
Santa Brígida............	34	*Idem*.................	1785
Santa Florentina...........	34	*Idem*.................	1788
Santa Gertrudis...........	34	Cadix.	1768
Nuestra Señora de la Soledad.	34	Carthagène.............	1788
Nuestra Señora de las Mercedes.	34	*Idem.* Sur le chantier à la Havane.	
Santa Marta..............	40	Cadix. .... *Idem.*	
Santa Margarita.....	34	Ferrol.................	
Nuestra Señora de los Dolores.	34	*Idem.* Sur le chantier à la Havane.	
Santa Mónica.............	34	Carthagène... *Idem.*. Carthagène.	
Santa Petronila...........	34	*Idem*........ *Idem*...... Mahon.	
Divina Pastora............	34	Cadix....... *Idem*...... Cadix.	
Santa Clotilde............	30	*Idem*..................	
Santa Escolástica..........	30	Ferrol.................	
Winchcom..............	20	*Idem*.................	1779

CORVETTES.

Santa Justa..............	16	Cadix.................	
Santa Rufina.............	16	*Idem*................	
San Gil.................	20	Cadix.	1777
Santa Elena.............	20	Ferrol................	
San Pio.................	20	*Idem*................	1779
Santa Rosa.............	16	Cadix.................	1777

HOURQUES.

Santa Amalia.............	40	Cadix.................	1772
Santa Polonia.............	40	*Idem*.................	1773
N. Señora de la Presentacion.	40	Ferrol.................	1774
N. Señora de la Anunciacion..	40	*Idem*.................	1774
Nuestra Señora de Regla.....	40	*Idem*.................	1772
Santa Librada............	40	*Idem*.................	1777
Santa Rita......	40	*Idem*.................	1773
Anónima................	40	*Idem*.................	
Aduana.................	20	Carthagène.............	1777
Espaciosa........	22	*Idem*.................	1778
Santa Florentina...........	40	*Idem*.................	1773
Santa Justa............. .	18	*Idem*.................	1776
Redentora...............	12	*Idem*.................	

CHEBEKS.	PORT.	DÉPARTEMENT.	AN.
Caiman...................	22	Cadix..................	1785
San Leandro..............	36	Carthagène.............	1779
Murciano.	34	*Idem*..................	1779
Catalan..................	34	*Idem*..................	1769
Lebrel...................	32	*Idem*..................	
Gamo....................	30	*Idem*..................	
San Antonio..............	26	*Idem*..................	1786
San Dimas...............	24	*Idem*..................	1770
San Felipe..............	26	*Idem*..................	1774
San Mateo...............	26	*Idem*..................	1783
San Sebastian.............	26	*Idem*..................	1786
San Blas.................	18	*Idem*..................	1779
San Lino.................	18	*Idem*..................	1779
Nuestra Señora del Cármen...	14	*Idem*..................	1775
Nuestra Señora de Africa.....	14	*Idem*..................	

BELANDRES.			
Hopp....................	14	Cadix..................	
Santa Teresa..............	12	*Idem*..................	
Colector..................		*Idem*..................	
Ligera...................		*Idem*..................	
Pegui.		*Idem*..................	
San Miguel...............		*Idem*..................	
Terrible		*Idem*..................	
Ventura..................	12	Ferrol..................	
Primera Resolucion.........	18	Carthagène.............	1780
Tártaro..................	18	*Idem*..................	

BRIGANTINS.			
Paloma..................	16	Cadix..................	1780
Amistad..................	14	*Idem*..................	
Ardilla.	14	*Idem*..................	
Vivo....................	14	*Idem*..................	
Atrevido.................	12	*Idem*..................	
Santa Teresa..............	12	*Idem*..................	
Liebre...................		*Idem*..................	
Caballo Marino............		*Idem*..................	
Poli.....................		*Idem*..................	
Trucha...................		*Idem*..................	
Truchister...............			
Saliraquel................	18	Ferrol..................	

BRIGANTINS.	PORT.	DÉPARTEMENT.	AN.
Delfin....................		Ferrol..................	
Santa Catalina............		Idem.....	
San Francisco Javier........		Idem....................	
San Juan Bautista...........		Idem...................	
Polux....................		Idem....................	
Princesa.................		Idem....................	
Nuestra Señora de Atocha....		Carthagène.........	
Infante..................	18	Cadix..................	
Santa Natalia.............	22	Idem...................	
Cazador.	14	Idem...................	
Flecha...................	18	Idem....................	
Ligero.	14	Idem...................	
San Luis Gonzaga..........	8	Carthagène.............	
Galgo....................	14	Idem...................	
Galvez...................		Idem...................	
Aguila...................	16	Ferrol..................	
Corzo....................	16	Carthagène. Sur le chantier à Mahon.	
N......................	{	Carthagène....... Sur le chantier.	
N......................			

PAQUEBOTS.

San Cárlos................		Cadix..................	
San Francisco de Borja......		Idem..................	
San Francisco de Paula......		Idem...................	
Santa Eulalia.............	16	Idem...................	
Santa Casilda.............	16	Idem...................	

LOUGRES.

Fox......................	12	
San Leon.................	16	

GOELETTES.

San Bruno.................	10	Cadix..................	
N. Señora de la Anunciacion..		Idem...................	
Santa María Magdalena......		Idem...................	
San Juan Bautista..........		Idem...................	
Carlota..................		Ferrol..................	
Chula...................		Idem...................	
Santa Isabel..............		Idem.	

PATACHES.	PORT.	DÉPARTEMENT.	AN.
San Jacinto...............		Ferrol...................	
San Roman...............		Idem...................	
San Roque...............		Idem...................	
San José................		Idem...................	
San Lesmes..............		Idem...................	

GALÈRES.

San Luis................	3	Carthagène.............	1780
Purísima Concepcion.......	3	Idem...................	1782
San Antonio.............	3	Idem...................	1787
Santa Bárbara............	3	Idem...................	

GALIOTES.

Purísima Concepcion.......	3	Carthagène.............	1763
San Antonio.............	3	Idem...................	1763
Santa Justa..............	3	Idem...................	1785
Santa Rufina.............	3	Idem...................	1785

CHALOUPES.

32 cañoneras.............	Carthagène.............	
23 bombarderas...........	Idem...................	
10 obuseras..............	Idem...................	

RÉSUMÉ.

Vaisseaux de ligne..........................	76
Frégates...................................	51
Corvettes..................................	6
Hourques..................................	13
Chebeks...................................	15
Belandres..................................	10
Brigantins.................................	31
Paquebots.................................	5
Lougres...................................	2
Goëlettes..................................	7
Pataches..................................	5
Galères...................................	4
Galiotes...................................	4
Chaloupes.................................	65

294

NOTIONS PRÉLIMINAIRES

La Junte d'État peut être considérée comme un véritable conseil de ministres, où les secrétaires de chaque département délibéraient sur les affaires les plus importantes du royaume avant de les soumettre à la sanction du roi. On comprend aisément les avantages d'un tel mode de délibération commune. Le comte de Floridablanca, auquel on dut la création de la Junte, ayant exposé, dans le *Mémoire* qu'il présenta au roi Charles III sur son administration, les motifs qui le décidèrent à la proposer à Sa Majesté, ainsi que les avantages qu'il croyait voir dans son établissement, nous mettrons sous les yeux du lecteur le chapitre concernant ladite création.

Création de la Junte d'État. — Ses avantages.

« Enfin, je dois faire ici mention de ce qu'il plut à Votre Majesté de statuer relativement à la création de la Junte suprême d'État, et sur la nécessité de mettre à exécution tous les points de cette instruction, si nous voulons rendre à cette grande monarchie son pouvoir, sa splendeur et son bonheur passés. Je regarde cet établissement comme le plus grand, le plus nécessaire et le plus utile de tous ceux que Votre Majesté a formés. Par la même raison, il est et sera

le plus en butte aux attaques des ennemis tant extérieurs que domestiques ; et c'est pour cela qu'il faut
être vigilant pour parvenir à repousser ces perfides
tentatives.

« La Junte d'État s'assemblait bien long-temps avant
mon entrée au ministère ; et elle continua sur le même
pied jusqu'à la terminaison de la guerre avec la
Grande-Bretagne. Les séances devinrent alors moins
fréquentes et assidues, par la raison que les affaires
étaient moins urgentes. Don Antonio Valdès, qui,
par la mort du marquis de Castejon, eut le porte-
feuille de la marine, trouva bien des embarras pour
l'exécution de plusieurs mesures, et surtout de celles
relatives aux Indes, par suite de quelques mésintelligences entre les bureaux des Indes et celui de la marine, ainsi qu'entre leurs chefs respectifs. D'autres
difficultés, quoique de moindre importance, existaient
aussi dans d'autres bureaux des ministères. A cette
occasion, Valdès me représenta' plusieurs fois qu'il
serait utile de nous réunir pour éclaircir et régler ces
sujets de mésintelligence, et pour éviter ces brouille-
ries et ces discussions qui naissent ordinairement de la
correspondance et des Mémoires divers, au grand détriment du service de Votre Majesté et de l'utilité
publique.

« Je me rendis aussitôt à la justesse de cet avis. J'en-
gageai mes autres collègues à nous assembler plus souvent, et je représentai à Votre Majesté la nécessité de
donner une existence formelle et permanente à la
Junte d'État par une solennité convenable, et au
moyen d'une instruction détaillée pour chacun des di-

vers départemens d'État, grâce et justice, Indes, marine et finances. Votre Majesté consentit à ma proposition ; et je rédigeai l'instruction composée de quatre cent quarante-trois articles. Votre Majesté eut la patience d'en entendre la lecture, et de consacrer quelque temps, pendant trois mois, après le travail ordinaire du *Despacho*, à y faire des remarques et des additions : ceci précéda la formation régulière de la Junte. Il reste à examiner maintenant son but, et les calomnies auxquelles elle s'est trouvée en butte.

« Deux choses étaient les objets principaux de la Junte d'État, d'après l'ordonnance royale de sa fondation du 8 juillet 1787, savoir, la connaissance des affaires pour lesquelles il faut établir des règles générales, et l'examen des disputes entre les secrétaireries du *Despacho* et les tribunaux supérieurs, si elles n'avaient pu être décidées dans les réunions particulières, ou bien si, par leur importance ou par d'autres motifs, il fallait en hâter la résolution. L'ordonnance n'indique que ces deux objets seulement, et elle spécifie les sujets que l'on doit soumettre à la Junte, tant en matière d'état et des affaires étrangères qu'en celles de grâce et de justice, de guerre, de marine, des Indes, des finances et de commerce.

« Outre ces deux objets principaux, Votre Majesté ordonna que la proposition pour la nomination d'employés affectés à chaque département, tant politique et militaire que politique et financier, serait soumise à la Junte. D'après cette même ordonnance, la proposition devait être faite respectivement par le secrétaire d'état à qui l'affaire appartiendrait. Il devait présenter les personnes qu'il considérait comme plus capables et plus dignes de remplir les fonctions dont il s'agissait, afin qu'après avoir pris l'avis de la Junte, il pût faire à Votre Majesté un rapport sur la nomination ou la résolution qui lui avait été commandée. Votre Majesté ordonna en général que les avis de la Junte lui fussent présentés par le secrétaire du département dans lequel se trouverait l'affaire en question, excepté lorsque, par urgence ou par d'autres motifs, Votre Majesté ou la Junte chargerait un autre secrétaire de la communication.

« Les avantages de ces dispositions sont si évidens que je dois en faire grâce à Votre Majesté, les lui ayant déjà exposés avant la publication du décret. Mais, comme il pourrait arriver que ce Mémoire tombât dans d'autres mains, et cela est même assez naturel, et qu'il pourrait servir, dans les temps à venir, à rappeler les motifs puissans qui déterminèrent Votre Majesté à faire création essentielle, j'ai l'honneur de prier Votre Majesté de vouloir bien me permettre de rapporter ici quelques unes de ces conséquences.

« La première a été l'examen et la combinaison de divers intérêts et rapports des différentes branches de l'administration, chaque secrétaire d'état coopérant à ce but par les connaissances et l'expérience acquises dans son propre département. Tout le monde peut comprendre aisément l'usage ou plutôt la nécessité de cette combinaison, lorsqu'il s'agissait de prendre des mesures générales : voici un exemple des résolutions de Votre Majesté bien long-temps avant le commencement de mon ministère.

« Lorsqu'en 1770, nous étions menacés de la guerre avec l'Angleterre, il fallut connaître la situation de notre armée, et compléter le nombre des soldats, dont le déficit était très considérable. Votre Majesté ordonna la formation d'une Junte dans le département de la guerre, dont se trouvait alors chargé don Juan Gregorio Munianin, et elle voulut qu'indépendamment des ministres la Junte fût composée du comte d'Aranda, président du conseil de Castille à cette époque, de deux *fiscales* (procureurs du roi), du comte de Campomanes et de moi. Dans cette Junte, quoique consacrée à des matières militaires, Votre Majesté, ainsi que les personnes qui la composaient, resta convaincue qu'il fallait y appeler ceux qui étaient chargés des affaires politiques de la monarchie.

« Le *déficit* de l'armée se trouva être de plus de dix-huit mille hommes au-dessous de sa composition ordinaire; il était évidemment nécessaire d'aviser aux moyens de le remplir, tant pour le moment que pour l'avenir, afin que nous ne nous trouvassions plus exposés à de semblables difficultés, si la guerre venait à éclater. En effet, l'armée ne pouvait être complétée que par d'autres sujets qui n'étaient point soldats; et pour cela il fallut connaître la population des villes, le nombre des personnes capables de service, les moyens de les lever sans oppression, les ressources pour les dépenses, et autres particularités dont les personnes chargées du gouvernement des villes peuvent seules avoir une connaissance pratique et appro-

fondie. Nous nous tirâmes de ce mauvais pas en destinant les milices provinciales à compléter les régimens
de la ligne, et nous accordâmes une diminution dans
les années de service, et quelques autres soulagemens
à ceux qui sortaient des corps provinciaux. On décida
de former un règlement pour le recrutement de l'armée à l'avenir. Je traçai alors une esquisse qui fut plus
tard rédigée, avec toutes les formalités requises, par le
comte de Campomanes et par moi, chacun de nous
ayant fourni au conseil de la guerre les explications
convenables, à mesure que les difficultés se présen-
taient. Il fallait évidemment rectifier aussi les ordon-
nances concernant le recrutement de la milice. Ce
travail nous fut également confié à tous deux, *fiscales* alors du conseil, d'accord avec les inspecteurs d'infanterie et des milices. Nous commençâ-
mes nos séances, auxquelles je cessai bientôt d'assister,
Votre Majesté ayant daigné me nommer son ministre
à Rome.

« Je ne prétends pas que ce que l'on a fait alors ait été
réellement tout ce qu'on pouvait faire de plus convenable ; cependant j'oserai avouer à Votre Majesté, avec
ma franchise et ma véracité ordinaires, qu'avec quelques additions et amendemens, avec de plus grandes
facilités accordées aux villes pour fournir leurs con-
tingens, et avec d'autres secours et expédiens que
j'avais médités, le complément et même l'augmentation de l'armée auraient été faits d'une manière régulière et invariable, sans offrir aucun motif de plainte.
Je m'abstiendrai néanmoins d'entrer dans une matière
qui n'est plus de mon ressort. Je répéterai seulement

que cet exemple prouve la nécessité de réunir toutes les lumières des différens départemens, pour établir ou réformer des dispositions générales pour chaque département en particulier.

« La nouvelle ordonnance sur les forêts, que Votre Majesté se proposait de rendre relativement à celles qui appartiennent à la juridiction de la marine, m'a été confiée, et il sera convenable de l'examiner dans la Junte d'État, et même dans d'autres commissions composées de personnes habiles et expérimentées. Quoique les arbres appartiennent à la marine, il faut qu'ils croissent dans des landes et dans les districts des villes et des villages, et qu'ils soient plantés et entretenus par vos sujets avec des ressources et des fonds affectés à cet objet, et sous certaines restrictions. Toutes ces connaissances sont du ressort du département des affaires étrangères (1) réuni à celui de la marine. Je pourrais désigner une foule d'objets qui ont des rapports avec les ministères de la guerre et de la marine, et avec les ministères d'état, de grâce et justice, des finances et des Indes. Comment, par exemple, conclure un traité avec avantage, ou le maintenir avec énergie, si nous n'avons pas pour cela une connaissance exacte de nos forces de mer et de terre, ainsi que de l'intérêt que peut avoir la monarchie dans des acquisitions ou des cessions possibles ? et, en matière de commerce et de finances, comment pourrions-nous agir avec prudence sans une connais-

---

(1) Ce département était chargé, en Espagne, de l'administration des forêts.

sance pratique non seulement de nos besoins et de nos
obligations, surtout dans les branches de la guerre et
de la marine, mais encore de la capacité et de la position de ceux qui y doivent contribuer? Or, comment
pourrons-nous combiner les intérêts et le bonheur des
sujets espagnols dans les Indes avec ceux de la métropole, si les ministères de ces deux départemens n'y
concourent avec leur expérience et leurs connaissances
respectives?

« Ce premier avantage en comprend un autre, savoir :
celui de prévenir, par un consentement mutuel et par
la décision des discussions, des dispositions contradic-
toires qui autrement pourraient sortir des divers départemens. Quel tort une semblable opposition dans les
résolutions ne ferait-elle pas à l'autorité royale et à la
réputation du souverain? et quel préjudice cela ne
devrait-il pas occasionner aux sujets? une triste expérience ne nous l'a-t-elle pas assez démontré dans les
temps passés?

« Le troisième avantage est que dans les séances de la
Junte tous les ministres prennent part à la décision
des affaires importantes, quoiqu'elles ne soient pas du
ressort de leurs départemens respectifs. De là tous
éprouvent une sorte d'intérêt personnel dans leur exécution. S'il arrivait par hasard que le ministre qui a
proposé un projet fût séparé du ministère, les autres
restent pour continuer de le soutenir sous son successeur, puisqu'ils connaissent les motifs de son adoption.
La Junte devient par-là un dépositaire utile des mesures générales à prendre, et surveillera l'exécution
de celles qui seront adoptées, en empêchant qu'elles

ne soient facilement changées sous un nouveau gouvernement, ce qui pourrait entraîner de grands malheurs pour la monarchie.

« Un autre avantage, c'est l'examen plus réfléchi que
les ministres font de ces affaires, qui doivent être por-
tées devant la Junte, et le plus grand soin de leurs
commis dans la rédaction des extraits, puisqu'ils sa-
vent que trois ou quatre de leurs collègues sont là
pour examiner la matière, et qu'il est possible qu'ils y
découvrent des omissions ou des erreurs importantes.
Tous les hommes se ressemblent. Quelqu'actifs et di-
ligens que nous soyons, nous ne pouvons faire autrement que de nous confier à d'autres, surtout lorsque
l'on considère le nombre et la gravité des affaires dont
nous sommes chargés. Notre confiance diminue dès
que nous nous apercevons qu'on peut nous induire en
erreur, remarquer nos méprises et nous en rendre res-
ponsables : alors nous redoublons d'attention, et cela
contribue beaucoup à ce que Votre Majesté puisse
prendre ses résolutions avec plus grande sûreté. Il lui
serait impossible, en effet, de tout examiner, même
la plus grande partie des matières que l'on doit décider. Il en résulte que mieux elles auront été examinées
au préalable dans une junte de ministres, plus Votre
Majesté se trouvera assurée relativement aux faits sur
lesquels ses résolutions doivent être fondées.

« Le cinquième avantage, c'est la plus grande facilité
d'atteindre le but que l'on s'est proposé par les avis et
les opinions de plusieurs, au lieu de ceux d'un seul,
surtout dans les matières graves et importantes. La
conduite de tous les cabinets de l'Europe, qui réunis-

sent les différens ministres en conseil, et même l'usage ancien de l'Espagne, démontrent l'utilité de cette mesure. De plus, il importe aussi de remarquer que, lorsque les commissions ou les juntes ont lieu dans des maisons particulières, et pour des affaires graves qui surviennent à chaque instant, on éveille la curiosité des oisifs ou l'attention de ceux qui sont intéressés à découvrir les secrets de l'état; tandis que si les juntes sont habituelles, les affaires les plus grandes et les plus secrètes peuvent y être examinées sans offrir aucune occasion de les pénétrer, ni exciter les soupçons et la curiosité de personne.

« De la décision des discussions sur des matières pressantes, même de peu d'importance, qui sont transmises par les tribunaux supérieurs à la junte, résulte le sixième avantage, savoir : de faciliter l'expédition de plusieurs affaires, qui, par suite du conflit ou de l'étiquette des tribunaux ou des coupables manéges de ceux qui y sont intéressés, restent en suspens pendant un temps considérable. Les lenteurs et les retards sont d'une évidence trop reconnue, et ils arrivent trop souvent pour que j'aie besoin de m'attacher à prouver une vérité si palpable.

« Enfin, en examinant dans la Junte les propositions relatives au choix des personnes pour les employer dans les diverses branches des différens départemens, il y a ce dernier avantage, que Votre Majsté connaît les qualités des candidats proposés, et qu'après avoir entendu les personnes les mieux instruites dans chaque partie de l'administration, Votre Majesté choisit les plus capables. Un individu que je voudrais nommer intendant d'armée, peut être très habile et avoir beaucoup d'expérience dans les affaires de finance, et être en même temps très ignorant dans tout ce qui concerne la guerre; un autre que je voudrais nommer intendant et corrégidor tout à la fois peut avoir connaissance de la politique et du gouvernement, et manquer de celle des finances et des impôts; un gouverneur militaire peut être un excellent soldat, et un très mauvais politique faute d'instruction, de sagesse et d'expérience.

« Il avait été autrefois décidé que les propositions relatives à deux départemens d'état seraient préparées par les deux ministres qui en étaient chargés. Ceci n'a plus lieu maintenant. Cette résolution doit être prise dans la Junte d'État, où tous les ministres se trouvent réunis. Quel inconvénient y a-t-il à redouter pour un ministre qui se prépare à présenter une proposition à Votre Majesté d'entendre l'opinion de ses collègues, de celui surtout qui est chargé de l'autre département auquel l'affaire appartient également ? Encore une fois, pourvu que, par la décision de la Junte, ce ministre ne soit point privé du droit de proposer, et que Votre Majesté ait toujours la liberté de choisir ce qui lui paraîtra convenable, quel danger peut-il exister à ce que ledit ministre se soit bien assuré de la fidélité, des qualités et de la capacité de ceux qu'il peut recommander ? Malgré l'évidence de ces considérations, la méchanceté a dirigé ses attaques contre des mesures aussi raisonnables. A entendre quelques censeurs chagrins ou méchans, la création de la Junte n'est qu'une invention pour contrôler le libre choix du souverain,

et une tentative du ministre d'état pour s'approprier l'autorité de tous les départemens, et maîtriser ses autres collègues.

« Votre Majesté n'aurait-elle plus de personnes de mérite parmi lesquelles elle pourra choisir, si la Junte lui recommande quelques autres candidats qui ne se sont pas présentés au ministre du département ? Votre Majesté ne sera-t-elle pas informée avec plus de sécurité, en entendant l'avis de différens ministres, soit qu'il y ait des exceptions à opposer à quelques candidats, soit qu'on remarque plus d'instruction et de capacité dans les uns que dans les autres ?

« Sire, permettez-moi de vous parler franchement à ce sujet. Ceux qui perdent du pouvoir au moyen de ces investigations, c'est nous autres ministres, ainsi que nos commis et nos subordonnés. L'autorité de Votre Majesté gagne tout ce que nous perdons. Voilà l'exacte vérité. Cette mesure ne peut déplaire qu'aux hommes ambitieux qui se servent de prétextes pour faciliter leurs vues intéressées , en ne voulant avoir affaire qu'à une seule personne, ou aux subalternes qu'ils peuvent tromper ou corrompre. Le ministre d'état, aussi bien que les affaires comprises dans ses attributions, ne peut pas, plus que les autres ministres et leurs opérations , se soustraire aux dispositions de l'ordonnance. Ainsi, loin d'accroître son pouvoir, comme le prétendent d'injustes censeurs, il ne peut que perdre.

« Toute la haine de ces ennemis du bien public provient de ce qu'ils ont prétendu, dans le but de rendre odieuse la Junte d'État, qu'elle a été formée pour attirer vers elle toutes les affaires, tandis qu'elle ne

doit connaître que des mesures générales, ou bien de
celles qui demandent des règlemens généraux , des
contestations sur des matières urgentes de peu d'intérêt, et de l'examen des propositions relatives aux emplois qui ont du rapport avec deux départemens, afin
que chacun des deux ministres puisse faire les représentations convenables par le canal du même ministre que
la proposition concerne directement. Si Votre Majesté
envoie d'autres matières à la décision de la Junte, c'est
parce que Votre Majesté le veut bien, mais non pas
parce qu'elles sont dans les attributions originaires de
la Junte.

« Je n'ai pu m'empêcher, Sire , de me livrer à cette
digression , parce que l'institution solennelle de la
Junte d'État ayant été une des plus grandes comme des
plus utiles mesures de votre règne glorieux, il est juste
de la présenter sous son véritable point de vue, et de la
soutenir avec fermeté contre ceux qui s'opposent au
bonheur de la monarchie et à la gloire de votre dia-
dème. »

Ces considérations sur les avantages de la Junte
d'État se trouvent aussi exposées avec non moins de
clarté que de précision dans les observations du comte
de Floridablanca sur l'écrit anonyme publié contre
lui, et dénoncé au conseil de Castille (1). Venant à

---

(1) Le 12 mai 1789 , il fut remis entre les mains du roi Charles IV
par son valet de chambre D. Carlos Ruta , et entre celles de la reine
Doña Maria Luisa par D. Manuel Godoy, un écrit sans nom d'auteur,
rempli d'injures et de calomnies contre le comte de Floridablanca.
C'était un véritable libelle diffamatoire. Le roi ordonna de rechercher
l'auteur de l'écrit, et de lui faire son procès. D. Mariano Colon , surintendant de police, et conseiller de Castille, fut chargé de l'exécution de

parler de la *Junte d'État*, dont la création était attri-
buée par l'anonyme à l'ambition effrénée du comte,

---

l'ordre royal. Des soupçons s'étant élevés contre le marquis de Manca
et D. Vicente Salucci, on les traduisit en justice, et ils furent con-
damnés par le conseil de Castille en 1791. Le roi commua les peines
imposées par l'arrêt du conseil en celle d'exil. Lorsque le comte
de Floridablanca perdit son ministère dans le mois de mars 1792, lesdits Manca et Salucci obtinrent la révision de leur procès; mais
quoique l'instruction, qui avait suivi le cours des formes accoutu-
mées, se trouvât déjà très près d'être jugée, l'arrêt ne fut point
rendu. Un décret du roi en ordonna la suspension définitive.

L'écrit anonyme avait ce titre: *Confession du comte Floridablanca*. Dans la feuille suivante, on lisait ces mots: *Extrait d'un
papier tombé de la manche du père commissaire-général des
franciscains*. On y faisait parler le comte, car ce ne pouvait
être un autre que lui, mais l'écriture était de la main de l'intendant
du *Retiro*.

L'auteur anonyme non seulement censurait avec véhémence la
conduite du ministre comme homme public, mais il éclatait en toute
sorte d'injures contre lui, l'accusant des plus grandes infamies, et
lui reprochant jusqu'à celle de *voleur*. Il faut avouer qu'ils n'avaient
pas une idée bien élevée des qualités du roi et de la reine, ceux
qui les croyaient capables de retirer au ministre leur faveur à cause
des calomnies d'un libelle aussi odieux. La célèbre satire contre
le ministre Patiño et les commis des bureaux du ministère (*los Co-
vachuelos*) sous Philippe V, avec le titre du *Farfadet* (Duende),
quoiqu'écrite dans un style grossier, sans mesure, et montrant à dé-
couvert les intentions malveillantes de son auteur, pourrait néanmoins être regardée comme un modèle d'atticisme et de délicatesse,
à côté de cette production infâme.

Dans le but de répondre aux accusations faites contre lui, le comte
de Floridablanca écrivit les *Remarques adressées à l'anonyme*,
lesquelles furent communiquées au conseil de Castille, pour qu'il les
prit en considération dans le jugement du procès; et comme
l'anonyme envenimait tout, depuis la naissance du comte et sa famille, jusqu'à ses actions privées et secrètes, *les observations*
pulvérisèrent les calomnies tant sur les choses personnelles que sur
les affaires publiques. Quant à celles-ci, le comte donna dans cet
écrit de précieux renseignemens sur son administration.

L'anonyme terminait la longue liste de ses folles et injustes accusations par une insinuation malicieuse qui, à son avis, devait faire
une grande explosion, et perdre infailliblement le comte de Floridablanca. Les ennemis de ce ministre n'ignoraient pas où résidait

prêt à concentrer, disait-il, toutes les affaires du
royaume dans un corps présidé par lui, il s'exprime
ainsi : « Le comte, qui ordonnait tout d'après le furibond auteur, est tellement mal avisé, qu'il prétend assujettir tous les secrétaires d'état et lui-même à l'examen et à la révision des affaires les plus importantes de
la monarchie par la Junte ; qu'il veut qu'ils soient plus
attentifs, plus exacts, plus prévoyans par cet assujet-
tissement, et qu'il en soit de même à l'égard de leurs
commis et leurs subordonnés ; que tous les ministres
prennent part aux résolutions, notamment à celles qui
contiennent des règles générales, lesquelles sont principalement du ressort de la Junte ; qu'ils les soutiennent et ne les rendent point illusoires, défaisant les
uns ce qu'avaient ordonné les autres ; que si un des
ministres ou plusieurs d'entre eux venaient à être rem-
placés, ceux qui resteraient, connaissant les motifs
sur lesquels les résolutions étaient fondées, pussent en
instruire les successeurs, afin qu'ils ne détruisissent
pas légèrement ce que leurs prédécesseurs auraient
fait, ainsi que la chose a lieu, au grand détriment du
bon ordre et de tout système utile ; enfin, que la Junte
arrête les nominations aux emplois auxquels il y aura un

---

véritablement le pouvoir suprême après la mort de Charles III, et
ils avaient peut-être aussi des présomptions plus ou moins fondées
sur le mauvais vouloir de la reine pour le premier ministre. Les
derniers mots du libelle étaient ceux-ci : *aussi... mais il arrive
quelqu'un avec lequel je vais me concerter sur une atrocité contre
la reine.* (Nous avons déjà dit que, d'après l'anonyme, c'est le comto
qui parle).
  Cette insinuation n'eut alors aucune suite. Le ministre, fort de
sa bonne conduite, et défendu par sa réputation d'honnête homme,
émoussa les traits que ses ennemis lançaient contre lui.

commandement annexé, pour que chacun des ministres auquel la nomination appartient connaisse d'avance les personnes qu'on est dans l'intention de nommer, et puisse exposer les raisons favorables ou contraires à leur conduite et leur capacité, sans priver pour cela le ministre que cela regarde d'en faire le rapport au roi, et sans forcer non plus et en aucune manière la volonté du monarque dans les nominations, ainsi que cela a lieu à l'égard des présentations des personnes que les chambres de Castille et des Indes font au roi pour les emplois, ainsi que font le majordome majeur et autres chefs de la maison royale, et plusieurs conseils et tribunaux, et les secrétaires d'état même relativement à celles qui sont de leur ressort.

« Ces avantages, et d'autres très grands encore, ont donné naissance à la *Junte d'État*, pour laquelle le feu roi ordonna au comte de rédiger une instruction réservée, formant plus de cent feuilles, sur toutes les affaires de cette vaste monarchie, et sur un plan de gouvernement intérieur et extérieur, pour toutes les branches de l'administration, affaires étrangères, grâces et justice, guerre, Indes, marine et finances. Ce grand roi voulut entendre et corriger lui-même ladite instruction, occupation qui dura pendant trois mois au moins, et à laquelle on destina une partie du temps des *Despachos*. Si l'on pouvait publier ce travail réservé, on verrait si le comte fut bon ou mauvais serviteur de la couronne (1).

---

(1) L'instruction dont il s'agit est celle que nous publions maintenant.

« De ce que je viens de dire résulta le décret pour la
création formelle de la Junte, ainsi que l'appel fait
par le feu roi au roi actuel, alors prince des Asturies,
pour qu'il assistât au conseil et à l'expédition de toutes
les affaires. Si l'on dut ou non cette résolution au zèle
et aux travaux du comte, qui fut toujours d'avis que
l'héritier du trône devait être convenablement instruit
pour son bonheur et pour le nôtre, je m'en rapporte
entièrement au témoignage de Sa Majesté, qui est très
au fait de tout ce qui s'est passé (1). »

---

(1) Dans les *Mémoires* publiés sous le nom de D. Manuel Godoy,
on lit ce qui suit, à l'occasion des démarches tentées par le cha-
noine Escoïquiz, précepteur du prince des Asturies, pour faire entrer son auguste élève dans les conseils du roi, et de la répugnance
témoignée par le roi Charles IV à cet égard. « Charles IV, d'ailleurs,
disent les Mémoires, n'avait pas oublié une leçon assez dure qu'il
avait reçue dans sa jeunesse au sujet d'une prétention de même
nature. Il était alors prince des Asturies, et pouvait alléguer de
meilleurs droits que Ferdinand pour obtenir la faveur qu'il réclamait :
il n'était plus un enfant ; malgré cela, Charles III reçut la proposition avec humeur ; le fils ayant essayé de répliquer, le jaloux
vieillard lui défendit de reparaître devant lui. Cette leçon était toujours présente à l'esprit de Charles IV. »
L'induction à tirer de cela serait que Charles III vécut toujours
dans la méfiance à l'égard de son fils, et qu'il ne lui permit pas de
prendre part aux affaires publiques. Il convient de dissiper cette
erreur. Laissons à l'histoire le soin de révéler pourquoi Charles IV
n'admit point dans son conseil le prince Ferdinand dans la dernière
période de son règne surtout, quand le prince touchait à sa vingt-
quatrième année : ce fut à peu près à cet âge-là même que le
favori de ce monarque ne s'effraya pas de placer sur ses épaules
le lourd fardeau du gouvernement du royaume. Il appartient aussi
à l'histoire d'expliquer la source des suggestions et des intrigues dont
on se servit pour éloigner le prince du conseil, et de dire si elles ne
furent pas l'œuvre de ces personnes mêmes directement intéressées à
conserver la direction exclusive des affaires. En attendant l'éclaircissement de ces faits, on devra tenir pour certain que si Charles IV
se montra contraire à ce que le prince des Asturies, son fils,
s'instruisit à son côté, dans l'art de régner, sa répugnance ne pouvait

Quoique les vues du comte de Floridablanca sur la création de la Junte fussent évidemment sages et patriotiques, les censeurs de son gouvernement ne s'éle-

---

naître en aucune manière du souvenir qu'il gardât de la conduite tenue envers lui par Charles III, car, au lieu de l'éloigner du conseil, il l'y appela au contraire, et cela non quelquefois seulement, et pour ainsi dire par hasard, mais par système de gouvernement, et durant plusieurs années, ainsi que le témoigne le comte de Floridablanca, et le confirmèrent le bailli Valdès, ministre de la marine, et autres secrétaires d'État de ce temps-là. En sorte que l'héritier du trône fut le dépositaire de tous les secrets de l'état du vivant même de Charles III. Comment Charles IV put-il donc laisser entendre qu'il ne fut pas traité par son père avec la confiance la plus affectueuse, ni admis au conseil pendant qu'il fut prince des Asturies ?

Et ce ne fut pas seulement lorsque Charles III commença à sentir le poids des années qu'il admit son fils dans le conseil ; le prince était encore jeune, et il assistait déjà aux délibérations du roi avec ses ministres. Nous allons rapporter un fait qui le prouve.

Le 1er septembre 1776, le marquis de Grimaldi, premier secrétaire d'Etat, transmit, de la résidence royale de Saint-Ildephonse, au comte de Baños, qui présidait alors l'Académie royale de Saint-Ferdinand, en sa qualité de membre le plus ancien du comité ou conseil académique, un décret du roi, par lequel D. Antoine Ponz était nommé secrétaire de l'Académie par suite de la promotion de D. Ignace Hermosilla à la place de commis du ministère des Indes. Après que le comte eut reçu le décret du roi, il convoqua l'assemblée extraordinairement. Aussitôt l'Académie fit voir son ressentiment, d'abord parce que Hermosilla avait déclaré que s'il n'était point obligé de suivre la cour aux résidences royales, il pourrait continuer à remplir l'emploi de secrétaire, ainsi qu'il l'avait fait jusqu'alors, et ensuite parce que, par l'article 31 des statuts approuvés par sa majesté, il était expressément ordonné que l'on proposerait au roi dans les vacances de cette place les personnes en état de la remplir, ce qui n'avait pas été fait dans cette occasion : aussi l'Académie fit déclarer au ministre qu'elle se trouvait blessée de la nomination, et elle lui écrivit en ce sens le 11 septembre. Le ministre répondit le 16 du même mois par ordre du roi, en rendant compte à l'Académie de ce qui s'était passé dans son travail avec le roi relativement à la nomination de Ponz, qui était alors à Grenade, continuant son voyage dans les provinces d'Espagne. Grimaldi disait : « Le prince, notre seigneur, qui assista au despacho et connaît l'ouvrage de Ponz, fut charmé de sa nomination au secrétariat de l'Académie. Le roi se déclara aussitôt en sa faveur, croyant que c'était la personne mieux

vèrent point assez haut pour se soustraire aux préventions personnelles si fréquentes contre ceux qui sont
chargés de l'exercice de l'autorité suprême. D'ailleurs,
il était assez naturel aussi que les autres ministres,
ayant eu jusqu'alors le droit de proposer au roi les personnes pour occuper les places de l'administration, ne
vissent pas avec plaisir leurs prérogatives diminuées ,
et qu'il ne leur serait pas facile désormais de favoriser
leurs parens et leurs amis. Mais si le pouvoir ministé-
riel éprouvait quelques atteintes sous ce rapport-là ,
n'était-ce pas le roi, ou , pour mieux dire , le royaume
qui en tirait parti ?

---

en état de remplir cet emploi. Sa majesté arrêta sur-le-champ la
nomination (*). »

L'assistance du prince des Asturies au conseil avec le roi Charles III, son père, étant encore jeune, est donc un fait authentique,
irrécusable.

(*) Archives de l'Académie royale de Saint-Ferdinand.

INSTRUCTION RÉSERVÉE

POUR LA DIRECTION

DE

LA JUNTE D'ÉTAT,

CRÉÉE

PAR MON DÉCRET DE CE JOUR

(8 JUILLET 1787),

A LAQUELLE ELLE SERA TENUE DE SE CONFORMER

DANS TOUTES LES AFFAIRES CONFIÉES A SON EXÁMEN

ET A SA DÉLIBÉRATION.

Nota. Le comte de Floridablanca, premier secrétaire d'état, fut
l'auteur de cette *Instruction.*

Le manuscrit original appartient maintenant à M. le marquis de
Miraflores, comte de Floridablanca ; c'est à son obligeance que je suis
redevable d'avoir obtenu une copie de ce document précieux, aussi
propre à l'éclaircissement de notre histoire qu'à relever encore davantage un nom dont s'honore sa famille.

INSTRUCTION RÉSERVÉE

LA JUNTE D'ÉTAT.

I.

Du soin avec lequel on doit veiller au maintien de la religion catholique et des bonnes mœurs.

La protection de la religion catholique dans tous les états de cette vaste monarchie étant la première des obligations pour moi, et pour ceux qui me succéderont dans la couronne, j'ai voulu commencer mes instructions par ce point important, en vous témoignant mon désir de voir que la Junte se propose pour principal objet de toutes ses délibérations l'honneur et la gloire de Dieu, ainsi que le maintien et la propagation de notre sainte foi et l'amélioration des mœurs.

II.

Obéissance au saint-siége dans les matières spirituelles.

La protection de notre sainte foi demande nécessairement l'obéissance filiale de l'Espagne et

8

de ses souverains au saint-siége. Ainsi la Junte
n'épargnera aucun soin pour soutenir, affermir
et perpétuer cette soumission, tellement que pour
les matières spirituelles, dans aucun cas ni sous
aucun prétexte, on cesse de suivre et respecter
les résolutions prises selon les formes canoniques
par le saint-père, comme vicaire de Jésus-Christ
et primat de l'église universelle.

III.

Défense du patronage et des droits de la couronne avec sagesse et dignité.

Mais comme avec les décrets pontificaux, cano-
niquement rendus en matières spirituelles, il peut
s'en mêler d'autres qui aient des rapports avec
les décrets concernant le patronage et les droits
de la couronne, ainsi qu'avec les affaires de pure
discipline extérieure, dans lesquelles par les lois
ecclésiastiques elles-mêmes, aussi bien que par
les lois civiles et la coutume immémoriale, il
m'appartient des prérogatives que l'on ne peut
ni on ne doit abandonner, sans manquer aux plus
stricts devoirs de conscience et de justice, il convient que la Junte, chaque fois qu'il y aurait
quelque atteinte de portée auxdits droits et prérogatives, me propose des mesures sages et énergiques pour les soutenir, en combinant la véné-

ration due au saint-siége avec la défense de la
prééminence et de l'autorité royale.

IV.

Dans les matières de patronage et droits de la couronne, il
doit entrer aussi la raison d'état, après avoir entendu les
tribunaux.

Dans des cas semblables on entend d'ordinaire,
avant de prendre aucune résolution, le conseil ou
les conseils du ressort desquels sont les affaires,
les chambres de Castille et des Indes, si elles
sont de leur compétence, et d'autres tribunaux,
conseillers ou personnes éclairées et pieuses;
mais ceux qui sont consultés n'entrent souvent
pas dans toutes les considérations et vues politiques qui peuvent et doivent modifier la nature
des affaires et le mode de leur résolution. Il convient que la Junte ne le perde point de vue, et
qu'elle réfléchisse qu'une chose pourra être juste
et considérée telle par mes tribunaux et mes ministres, et néanmoins être dans l'exécution ou
difficile, ou impossible même selon les circonstances, à moins de s'exposer à des conséquences
funestes et dangereuses.

V.

De l'avantage qui résulte de faire des concordats et obtenir
des grâces pontificales dans les matières de patronage et
de discipline, sans préjudice des droits de la couronne.

C'est pour cela qu'on a résumé dans des concordats plusieurs points, qui, à la rigueur, auraient pu être conduits et décidés autrement par
la seule autorité des rois mes prédécesseurs, et
que ce moyen et celui des concessions ou grâces
pontificales obtenues par moi pendant mon règne
pour différentes matières ont été très profitables,
ayant eu soin de demander et exécuter les brefs
et les concessions sous cette réserve, savoir : qu'ils
ne s'opposent point aux droits de ma couronne,
car le but de leur obtention a été le maintien de
la paix et de la bonne intelligence avec les papes.

VI.

Il est douteux s'il ne serait pas plus convenable de traiter ces
matières avec les évêques et le clergé du royaume qu'avec
la cour de Rome.

Il conviendra de suivre cette méthode dans
plusieurs cas relatifs aux matières ecclésiastiques
sur lesquels la Junte aura à délibérer, chaque fois
qu'ils se présenteront, s'il n'y aurait pas plus
d'avantage à les régler avec le clergé et les évêques

du royaume qu'à les traiter avec la cour de
Rome, pour préférer ce qui sera plus facile dans
l'exécution.

VII.

On évitera les assemblées du clergé dans la capitale, et même
les conciles nationaux. Quant aux conciles provinciaux et
diocésains, on aura soin de veiller sur les objets soumis à
leur délibération.

Quoique le clergé et les évêques aient témoigné
leur fidélité et leur amour au souverain, surtout
dans les derniers temps, on doit considérer qu'ils
sont trop nombreux pour réunir leurs avis, et
qu'il y en a plusieurs d'entre eux qui professent
des maximes contraires aux droits de la couronne.
Ces considérations ont rendu nécessaire l'ajour-
nement des assemblées du clergé dans la capitale
au moyen de ses députés; il conviendrait même
de ne point les rétablir : je fais la même recommandation relativement aux conciles nationaux;
et même pour les provinciaux ou les diocésains.
On devra surveiller avec soin, par le conseil,
l'objet de leurs discussions pour empêcher les
atteintes aux droits de la couronne, ainsi qu'au
bien-être de mes sujets. Ainsi donc, dans le cas de
doute sur le succès en matières ecclésiastiques,
la Junte trouvera peut-être plus facile de s'entendre avec le pape, dont le nom et l'autorité

aplaniront les plus grandes difficultés dans ces
royaumes.

VIII.

On cherchera à faire nommer des papes favorables à cette
couronne : qualités qu'ils devront avoir.

Il résulte de cela que l'on doit songer à ce que
les élections des papes tombent sur des personnes
affectionnées aux couronnes, et notamment à
celle d'Espagne, et à ce qu'ils soient d'un caractère doux et d'une instruction non moins vaste
que solide, car ce sera par celle-ci qu'ils sauront
modérer les prétentions exorbitantes de la chancellerie romaine, et céder aux instances qui leur
seront faites.

IX.

Utilité de conserver le crédit national à Rome auprès des
cardinaux et prélats, aussi-bien que de la noblesse.

Pour cela il faut maintenir le crédit à la cour
de Rome, ménageant les cardinaux et les prélats
qui jouissent d'une plus grande considération, et
même les princes et la noblesse, en les honorant
avec opportunité, et en protégeant ceux spécialement dévoués à la couronne, pour laquelle ils
ont une grande estime (1).

---

(1) Ce fut la politique suivie constamment par la cour

X.

On demandera à la chancellerie romaine de rendre la résidence obligatoire pour tous les bénéfices appelés *simples;*
avantages spirituels et temporels qui en résulteraient.

Nous pouvons avoir plusieurs demandes à faire
à Rome, lesquelles s'augmenteront peut-être selon les temps et leurs vicissitudes; mais voici les
principales dans les circonstances présentes : la
première, affermir la discipline ecclésiastique en

---

d'Espagne. Le malicieux auteur de l'écrit anonyme contre
le comte de Floridablanca l'accusait d'avoir engagé le roi
à être le parrain dans le baptême d'un enfant né d'une
princesse romaine, avec laquelle il supposait que le comte
avait eu des rapports intimes lors de son séjour dans la
capitale du monde chrétien. En réponse à cette insinuation
malicieuse, le ministre disait entre autres choses : « L'anonyme reproche aussi au comte d'avoir conseillé au roi père
d'être le parrain du fils d'un grand d'Espagne à Rome, ainsi
que ce grand monarque avait la coutume de le faire, et il fut
en effet parrain du fils du comte de Montelibretto, héritier
de la maison Barberini, de celui du prince Doria et d'autres,
comme l'ont annoncé toujours les gazettes d'Italie. Cette
politique suivie par nos rois pour honorer les principales
maisons de Rome, et se les attacher, puisque ce sont elles
qui fournissent la prélature la plus considérée dans cette
cour, fut, d'après le furibond auteur, un résultat de *l'incon-
tinence* du comte. » Ces dernières expressions sont de l'anonyme.

établissant la résidence comme un devoir pour
tout genre de bénéfices, et spécialement pour
ceux qu'on appelle *simples*, qui, par abus ou par
usage, ont été servis jusqu'ici par des suppléans
ou mercenaires. Quoique pour ma part j'aie cherché à extirper cet abus contraire aux saints canons,
ni les individus pourvus de ces bénéfices, ni leurs
prélats, ne se croiront obligés à observer la
résidence si elle n'est point expressément or-
donnée par l'autorité papale. La résidence fera
accroître le nombre de ces ministres ecclésiastiques dans les villages, et éloignera de solliciter ces
bénéfices les ecclésiastiques errans et passagers,
qui fourmillent dans la capitale et dans les villes de
province : ils ne seront pas non plus le patrimoine
des fils des riches, qui, par des recommandations
et par d'autres moyens, recherchent ces revenus
pour en jouir, sans secourir les pauvres, dans
l'abondance et les plaisirs des grandes villes. Les
revenus resteront alors dans les territoires qui les
produisent, et fourniront des secours à plusieurs
familles.

XI.

Que la chancellerie romaine ne contrarie pas les mesures sur l'amortissement des biens territoriaux.

La seconde demande pourrait être que le saint-
père ne s'oppose pas aux mesures qu'il faut pren-

dre pour mettre un terme aux progrès de l'amortissement des biens, soit en faveur des ordres réguliers, soit en faveur des anniversaires et chapellenies, ou autres fondations pieuses. Ceci appartient
à l'autorité royale, selon l'ancienne coutume et
d'après des opinions très fondées ; mais je n'ai point
jugé convenable de prendre une résolution générale avant d'avoir épuisé à l'avance tous les
moyens doux et pacifiques d'arriver au but.

XII.

Principaux dommages de l'amortissement.

Le moindre des inconvéniens, quoiqu'il ne
soit, certes, pas peu considérable, c'est que ces
biens ne soient pas sujets à l'impôt ; car il y en a
deux autres bien plus grands encore, savoir :
charger les autres contribuables, et laisser les
biens amortis en danger de se détériorer, ou de
se perdre tout-à-fait, quand les possesseurs ne
peuvent pas en avoir soin, ou sont négligens ou
pauvres, ainsi qu'on les voit partout avec douleur, puisqu'il n'y a terres, maisons ni biens-
fonds plus abandonnés et détruits que ceux de
chapellenies et autres fondations pieuses, au grand
détriment de l'état.

XIII.

Moyens d'empêcher l'amortissement doucement, et sans
préjudice ni plaintes justes du clergé ou lésions des causes
pieuses.

Deux moyens se présentent pour empêcher le
mal à l'avenir et réparer celui qui a été déjà fait.
L'un, c'est que l'on n'amortisse point les biens à
l'avenir sans ma permission, et sans connaissance de
cause; l'autre, que les dotations pieuses puissent et
doivent être subrogées en *frutos civiles*, laissant en
liberté les biens territoriaux, de telle sorte qu'avec
des cens, *juros*, actions de banque, obligations de
la ville, droits ou rentes aliénés de la couronne,
et autres valeurs semblables, non sujettes aux dé-
tériorations, réparations et cultures, telles que
sont les maisons et les terres, le maintien et les
charges de fondation perpétuelle restent assurés.

XIV.

Continuation de la même matière.

Ces mesures peuvent être prises graduellement
avec sagesse et douceur, en commençant comme
on l'a déjà fait par provinces et localités, ou par
des cas particuliers, où il y ait des *fueros* ou priviléges qui ne permettent point l'amortissement
des biens. On pourra défendre aussi que les biens

se rendent inaliénables perpétuellement, ou in-
vendables sans autorisation royale, ce qui préviendrait également le tort occasionné par les
majorats et les substitutions ; le conseil s'occupe
des mesures sur la matière au moment de rédiger
cette instruction. Enfin il y a aussi le moyen de
s'entendre avec le pape, lorsque l'on soupçonne
quelqu'opposition opiniâtre, qui n'est point à
craindre maintenant.

XV.

Réforme de la discipline chez les réguliers, et établissement
des supérieurs nationaux dans le royaume pour tous les
ordres monastiques qui y sont fondés.

La troisième demande auprès de la cour de
Rome pourra être celle de ramener toutes les
familles religieuses à une discipline plus conforme
à leur institution et au bien de l'état, et obtenir que toutes aient un supérieur national dans
le royaume même, qui puisse surveiller de près
ladite discipline, être responsable de leurs négligences et relâchement, éviter des égaremens et
des frais de voyages dans les pays étrangers à l'occasion d'appels et de chapitres, et montrer de
l'amour pour ma personne ainsi que du zèle pour
le bien de la patrie.

XVI.

Exemples, conduite et politique de la cour de Rome pour
accorder ou refuser l'établissement de supérieurs nationaux
des réguliers du royaume, d'après son intérêt, et de ce
qui se pratique dans les ordres de Saint-François et de
Saint-Augustin.

La chancellerie romaine a fait droit à ces demandes toutes les fois qu'il a été question de
nommer des supérieurs nationaux avec titre de
vicaires, indépendans des généraux étrangers,
qui ne fixent pas leur résidence à Rome, ainsi que
cela a eu lieu sur ma demande avec les Trinitaires
chaussés et les Chartreux; mais aussitôt qu'on a
fait une demande pareille pour d'autres ordres
réguliers dont les généraux résident dans la capitale du monde chrétien, la cour de Rome s'est
refusée sous mille prétextes. Tel a été le cas à
l'égard de l'ordre de Saint-François et celui de
Saint-Augustin, et c'est pour cela qu'il n'a point été
permis aux vocaux de se rendre au chapitre général des Franciscains, et qu'on a demandé la pro-
rogation du commissaire général de cet ordre
et des autres offices.

XVII.

Sans blesser la chancellerie romaine ni le pape, le conseil et
ses rapporteurs (*fiscales*) devront soutenir les droits de la
couronne aussi bien que ceux de la nation.

Mon intention n'est pas dans cette matière, ni
dans aucune autre, d'irriter les esprits à la cour
de Rome, encore moins sa sainteté, par des résolutions fortes et blessantes ; il convient toutefois
d'agir avec fermeté, faisant en sorte que le conseil
et ses rapporteurs soutiennent avec énergie mes
droits ainsi que ceux de la nation, et ne perdent
pas de vue ceux qui se rapportent à la meilleure
discipline sur ces points, afin que la cour de Rome,
voyant ce à quoi elle s'expose, et la considération
due aux souverains espagnols par leur obéissance
filiale, se prête aux mesures que la Junte saura
aviser, et proposera pour obtenir l'indépendance
des supérieurs réguliers, soit sous le nom de généraux, tels que sont aujourd'hui ceux de la
Merci, Carmes déchaussés, Saint-Jean-de-Dieu,
Saint-Benoît, Saint-Bernard et autres, soit sous
celui de vicaires, ou commissaires généraux, inspecteurs perpétuels, ou autres qui produisent le
même effet.

XVIII.

Utilité, pour l'autorité royale, d'intervenir dans l'élection et nomination des supérieurs réguliers.

A ce propos il m'a paru convenable d'avertir la Junte qu'il serait avantageux pour l'autorité royale d'intervenir comme protectrice dans les choix et nomination de ces supérieurs réguliers, et d'empêcher celle de ceux qui ne seraient pas agréables au souverain, ou proposés par son ordre pour la nomination. Par de tels supérieurs reconnaissans et dévoués, on pourra insinuer et répandre parmi les familles régulières les idées utiles à l'État; ce qui est d'une grande portée dans ces royaumes par l'attachement et le respect que mes sujets ont pour les ordres religieux, aussi bien que par l'influence que ceux-ci pourraient exercer sur eux dans toutes les occasions.

XIX.

Dans cette vue, le gouvernement obtint de sa sainteté que le nonce pût nommer le général des Carmes déchaussés, ayant précédé l'approbation du roi. Cela eut lieu aussi pour l'élection des provinciaux et autres offices des clercs mineurs.

Ce fut dans cette vue que j'obtins de sa sainteté que dans les dissensions des Carmes déchaussés,

dont la visite fut commise au nonce, celui-ci pût
nommer dans le chapitre de l'ordre le général et
autres offices et supérieurs, ayant précédé ma connaissance, et l'insinuation ou la proposition de ceux
qui durent être nommés ; j'obtins la même autorisation pour l'élection des provinciaux et autres
offices des clercs mineurs. Il conviendra beaucoup d'établir cette méthode peu à peu, attendu
qu'il n'y a aucune famille religieuse dans laquelle
il n'y ait des dissensions et des moyens analogues
pour l'établir.

XX.

On demandera également à la cour de Rome qu'elle tolère
le règlement sur les promesses et contrats de mariage, pour
empêcher bien des désordres.

Enfin la quatrième demande, et la principale
auprès de la cour de Rome, pourrait être qu'elle
tolère le règlement pour les promesses et contrats
de mariage, pour prévenir tant de désordres de
la jeunesse des deux sexes, tant de préjudices
et de maux dans les familles, et tant de procès
dispendieux et contraires à la paix publique et
domestique, que l'on voit dans les cours royales
et ecclésiastiques. En effet, tous ou presque tous
les dommages naissent de l'irréflexion, de la séduc-
tion ou de la perversité, des passions désordon-

nées avec lesquelles sont faites et rédigées les soi-
disant fiançailles ou promesses de mariages.

XXI.

Exemple digne d'imitation donné par la cour de Portugal.

La cour de Portugal a fait une loi ou règlement
fort sage sur ces points; il conviendrait de l'imiter, en réduisant ou en bornant les fiançailles
obligatoires à celles qui se feraient avec certaines
formalités, et en défendant d'admettre sur toutes
les autres ni réclamations ni appels. Par ce moyen
on rendrait et les hommes et les femmes plus prévoyans et plus sages.

XXII.

Sur plusieurs points relatifs à la chancellerie romaine, on a
déjà pris des mesures, et on en prendra encore d'autres
avec lenteur et prudence.

Dans d'autres points relatifs à la chancellerie
romaine, tels que les dispensations, et les appels
en matières de justice et de gouvernement ecclésiastique séculier et régulier, on a déjà pris des
mesures convenables pour maintenir la discipline
et prévenir les abus de la cupidité et du pouvoir
des officiers de ladite chancellerie. La création de
la Rota de la nonciature doit empêcher les derniers appels à Rome, et cela doit être soutenu avec

fermeté. On montrera également de l'énergie sur les décrets rendus par moi, par lesquels il est ordonné que l'on ne reçoive aucune expédition de cette cour qui n'ait été demandée et ne vienne par le canal de mes ambassadeurs, ministres ou agens. Il reste seulement à régler avec lenteur et sagesse les expéditions, et que les causes sur lesquelles elles se fondent soient justes et canoniques, en sorte que les dispensations ne soient pas et ne paraissent pas aux yeux du monde et de notre sainte religion n'être qu'un moyen adroit pour nous enlever de l'argent.

XXIII.

Douceur et considération avec lesquelles il faudra agir vis-à-vis le clergé.

Les évêques ainsi que le clergé éclairé de ces royaumes pourront seconder ce bon désir. Ainsi, je recommande particulièrement à la Junte le soin de bien traiter tout l'État ecclésiastique séculier et régulier, et qu'on gagne son affection et obéissance par la douceur ainsi que par les témoignages d'honneur et de reconnaissance que puissent mériter ceux des prélats et des ordres inférieurs qui se feront remarquer par leurs vertus, leurs lumières et leur amour de mon service, ainsi que du bonheur de l'état.

XXIV.

De cette manière , le clergé se résignera aux mesures qui
pourront être nécessaires pour maintenir les droits de la
couronne ainsi que le bon ordre , non moins que pour diminuer les charges et la pauvreté de l'état séculier.

Par ce moyen, le clergé prendra en patience les
mesures qui pourront convenir au maintien des
droits de la couronne et du bon ordre, comme
pour diminuer les charges et la pauvreté de l'Etat
séculier. En cela , le clergé d'Espagne doit subir
quelques réductions sur les revenus considérables
dont il jouit, car, outre les dotations que la couronne accorda aux Eglises , elles reçoivent les dîmes et les premices, lourd et universel impôt, sans
déduction des fruits, et perçoivent des droits des
fidèles, comme s'ils ne payaient pas de dîmes, pour
leurs baptêmes , mariages , enterremens et les autres choses où l'Eglise intervient, sans compter
les offrandes, annonces, suffrages, confréries et
autres charges. Nulle part en Europe il n'y a cette
étendue de contributions, mais le remède demande du temps, des occasions favorables four-
nies par le clergé lui-même, et beaucoup de
douceur.

XXV.

Don du clergé dans la guerre contre la Grande-Bretagne,
en 1779. Premier exemple des temps modernes, d'avoir
(le clergé) contribué avec des subsides considérables, sans
bref apostolique ni contrainte.

En partant de ces principes, j'ordonnai, au
commencement de la guerre contre la Grande-
Bretagne en 1779, que l'on s'adressât honnête-
ment aux évêques et chapitres, pour qu'ils m'ai-
dassent, selon leur pouvoir, par le moyen de dons
ou de prêts; et en effet la plupart d'entre eux
m'aidèrent ou m'avancèrent des sommes considérables, plusieurs sans aucun intérêt, dont je
leur fis des remercîmens par des lettres signées
de ma main. Ç'a été le premier exemple des temps
modernes d'avoir obtenu du clergé des secours
très supérieurs sans comparaison à ceux qui lui
furent arrachés dans d'autres occasions avec rumeur et scandale, et cela sans bref apostolique,
sans contrainte et sans bruit.

XXVI.

Il est nécessaire que le clergé soit éclairé.

L'instruction du clergé est indispensable pour
toutes les importantes idées à mettre au jour ou à
faire fructifier. En cela, le zèle de la Junte aura

de quoi s'exercer. Le clergé séculier et régulier, nourri dans de bonnes études, connaît à fond les limites des pouvoirs royal et ecclésiastique, et il sait donner à la puissance temporelle et au bien public l'étendue convenable.

XXVII.

L'instruction qu'il convient de répandre parmi les ecclésiastiques.

On doit fomenter, tant dans les universités que dans les séminaires et dans les ordres réguliers, l'étude de l'Écriture-Sainte et des Pères les plus célèbres de l'Église, celle des conciles généraux, et enfin celle des principes de la saine morale. Il convient aussi que le clergé séculier et régulier ne s'abstienne point d'étudier et cultiver le droit public et le droit des gens, celui qu'on appelle politique et économique, les sciences exactes, les mathématiques, l'astronomie, la géométrie, la physique expérimentale, l'histoire naturelle, la botanique et autres sciences semblables.

XXVIII.

Récompenses pour les personnes qui se distingueront dans les sciences.

Il a existé parmi les réguliers des hommes éminens dans ces sciences, si utiles pour éclairer et

améliorer les peuples. Il sera juste par conséquent
de récompenser avec des pensions ecclésiastiques
les individus du clergé qui se feront remarquer
dans ces connaissances, quoiqu'ils soient membres d'ordres religieux, ainsi que ceux attachés à
mes droits, comme je l'ai déjà fait envers quelques uns d'entre eux. A cet effet, lorsque la Junte
saura qu'il existe quelques individus marquans
sous ce rapport, et jugera qu'il convient de les
récompenser par ce moyen ou par d'autres, elle
s'en occupera et elle décidera la chose, pourvu
toutefois que le secrétaire des grâces et justice,
ou celui à qui l'expédition de la récompense ap-
partiendra, m'en rende compte.

XXIX.

Dans les provisions des revenus ecclésiastiques, on agira
avec soin.

En agissant ainsi, et en observant ponctuellement mon décret du 24 septembre 1784, sur la
manière de pourvoir aux revenus de l'Église, dont
la Junte devra surveiller l'exécution, ainsi que
celle de toutes les règles qui seront établies pour
m'exposer les contraventions, on stimulera le
clergé à l'étude, à la meilleure discipline, à élever dans son sein des personnes qui, à la sublime

qualité de ministre de la religion, sachent unir
aussi celle de citoyens bons et honnêtes.

XXX.

Esprit dont le clergé devra être animé dans l'enseignement du peuple.

De la conduite qu'observera le clergé dépen-
dra en grande partie celle des peuples. On l'enga-
gera donc, ainsi que les évêques, à dissiper les
superstitions, et à propager la piété véritable, qui
consiste dans l'amour et la charité envers Dieu
et le prochain, comme à combattre le relâchement de la morale, les opinions qui en sont la
source, et dont la funeste influence détruit les
bonnes mœurs.

XXXI.

Les évêques auront soin de déraciner les pratiques supersti- tieuses par leurs lettres pastorales, mandemens et exhor- tations.

La superstition et la fausse dévotion produisent
et entretiennent l'oisiveté, les vices et les folles
dépenses. Elles font tort au culte véritable et au
secours des pauvres. Ainsi, la Junte devra aviser
aux moyens d'exciter les évêques, curés et prélats
réguliers pour qu'ils contribuent à ces fins par leurs
lettres pastorales, mandemens, exhortations fré-

quentes, et même en usant des peines spirituelles. Ils mettront, s'il le faut, à exécution les décrets rendus pour diminuer ou éteindre les confréries ou congrégations qui n'auraient pas pour seul but le culte véritable de Dieu et le soulagement du prochain nécessiteux; le tout sans dissipations ni fêtes profanes qui conduisent peut-être aux péchés, et sans des dépenses pour dîners, rafraîchissemens et vaines pompes à la charge de mes sujets.

XXXII.

L'inquisition pourrait coopérer à atteindre au même but.

Quoique les évêques soient par leurs ministères principalement chargés de veiller sur les superstitions, ainsi que sur les abus de la religion et de la piété, dans ces circonstances comme dans d'autres, le tribunal de l'inquisition de ces royaumes pourrait opérer le même bien en se prêtant non seulement à punir, mais aussi à éclairer les peuples sur la vérité, en leur faisant séparer le bon grain de l'ivraie, c'est-à-dire la vraie piété de la superstition.

XXXIII.

Il convient pour cela de favoriser et protéger ce tribunal, mais on doit le faire de telle manière qu'il n'usurpe pas les droits de la couronne, et que, sous prétexte de religion, il ne trouble pas la paix publique.

Quant à cela, la Junte doit favoriser et protéger ce saint tribunal tant qu'il ne s'éloignera pas de son institution, qui consiste à poursuivre l'hérésie, l'apostasie, la superstition, à éclairer charitablement les fidèles sur ces points ; mais comme l'abus marche toujours à côté de l'autorité, selon l'humaine faiblesse, dans les objets même les plus grands et les plus utiles, il faut toujours être sur ses gardes pour que, sous prétexte de religion, on n'usurpe ni la juridiction ni les droits de ma couronne, et que la paix publique soit maintenue. A cet égard, la vigilance est convenable, non seulement parce que les peuples penchent aisément et sans discernement vers tout ce qui porte le masque du zèle religieux, mais aussi parce que la manière de perpétuer parmi nous la stabilité de l'inquisition et les bons effets qu'elle a produits pour la religion et l'État, c'est de la contenir dans ses limites, et de borner ses facultés à tout ce qui sera plus doux et plus conforme aux règles canoniques. Tout pouvoir

modéré et régulier est durable; celui qui est extraordinaire et excessif est odieux : une crise violente arrive qui le renverse de fond en comble.

XXXIV.

Les censeurs (*calificadores*) du saint-office n'ont pas toujours
eu la douceur que demande une commission aussi grave et
aussi importante. Il conviendra de faire tomber ces nominations à l'avenir sur des personnes instruites et dévouées
à l'autorité royale.

Il est très nécessaire dans ce but que l'on fixe
le nombre ainsi que la nomination des censeurs,
en les dotant convenablement avec des revenus
ou avec des pensions ecclésiastiques. De ces ministres et de leurs rapports dépendent la plupart
du temps la conduite des tribunaux de l'inquisition. Les censeurs ou les ecclésiastiques séculiers
et réguliers, qui qualifient les propositions, livres,
écrits et faits qu'on suppose du ressort de l'inquisition, ont été nommés jusqu'ici plutôt par
honneur ou par faveur qu'autrement. Plusieurs
d'entre eux n'ont pas tout le fond d'instruction
nécessaire pour ces fonctions importantes. Il faut
donc régler cette affaire, sur laquelle il y a des
instances faites par les grands-inquisiteurs eux-
mêmes, et lorsqu'elle sera réglée, il conviendra
de m'avertir à l'avance sur les censeurs qu'on devra nommer, non moins à cause de mon patro-

nage que pour empêcher la nomination de quelqu'un opposé à mon autorité et à mes droits, ou
qui, pour toute autre raison, ne me serait pas
agréable.

XXXV.

Conversions à notre sainte foi.

A l'occasion du saint-office, je crois convenable
d'insinuer ici à la Junte combien il importe à
l'état et à la religion elle-même d'encourager les
conversions à notre sainte foi catholique tant dans
ces royaumes qu'au dehors, ce qui me fait désirer qu'on donne à cette affaire l'attention et l'effica-
cité qu'elle mérite, et que l'inquisition y coopère,
comme il est de son devoir de le faire.

XXXVI.

Injustice à l'égard des convertis. Nécessité d'accoutumer les
peuples à les traiter avec charité et honneur, en facilitant
par-là aux convertis et à leurs descendans les mêmes avantages dont jouissent les autres sujets.

Un des plus grands obstacles qui a existé et qui
existe encore maintenant aux conversions, c'est
la tache indécente et même infamante dont on
souille les convertis, leurs descendans et leurs
familles, en sorte que l'action de l'homme la plus
louable et la plus sainte, la conversion à notre
sainte foi, est punie de la même peine que le plus

grand des délits, celui de l'apostasie, puisque
l'on considère comme également déshonorés les
convertis et leurs descendans, et les péniten-
ciés et les leurs punis pour crime d'apostasie
et d'hérésie. Cette conduite, contraire à l'Écriture-
Sainte et à l'esprit de l'Église, ne s'accorde pas
avec la piété et la religion d'un peuple catholique, et suffit pour empêcher les conversions dans
les vastes états de cette monarchie; elle rend
haïssable le nom espagnol parmi les Indiens,
Africains, Asiatiques et autres, que nous cher-
chons à attirer dans notre sainte foi au prix de
travaux et de frais innombrables. D'ailleurs,
cette manière de voir et d'agir étant contraire
aussi au bien de l'état, à l'accroissement de sa
population et à l'union intime qui doit exister
parmi les membres du corps politique, j'ai ordonné la formation d'une junte présidée par l'inquisiteur général, composée de théologiens et de
canonistes, afin qu'on y discute et propose le
mode de dissiper les préventions qui croissent sur
cette matière, d'habituer les peuples à traiter les
convertis avec charité et honneur, et de faciliter
tant à ceux-ci qu'à leurs descendans les mêmes
avantages qu'aux autres sujets, pour leur aplanir
le chemin des conversions, laissant d'ailleurs sub-
sister les peines qu'on jugera convenables contre

ceux qui apostasieront. La Junte, en vertu de
ces antécédens, s'empressera de contribuer à
l'exécution prompte et efficace de mes intentions.

XXXVII.

Le pape et les évêques peuvent contribuer beaucoup par leurs
déclarations et exhortations à déraciner la prévention in-
vétérée contre les convertis.

Le pape et les évêques peuvent faire disparaî-
tre par leurs conseils et leurs instructions la
vieille haine que l'on porte aux convertis, faisant aussi publier des écrits rédigés par des hommes instruits et estimés du clergé séculier et régulier, et obtenant du saint-père quelque bref ou
exhortation aux prélats, chapitres et communautés ecclésiastiques, dans lequel sa sainteté explique l'esprit de l'Évangile sur ce point important, et la conduite suivie par la sainte Église
romaine dans d'autres temps aussi bien que dans
celui-ci.

XXXVIII.

Il convient de diviser et subdiviser les grands diocèses qui
existent en Espagne.

La division des évêchés est une maxime que
je désire graver profondément dans l'esprit de
mes successeurs, ainsi que dans celui des mem-

bres de la Junte. Pour ce que j'ai dit jusqu'ici, et
pour d'autres objets et fins, tant religieux que politiques, il convient de diviser et subdiviser les
grands diocèses qu'on voit en Espagne. Les évêques ne peuvent pas procurer la nourriture spi-
rituelle que demandent des territoires aussi éten-
dus, les visiter souvent, connaître bien leurs
ouailles, veiller sur leur conduite et celle du
clergé, ni pourvoir à tous les besoins spirituels
et temporels.

XXXIX.

La division d'évêchés ferait refluer sur plusieurs villes et
provinces des revenus qu'on dépense maintenant dans les
capitales.

Les revenus d'aussi riches évêchés réunis dans
la capitale ne sont point distribués avec égalité
dans les terrains qui les produisent, et ceux-ci
deviennent peu à peu stériles, et même ils se dé-
peuplent. Le moyen facile et effectif de ranimer
plusieurs villes et même des provinces entières
serait d'y établir des évêques et des chapitres ; car
alors ils y consommeraient leur revenu, encourageraient quelques familles fondatrices, et en
voyant de près les calamités et les souffrances, ils
pourraient les secourir avec plus de connaissance
et d'utilité.

Il y a dans les chambres de Castille et des Indes des travaux sur ces divisions ; il conviendra de les reprendre et de les compléter, autant que cela sera possible ; car la nécessité et l'utilité s'étendent aux états des deux hémisphères (1).

---

(1) Les mesures relatives aux affaires ecclésiastiques indiquées dans les numéros précédents témoignent de la sagesse du gouvernement, qui savait séparer l'eau pure et limpide de la vérité évangélique du limon impur des superstitions, et prenait des mesures fort sages pour extirper les abus, sans préjudice des institutions religieuses. Ces mesures prouvent aussi son esprit de justice. Le clergé possédant ses biens légitimement, il n'eut jamais la pensée de l'en dépouiller ; au contraire, il régla ses droits d'après la nature et les besoins véritables d'une institution aussi salutaire. C'est une très grande erreur que de n'envisager la réforme du clergé que sous le rapport économique, car avant toutes choses on doit considérer l'avantage tant religieux que moral que la société retire de nourrir décemment l'état ecclésiastique, sans qu'il se voie forcé de mendier son pain aux dépens de sa dignité. L'état ne subsiste pas avec des biens temporels seulement. Il y a une foule d'autres causes qui influent essentiellement sur sa conservation, parmi lesquelles on doit mettre en première ligne l'instruction religieuse, qui est le fondement de l'obéissance du peuple et de la justice du souverain.

Le célèbre Burke fait à ce sujet une comparaison qui paraît fort juste : « Supposons, dit-il, que chacun qui possède des terres sujettes au paiement des dîmes doive être considéré comme le descendant du fondateur d'une école créée pour instruire le peuple tous les dimanches, l'autorité

XL.

On devrait diviser et augmenter les tribunaux supérieurs dans les provinces.

La division et l'accroissement des tribunaux supérieurs dans les provinces est un point impor-

---

publique aura le droit sans aucun doute de veiller sur l'accomplissement des devoirs imposés par le fondateur et de s'assurer de l'exécution des conditions réciproques du contrat. Elle peut légitimement faire de nouveaux règlements pour étendre et affermir l'instruction tant morale que religieuse ; elle peut aussi varier et modifier les droits qu'on exige de ceux qui possèdent lesdites dotations, et même leur en imposer de nouveaux, si on le croit convenable au bien public ; mais il devra s'arrêter là. Il ne peut aller plus loin sans injustice, car si le législateur non satisfait de telles mesures veut, non régler seulement l'établissement, mais s'en emparer tout-à-fait, il tombera dans la même usurpation que commettrait l'inspecteur d'une maison de bienfaisance qui, au lieu d'y mettre de l'ordre ou de prendre les mesures utiles pour sa conservation, voudrait s'approprier ses biens, et le dépouiller injustement de ce qui lui appartient.

Que l'on ait donc recours à quelque moyen, s'il y en a, pour concilier l'allégement des possesseurs de biens territoriaux avec les droits du clergé..... L'autorité publique peut le faire, puisque c'est en faveur de l'institution elle-même ; mais dénaturer la fondation, en supprimer ou abolir ce qui lui appartient de droit, et ce qui peut seul lui donner de la

tant et nécessaire pour la bonne administration
de la justice, ainsi que pour la félicité de mes

---

stabilité, n'est pas dans les limites de l'autorité civile, et
d'ailleurs ce serait un violation injuste. »

Les avantages que l'État retire de respecter la propriété
inviolablement partout où elle se trouve sont évidents,
car autrement il serait à craindre qu'une usurpation ne fût
suivie d'une autre, et qu'aucune classe de propriétaires ne
vécût assurée de posséder ce qu'elle a. Depuis quand des
gouvernements qui ne sont point justes ont-ils manqué de
prétextes de convenance ou d'utilité publique pour cacher
leur haine ou leur rapacité? La révolution française commença par priver le clergé de ses biens et de ses droits, et
ensuite elle dépouilla les nobles et les émigrés. Dès qu'on
manque à la justice envers les uns on est disposé à en manquer aussi envers les autres. Lorsque le gouvernement vient
à tomber entre les mains des hommes pour qui la violence
est la seule règle de conduite, il n'y a plus de foi publique.
En vain parleront-ils de justice et d'honnêteté, personne ne
croira à de semblables protestations. Le véritable soutien des
états, ou, pour mieux dire, leur seul moyen de stabilité consiste dans la justice et dans la conservation des droits de
tous. *Ea est summa ratio*, dit Ciceron (*), et *sapientia boni
civis commoda civium non divellere, sed omnes eadem æqui-
tate continere.*

A l'époque où l'*Instruction* fut écrite, on ne connaissait pas
encore la singulière découverte que fit depuis le gouvernement né de la révolution française, de salarier le clergé. On
peut toutefois affirmer que cette mesure u'aurait pas obtenu

(*) Lib. ıı, *de Officiis.*

sujets. C'est ainsi que dans le royaume d'Aragon,
chaque province a sa cour royale. On devrait

l'approbation des ministres de Charles III, quoiqu'ils fussent des hommes très éclairés, ils étaient pieux , ils y auraient
vu une atteinte contre la religion et ses ministres. Placer
ceux qui doivent exercer un ministère aussi sublime et aussi
indépendant que l'est celui de l'Évangile dans la nécessité
de toucher leur solde au trésor, comme tout autre employé
civil, c'est ravir au ministère ecclésiastique une grande
partie de sa considération, et le ravaler à la condition d'une
institution purement humaine, qui ne peut avoir ni existence ni durée, si ce n'est par le bon plaisir de l'autorité
temporelle. Le clergé ne peut obtenir ainsi cette estime qui
est la prérogative de la propriété, et il partagera nécessairement au contraire la dépendance propre de tous ceux qui
perçoivent des traitemens de l'État. L'offrande que les fidèles
présentent au prêtre devant l'autel ennoblit et relève son
ministère, car elle est un hommage à son autorité, un acte
de reconnaissance pour ses soins et ses services continuels,
un témoignage enfin de sa piété : ces circonstances précieuses
ne se trouvent point dans le salaire payé par l'État.

La loi se montre en France indifférente en matière de
religion. (D'autres ont dit qu'elle était *athée.*) Elle ne témoigne aucune prédilection, pas plus pour la croyance romaine
que pour la foi des Israélites. Les divers cultes qu'elle paie
sont traités par elle avec une froide égalité, sans se proposer
d'autres fins dans leur subvention que de conserver la paix
du royaume, prévenir des désordres et des troubles pour
cause de religion, et favoriser l'enseignement de maximes
utiles au maintien des sociétés. Des esprits prévenus auront
cru peut-être aussi que le sacerdoce serait plus obéissant à

l'établir également dans celui de Castille, en faisant une division plus égale de provinces, car

---

l'autorité civile lorsqu'il serait salarié par elle : idée étroite, et à la fois calcul erroné. En effet l'obéissance aux lois prescrite par le christianisme venant d'une source noble et pure, étant ; pour ainsi dire, inhérente aux principes fondamentaux de la foi orthodoxe, le clergé ne sera point pour cela ni plus ni moins soumis à la puissance temporelle qu'il ne l'a été. Il s'agit de savoir s'il lui sera plus attaché, s'il se croira plus obligé par elle, ou bien si au contraire il ne regardera pas la dignité de son ministère auguste comme blessée, et le fruit de ses travaux comme fort diminué.

L'Espagne ne s'est pas encore élevée jusqu'à cette hauteur philosophique : Dieu veuille qu'elle ne parvienne jamais à une indifférence aussi funeste en matière de religion. Rien n'est plus juste que de tolérer dans l'État diverses croyances, et de protéger tous les cultes, lorsque cela peut se faire sans troubler la paix publique ; mais avant tout il faut que les gouvernemens adorent publiquement le Créateur. Dans ce cas-là seulement la tolérance peut être méritoire, car comment y aurait-il du mérite à regarder toutes les religions indistinctement comme des inventions purement humaines, et à les voir à travers le prisme trompeur du septicisme ? D'ailleurs, l'État comme corps ne reçoit-il pas des bienfaits du Très-Haut ? n'a-t-il pas des actions de grâces à rendre à l'auteur de tout bien ? La Providence ne rend-elle pas ses champs fertiles ? n'arrête-t-elle ou n'humilie-t-elle pas ses ennemis ? ne le préserve-t-elle pas d'une foule de fléaux et de calamités qui affligent d'autres peuples ? Quoi ! chaque membre de l'État témoignera sa reconnaissance à l'Être suprême, et lui offrira l'hommage de son amour, en allant

maintenant il y a une grande inégalité dans leurs districts.

---

se prosterner aux pieds des autels, et le chef des peuples, c'est-à-dire son gouvernement, chez lequel devraient briller davantage les vertus religieuses et morales, agira avec une indifférence qui ressemble à l'irréligion et à l'athéisme! Il y a 50 ans nos devanciers étaient loin de soupçonner de tels progrès, et ils étaient, certes, bien plus loin encore de les désirer.

La lenteur prudente des ministres de Charles III dans les réformes relatives aux affaires religieuses mérite aussi d'être remarquée. Par cela même qu'ils connaissaient leur importance, ils étaient convaincus de la circonspection avec laquelle on devait agir dans une matière aussi délicate. Plût à Dieu que les novateurs qui sont venus après eux eussent agi avec la même sagesse! Un écrivain célèbre du dernier siècle dit en parlant des réformateurs qui veulent tout innover : « Il y a une règle qui a un sens très profond, ce me semble, et que l'homme honnête qui souhaite des réformes ne devra jamais perdre du vue. On ne conçoit pas comment il peut y avoir des esprits assez présomptueux pour ne voir dans leur pays qu'une table rase sur laquelle il leur soit permis de faire tous les pieds de mouches qu'ils veulent. On comprend que l'homme poussé par l'ardeur philanthropique désire voir la société établie sur d'autres bases, mais s'il aime véritablement sa patrie et s'il professe des principes sains en politique, il cherchera à conserver les intitutions du pays en les améliorant. Désir de conserver et habileté pour les réformes, voilà les deux choses que je prendrai pour devise de l'homme d'état. Tout le reste est vulgaire en théorie et d'une difficulté extrême dans l'exécution. »

Lorsqu'il s'agit de réformer les lois et les institutions des

XLI.

En attendant, il serait utile d'établir dans chaque intendance une sorte de tribunal moyen où l'on jugerait par
voie d'appel ou de plainte les procès peu importans (*de
menor quantia*), et les délits ou contraventions d'ordre
inférieur, aussi bien que les affaires contentieuses, même
économiques, en finances, guerre et police.

Par ce moyen, on surveillerait les corrégidors
et les municipalités de tout le royaume, et l'on

---

peuples rien n'est funeste pour eux comme un trop grand
empressement. Au lieu d'écarter par-là les obstacles qui em-
pêchent le bien, on les accroît, et on les fortifie au point
de rendre quelquefois impossible ce qu'il aurait été facile
d'obtenir peut-être par des mesures lentes et douces. L'impétuosité est un signe certain de passion et d'erreur en matière de gouvernement, tandis qu'au contraire le calme et
la circonspection accompagnent toujours la sagesse. Un des
philosophes les plus distingués du xvie siècle, le Français
Bodin, dans son *traité de la République*, a un chapitre ainsi
intitulé : *les changemens dans les Républiques et les réformes de leurs lois ne devront être faits avec précipita-
tion* (*). Nous copierons ici quelques-unes de ses réflexions,
parce qu'il pourra être utile de les méditer. « Autant un
prince sera grand et puissant, autant il devra être plus
juste et droit envers ses sujets, auxquels il doit rendre justice.
La seigneurie de Bâle ayant changé de religion, elle ne voulut pas expulser violemment les religieux des abbayes et des
monastères : elle ordonna seulement qu'à l'heure de leur

(*) *Traité de la République*, liv. iv, chap. iii.

punirait ou réprimerait mieux les délits et les
excès des juges et des riches, et l'on éviterait plu-

---

mort leurs successeurs mourraient aussi avec eux, tellement
qu'il y eut un chartreux qui vécut long-temps dans sa char-
treuse, sans être forcé de changer de lieu, ni d'habit ni de
religion, quoique presque tous ses collègues se fussent absen-
tés volontairement. On prit une résolution semblable dans
Coire à la diète des Grisons, dans laquelle il fut décidé que
les ministres de la religion réformée vivraient du revenu des
bénéfices, afin que les religieux restassent dans leurs monastères jusqu'à leur mort. Je le sais par l'ambassadeur de
France, qui me l'a écrit de Coire : ainsi, les uns et les autres
furent contens. »

Et à la fin du chapitre, l'auteur explique sa pensée plus
clairement encore :

« Le gouvernement d'un État bien régi, dit-il, doit se
proposer pour modèle le Créateur, qui procède graduellement en toutes choses, faisant que d'un germe presqu'imper-
ceptible naisse et croisse un arbre grand et fort, non pas
tout à coup, mais peu à peu, en réunissant les extrêmes par
les moyens, mettant le printemps entre l'hiver et l'été et
l'automne entre ces deux derniers, agissant en tout avec une
égale sagesse (*). »

Tels sont les avis que nous transmettent les sages des
temps passés. Les peuples s'épargneraient de grands maux
si leurs législateurs avaient toujours devant les yeux des
maximes aussi salutaires. Pourquoi n'imiterions-nous pas
le temps, dit le chancelier Bacon, qui fait toutes ses innova-

---

(*) *Deum igitur præpotentem imitemur, qui omnia paulatim ; namque
semina perquam exigua in arbores excelsas excrescere jubet, idque tam
occulte ut nemo sentiat.*

sieurs vexations des pauvres privés de secours.
En attendant que l'on puisse former de pareils
établissemens, on peut y suppléer en grande partie par la création, dans chaque intendance, d'un
tribunal moyen, composé de l'intendant et de
deux assesseurs, dans lequel on jugerait par voie
d'appel ou de plainte les procès de peu d'importance de la province, ainsi que les délits d'ordre
inférieur qui ne doivent pas être punis de peines
temporaires. On y traiterait également des appels
contentieux et même économiques en finances,
guerre et police, afin d'empêcher les entraves
qu'on pourrait mettre dans la répartition et les
recouvremens des deniers du roi, aussi bien que
d'injustes vexations dans les logemens, ustensiles
et autres charges générales, en améliorant la police matérielle et formelle des populations, ainsi
que l'administration et l'emploi de leurs finances.
On travaille sur ces points par mon ordre au
ministère des finances, d'accord avec ceux de la
guerre et de la justice, et je souhaite que la Junte
en hâte l'organisation définitive et qu'il me soit
proposé ce qu'il conviendra pour sa ponctuelle
organisation.

___

tions sans bruit. « Quin novator tempus imitatur, quod nova-
tiones ita insinuat ut sensus fallat ? »

XLII.

Réforme des règlemens des tribunaux. Visites.

Dans les tribunaux supérieurs créés ou à créer, on devra rédiger et amender leurs règlemens pour la bonne administration de la justice, et s'assurer autant qu'il se pourra de la conduite fidèle et désintéressée de leurs subordonnés, en les faisant visiter de temps à autre pour rendre de la vigueur et de l'élasticité aux ressorts de la machine sociale, qui, malheureusement, se relâchent souvent ou se détendent avec trop de facilité.

XLIII.

Dispositions relatives aux conseils et chambre de Castille, des Indes et des ordres.

Il est très nécessaire de prescrire la méthode à suivre pour la nomination aux places *togadas* (1), et de choisir pour les remplir les hommes instruits et vertueux, ainsi que cela a eu lieu pour l'élection des *corregidores* et *alcaldes mayores*. Pour obtenir cette méthode, il faudra

---

(1) Il y avait des conseillers portant des toges, distingués d'autres conseillers qui n'en portaient pas, et qui s'appelaient conseillers de *capa y espada*, de manteau et d'épée. Les premiers étaient des jurisconsultes.

commencer par bien organiser les conseils et
chambres de Castille, des Indes et des ordres, dans
lesquels réside le droit de consulter sur les emplois, ainsi que sur une grande partie de mon autorité sur le gouvernement de mes Etats.

XLIV.

Circonstances qu'on devra considérer dans le choix des con-seillers.

Il est de toute nécessité que les conseillers soient
non-seulement lettrés, mais des hommes politiques et expérimentés dans la science du gouvernement. Par cette raison, il importe qu'une grande
partie d'entre eux ait servi dans les présidences
et régences de cours royales et chancelleries, tant
dans ces royaumes que dans ceux des Indes, et
que quelques uns d'entre eux aient servi dans les
corregimientos et emplois de justice, à cause de la
connaissance que l'on acquiert dans le gouvernement immédiat des peuples. Il convient aussi que
dans le rang des *fiscales* (rapporteurs au conseil)
plusieurs soient promus à l'emploi de conseillers,
parce que le grand nombre d'affaires qui leur ont
passé par les mains, l'intérêt qu'ils ont l'habitude
de prendre à mon service et à la défense de mes
droits ainsi qu'au bonheur public, et l'aptitude
particulière réclamée pour ces fonctions, sont

des qualités très importantes et utiles, propres à leur faire remplir dignement après les places du conseil et de la chambre.

XLV.

De l'élection des présidens et gouverneurs des conseils.

L'élection des présidens et gouverneurs de mes conseils est et sera toujours le moyen le plus efficace pour que ces tribunaux aient toute l'activité nécessaire, et pour qu'ils atteignent complétement le but de leur institution. Ainsi, je chercherai à prendre des renseignemens, et j'aurai soin de demander à la Junte son avis pour les cas qui pourront survenir. Elle n'oubliera pas que ni la naissance, ni la grandeur, ni la carrière militaire, ni toute autre qualité accidentelle de cette espèce, ne doivent déterminer ces élections, car elles doivent toujours tomber sur les hommes les plus sages, d'une conduite irréprochable, et les plus actifs que l'on puisse trouver, également respectables par leur âge, leurs honneurs et leur expérience dans l'art de gouverner.

XLVI.

Des vice-rois, gouverneurs et capitaines généraux des provinces.

On agira d'après ces mêmes principes dans le choix des vice-rois, gouverneurs et capitaines gé-

néraux des provinces, ainsi que dans celui de tous
ceux qui auront l'exercice de l'autorité civile.
Car, quoiqu'il soit convenable qu'ils soient habiles et très connus dans la partie militaire ou économique, la Junte aura à considérer, lorsqu'il
s'agira de ces emplois, conformément à mon décret de ce jour, que les personnes nommées doivent être les plus instruites, les plus sages, désintéressées et jalouses du bien public, sans avoir
égard nécessairement à l'ancienneté ni à d'autres
considérations de convenance sur les personnes,
ayant toujours en vue le bonheur de mes peuples, dont le bien-être et le malheur dépendent
de la capacité et des vertus de ses supérieurs.

XLVII.

Il convient de revoir et de renouveler les instructions qui
régissent les conseils et les chambres, en les accommodant
aux temps présens.

La Junte devra aussi revoir et renouveler les
instructions des conseils et des chambres conformément aux temps présens, en les améliorant autant qu'il sera possible, après avoir entendu à
cet effet les ministres les plus instruits, doués
d'expérience et de zèle. Les instructions seront
lues dans chaque conseil, au commencement de
chaque année, ainsi que cela a lieu dans celui des

Indes à l'égard de son règlement; et alors il conviendra que chaque conseiller, à tour de rôle, débite un discours dans lequel il exhortera à l'accomplissement des devoirs, au travail utile et assidu, sans perte de temps, à l'impartialité, au désintéressement et au zèle public dans les délibérations. Les hommes n'entendent jamais ces exhortations sans quelque fruit, et sans éprouver le désir de remplir leurs devoirs. Ceux-là mêmes qui les feront alternativement ne pourront que s'affermir davantage dans les bons principes, et ils ne voudront pas les démentir par leur conduite.

XLVIII.

Par le bon gouvernement des conseils, on obtiendra de bons corrégidors, justes, désintéressés, habiles, prudens et actifs.

Par le bon gouvernement des conseils et des chambres, on obtiendra aussi en grande partie celui des peuples, et le bon choix des *corrégidors* : en cela, comme dans la surveillance de leur conduite, on devra mettre le plus grand soin, car c'est d'eux que dépend le bien-être ou le malheur de mes sujets, des pauvres surtout. Si les *corrégidors* sont justes, désintéressés, habiles, prudens et actifs, toutes les branches de la justice et de la police seront bien dirigées, et, au contraire, s'ils manquent de ces qualités, il y aura toujours des désordres et des négligences en dépit des appels.

XLIX.

Des juridictions seigneuriales. On cherchera à incorporer ou à racheter celles qui auront été aliénées de ma couronne, et qui devront lui être restituées.

Pour atteindre ce but, il a été question quelquefois d'incorporer ou de diminuer les juridictions seigneuriales là où les juges n'ont pas d'ordinaire les qualités requises, et où leurs élections ne sont pas faites avec l'examen et la connaissance convenables : quoique mon intention ne soit pas de faire tort aux seigneurs ni de violer leurs priviviléges, on devra recommander instamment aux tribunaux · et aux *fiscales* (avocats généraux) qu'ils en constatent l'existence véritable, et qu'ils cherchent à incorporer ou racheter (*tantear*) (1) toutes les juridictions aliénées, savoir : celles qui conformément auxdits priviléges et aux lois doivent revenir à ma couronne, ainsi que cela a lieu pour les donations appelées *enriqueñas* (2),

_____

(1) La loi de Castille accorde dans certains cas le droit de racheter ce qui avait été vendu : on appelle ce droit *tanteo*.

(2) L'abus de ces donations fut plus marqué sous le règne de Henri IV, roi de Castille.

qui abondent tant dans le royaume, et enfin
que l'on songe au moyen de forcer lesdits seigneurs à obtenir pour leurs corrégidors et juges
l'approbation de la chambre avant de les avoir
nommés, de la même manière que cela se pratique avec ceux qui sont à la nomination royale,
selon la dernière ordonnance, et les instructions
sur l'échelle établie pour les *corregimientos* (magistrature judiciaire des villes). On devra recommander également que l'on favorise l'achat ou
l'incorporation des offices d'échevins, notaires, et
autres, car on en abuse pour escroquer l'argent,
et causer des vexations à mes sujets bien-aimés.

L.

Pour la compétence des juridictions.

Rien n'est embarrassant pour les juges et pour
la bonne administration de la justice comme la
compétence des juridictions. Ainsi, pour mettre
un terme aux lenteurs interminables qu'on
éprouve, j'ai ordonné que les compétences soient
décidées par la Junte. Je désire qu'elle s'occupe
de cette affaire avec zèle, se proposant pour but
le service de Dieu et le mien, ainsi que le bonheur de mes sujets, en écartant des considérations particulières sur les *fueros* privilégiés, qui
en général sont nuisibles au bon ordre et à la jus-

tice. Le royaume, réuni en cortès, a toujours demandé qu'on bornât les priviléges, et cela lui a été promis dans les conditions des *millones* (1). Pour ma part, j'ai contribué à modérer les priviléges, m'y croyant obligé, et je désire que la Junte en fasse autant, soit dans les cas particuliers soit dans ceux qu'elle jugerait convenable de proposer comme règle générale.

LI.

Hospices, hôpitaux et maisons de bienfaisance.

De mon temps, j'ai établi, autant que cela m'a été possible, la bonne police du royaume, poursuivant les oisifs, les errans, les mauvais sujets, bannissant la mendicité, donnant asile aux nécessiteux, aux orphelins, aux enfans trouvés, ainsi qu'aux maladies ; établissant, dotant ou aidant les hospices et les maisons de bienfaisance, hôpitaux et autres établissemens enfin de même nature. Néanmoins, il reste encore beaucoup à faire sur cette matière, qui réclame des soins tout particuliers ; il convient de rédiger un règlement sur ces objets de police, qui sont très

---

(1) Les cortès, en accordant au roi ce service, y mirent des conditions, ce qui donna lieu à des contrats solennels entre le roi et les cortès.

importans, séparant ceux de la retraite des pauvres et de la poursuite des vagabonds (*vagos*)
d'avec le régime et soutien des hôpitaux, hospices, maisons pour les orphelins et les enfans
trouvés, de telle manière que le premier de ces
objets soit sous la direction d'une corporation ou
d'une personne caractérisée, et le second sous
celle d'une autre.

Je veux exposer à la Junte mes idées, qu'on a
déjà commencé à mettre à exécution en partie,
afin qu'elle les continue et les améliore, et qu'elle
puisse même les perpétuer, en formant un système pour ses rapports ainsi que pour appuyer et
proposer des mesures conformes à ces idées.

LII.

Des moyens pour l'extinction de la mendicité.

Il ne sera pas possible d'arriver à l'extinction
de la mendicité ou tout au moins à une diminution convenable des oisifs, vagabonds et mauvais
sujets, si l'on n'ouvre pas en même temps des
travaux pour donner de l'occupation à ces fainéans et à d'autres encore. Il ne suffira pas non
plus pour cela d'établir et d'encourager des fabriques, de protéger les arts, l'agriculture et le
commerce, si toutes les professions et tous les
moyens de travail ne sont pas honorés, et si l'on

ne bannit pas l'ancien préjugé, savoir, qu'il y a des états industriels déshonorans par eux-mêmes, et que tous les arts mécaniques excluent la noblesse et ravissent l'estime publique.

Sur la proposition du conseil de Castille, j'ai dicté des ordres pour prévenir ces maux, mais il faut aller encore plus loin. Les hommes aiment l'honneur, surtout les Espagnols; tous veulent être nobles ou paraître tels. Le mépris et l'avilissement avec lesquels ceux qui exercent les professions industrielles et leurs enfans ont été exclus par les statuts de toute espèce d'honneurs, chose étonnante surtout de la part des corps ecclésiastiques, ont inspiré de l'éloignement pour les travaux mécaniques et pour tous les arts utiles.

Cela fut et est encore une source d'oisiveté et de vices, non seulement chez les descendans des nobles peu fortunés, mais même dans les familles de tous les sujets qui parviennent à la richesse et qui fondent quelque majorat ou substitution. Après avoir exercé quelque profession littéraire ou tout autre emploi administratif, les enfans regardent comme étant au-dessous de leur dignité de suivre la profession de leur père, à laquelle ils doivent peut-être de posséder quelques biens, et cette vanité passant dans toutes les branches de la famille, déjà multipliée, les oisifs s'augmentent et les vices et même les crimes fourmillent dans la nation.

Il faut modifier et réduire autant qu'on pourra les exclusions d'offices ordonnées par les statuts, et suivre l'exemple qui a été fait à l'égard de ceux que dans Majorque on appelle *chuetas*, en les rendant habiles à tout; car poursuivre l'oisiveté et punir avec l'infamie l'application au travail est non seulement contradictoire, mais barbare et injuste, ainsi que je l'ai déjà remarqué au sujet de l'inconséquence injuste qu'il y a à exhorter les infidèles à se convertir à notre sainte religion, pour les flétrir ensuite et leur ravir tous les moyens honnêtes de se procurer leur subsistance.

LIII.

Les sociétés économiques encouragent les arts, et contribuent à bannir l'oisiveté.

Les préjugés pourront être dissipés, au moins en partie, par la création des *sociétés économiques*, et par leur soin à encourager les arts. Plusieurs nobles s'en occupent, et il convient de les engager à s'y livrer. Il sera utile aussi de faire connaître l'exemple que donnent mes enfans bien-aimés, le prince et les infans, lesquels passent plusieurs heures de la journée dans tout genre d'exercice et travaux d'arts utiles. La no-

blesse s'inscrit en Angleterre dans les corporations industrielles pour parvenir aux emplois et
aux délibérations du parlement. Ces faits convenablement répandus pourront contribuer efficacement à préparer l'abolition ou la modification
des statuts.

LIV.

Inconvéniens des substitutions; nécessité d'un remède pour les empêcher.

Autant il convient de détruire de tels préjugés,
autant il importe d'ôter à la vanité son aliment.
La liberté et la facilité de fonder des substitutions et des majorats pour toute espèce de personnes, même les artisans, les laboureurs, les
négocians et autres personnes inférieures, leur
fournissent, ainsi qu'à leurs enfans et leurs parens, un motif fréquent d'abandonner leur état.
Celui qui possède un majorat ou substitution,
quelque peu considérable qu'il soit, enorgueilli
de cette possession, rougit de travailler à un art
mécanique. Le fils aîné suit son exemple, ainsi
que ses frères, quoique privés de l'espoir de succéder; par ce moyen, les oisifs se multiplient.

Le préjudice de concentrer tant de biens, en
empêchant leur aliénation et leur circulation, est
très grave; il en résulte leur décadence par suite

de la pauvreté ou de la mauvaise gestion des possesseurs, du manque d'emploi pour les capitalistes, qui feraient valoir ces propriétés ; un grand nombre de dettes, conflits, mésintelligences, procès et autres inconvéniens qu'on ne peut expliquer.

Les possesseurs mêmes des substitutions ou majorats qui ont une conduite régulière et économique, et qui acquièrent de l'aisance ou de la richesse, cherchent rarement à améliorer cette sorte de biens ; car les lois ordonnent que les avantages de leur amélioration soient au profit du successeur. Le possesseur, s'il a plusieurs enfans, se fait un scrupule d'améliorer les terres substituées, et il s'y refuse même. Voyant que le fils aîné est déjà doté avec elles, et que les autres frères ne peuvent pas y participer, quoiqu'ils éprouvent plus de besoins, il cherche à acquérir d'autres biens libres, et abandonne les soins et les améliorations de ceux du majorat.

Pour y apporter quelque remède, j'ai songé à fixer des bornes aux substitutions *de Tercio y Quinto* (1), qui jusqu'à présent pouvaient être faites par toute sorte de personnes, et j'ai or-

---

(1) La loi accorde aux parens la faculté d'avantager les enfans avec le *tercio y quinto* de leurs biens, en dehors de la portion qui leur revient dans la succession patrimoniale.

donné au conseil qu'il propose pour les autres ce
qu'il jugera convenable, afin d'éviter d'aussi
graves inconvéniens. Ainsi, je veux que lorsqu'il
en sera temps la Junte examine avec le zèle qui
lui est propre les vues proposées par le conseil,
et qu'elle donne toute son attention à cette matière, ayant sous les yeux les avis suivans :

LV.

Utilité des grands majorats, et préjudice des petits.

1°. Quoique les riches majorats puissent être
utiles dans une monarchie pour entretenir et soutenir la noblesse, qui sert l'état dans la carrière des
armes et celle des lettres, les petits majorats
ne peuvent être qu'une source de vanité et de fainéantise. Ainsi il conviendrait d'ordonner qu'aucun majorat ne puisse être fondé à présent, à moins
d'avoir un revenu de 4,000 ducats au moins (1).

LVI.

Dans la fondation des majorats, on admettra toute sorte de
biens qui produisent des *fruits civils*, et tout au plus le
quart ou le cinquième des biens-fonds.

2°. Dans les majorats et dans toute sorte de
substitutions, on pourrait comprendre des biens

---

(1) 12,000 francs environ.

produisant des *fruits civils*, tels que cens, *juros*,
droits juridictionnels, tributs, actions de la
Banque ou de la ville, et autres choses semblables, en permettant seulement la substitution de
quelques maisons principales d'habitation pour
les possesseurs, et tout au plus le quart ou le cinquième en biens de terre, afin de laisser à ceux-ci
la liberté de l'aliénation dans la proportion convenable, et des améliorations de la part de ceux
qui en feraient l'acquisition : on éviterait par-là
la décadence ou la ruine totale qu'ils subissent.

LVII.

Trois espèces d'améliorations que le possesseur d'une substitution pourra retirer des terres substituées pour ses héritiers.

. 3°. Dans les biens-fonds, déjà destinés ou affectés à la substitution, ou qui seraient affectés
à l'avenir, il conviendrait d'établir que le possesseur pût retirer pour ses héritiers trois sortes
d'avantages pour le moins, savoir : de nouvelles
plantations là où il n'y en aurait pas eu, de nouvelles irrigations et de nouveaux bâtimens, pourvu
qu'avant de faire ces améliorations on dressât
une vérification, avec autorité judiciaire, par laquelle il fût prouvé qu'elles étaient neuves, ainsi
que leur qualité, laissant seulement en faveur
du majorat ou substitution les réparations ou

les replantations, quoiqu'elles fussent quelque peu plus considérables que celles qui existaient.

LVIII.

Au lieu de charger le majorat avec cens, on préférera l'aliénation de quelques uns de ses biens-fonds.

4°. Dans le cas où le possesseur doit obtenir mon autorisation et celle de la chambre pour charger le majorat avec cens, on devra préférer l'aliénation de quelques unes de ses terres, quoique leur valeur soit excédante; car on pourra employer le surplus en revenus civils et mettre en liberté et circulation les biens substitués.

LIX.

Les substitutions ne seront accordées que pour la durée des familles.

5°. Les substitutions ne dureront que dans l'intérêt des familles; et lorsque leurs lignes descendantes, ascendantes et collatérales seront éteintes, les biens immeubles resteront en pleine liberté, quoiqu'ils aient été affectés à des substitutions, en faveur de qui que ce soit, ou d'établissemens étrangers, en subrogeant le droit de ceux-ci en revenus civils de cens, *juros*, ou actions de compagnie ou de banque, lesdits biens-fonds étant vendus pour cela.

LX.

Des colléges et séminaires pour l'éducation , tant des nobles
que de ceux qui ne le sont pas , ainsi que des maisons de
refuge.

Après ces moyens pour arrêter les maux qu'on
éprouve, ou dont on est menacé, la Junte doit
songer à d'autres pour l'éducation tant des nobles que de ceux qui ne le sont pas. De ce principe
il devra résulter la meilleure police pour le
royaume. Les colléges et les séminaires de toute
classe dans chaque province pour élever la jeunesse, et les maisons de refuge et de charité pour
les pauvres orphelins , les enfans trouvés et autres malheureux, ne seront jamais plus utiles que
consacrés à l'éducation.

LXI.

Quelques monastères se sont prêtés en Galice à former des
écoles charitables où l'on reçoit et l'on instruit les enfans
des pauvres.

Il y a eu tout récemment quelques monastères
en Galice qui se sont offerts volontairement à la
formation d'une sorte d'écoles charitables où seraient reçus et instruits dans la doctrine chrétienne , ainsi que dans les premiers rudimens, les
enfans des pauvres jusqu'à l'âge de dix à douze

ans, en les habillant comme laboureurs ou artisans, et en les nourrissant selon leur pauvreté et
leur condition, pour qu'ils ne s'accoutument pas
à un autre genre de vie et restent dans la catégorie
des sujets laborieux et utiles.

LXII.

On a invité, en vertu d'un décret royal, les généraux des
ordres monastiques à faire de même. Les écoles seraient
assurément plus profitables que les aumônes qu'ils distri-
buent aux portes de leurs couvens.

A cet effet, j'ai ordonné que l'on invitât les
généraux des ordres monastiques à établir des
écoles semblables; et l'on pourrait s'adresser également aux autres réguliers, puisqu'ils donnent
souvent des aumônes à leurs portes, qui ont pour
résultat de propager la mendicité, l'ignorance et
l'aversion du travail.

LXIII.

L'autorité se chargera de l'éducation des enfans dont les
parens négligeront ce devoir.

Mais ces mesures ne seront pas suffisantes s'il
n'y a pas d'autres moyens pour stimuler les parens
pour une bonne éducation, et pour les soins qu'ils
doivent appliquer à leurs enfans, et s'il n'y a pas
aussi des punitions à infliger aux parens qui né-

gligeraient ce devoir. On devra mettre un soin tout spécial à cet objet, en ôtant les enfans aux pères qui abandonnent leur éducation, et en les faisant élever et instruire selon leur naissance et leurs moyens, dans les collèges ou dans les maisons destinées à cet effet, aux dépens des parens eux-mêmes, s'ils ont des biens, ou en y pourvoyant du fonds de bienfaisance créé par moi, s'ils étaient pauvres.

LXIV.

Enfans trouvés. Manière plus convenable de les allaiter et les élever.

Pour l'asile des enfans trouvés, il faut plus de zèle et de vigilance que l'on n'en a mis jusqu'à présent, afin d'empêcher la mort de tant de malheureuses petites créatures qui périssent par la négligence des autorités locales, ainsi que par la mauvaise méthode des maisons des enfans trouvés elles-mêmes. On a eu l'idée d'allaiter et élever les enfans trouvés dans les villes où ils sont, ou dans les endroits environnans, laissant aux soins des curés de chercher et de payer les nourrices par commission d'un surintendant-général de cette œuvre pieuse ou du collecteur-général du fonds pieux pour les pauvres; car on éviterait ainsi la perte de tant d'enfans décédés dans leurs

voyages de transport aux chefs-lieux , ou par le
manque de nourriture pendant ce temps et par
d'autres fautes et inconvéniens qui sont à signaler
dans les maisons d'asile.

LXV.

Les enfans trouvés devraient être adoptés et reconnus par les habitans de l'endroit.

En régularisant cette idée , il pourrait être
utile , et l'on éviterait par–là beaucoup d'inconvéniens, que l'enfant trouvé déjà attaché fût
adopté et reconnu par quelques uns des habitans
de l'endroit, en le destinant au travail : de cette
manière , ces malheureux ne se trouveraient pas
après sans occupation dans les établissemens où
ils sont réunis en grand nombre.

LXVI.

Pour ne point confondre les criminels avec les pauvres honnêtes, il devrait exister un lieu séparé dans les hospices pour la correction et le châtiment.

Il serait juste de ne recevoir dans les hospices
que des enfans pour leur donner l'instructiom nécessaire, et des personnes percluses , en destinant
un lieu pour la correction et le châtiment sous
un nom différent, ainsi que j'ai ordonné, afin de
ne point confondre les coupables avec les pauvres

honnêtes, et de ne point inspirer de l'horreur et du
discrédit pour ces établissemens. Les hospices devraient être des écoles pratiques de plusieurs arts
et métiers, au lieu d'établir des fabriques coûteuses et très étendues, sujettes à la profusion et
à des pertes funestes d'ailleurs aux corporations
des artisans.

LXVII.

Les hôpitaux ne devraient servir que pour la guérison, ou des
    passagers, ou des malheureux qui n'ont point de maison
    ou de domicile dans la ville.

Pour ce qui est des hôpitaux, je recommande
que l'on ait grand soin des passagers et des malheureux qui n'ont ni maison ni domicile dans la
ville, car, s'ils en ont, il vaudrait mieux les secourir et les guérir dans leurs maisons-mêmes,
où ils ont une foule de consolations. On éviterait
par-là les désordres, le manque d'assistance et les
dangers de la réunion d'un grand nombre de ma-
lades dans un même hôpital. La femme et les enfans du malade restent auprès de lui, et ils se
nourrissent avec les restes des secours fournis à
celui-ci.

LXVIII.

Des établissemens semblables dans toutes les provinces du royaume.

L'éducation ne se borne pas aux maisons d'asile, car les Juntes et les comités de bienfaisance peuvent s'en occuper comme cela se fait à Madrid en vertu de mes résolutions. Par ce moyen on chercherait à étendre ces pieux et utiles établissemens à toutes les populations du royaume, notamment à celles où il y aura un nombre considérable d'habitans, la Junte aidant le ministre chargé de ce département de ses conseils, et leur procurant toute espèce de secours.

LXIX.

Académie des sciences.

L'objet de l'enseignement public et des académies, c'est de compléter l'éducation, c'est-à-dire l'instruction solide de mes sujets dans toutes les connaissances humaines. En cela, ce qui manque le plus, c'est l'étude des sciences exactes, telles que les mathématiques, l'astronomie, la physique expérimentale, la chimie, l'histoire naturelle, la minéralogie, l'hydrostatique, la mécanique et autres sciences pratiques. Afin de favoriser l'étude d'application et le perfectionnement de ces connaissances parmi mes sujets, j'ai ordonné la création d'une académie des sciences ; je recommande instamment à la Junte de s'occuper de cet objet, et de me rappeler souvent ces idées selon les occasions.

LXX.

Chaires de commerce.

L'enseignement spéculatif et pratique du commerce est très nécessaire et très utile aussi, et on peut les encourager au moyen des *sociétés économiques* et des consulats. La Junte aragonaise a établi une chaire de commerce ; d'autres se proposeront de l'imiter. Ceci demande la protection de la Junte et son exhortation aux corporations consulaires pour le même effet.

LXXI.

Protection des arts et des manufactures.

La protection du commerce comprend celle des arts et manufactures, ainsi que celle de l'agriculture, car celles-ci ont de l'influence en proportion des consommations, des ventes et des extractions des fruits de la terre, des manufactures et de leur prix. Le libre commerce avec l'Amérique a donné une grande impulsion à cet égard, et j'ai la plus grande confiance que la Junte non seule-

ment soutiendra ce qui a été déjà fait par moi sur
le libre commerce, mais qu'elle avancera, malgré
les contradictions et les obstacles qu'elle pourra
trouver ; je lui en fais la recommandation
spéciale.

LXXII.

De la banque nationale.

Je charge aussi la Junte de protéger la banque
nationale, car elle est un appui nécessaire pour le
commerce, ainsi que la principale ressource et la
plus efficace pour la couronne. Toutes les plaintes,
clameurs et griefs qu'on exposera contre un semblable établissement, qui m'a coûté tant de peine
et de soins, ne peuvent se comparer avec les avantages que la nation et le gouvernement en retirent
aujourd'hui et en retireront à l'avenir. La Junte ne
se laissera point préoccuper par des défauts et
des désordres particuliers qui peuvent exister,
auxquels il sera facile d'apporter remède, et elle
ne les confondra pas avec l'utilité générale de la
banque et sa stabilité. A cet effet, j'ordonne que
toutes les concessions et grâces que je lui ai accordées soient maintenues et observées, et qu'il lui
en soit fait d'autres nouvelles si l'on croit que cela
puisse lui être nécessaire (1).

_____

(1) Fort peu de temps après la création de la banque, il y

LXXIII.

Communications dans l'intérieur du royaume.

Le commerce général extérieur et le trafic
interne doivent être très protégés de même, tant
pour faciliter les progrès de celui des Indes et
l'extraction de leurs fruits de retour que pour

---

eut déjà des accusations personnelles contre ceux qui la diri-
geaient, mais comme elles n'avaient pas le moindre fondement, il fut aisé de démontrer leur injustice. Dans les *observations* du comte de Floridablanca adressées à *l'anonyme*, on
lit : « Dans le numéro 13 de l'anonyme on fait une accusation
enflée, pompeuse et fausse, contre la banque nationale, contre
Cabarrus et autres, renouvelant avec surcroît de mordacité
et de calomnie les imputations faites à cet établissement et
à ses directeurs ; et cela malgré les déclarations d'une Junte
composée de douze juges, et de la Junte-Générale, qui après
mûr examen ont représenté uniformément au roi non seulement la non-culpabilité des directeurs, mais le mérite de
Cabarrus digne de récompense. Quant à cela, il faut rendre
justice à la loyauté et à la noble véracité de quelques-uns
desdits juges les plus caractérisés, car, quoiqu'ils hésitassent
ou fussent d'un avis contraire avant d'avoir pris connaissance
de l'affaire, ils se rétractèrent publiquement aussitôt qu'ils
se furent assurés de la réalité des faits. La chose étant à la
connaissance de tout le monde et le roi et la reine ne pouvant pas l'ignorer, on ne conçoit pas la démence et la gros-
sièreté du furibond d'auteur d'adresser à LL. MM. son
accusation calomnieuse sur ce point, dans le seul but de
faire tort au comte, en le supposant complice ou protecteur

procurer aux populations leurs approvisionnemens, la circulation des produits de leurs manu-

---

du délit qu'il invente contre la banque et ses directeurs (*),

(*) Les accusations contre la banque n'étaient pas faites en Espagne seulement. Le célèbre Mirabeau fit paraître un écrit contre la banque de Saint-
Charles, avec cette épigraphe : *Ploratur lacrymis amissa pecunia veris.* Par
ordre du conseil d'état du roi de France, il fut défendu, sur la demande
de don Francisco Cabarrus, fondateur de la banque, qu'on calomniait
dans cet écrit. La vénalité de Mirabeau dans les graves affaires politiques
auxquelles il prit part dans les premiers temps de la révolution française
étant généralement avérée, on n'offensera pas sa mémoire si l'on transcrit
les paroles suivantes de Cabarrus dans sa représentation au roi d'Espagne,
le 2 juillet 1785, relative au discrédit de Mirabeau déjà à cette époque.

« Don Luis Rigal et le comte de Carrion furent les premiers qui arbo-
rèrent l'étendard contre la banque : l'un, puni et diffamé ici, est à Paris,
où il répand les mêmes calomnies; l'autre, sommé de prouver ses attesta-
tions, s'est refusé à entrer dans une discussion qui aurait fixé l'opinion
publique, et il se contente du mal qu'il avait occasionné impunément.
Excité sans doute, ou, pour mieux dire, payé par l'un d'eux, le comte de
Mirabeau a publié un libelle contre les valès royaux, la banque et la compagnie des Philippines.... Pour ce qui est de moi, le comte de Mirabeau,
que je ne connais que par sa mauvaise réputation, dépeint avec des cou-
leurs si grossières, et dénigre tellement mon origine, ma conduite publique
et privée, ainsi que mes opérations, que, sans manquer à ma propre dignité et à celle de ma famille, bien connue par sa probité, et qui a toujours
vécu dans une médiocrité honnête pendant cent quatre-vingt-cinq ans de
père en fils, exerçant la profession commerciale, ainsi que je l'ai justifié
devant la chambre de Castille, je ne puis me dispenser d'avoir recours à
mon souverain, pour qu'il m'obtienne la réparation due à ceux de ses sujets
qui sont outragés dans les états d'un prince étranger. »

A la suite de cette représentation, le roi donna ordre à son ambassadeur
à Paris pour qu'il appuyât Cabarrus, et, quelques jours après, la défense
de l'écrit eut lieu (le 17 du même mois de juillet).

L'écrit était calomnieux, sans aucun doute, mais il contenait en même
temps des réflexions fort justes sur les vices essentiels de la création de la
banque de Saint-Charles.

factures, ainsi que les secours mutuels des provinces de la monarchie.

---

mais autant il était aisé de détruire ces accusations personnelles, autant il était difficile de répondre à d'autres observations puisées dans la forme même de la création de la banque. Outre que celle-ci, au lieu de se livrer à l'escompte des
traites, ainsi qu'elle aurait dû le faire exclusivement, prit
part à des opérations commerciales, s'exposant par-là à des
dangers et à des pertes qui pouvaient compromettre le but
primitif et essentiel de sa création ; sans compter qu'elle se
chargea de l'approvisionnement de l'armée et de la marine,
tant en Europe qu'en Amérique, pour son propre compte ;
qu'elle obtint un privilége royal pour l'extraction des pias-
tres, et qu'elle se chargea aussi du paiement des engagemens
du trésor dans les autres royaumes ; abstraction faite, dis-je,
d'erremens si contraires au but de l'institution de la banque, on peut dire que cet établissement était vraiment gigan-
tesque. Le vice de son origine ne pouvait que le rendre rui-
neux. On sait que les capitaux employés alors en Espagne dans
l'industrie et le commerce étaient peu considérables, et que,
par conséquent, avec une circulation fort restreinte, la banque ne pouvait prospérer, y ayant vu affluer d'énormes capitaux, attirés par l'espoir d'un intérêt évidemment impossible.
Dans ce manque de proportion entre les dimensions colossales
d'un corps aussi grandiose et l'exiguité des sommes mises
dans la circulation, on pouvait déjà apercevoir la non-réussite de l'entreprise.

Par le décret royal de la création de la banque, elle fut
autorisée à émettre cent-cinquante mille actions, chacune de
2,000 réaux, formant un capital de 300 millions. Les première, deuxième, troisième et quatrième année, on émit

LXXIV.

Canaux d'irrigation et navigation.

Rien ne contribue plus puissamment à ces deux objets que les routes et les canaux, sans lesquels

---

vingt-cinq mille actions ou 5o millions de capital. La direction fit valoir ces fonds, et elle donna aux actionnaires des dividendes depuis 6 jusqu'à 9 pour 100. A la vue d'un intérêt aussi élevé, les actions étaient vivement recherchées : leur valeur monta à Paris et dans les places des Pays-Bas jusqu'à 2,720 réaux effectifs. Cabarrus, mettant à profit une hausse aussi extraordinaire, quitta Madrid en toute hâte, et vendit à Paris, ainsi que dans les autres places, toutes les actions, ce qui donna un bénéfice de 41 millions, dont 21 furent placés dans la compagnie des Philippines, service pour lequel on lui accorda l'honneur de placer son portrait dans la salle des séances, où on le voit encore.

Cette prospérité fut momentanée. La banque se trouva avoir 3oo millions en numéraire, mais sans savoir quel emploi elle leur donnerait. Les directeurs se creusaient la tête à chercher des placemens convenables, et ils ne purent en trouver que pour 8o millions seulement. En attendant, les termes pour les paiemens des dividendes à chacun des actionnaires arrivaient, et comme la partie la plus considérable d'un capital aussi nombreux restait improductive et sans emploi, l'on ne donna des dividendes qu'à raison de 5 pour 100. En conséquence, la valeur des actions fléchit, et en 1785 à 1786, il ne fut plus possible de célébrer l'assemblée générale; le dividende fut pris du capital. Dans les années suivantes, on continua le paiement des dividendes à raison de 5 et même de 6 pour 100, non parce qu'on eût fait de

il ne pourrait exister ni facilité ni économie dans les transports. La Junte doit aider de toutes ses

---

nombreux bénéfices, car ils ne furent réellement pas suffisans pour cela, mais en les prenant du capital.

Sur ces entrefaites, on établit à Cadix une caisse subalterne très coûteuse pour l'escompte des valès par leur valeur intrinsèque; opération que la Junte adopta dans le but d'utiliser le capital oisif, en retirant l'intérêt de 4 pour 100 que produisaient les valès. Il résulta de cette opération que l'argent métallique fut converti en valès royaux; les dividendes étaient payés en argent comptant, en les suppléant du capital, qui se diminua ainsi peu à peu, et se convertit en papier. Les grands actionnaires déposèrent des actions dans la banque, en retirant une somme à titre de prêt, et les actions furent estimées à raison de 1,600 réaux au lieu de 2,000, 2,500 ou 2,700, qu'elles avaient coûté. Ces emprunts ne furent pas rendus, et la banque garda dans sa caisse un grand nombre d'actions, qui, par cette opération et par beaucoup d'autres, furent réduites à 113 mille en dernier lieu. Il suffira de dire qu'en 1828, le capital de la banque était de 196 mille métalliques, 50 millions reconnus et inscrits dans le grand livre, provenant des valès royaux qu'elle conservait, et jusqu'à 317 millions dans quelques reçus d'intérêts des valès, dans des réclamations douteuses pour des opérations mal dirigées, ou frustrées par la guerre et l'insurrection de l'Amérique, et d'autres articles sans raison ni justice (*).

Par cette légère notice, on connaîtra que la banque fut

(*) Je dois les particularités que l'on vient de lire sur les opérations et les malheurs de la banque de Saint-Charles à une personne aussi instruite que véridique, qui connaît à fond l'histoire de cet établissement.

forces les ministres chargés respectivement de ces départemens, imaginer et me proposer les moyens et les expédiens les plus effectifs pour hâter l'accomplissement de ces vues (1).

---

conçue sans les proportions convenables, et que, fort utile chez toute autre nation plus avancée, elle ne pouvait pas prospérer dans la nôtre, car elle portait en elle-même, depuis sa naissance, le germe de sa propre destruction. Le progrès de la science économique et l'expérience des temps passés permettent d'espérer que la banque de Saint-Ferdinand, réduite maintenant à des proportions plus justes, utilisera ses capitaux, et contribuera efficacement au but de sa création.

(1) L'une des branches de l'administration qui furent le plus encouragées sous Charles III, par la sollicitude éclairée et patriotique du comte de Floridablanca, ce fut celle des routes et canaux. L'*instruction* ne touchant cette affaire que fort légèrement, et la traitant pour ainsi dire en général, nous entrerons ici dans quelques détails que le ministre nous a laissés sur les moyens de communication dus à son gouvernement. Il s'exprime ainsi dans les observations adressées à l'anonyme :

« Les lieues de chemin construites de nouveau pendant le temps de la surintendance du comte dépassaient 195 à la fin de juin 1788, d'après les certificats, rapports et documens envoyés par les commissaires, pour faire un état général ; maintenant elles vont au-delà de 200. Les lieues des chemins rétablis et refaits d'une manière durable dépassaient 300 dans le même mois de juin. Les ponts nouveaux construits jusqu'alors étaient au nombre de 322. Les *alcantarillas* (petits ponts ou canaux souterrains pour recevoir les

LXXV.

Libre commerce des grains.

Mais il sera de peu d'importance de faciliter
physiquement les communications intérieures et

---

eaux de pluie), chaussées, *desmontes* (terrassemens) et autres travaux déjà faits, sont par milliers. Tout cela, et ce qui
est relatif aux auberges bâties à neuf ou réparées, aux maisons de postes et de gardes des chemins construites, aux
populations qui se sont formées, et autres choses semblables,
se pourra voir dans les bureaux du ministère, où on montrera les pièces justificatives.

« La route d'Andalousie jusqu'à Cadix est terminée tout-à-
fait ; les plans détaillés viennent d'arriver. Il ne reste à finir
que le pont des ventes d'Alcoléa, qui est très étendu et très
coûteux. Il sera terminé l'année prochaine : on espère pour
cette même époque que la route de France sera livrée à la
circulation. Celle de la Catalogne par Valence l'est déjà ;
celle de Portugal l'a toujours été, quoique toutes les parties
qu'on devra raffermir ne soient pas encore finies, car cette
opération demande du temps pour ne pas perdre des travaux
qui sont terminés présentement.

« Il en est de même des canaux d'Aragon et de Murcie,
auxquels on a substitué dans cette dernière province deux
pantanos (bassins ou dépôts très vastes). Ces travaux sont
tellement avancés que cela paraît incroyable ; on s'en sert
déjà aujourd'hui pour la plupart et l'on s'en servira par la
suite, car les ouvrages qui restent pour les terminer sont les
moins difficiles et les moins coûteux. On tient un compte
exact tant par rapport à ces travaux qu'à ceux des routes et

extérieures, si d'ailleurs on oppose des obstacles
et des entraves : ainsi, je recommande à la Junte

---

autres. Ils sont vérifiés et liquidés par les bureaux respectifs
et par des hommes probes. »

Le comte de Floridablanca nomme ensuite les personnes
estimables chargées de surveiller les travaux dans les diverses
provinces du royaume, et il fait voir que toutes jouissaient
de l'estime de leurs compatriotes par leur rang, leur zèle et
leur savoir. D'où il conclut que les soupçons de l'anonyme
sur la soustraction ou la dissipation des fonds ne sont pas
fondés. Il continue ainsi : « Arrive maintenant la petite histoire du chemin d'Alcalá, que le furibond et malicieux auteur
attribue à des motifs personnels du comte. La sortie par la
porte d'Alcalá, si grandiose et si belle, fut entreprise par
ordre du feu roi pour la mettre en rapport avec ce monument, et l'on fit non seulement une route, mais une promenade, qui embellit l'entrée principale de Madrid. A cet effet,
Sa Majesté consentit à abandonner la partie possible du Retiro, et la promenade s'étendit jusqu'au pont du Broñigal.
L'auteur aurait pu blâmer la construction de la promenade
du Prado, pour laquelle on a dépensé plusieurs millions,
quoiqu'elle n'ait d'autre but que l'agrément du public (ce qui
cependant mérite d'être considéré), mais comment blâmer
une route qui est à la fois promenade, qui traverse la porte
d'Alcalá et conduit aux royaumes d'Aragon et de Catalogne,
ainsi qu'à plusieurs provinces de la Nouvelle-Castille ?

« On mit beaucoup de temps à terminer cette promenade,
parce que, pour son affermissement, on manquait de *guijo*
(petits cailloux) et de pierre dans tous les environs, quoiqu'on fît toutes les recherches imaginables, et que l'on offrît
dans les villages, à une lieue ou deux à la ronde, des prix

de tenir la main à l'exécution de la pragmatique
sur le libre commerce des grains , sur l'abolition

---

pour celui qui trouverait des mines de petits cailloux ou de
pierre pour cet usage. Par cette découverte, on aurait épargné
les grands frais que devait occasionner le transport du *guijo*
depuis les mines du *San Isidro* jusqu'au pont de Tolède ,
d'où à la fin on eût été forcé de les porter, toutes les recherches faites près de la porte d'Alcalá ayant été vaines.

« Le comte se décida à ajourner la construction de ce chemin
au-delà du pont, quoique nécessaire , ainsi que tout le monde
sait, pour la ligne d'Aragon, n'ayant pas assez de fonds pour
le transport de la pierre , ou du *guijo,* qui sont indispensables
pour la rendre ferme. Le hasard fit que le comte alla à Tor-
rejon voir son frère , ayant en même temps l'idée de reconnaître la route et les terrains, ainsi qu'il a l'habitude de faire
dans ses petites excursions, qui paraîtront à d'autres des
passe-temps ; et en effet, près du pont de Viveros, il découvrit des bancs très abondans de petits cailloux et de pierres ,
qui lui facilitèrent la continuation du chemin d'Alcalá , et
l'embranchement qui a été fait et se trouve terminé pour Vi-
calbaro. C'est là l'histoire véritable de l'anecdote rapportée et
dénaturée par l'anonyme , ainsi qu'on peut s'en assurer dans
les bureaux du ministère.

« L'anonyme dit aussi que le comte enleva l'affaire des
routes des mains du pusillanime Muzquiz : il est encore dans
l'erreur. Les routes étaient dans les attributions de la secré-
tairerie d'état , comme une branche de police générale , ainsi
que le roi le déclara dans une controverse avec le conseil du
temps du ministère D. Ricardo Wall. Lorsque le feu roi établit le droit sur le sel , pour la construction des routes , celles
qui devaient être confectionnées avec les deniers provenant

des taxes , ainsi que sur la liberté ou diminution
des gabelles et charges dans la circulation des

---

de ce droit restèrent sous la direction du marquis de Squilace,
ministre des finances, auteur et promoteur de ce projet.
L'objet principal de l'établissement du droit fut la confection
du chemin d'Andalousie, dont on ne fit que 200 *varas* (mesure de 3 pieds de long), qui devinrent inutiles ; partout où
l'on employa le même moyen, comme aux sorties de Barcelone, Valence, la Corogne et Aranjuez , on confectionna
seulement 19 lieues environ pendant dix-huit ans , quoique
ledit impôt dût produire 58 millions de réaux, à raison de
trois à peu près que donnent les 1500,000 *fanegas* du sel
que l'on consomme dans tout le royaume, chargées de 2 réaux
par ledit droit.

« A la négligence et à l'oubli des travaux s'ajoutèrent des
disputes terribles sur les faux ouvrages du grand pont *del
Barranco-Hondo*, en Catalogne, sur la mauvaise direction de
la route depuis Aranjuez, et de celle de la Galice , ainsi que
sur des escroqueries et subornations dans plusieurs endroits.
Muzquiz fut trouver le comte dans la journée de Saint-Ildephonse 1788 : fort affligé de ces désordres , il lui dit que
cette police, ainsi que celle du canal d'Aragon et autres
étaient dans les attributions du ministère d'état ; que l'établissement d'un droit par le ministère des finances n'entraînait pas nécessairement la direction de ce ministère ni la
connaissance de l'objet de sa destination ; qu'il était accablé
d'affaires dans son ministère des finances , et enfin qu'il était
décidé à en parler au roi, ainsi qu'il le fit.

« Le comte vit bien les travaux qui allaient peser sur lui, et
le peu de fonds affectés à cette affaire, mais il obéit à son
maître, qui le voulut ainsi, et il a réussi à faire confectionner

produits de la terre et de l'industrie de mes sujets.

LXXVI.

Canaux et bassins (*pantanos*).

Les irrigations et les plantations demandent surtout les plus grands soins et les efforts continuels de la Junte. L'Espagne est sujette à des sécheresses fréquentes et manques de pluie : ainsi, la construction de canaux et de bassins, aussi bien que la réunion de toutes les eaux qui se perdent ou dont on ne profite pas assez, même de celles de pluie , deviendra un moyen efficace de prévenir bien des malheurs, et d'améliorer l'agriculture. Il y a plusieurs travaux de cette nature commencés , ou projetés , sur lesquels la Junte présentera des moyens pour que moi et mes successeurs prenions des résolutions convenables.

LXXVII.

On établira de nouveau des règlemens pour la replantation et la conservation des forêts et des terrains propres à élever des arbres, ou bien on modifiera les règlemens déjà existans.

Les plantations réussiront bien par les arrose-

---

et réparer, en moins de dix ans , plus de 400 lieues de chemin dans toutes les provinces, au lieu de 19, qui furent faites pendant dix-huit ans. »

mens, en profitant des rives des fleuves, des rigoles, torrens ou ruisseaux, ainsi que des bassins
(*pantanos*). Il est bien entendu que l'ombre des
arbres empêche une grande partie de l'évapora-
tion des eaux. Mais même sans les arrosemens, il
faut établir et reformer les règles pour la replantation et la conservation des forêts et des terrains
propres aux arbres, car la décadence et la ruine
qui menacent cette branche si importante pour la
population sont à la connaissance de tous. Chaque jour on éprouve le besoin de bois de chauffage, de bois de construction et de charbon, en
sorte que les mesures nécessaires pour y porter
remède sont urgentes et ne souffrent même aucun délai.

LXXVIII.

Avantages que l'on doit accorder aux planteurs d'arbres.

Ceux qui plantent des arbres dans les terrains
communaux non défrichés (*baldios*), désignés et
distribués par lots, auront la jouissance des produits des arbres, pourvu qu'ils laissent le passage
libre et commun, lorsque les arbres seront déjà
élevés.

LXXIX.

Faculté de fermer le tiers des terrains incultes où l'on fera de nouvelles plantations.

Il conviendrait aussi de permettre aux possesseurs de terrains incultes dont le pâturage sera commun (on pourrait même les y autoriser) de fermer la moitié ou le tiers de ceux destinés à de nouvelles plantations; ils en jouiraient exclusivement tant que les plantations dureraient. Je l'ai ordonné ainsi à l'égard des vastes territoires abandonnés et incultes de l'Estramadure. Ceci pourrait devenir une règle générale; les peines sont nécessaires sans doute pour cela et pour d'autres choses encore, mais elles sont insuffisantes sans l'attrait de l'intérêt.

Cette conservation des forêts amène tout naturellement la nécessité de songer aux défrichemens et d'établir des règles pour cela. D'une part l'agriculture et même les populations sont intéressées à ce que les terres soient utilisées par la culture, et d'une autre part, il est contraire à l'agriculture elle-même de détruire à cause d'elle les forêts déjà plantées favorables aux bois de construction et de chauffage.

LXXX.

Maximes que l'on ne devra pas perdre de vue pour les défrichemens des terres incultes.

Dans cette matière, on peut établir trois ou
quatre maximes. Pour défricher une terre inculte,
il devra être constaté : 1° qu'elle est plus avantageuse pour la culture que pour produire des arbres et fournir des pâturages ; 2° qu'elle n'a point
d'arbres ni de plantations qui puissent être con-
servés et améliorés, car si elle en a, on devra essayer, d'abord pendant quelques années, de voir
si l'on peut obtenir leur conservation ou leur
amélioration ; 3° que les habitans n'ont pas assez
de terres pour leur agriculture, s'ils n'abandonnent pas celles qui par les approvisionnemens
peuvent être utiles ; 4° enfin qu'une fois les terres
défrichées, on y plantera tout au moins sur leurs
limites tous les arbres qui pourront y fructifier,
en punissant de la perte du terrain celui qui ne
les planterait pas ou qui n'en soignerait pas la
conservation.

LXXXI.

Il peut y avoir quelques exceptions à ces maximes, car les
défrichemens faciliteront l'accroissement des plantations
d'arbres.

On pourra déroger à ces maximes dans les nouvelles irrigations, car là où elles existeront, il con-

viendra de laisser toute liberté pour les défrichemens des terres incultes, puisque tant par eux
qu'à l'aide des eaux on facilitera l'accroissement
des arbres, pourvu qu'on oblige à les planter pour
le moins dans les limites ou séparations des terrains et sur les côtés des rigoles, ainsi que je l'ai
déjà dit.

LXXXII.

De la protection dés arts et des manufactures.

Les progrès du commerce et de l'agriculture offriront les moyens les plus puissans pour avancer
également dans les arts et dans les manufactures
et pour parvenir même à leur plus grand perfectionnement. La protection accordée aux fabricans
nationaux et étrangers, leur récompense, la considération pour toute profession industrielle et
pour celui qui l'exercera, en observant mes or-
donnances relatives à la noblesse et à la diminution des charges, gabelles et impositions des manufactures nationales, à accorder à ceux qui s'occupent d'arts mécaniques ; la liberté de ceux-ci
pour l'exécution de leurs idées ; enfin, la poursuite exercée contre les oisifs et les paresseux,
tels sont les moyens approuvés et généralement
expérimentés pour la prospérité des manufactures.

LXXXIII.

On aura soin de faire que toute manufacture nationale, c'est-
à-dire ses produits, circule dans l'intérieur du royaume
et en sorte pour l'étranger, sans qu'elle soit sujette à
aucun droit de commerce, vente ou extraction.

J'ai mis la main à l'exécution de ces maximes
autant que l'état de mes finances l'a permis. La
Junte, selon les occasions, ne négligera pas de
faire circuler dans l'intérieur du royaume les produits de toute manufacture nationale, et de faciliter leur sortie à l'étranger sans payer aucun
droit pour cette faculté. Lorsque cette mesure
pourra recevoir son exécution pleine et entière,
on en obtiendra le développement et le perfectionnement desdites manufactures, l'accroissement de la population, le bon emploi et la subsistance de plus de la moitié de mes sujets.

LXXXIV.

Les maximes indiquées ci-dessus seront applicables aux états
d'Amérique.

La plupart des maximes recommandées à la
Junte devront s'étendre à mes états d'Amérique,
en se conformant aux règles et aux considérations
propres de leur administration respective.

LXXXV.

La plus importante relative à l'obéissance et à la conservation de ces contrées éloignées regarde le bon choix des personnes pour la bonne administration de la justice, choix qui implique le ménagement, la modération et la douceur dans le recouvrement des impôts.

La principale maxime de la Junte et la politique la plus sûre comme la plus heureuse pour l'obéissance et la conservation de ces contrées si loin de la métropole, doit être de s'appliquer à choisir pour le gouvernement spirituel et temporel les personnes les plus propres à exciter et maintenir la pureté de la religion, la réformation des mœurs, l'administration droite et désintéressée de la justice, comme aussi le ménagement, la modération et la douceur dans le recouvrement des impôts.

LXXXVI.

Pour les évêchés de ces provinces, on nommera des ecclésiastiques élevés en Espagne; et même quelques évêques des églises du royaume passeront aux siéges d'Amérique.

Le clergé séculier et régulier exerce là plus qu'ailleurs une influence remarquable sur la conduite de mes sujets. Le choix des évêques élevés en Espagne dans les principes de charité, de retraite, de désintéressement et de fidélité au souverain communs à tous nos prélats, est le point le

plus essentiel pour la sûreté et la fidélité du gouvernement des Indes. Il importe que quelques évêques actuels des diocèses d'Espagne, dans lesquels
ils auront fait voir leur expérience et les bonnes
qualités d'un bon pasteur, soient transférés aux
siéges d'Amérique, quoiqu'il soit nécessaire même
de les forcer à accepter cette condition. Le bon
pasteur doit se sacrifier pour ses ouailles ; il
n'existe aucune cause qui soit plus canonique
que celle-ci pour les translations dont il s'agit.

LXXXVII.

Le clergé est relâché dans plusieurs parties de l'Amérique ; il
convient d'y envoyer des ecclésiastiques d'Espagne qui rétablissent la discipline.

Le relâchement du clergé américain dans plusieurs parties de ces contrées est malheureusement trop certain. Il est nécessaire d'y faire
passer des évêques qui rétablissent la discipline
par leur prédication, leurs travaux et leur exemple, en ayant soin qu'ils soient accompagnés dans
les principales fonctions, réception de prébendes
et offices quelconques, par des ecclésiastiques du
royaume connus par leurs mœurs sevères et leur
profession des plus sûres et plus saines doctrines.

LXXXVIII.

Néanmoins, on emploiera les ecclésiastiques américains qui en seront dignes par leur instruction et leurs vertus.

S'il se trouvait dans les Indes quelques ecclésiastiques remarquables par leur savoir et leurs vertus, il convient aussi de les récompenser dans l'endroit même d'une manière éclatante ; mais s'ils sont reconnus médiocres sous le rapport de la doctrine et des mœurs, ce qui arrive le plus souvent, il vaudra mieux les avancer en Espagne autant qu'on le pourra ; alors ils n'auront pas lieu de se plaindre qu'on les oublie ; d'un autre côté, on évitera par-là d'autres inconvéniens et mauvaises suites.

LXXXIX.

A cet égard, les ministres des grâces et justice et des Indes s'entendront avec la Junte.

Pour de tels cas, il conviendra que les ministres des grâces et justice et des Indes se concertent entre eux, et se communiquent leurs pensées et leurs rapports, en formant par-là, pour ainsi dire, un lien salutaire, qui attache et réunisse les intérêts des sujets des deux hémisphères dans une branche aussi importante.

XC.

Il serait utile d'envoyer aussi des réguliers en Amérique,
ceux des Indes étant fort relâchés.

Quant au clergé séculier, il importe de le renouveler par des individus élevés dans notre meilleure discipline, qu'on substituera à ceux qui
sont, dans ces contrées, atteints d'un relâchement
notable. Il faut faciliter par tous les moyens possibles le passage en Amérique de nouvelles colonies de réguliers déjà formés et instruits, car les
visites qui ont été ordonnées produisent peu
d'effet à raison de la corruption dont la plus grande
partie de cette masse se trouve atteinte.

XCI.

Il est difficile d'éloigner tout-à-fait les réguliers des *doctrinas* (1), et de substituer des ecclésiastiques capables et bien
dotés, qui veuillent se fixer dans des contrées incultes et
éloignées. Il convient donc d'agir avec prudence, et de
ménager adroitement les réguliers.

Les grandes difficultés qui existent pour séparer tout-à-fait les réguliers des *doctrinas* sont

---

(1) On nommait ainsi les peuplades d'Indiens nouvellement soumis à la religion chrétienne, lorsqu'il n'y avait pas
encore chez elles de cures établies.

connues. On ne trouve pas des ecclésiastiques capables qui, n'étant pas convenablement dotés, veuillent se reléguer dans des parages incultes et éloignés, quelques instances que les évêques aient faites à cet égard ; on a trouvé beaucoup d'inconvéniens et d'obstacles insurmontables pour mettre à exécution les mesures relatives aux *doctrinas*. Il conviendra donc d'agir sagement et avec lenteur, en ménageant adroitement les réguliers, dont on se servirait avec des avantages temporels et spirituels.

XCII.

On ne devra pas mettre les individus d'un même ordre régulier à la tête de plusieurs missions et *doctrinas*.

En ne mettant pas des individus d'un même ordre régulier à la tête de plusieurs missions et *doctrinas*, on pourra prévenir les inconvéniens de la domination, et les partis qu'autrement ils formeraient, et dont nous avons un triste exemple dans les jésuites. Les missions étant distribuées entre plusieurs ordres réguliers dans une même région ou district, il y aura plutôt entre eux des rivalités qu'une union dangereuse : celles-là ont un remède plus facile que celle-ci, et fournissent des moyens pour parvenir à l'investigation de la vérité, chose ou impossible, ou d'une difficulté extrême, lorsqu'un seul parti y domine.

XCIII.

Les choix des vice-rois et des gouverneurs principaux devront toujours tomber sur des hommes très expérimentés, et connus par leur désintéressement, leur probité et leur capacité militaire et politique.

Le choix du vice-roi et des principaux gouverneurs, l'un des points essentiels pour le bon gouvernement des Indes, doit tomber toujours sur des hommes d'une grande expérience et recommandables par leur désintéressement, leur probité et leurs talens militaires et politiques. A cet égard il faut tout le discernement et l'application du ministre chargé du département des Indes, ainsi que des autres membres de la Junte, qui l'aideront de leurs lumières et de leurs rapports. Si quelque individu avait donné en Espagne des preuves de ces qualités dans les capitaineries générales des provinces ou dans les gouvernemens, on le transférera aux vice-royautés et gouvernemens des Indes, même malgré son refus. Les ministres s'entendront sur cela avec la Junte, ainsi que je l'ordonne par le décret de création de ce jour. Personne de ceux qui servent l'État ne peut se soustraire aux charges qu'il impose, ni frustrer le souverain du droit qu'il a de tirer parti de leurs talens et de leurs vertus (1).

(1) Le gouvernement mettait une grande sollicitude dans le choix des vice-rois et des gouverneurs des Indes, et s'il est vrai de dire qu'il était difficile d'éviter tous les abus d'autorité dans des possessions aussi éloignées, on peut assurer du moins que l'Amérique espagnole n'éprouva pas de grandes vexations. Les écrivains étrangers nous reprochent d'avoir été cruels dans le temps de la conquête ; ils oublient que d'autres nations exterminèrent les races indigènes, tandis que les Espagnols en ont conservé une grande partie ; mais certes ils ne sont nullement fondés à accuser les vice-rois et les gouverneurs des Indes d'avoir été des proconsuls oppresseurs des habitans de ces contrées, soit que la législation fût juste et paternelle envers les Indiens, soit que l'Espagnol se soit montré humain et compâtissant dans l'administration de ces possessions, comme on l'a vu, doux, indulgent même envers les esclaves ; le fait constant, irrécusable, c'est que les Verrès n'ont pas été connus dans nos Indes. Il y eut parfois des hommes jaloux de s'enrichir et qui amassèrent de riches trésors, mais ils ne vexèrent pas les habitans comme d'autres étrangers qui opprimèrent et dépouillèrent les peuples et les princes des régions orientales. On raconte que le marquis de Cerralbo, vice-roi du Pérou sous Philippe IV, retirait tous les ans un million de ducats d'une ou deux branches de commerce. On ajoute qu'une fois il envoya en Espagne un million de ducats pour obtenir du duc d'Olivarès et de ses créatures la prolongation de son gouvernement, mais cet exemple eut fort peu d'imitateurs. Au contraire, dans les vice-royautés et gouvernemens d'Amérique fourmillaient des hommes qui étaient des modèles de bonté et de justice. Parmi eux, le

XCIV.

On agira d'après ces mêmes idées dans la nomination des juges des tribunaux supérieurs et inférieurs de ces états.

Les vice–rois et les gouverneurs étant nommés conformément aux principes que je viens d'éta–

---

souvenir du licencié Pedro La Gasca sera immortel au Pérou. Envoyé pour pacifier ce royaume avec le titre de président de la cour royale de Lima, en 1546, il put disposer à son gré d'un revenu annuel de deux millions, et il ne voulut rien garder pour lui, tellement qu'il vécut dans la pauvreté (*).

Si nous traitions expressément cette matière, nous pourrions fournir un grand nombre de faits des temps modernes qui confirmeraient ce qu'on vient de dire. Nous ne prétendons certainement pas que l'avarice n'ait jamais établi son empire dans le cœur de ceux qui ont été employés comme gouverneurs des Indes, pendant trois siècles que celles-ci furent soumises à la domination espagnole, mais l'on peut affirmer qu'on n'y vit point ces vandales avides et pillards qui furent le fléau d'autres colonies dépendantes de dominations étrangères.

Il y eut des abus, parce qu'il était impossible qu'il n'en existât pas. Non seulement le gouvernement ne pouvait pas surveiller ses agens dans des régions aussi vastes et aussi éloignées, mais les lois elles-mêmes ne suffisaient pas pour prévenir certains excès. La législation était fondée sur des principes généraux de justice, et il y avait des circonstances tellement impérieuses qu'il fallait déroger à la loi, sous peine de perdre la possession des colonies. On a censuré la sévé–

(*) Nuix, *Réflexions impartiales.*

blir, on agira de même pour la nomination des ministres des tribunaux supérieurs et inférieurs, pourvu qu'ils soient droits et désintéressés. Les secrétaires du département des grâces et justice, et de celui des Indes, auront à se concerter pour choisir les meilleurs juges, notamment pour les cours royales; toutefois, il conviendra de faire une promotion réciproque pour les juges d'Espagne et d'Amérique, à l'imitation de ce qui a

---

rité avec laquelle les Indiens étaient traités, en dépit des dispositions textuelles des lois. Cependant, en y réfléchissant, on verra qu'il était impossible de tenir les Indiens dans l'obéissance sans leur témoigner de la fermeté et même sans montrer parfois de la rigueur. Appuyés sur l'autorité du même écrivain (*), nous citerons l'exemple du vice-roi du Pérou, Blasco Nuñez Vela, en 1542, qu'il appelle l'homme le plus honnête et le plus intègre que le monde ait jamais vu. Suivant la lettre de l'*Instruction royale*, sans s'arrêter à l'état des choses, il accordait tout soulagement et toute liberté aux Indiens. Il donnait le premier l'exemple en ne permettant pas qu'aucun Indien servît dans les marches au transport de ses équipages. Mais le désir même qu'il avait de rétablir l'ordre fut l'occasion de désordres plus grands, tellement qu'il mit la colonie à deux doigts de sa perte.

Gouverner les colonies d'après les principes d'une justice universelle et pour ainsi dire abstraite, c'eût été vouloir les perdre.

(*) Page 234.

été ordonné par moi pour les promotions dans le clergé.

XCV.

Quant aux impôts, il est fréquent de confondre dans les Indes les vexations et les escroqueries du receveur des deniers royaux avec le poids de l'impôt lui-même, en rendant celui-ci odieux. La Junte prendra des mesures pour obvier à de telles vexations.

Pour contribuer au bon traitement, à la modération et à la douceur des impôts et à leur perception, j'ai créé en Amérique des intendances, et j'ai pris d'autres mesures qui m'ont paru les plus efficaces. Partout, et aux Indes spécialement, on confond les vexations et les escroqueries du receveur avec le poids du tribut pour le rendre odieux, et pour résister à l'autorité légitime au détriment de la tranquillité publique; de là la nécessité d'empêcher de telles vexations : la Junte s'en occupera, et elle me soumettra son avis tendant à simplifier les impôts pour le fond et pour la forme.

XCVI.

En cela l'administration des finances a une influence immédiate; il conviendra donc que les employés soient doués d'un zèle doux et d'une modération éprouvée.

Ceci est un point qui intéresse mon autorité, ainsi que la paix et le bien-être de ces sujets éloignés, leur commerce intérieur et extérieur, leur agriculture et leur population. L'administration des finances exerce une action directe sur tous ces objets, mais la probité, le désintéressement des employés, leur zèle doux et modéré, produisent les meilleurs effets quand ils coïncident avec la simplicité de l'impôt dégagé d'entraves et de vexations.

XCVII.

Il sera du devoir de la Junte de veiller à l'exécution du règlement pour le commerce libre d'Amérique, au moyen duquel et d'autres résolutions on a diminué plusieurs droits et supprimé d'autres dans les productions de ces provinces.

Pour parvenir à ces avantages et les faciliter, on a considérablement diminué, par le règlement sur le commerce libre d'Amérique, et par d'autres résolutions, plusieurs droits sur les produits de ces provinces, et on a affranchi tout-à-fait d'autres droits de toute sorte de contributions, dans les ports appelés *Mineurs,* tant des îles que de divers endroits du continent. Je recommande à la Junte de veiller non seulement à ce que mes intentions soient remplies à cet égard, mais à ce qu'elles s'étendent aux autres ports et provinces où ce secours sera nécessaire pour encourager le commerce et la population.

XCVIII.

Les provinces les plus favorisées par ces exemptions ont été
la Louisiane et la Trinité.

Parmi les provinces qui jouissent de ces faveurs,
j'ai eu soin de distinguer la Louisiane et la Trinité, en leur permettant un commerce plus libre
sous les règlemens et ordres qui ont été publiés
dans le but de les peupler et d'attirer les étrangers
catholiques pour s'y établir.

XCIX.

Pour ce qui concerne la Louisiane, on a eu l'idée d'y former
une barrière ou peuplade d'hommes qui puissent s'opposer
aux introductions et usurpations de ce côté jusqu'au Nouveau-Mexique.

Mes vues politiques, dans ces grâces et faveurs,
ont été, quant à la Louisiane, d'y former une
barrière d'hommes armés qui défendent le pays
contre toute introduction et usurpation de ce
côté jusqu'au Nouveau-Mexique, et protégent nos
provinces du Nord. Ces soins sont encore plus
nécessaires maintenant, vu la rapidité avec laquelle les colons américains dépendant des États-
Unis cherchent à s'étendre dans ces régions et
ces vastes territoires.

C.

Par la même raison, il faut songer à ce qu'il y aura à faire
relativement aux deux Florides.

C'est par le même motif qu'il convient de faire·
de mûres réflexions sur ce qu'il est important
d'arrêter pour la population des deux Florides,
en les favorisant, en protégeant leur commerce
et leur navigation, ainsi qu'on le fait pour la
Louisiane; car ces contrées sont les frontières de
voisins actifs et inquiets avec lesquels on cherchera à régler les limites le mieux qu'il sera possible.

C I.

Quoique le Mississipi soit la limite de séparation par le traité
de 1764 , comme il se trouve maintenant compris dans les
états espagnols par l'acquisition des deux Florides , les
colons des États-Unis prétendent naviguer jusque dans le
golfe du Mexique.

Le fleuve Mississipi, qui resta limite de séparation par le traité de paix de 1764, entre nos possessions et celle des Anglais, se trouve maintenant
compris dans mes états, ainsi qu'ils ont été limi-
tés par l'acquisition des Florides. Malgré cette
vérité, les colons qui dépendent des États-Unis
veulent naviguer librement jusqu'au golfe du
Mexique, ce qui ferait grand tort au but que je

me suis proposé, de fermer ce golfe aux étrangers, afin que les provinces de la Nouvelle-Espagne soient plus sûres, et pour la prospérité de leur commerce exclusif, qui appartient de droit à mes sujets.

CII.

Prétensions des colons et des États-Unis.

Toutes les prétensions des colons et des États-Unis sont fondées sur leur traité, fait avec l'Angleterre le 30 novembre 1782, dans lequel ils stipulèrent la liberté de leur navigation sur le Mississipi, et déterminèrent les limites du côté des Florides, à leur gré et à celui des Anglais; mais la Floride occidentale, qu'arrose le Mississipi, se trouvant alors sous mon autorité par droit de conquête, le gouvernement anglais n'avait pas le droit d'accorder la navigation ni tout autre droit aux États-Unis, ni de fixer des limites, ni de disposer de ce qui ne lui appartenait pas.

CIII.

Dans le traité que l'on projette pour arranger cette affaire à l'amiable, on ne fera aucune concession sur la navigation, quand même il faudrait céder quelque chose sur les limites.

Quelque puissante et sans réplique que soit cette raison, les États-Unis insistent sur l'exécution du traité, et l'on négocie en ce moment pour arranger ce point à l'amiable; mais, quoique l'on cédera peut-être quelque chose sur les limites, je suis décidé à ne rien céder sur la navigation. La Junte l'aura pour entendu, afin de ne point perdre de vue les moyens d'affermir et la population et la barrière des Florides, favorisant leur commerce et l'établissement des familles commerçantes et fondatrices, comme dans la Louisiane, autant que les circonstances le permettront.

CIV.
De l'île de la Trinité.

Quant à l'île de la Trinité, outre l'intérêt de profiter de son terrain fertile, j'ai eu et j'ai encore celui d'y former un établissement qui couvre le continent immédiat, et qui, avec le temps, puisse faciliter un port utile à mes armées navales, afin de pouvoir se porter de là où il pourra être nécessaire, d'autant que cette île se trouve de ce côté-là, derrière mes possessions.

CV.

Le port de la Havane, si utile pour surveiller le golfe du Mexique, n'est pas aussi bien placé pour secourir d'autres provinces de ces côtés aussi étendues.

La Junte sait, par ce qui a eu lieu dans la dernière guerre, que le port de la Havane, quoique

grand, sûr et utile pour guetter tout ce qui sor-
tira du golfe du Mexique, n'est point situé aussi
avantageusement pour se porter promptement
aux autres possessions qu'il puisse convenir de
secourir; en sorte que les provinces de Caracas,
Carthagène et tout le royaume de la Terre-Ferme,
Honduras, tout le Guatemala et autres de ces
côtés très vastes, ne peuvent point être secourus
par la Havane sans des retards égaux, et peut-
être plus grands dans certains cas, aux navigations de l'Europe. C'est à cause de cela que plusieurs des dispositions arrêtées par moi ont échoué
à Honduras, et sur d'autres lieux, dans la dernière guerre. Diverses provinces auraient couru
des dangers si les mesures prises pour faire diversion à l'ennemi, et l'attaquer sur plusieurs points,
ne l'eussent empêché de préparer quelque forte
expédition contre le continent espagnol.

CVI.

Par ces motifs, des ordres ont été donnés pour peupler et
fortifier l'île de la Trinité, du point de laquelle on peut
se porter partout.

Même pour secourir les îles de Saint-Domingue
et Porto-Ricco du port de la Havane, il y a les
mêmes inconvéniens et difficultés; tandis qu'au
contraire, de l'île de la Trinité, on peut se por-

ter partout où besoin sera, tant sur le continent
que sur les îles, avec la plus grande promptitude,
sans excepter le golfe du Mexique. C'est par cette
raison que j'ai voulu que non seulement on peuplât et fortifiât cette île, mais que l'on y fît un
bon port, sans épargner aucun soin. A cet égard,
je charge expressément la Junte (et je l'attends
de son zèle et de celui qui anime le ministre des
finances) de prendre soin que, sans perte de
temps, et en y mettant la plus grande activité,
on y forme un établissement maritime qui rem-
plisse toutes mes intentions (1).

---

(1) En voyant avec quelle sollicitude patriotique le gouvernement de Charles III insistait sur les avantages que
l'Espagne pouvait retirer de la Louisiane, de l'île de la Trinité et des Florides, on ne peut que se rappeler avec douleur
la perte de ces colonies sous les règnes suivans.

La Louisiane fut cédée à la France en 1800, et, quoiqu'il y
eût une clause explicite dans le traité de cession, par laquelle,
si le gouvernement français jugeait convenable de s'en dé-
faire en quelque temps que cela arrivât, il donnerait à l'Espagne la préférence pour l'acquisition, le premier consul
Bonaparte la vendit aux États-Unis d'Amérique en 1802, au
prix de 80 millions de francs, sans dire un seul mot aux
ministres de Charles IV. Un si insolent mépris de ce qui avait
été convenu était le plus grand outrage qui pouvait se faire
à l'Espagne par la France, *sa chère alliée*. Mais le gouvernement espagnol était à cette époque dans un si grand abaissement et vivait dans une telle dépendance de la république

CVII.

De Saint-Domingue et Porto-Ricco.

A Porto-Ricco et Saint-Domingue, il convient aussi de favoriser la population et le commerce,

---

française qu'il s'humilia jusqu'à consentir à ce qu'elle venait de faire. Le favori qui tenait alors les rênes de l'administration du royaume a dit (*) que s'il acquiesça à une transaction si contraire au traité, ce ne fut pas par déférence pour Bonaparte, mais pour plaire aux États-Unis ; et il ajoute, avec une singulière naïveté, qu'il ne tenait pas ceux-ci pour dignes d'une telle complaisance ; de manière que non seulement il ne demanda pas à la France une satisfaction de l'outrage extrême qu'elle venait de faire au roi, mais au contraire, il le sanctionna sans qu'il soit possible de savoir pourquoi, puisqu'il prétend qu'il n'agit dans cette occasion ni par crainte de la France ni par espoir de reconnaissance de la part des États-Unis. Quoi qu'il en soit, les intentions patriotiques du gouvernement de Charles III sur cette colonie importante s'évanouirent sous le règne de son successeur.

L'île de la Trinité, point si essentiel pour protéger les côtes du royaume de la Terre-Ferme, Honduras, Guatemala et autres, fut prise par les Anglais dans la guerre où nous entraîna l'alliance avec la France, signée en 1796. La Grande-Bretagne la garda par le traité d'Amiens. Le cabinet de Madrid la lui céda, sans que, selon les explications de celui qui le dirigeait, l'on puisse savoir non plus pourquoi. D'une part, le ministre espagnol dit qu'*il voulut faire généreusement ce sacrifice volontaire à la paix de l'Eu-*

(*) *Mémoires* de don Manuel Godoy, tome III, page 288.

comme on a déjà commencé à le faire. Il convient également de curer et conserver les ports

---

rope, comme si, dans de semblables affaires, il fût possible d'agir de la sorte, et de suivre des impulsions purement volontaires. La politique a pour objet spécial de conserver et soutenir les intérêts des peuples; elle ne connaît pas les désintéressemens chevaleresques. Certes, celui-là garderait soigneusement les trésors du royaume, qui ne les dépenserait que pour paraître noble et généreux. Est-ce que l'Espagne était par hasard la plus intéressée dans la conclusion de la paix? Pourquoi la France et l'Angleterre ne faisaient-elles pas aussi des *sacrifices volontaires?* D'une autre part, le ministre prétend que Bonaparte ne voulait pas que nous fissions le sacrifice de l'île de la Trinité, mais que notre ambassadeur Azara, sans consulter le premier consul ni prendre conseil de qui que ce fût, voyant que la paix d'Amiens ne dépendait que de la cession de cette île, et que l'Espagne non seulement rentrerait dans la possession de Minorque, mais *aurait aussi définitivement Olivenza,* de sa propre autorité, quoique, à la vérité, conformément à l'esprit de ses instructions, il consentit à la cession de la colonie qui était le sujet du débat. Il résulte donc qu'en échange de l'île la plus importante peut-être parmi toutes celles que l'Espagne possédait dans les Antilles, nous acquîmes une bicoque telle que le territoire d'Olivenza, conquête de la fameuse guerre des *oranges* (*). Quelle fatalité! Le comte d'Aranda put et ne voulut pas avoir Gibraltar lorsqu'il signa la paix de 1789,

---

(*) Lorsque le prince de la Paix annonça au roi que l'armée était entrée à Olivenza, et que l'avant-garde s'était présentée devant la place d'Elvas, il ajouta : « Les soldats y ont pris deux branches d'orangés, que j'ai l'honneur d'offrir à sa majesté la reine. »

14

principaux, afin que non seulement les bâtimens
marchands, mais mes vaisseaux puissent y entrer

---

pour éviter que les Anglais acquissent l'île de la Guadeloupe,
où ils auraient pu exercer une inspection incommode pour
le commerce d'Espagne et de France, et Azara cède, sans
compensation aucune, l'île de la Trinité, qui était un des
principaux postes avancés de l'Amérique espagnole! Je dis
sans compensation, parce que posséder le petit district d'Olivenza pouvait flatter tout au plus la vanité du *généralissime,*
qui regardait peut-être ce facile triomphe comme une conquête, mais non pas contenter la nation.

Malheureusement, la relation des *Mémoires,* quoique peu
flatteuse, n'expose pas avec assez d'exactitude ce qui se passa
lors de la cession de l'île de la Trinité, car la vérité est que
la république sacrifia dans cette occasion, comme elle le fit
dans plusieurs autres, les intérêts du roi aux siens, et que
Bonaparte, non seulement ne s'opposa pas à la cession de
l'île de la Trinité aux Anglais, mais qu'il y consentit sans
en prévenir Charles IV son allié. Dans les préliminaires
signés à Londres entre le roi de la Grande-Bretagne et le
premier consul de la république française, cette cession fut
consentie formellement par la France. Lorsque Azara se présenta dans le congrès d'Amiens, il ne lui fut pas même permis d'ouvrir la discussion sur cette affaire, les plénipotentiaires anglais lui ayant déclaré qu'avant d'échanger les
pleins pouvoirs, il était indispensable qu'il fît acte d'accession
pure et simple aux préliminaires, ainsi que l'avait fait l'ambassadeur de Hollande, acte qui entraînait la cession de l'île
de la Trinité. Le premier mouvement du négociateur espagnol fut de s'y refuser, mais il pensa qu'il lui fallait *passer
par-là ou rompre les conférences,* et il se soumit à l'inexo-

et se trouver à l'abri, lorsque la nécessité ou la
convenance pourra le demander. Dans l'île de

---

rable nécessité. Azara s'exprime ainsi en rendant compte au
ministre d'état, D. Pedro Cevallos, de cette première confé-
rence.

« Le secrétaire ou second plénipotentiaire anglais, M. Merry,
me répondit avec un ton assez haut que ses ordres portaient
de ne faire aucun pas, et de n'admettre aucune proposition
sans que ladite déclaration précédât; qu'ainsi ils ne m'ad-
mettrait pas même à l'échange des pleins pouvoirs, si je
ne faisais pas l'accession purement et simplement. J'avoue
que sa manière m'échauffa un peu le sang; je lui répondis
sur le même ton, en disant que je ne le ferais pas, n'importe
ce qui pût en arriver, ce qui donna lieu de part et d'autre à
des mots plus que vifs. Mylord Cornwallis, qui est la bonté
et l'honnêteté mêmes, s'interposa, et parla avec beaucoup de
raison et d'équité, en me déclarant que l'ordre d'exiger l'accession était vrai, mais que cependant il était prêt à écouter
mes propositions, et qu'il me présenterait les siennes avec
grand plaisir.

« Mylord tomba d'accord avec moi sur le fond de la raison,
mais il me protesta que ses instructions étaient positives sur
ce point, et ne lui laissaient aucun moyen pour aborder une
telle discussion. Voyant qu'il était nécessaire d'en passer
par-là, ou de rompre les conférences, au risque de scandali-
ser l'Europe, et d'occasionner les résultats les plus funestes,
je lui demandai qu'il me donnât par écrit le certificat de son
impossibilité absolue d'entrer en négociation sur la restitution
de la Trinité, et il le fit ainsi sur un papier volant que
V. E. trouvera ci-joint, n'ayant pas été possible de mettre

Saint-Domingue, la baie et le port de Samana
et sa presqu'île, on fera de même. Je veux for-

---

de plus grandes formalités , car nous n'étions pas encore connus l'un et l'autre comme plénipotentiaires avoués.

« Je réussis néanmoins, en dépit de Merry, à faire pré-
céder l'échange des pouvoirs à l'acte de mon accession aux
préliminaires , et même je libellai cet acte de telle manière
qu'il n'est pas pur et simple, comme Merry le voulait, mais
très conditionnel, car il y est dit que j'accède aux préliminaires pour entrer dans la négociation du traité définitif.

« Je prie V. E. de croire que dans cette discussion, je ne
me suis flatté ni peu ni beaucoup d'obtenir que l'île de la
Trinité nous fût restituée, car je savais d'avance que la chose
était sans remède, et que c'était un parti pris non seulement
en Angleterre, *mais même en France,* de ne point admettre
nos réclamations. Cependant j'ai cru devoir insister sur cette
demande, tant pour faire sentir notre offense que pour tirer
parti de ce sacrifice, dans le but d'accomplir d'autres vues
que je méditais et que je proposerai par la suite. »

On voit donc que la France et l'Angleterre s'étant concer-
tées pour que le roi d'Espagne perdît l'île de la Trinité, et
payât ainsi les frais de la guerre, il fallut se soumettre à la
nécessité. On ne fut pas même dans le cas de penser à des
compensations, ou de les proposer, les deux puissances ayant
exigé l'accession pure et simple à leurs conventions. Tels
étaient les avantages que le roi retirait de son alliance avec
la république française.

La Floride fut cédée aux État-Unis par le traité de 1821.
Ferdinand VII, voyant que tous les états de l'Amérique
espagnole étaient en rébellion ouverte contre l'autorité de la

tifier et peupler cette dernière ; car on peut y former un des meilleurs ports pour mes flottes et mes armées navales, ainsi que pour la navigation commerciale. Par ce moyen, on pourra vivifier toute cette partie de l'île, la peupler et la cultiver avec de grands avantages.

CVIII.

De l'acquisition et conduction des nègres.

Mais ces vues sur la population et le développement de l'agriculture et sur le commerce, ainsi que le grand but de l'exploitation des mines, ne peuvent se réaliser dans ces pays sans l'acquisition et la conduction des nègres. Par la cession que la cour de Lisbonne nous fit des îles de Fernando-Po et Tonibougia, et par le droit acquis de trafiquer sur la côte d'Afrique de ce côté-là, nous aurons le commerce des nègres de première main, et dans une telle abondance que nous n'en avons jamais eu de pareille. Notre peu d'expérience sur ce commerce et sur les établissemens nécessaires à son exercice nous a privés jusqu'à présent de tout le profit qu'on pourrait obtenir de cette cession, et de la faculté de tra-

---

métropole, jugea avec raison que la conservation de cette colonie n'avait plus aucune importance.

fiquer. On a eu l'idée de charger de cette affaire la compagnie des Philippines et de lui confier le soin de peupler l'île de Fernando-Po, et d'y établir un port avec marché franc pour les nations qui y amèneront des nègres pour les vendre. Il convient de réaliser ces idées au plus tôt, et de sortir par-là de la dépendance où nous sommes par suite des contrats passés avec les Anglais pour nous fournir des nègres , ce qui donne lieu à des contrebandes continuelles, et à d'autres inconvéniens très graves (1).

CIX.

Par les moyens que l'on a en vue d'employer, non seulement on pourra préserver d'ennemis les vastes et importantes régions de la partie septentrionale, mais on tiendra en respect les esprits inquiets et turbulens de quelques uns de leurs habitans.

Le soin des îles et des principaux ports qui bornent les deux Amériques doit fixer l'attention de la Junte. Les îles de Cuba , Saint-Domingue, Porto-Ricco et Trinité, étant peuplées et assurées, et leurs ports bien fortifiés, ainsi que ceux du continent de la Floride et de la Nouvelle-

---

(1) Les idées sur le commerce des nègres sont changées tout-à-fait.

Espagne sur les deux mers, y compris les côtes
du midi jusqu'aux Californies et plus loin celles
du nord; ceux de Yucatan et Guatemala, son nouveau port de Trugillo, ceux de Caracas et du
royaume de la Terre-Ferme, non seulement on
pourra préserver d'ennemis ces vastes et importantes régions, mais on imposera aux esprits turbulens de certains de leurs habitans. Toute révolution intérieure pourra être réprimée ou bornée
à des limites fort étroites, pourvu que les ports,
les îles et les frontières soient en notre pouvoir
et bien fortifiés.

CX.

De semblables précautions sont nécessaires pour l'Amérique
méridionale. On ouvrira des ports qui seront fortifiés, de
manière que ni les naturels du pays ni les étrangers ne
puissent être tentés d'en abuser dans les cas de troubles intérieurs ou de guerres.

On agira de même dans l'Amérique méridionale, depuis Montevideo et les lieux convenables
du côté du nord, et depuis Panama jusqu'à l'ex-
trémité du Chili, et même jusqu'à la Terre-de-Feu,
sur la côte de la mer du Sud. Il faudra ne laisser
aucune île voisine du continent, aucun port ou
baie capable de le devenir pour des bâtimens de
guerre, surtout s'il a des aiguades, où l'on ne
forme un établissement qui borne et contienne

le pays. J'ordonne d'agir ainsi dans le port de Culebras, voisin du grand lac de Nicaragua du côté du sud, et qu'à Guayaquil et dans d'autres lieux de cette côte jusqu'à l'archipel du Chili, et plus avant, on examine avec soin les ravages où l'on pourra faire des ports et les fortifier, pour éviter ainsi, tant aux naturels qu'aux étrangers, la tentation d'en abuser, soit dans les guerres, soit dans les cas de troubles intérieurs.

CXI.

Sur toutes les côtes du détroit de Magellan, on fera des établissemens semblables.

Puisqu'il s'agit maintenant de recommander toutes les côtes du détroit de Magellan, et d'entrer par là de la mer du Nord dans celle du Sud, on fera des établissemens pareils dans les ports des deux côtes qui soient bons et durables; car ils seront d'une grande ressource en toute circonstance, et faciliteront le commerce, quand même il ne serait possible de le faire qu'avec de petits bâtimens, en recevant des grands bâtimens les marchandises et effets, sans que par conséquent ceux-ci fussent obligés de rester à l'entrée du détroit des deux côtés; car il pourrait y avoir dans les embouchures des ports et des places de commerce, comme cela avait lieu dans la communication par terre entre Porto-Bello et Panama, au temps du commerce des galions.

CXII.

Conduite que l'on devra tenir du côté du territoire des Mosquitos. Le vice-roi de Santa-Fé et les autres chefs gagneront les Indiens par des largesses et des cadeaux, en leur faisant voir la mauvaise foi de nos ennemis.

Ces mesures de sûreté sont également nécessaires pour le présent et pour l'avenir, afin de mettre à couvert les points principaux par lesquels nous touchons à d'autres nations. Actuellement nous sommes sortis du principal embarras pour le territoire des Mosquitos, en ayant éloigné les Anglais par la dernière convention, dans laquelle, par compensation, on leur a augmenté le terrain accordé par le dernier traité, pour la coupe du bois de teinture, sur la côte de Honduras. Il reste maintenant à continuer, en chargeant de ce soin le président de Guatemala, le vice-roi de Santa-Fé, et les autres chefs des provinces frontières ou plus voisines des Mosquitos, d'attirer et rassurer ces Indiens, autant qu'on pourra, au moyen de dons, de bons traitemens et de largesses, ainsi qu'on a commencé à le faire, en leur faisant voir la mauvaise foi de ceux qui s'y établirent, et leur dessein de se

rendre maîtres du pays aussitôt qu'ils seraient en
nombre suffisant et bien fortifiés, et en leur rap-
pélant ce que ceux-ci firent envers les Indiens
septentrionaux qui habitaient le pays occupé
maintenant par les nouveaux États-Unis des colonies américaines.

CXIII.

On restreindra aussi les établissemens anglais relativement
à la coupe des bois.   :

On continuera également l'idée déjà commen-
cée de réduire tout autour les établissemens anglais pour la coupe des bois, qui leur a été per-
mise, ou de restreindre d'autres établissemens
qui nous appartiennent, pareils à ceux de la Calédonie et du Darien.

CXIV.

On devra veiller sur la Calédonie et sur l'embouchure et la
navigation du fleuve Saint-Jean jusqu'au grand lac de Ni-
caragûa.

La surveillance sur ce point de la Calédonie,
ainsi que sur l'embouchure et la navigation du
fleuve Saint-Jean, jusqu'au grand lac de Nicaragua, doit être très continuelle; car on a vu
pendant la dernière guerre que les desseins des
Anglais, dont nous étions déjà prévenus, étaient
de pénétrer de ce côté jusqu'à la mer du Sud.

Aucune précaution ne sera de trop pour empêcher le progrès de la navigation sur ce fleuve, et
l'entrée dans le grand lac et les établissemens qu'on
pourrait y faire. Ainsi donc, la Junte traitera
souvent de cet objet, fixant toute son attention
sur les reconnaissances et recherches que fera
faire de temps à autre le ministre des Indes.

CXV.

Des limites espagnoles vis-à-vis des états portugais.

Sur nos confins avec les possessions portugaises
de l'Amérique méridionale, il y a beaucoup
moins à craindre sous le rapport de la puissance ;
mais il y a beaucoup de précautions à prendre,
relativement à l'envie de nos voisins de s'étendre
pour profiter tant des terrains que du commerce
et des productions de nos provinces intérieures.

CXVI.

Il importe d'en fixer les limites d'après les traités, et surtout selon celui du 1er octobre 1777.

Rien n'intéresse plus, sur cette matière, que
de fixer les limites de la manière invariable stipulée dans les derniers traités avec la cour de
Lisbonne, notamment celui du 1er octobre 1777,
en faisant même le sacrifice de quelque cession
de territoire, dans une possession où nous en

avons tant de reste; car l'obscurité et la confu-
sion des confins donneront toujours lieu à de
nouvelles intrusions de la part des Portugais.

CXVII.

Les commissaires espagnols et d'autres agens, par intérêt
personnel, ont favorisé les désirs des commissaires portugais en ne fixant pas les limites.

Mais nos commissaires et autres personnages
qui ont pris part dans ces affaires, perdant de
vue le principal but politique et ne songeant qu'à
leur intérêt propre, étroit et temporaire, ont
contenté les désirs des commissaires portugais,
de ne point voir terminées et fixées les limites
énoncées, s'appuyant, de part et d'autre, sur des
prétentions et des raisonnemens opposés, prou-
vant jusqu'à un certain point peu d'envie de se
mettre d'accord, quoiqu'à l'égard des Portugais
je soupçonne assez qu'ils ne sont pas de bonne foi.

CXVIII.

Le dissentiment roule sur deux points principaux, l'un du
côté de Montevideo jusqu'à la mer, et Rio-Grande de San-
Pedro ou Laguna de *los Patos*.

Les points principaux sur lesquels on se trouve
en désaccord sont, l'un du côté de Montevideo,
jusqu'à la mer et Rio-Grande de San-Pedro, ou

Laguna de los Patos, où les Espagnols, habitués à profiter d'une grande partie des troupeaux de bœufs, jusqu'audit Rio-Grande, pour le commerce des cuirs, trouvent préjudiciable de suivre la limite fixée par le traité, depuis le grand lac Meirin par l'intérieur des terres, ayant le terrein intermédiaire entre les possessions des deux nations fixé par le dernier traité; sur cela, il y a eu des réclamations des vice-rois de Buenos-Aires, tendantes à obtenir quelque latitude ou une interprétation plus favorable du traité.

CXIX.

Stipulation et véritable interprétation des traités de 1750 avec le Portugal, et de 1764 avec l'Angleterre. Observation du général D. Pedro Cevallos.

Cependant on ne doit pas oublier que, par le traité de 1750 avec le Portugal, on fixa les limites du territoire espagnol à l'endroit de Castillos-Grandes, près Maldonado, et loin du grand lac Meirin (nous avions obtenu de nous étendre jusque là par le dernier traité, gagnant beaucoup de terrain, de pâturages et de troupeaux de bœufs). On ne doit pas non plus oublier que la jouissance que nous eûmes de ce pays jusqu'au Rio-Grande, après le traité de Paris de 1764 avec l'Angleterre, fut contraire aux articles de

ce traité, par lequel nous promîmes de rendre
aux Portugais la possession telle qu'ils l'avaient
avant la rupture, ce que don Pedro Cevallos
n'exécuta point; car il leur rendit la colonie de
Sacramento seulement, gardant le reste.jusqu'à
Rio-Grande; que, nonobstant cela, Cevallos ex-
posa alors que notre intérêt était d'acquérir la
colonie, pour commander exclusivement le fleuve
de la Plata, et empêcher d'y entrer non seulement les Portugais, mais les Anglais leurs rivaux,
dont le commerce et les armes 'nous seraient
funestes dans ces provinces et dans celles du Pérou, affirmant que les établissemens de Rio-
Grande n'étaient d'aucune utilité, et que celui-ci
ne pouvait faciliter la communication intérieure,
ses eaux formant à la suite une sorte de lac. Conformément à cette idée du même Cevallos, nous
réussîmes, par le dernier traité, à acquérir la
colonie, à étendre nos limites depuis Castillos-
Grandes jusqu'au grand lac Meirin, à conserver
Ibiasi, ses populations et territoires, qui ont plus
de cinq cents lieues de Paraguay, lesquels étaient
cédés aux Portugais par le traité de 1750, seulement pour l'acquisition de la colonie; nous réussîmes, en outre, à fixer les autres limites jusqu'au
Marañon, dans l'étendue de trois mille lieues,
d'une manière favorable. Enfin n'oublions pas

non plus que, d'après ces antécédens, nous devons nous contenter de l'arrangement que nous
pourrions obtenir sur ce point, quel qu'il soit,
en dépit des clameurs du vice-roi et des habitans
de Buenos-Aires; car nous n'avons aucune raison solide et juste à opposer, à moins que l'on
ne croie telle l'usurpation que nous fîmes du terrain, des pâturages et des troupeaux de bœufs,
après le traité de Paris.

CXX.

L'autre point du désaccord avec le Portugal est le Marañon
et la navigation des fleuves Negro et Yapura. Les commissaires portugais se sont trompés sur le sens des articles,
12e du traité du 1er novembre 1777, et 2e de l'ancien
traité du 13 janvier 1750.

L'autre point de mésintelligence avec le Portugal est le Marañon et la navigation des fleuves
Negro et Yapura, depuis l'embouchure la plus
occidentale de celui-ci, par laquelle les limites
doivent monter jusqu'à un point qui y sera fixé,
ainsi que dans le fleuve Negro, pour mettre à
couvert les établissemens des deux nations, qui
resteront tels qu'ils sont de ce côté, conformément à l'article 12 du traité du 1er octobre 1777,
lequel se rapporte au 9e article de l'ancien traité
du 13 janvier 1750. Le motif des dissentimens a
été une erreur du commissaire portugais, que les

Espagnols n'ont su combattre en interprétant
comme ils devaient l'être lesdits articles. Cet
incident, la mauvaise foi et la méfiance mutuelle
ont interrompu et ajourné la fixation des limites
dans ces parages.

CXXI.

Lettre de l'article 9ᵉ du traité de 1750.

Pour comprendre l'erreur commune aux uns
et aux autres, il convient de se rappeler que,
par l'article 9 dudit traité de 1750, il fut convenu *que la frontière suivra par le milieu du
fleuve Yapura et par les autres fleuves qui y
affluent, et s'approchant le plus dans la direction du nord, jusqu'au sommet de la chaîne des
montagnes qui séparent le fleuve Orinoco et le
Marañon ou des Amazones, et suivra, par le
sommet de ces montagnes, jusqu'aux confins
des possessions des deux monarchies.* L'article
prescrivait ensuite que l'on mît à couvert les
établissemens des deux nations, surtout ceux que
les Portugais avaient sur les rives du Yapura et
du Rio-Negro, aussi bien que la communication
ou le canal dont elles se servaient entre ces
fleuves, et que la ligne suivît ensuite autant que
possible vers le nord.

CXXII.

Interprétation dudit article.

Par la simple lecture de cet article, on voit que la frontière ou limite, d'après l'idée qu'on en avait en 1750, devait monter, par le Yapura, jusqu'à gagner le sommet de la chaîne des montagnes que l'on croyait exister entre l'Orinoco et le Marañon; mais lors de la conclusion du dernier traité du 1er octobre 1777, le plénipotentiaire espagnol fit observer au plénipotentiaire portugais qu'il était douteux si cette chaîne existait réellement ou non, car il n'était point avéré qu'on l'eût reconnue, et qu'elle n'était point sur les cartes; qu'en admettant même qu'elle existât, la distance était fort incertaine, et que suivre un point qui était si fort ignoré pourrait occasionner des préjudices à l'une des deux nations, peut-être à toutes les deux. A ces réflexions, on en ajouta une autre, savoir : que le but de cet article 9 de 1750 avait été de mettre à couvert les établissemens portugais sur les rives des deux fleuves Yapura et Negro, ainsi que la communication qu'on disait avoir existé entre eux; par cette raison, en fixant un point qui les couvrît, et en empêchant les sujets des deux nations de le franchir et de s'introduire dans leurs possessions respectives, on pourrait et on devrait omettre tout le reste de l'article sur la chaîne, et se borner à suivre la frontière depuis le point qu'on fixerait, car il n'était pas avéré qu'elle existât.

CXXIII.

Article 12 du dernier traité de 1777, dans lequel on supprime tout ce qui a été copié de l'article 9 de 1750.

Le plénipotentiaire portugais se rendit à ces raisonnemens : en conséquence, dans l'article 12 de 1777, on supprima ce qui a été copié de l'article 9 de 1750, et, sans stipuler que la frontière suivît jusqu'à trouver la chaîne de montagnes, etc., il fut déterminé par ledit article ce qui suit : *La frontière continuera en remontant le fleuve Yapura depuis ladite embouchure plus occidentale, et par le milieu de ce fleuve jusqu'au point* (il n'y a plus de chaîne, il ne s'agit pas même de la trouver) *où l'on pourra mettre à couvert les établissemens portugais des rives des fleuves Negro et Yapura, et aussi la communication dont se servaient les mêmes Portugais entre ces deux fleuves, au moment de la conclusion du traité du 13 janvier 1750, conformément à son sens littéral, et celui de son article 9.* Ce rappel de l'article 9, et son sens littéral, a trait évidemment à l'intention de couvrir les établissemens portugais,

ainsi que la communication ou canal dont ceux-
ci se servaient entre les deux fleuves.

CXXIV.

En vertu de cet article, la frontière devait suivre, s'éloignant
toujours des fleuves, par les montagnes intermédiaires
entre l'Orinoco et le fleuve des Amazones.

Ce point une fois fixé, l'article défendit aux
Espagnols, comme par le passé, de descendre le
fleuve et de franchir la limite assignée; et aux
Portugais, de monter ni de franchir le même
point par ces fleuves ni par d'autres qui y entrent.
De ce point, la frontière devait continuer, s'éloignant des fleuves par les montagnes qui séparent
l'Orinoco et les Amazones, car, en effet, il y a
quelques montagnes dont il convient de suivre
les sommets pour les limites, quand bien même
le sommet énoncé dans l'article 9 du traité de
1750 n'existerait pas.

CXXV.

Ainsi, l'erreur des commissaires portugais est aisée à comprendre.

Maintenant on comprend facilement l'erreur
des commissaires portugais, que les Espagnols
n'ont pas su combattre. Les Portugais ont prétendu que l'on doit chercher la chaîne des mon-

tagnes citée dans l'article 9 de 1750 en remontant le Yapura, croyant que cet article était littéralement répété dans le 12ᵉ du traité de 1777 :
c'est là l'erreur. Par cet article 12, on ne doit
plus chercher cette chaîne, mais le lieu où l'on
établirait un point qui couvrira les établissemens
portugais, et le canal de communication dont ils
se servaient en 1750. C'est quant à cela qu'il est
convenu de suivre le sens littéral de l'article 9 de
1750, mais non pour le reste, ni pour chercher
une chaîne de montagnes qui n'existe pas, ou
qui du moins n'est pas connue, et dont, par cette
raison, on n'a pas fait mention dans le dernier
traité.

CXXVI.

Par suite de cette erreur, les commissaires portugais se sont
obstinés à monter jusqu'à ce que l'on trouve la chaîne des
montagnes, non seulement par le Yapura, mais par le
fleuve des Engaños.

De cette erreur est venue l'obstination des commissaires portugais, de monter non seulement
par le Yapura à la recherche de la Cordilière,
mais aussi par le fleuve des Engaños, voyant
qu'ils ne la découvraient point par celui-là : ainsi,
ils n'ont point fait ce que prévient l'article 12 de
1777, savoir, déterminer dans les fleuves Yapura

et Negro, ainsi que dans d'autres qui y entrent,
un point pour couvrir les établissemens portugais, et pour empêcher les Espagnols de descendre
et les Portugais de monter trop souvent aux
points occupés par les Indiens du Pérou, en ôtant
aussi la facilité que cela offrait aux Anglais pour
faire contre nous une diversion dangereuse dans
ces provinces, ainsi qu'ils paraissent assez disposés à la tenter. Ils avaient même commencé à la
préparer, mais ils s'arrêtèrent, forcés par les
vives et efficaces remontrances du chevalier Pinto,
ministre portugais, au nom de sa cour, en leur
faisant voir la nécessité où ils les mettaient de se
déclarer pour l'Espagne, en vertu de la garantie
stipulée dans les derniers traités. L'Angleterre,
qui retire de grands avantages du Portugal, ne
voulut ni ne voudra jamais les perdre en se
brouillant avec cette dernière puissance (1).

---

(1) Il manquait quelques mots dans le manuscrit : cette
lacune rendait le sens obscur ; nous y avons suppléé pour le
rendre intelligible.

CXXVII.

La garantie du Portugal nous est utile, non seulement contre
les invasions étrangères, mais même contre les révolutions
intérieures de l'Amérique méridionale. Ainsi, nous devons
nous maintenir en bonne intelligence avec les Portugais.

Cette garantie nous étant profitable contre les
invasions étrangères non moins que contre les
insurrections et les troubles intérieurs de l'Amérique méridionale, il nous sera toujours très utile
d'être en bonne intelligence avec les Portugais,
nos voisins immédiats, non seulement pour les
secours multipliés que nous pouvons en recevoir,
mais aussi pour empêcher les Indiens rebelles
d'avoir recours à eux ni à d'autres par leur intermédiaire, ainsi que cela pourrait avoir lieu
si nous négligions de cultiver leur amitié, déjà
stipulée dans les traités, et solidement établie
entre les deux cours.

CXXVIII.

Il y a fort peu à craindre des Hollandais et des Français
dans nos territoires et dans notre commerce de ce côté-là.

Nous n'avons pas de dangers imminens à craindre sur le continent de nos possessions d'Amérique de la part des puissances voisines, car les
Hollandais et les Français ne peuvent faire subir

à notre territoire des dommages considérables, ni nuire en rien à notre commerce de ce côté par leurs petites colonies d'Essequibo, de Surinam et de Cayenne. Ils ne pourraient le faire que dans des temps reculés, et avec de très grandes dépenses ; mais ils paraissent y avoir renoncé tout-à-fait, ayant essayé en vain d'ameuter la population et d'accroître la prospérité de ces colonies.

CXXIX.

Les Russes doivent appeler notre attention, parce que, de la mer de Kamtchatka, ils ont fait et feront encore de nouvelles tentatives et découvertes sur les côtes de notre Amérique du côté du nord.

Notre surveillance ne doit pas cesser de s'exercer sur les Russes, attendu que de la mer de Kamtchatka, ils ont déjà fait et feront encore des tentatives et des découvertes sur les côtes de notre Amérique, surtout ayant trouvé le passage ou détroit qui, dans ces lieux, facilite la communication entre les deux hémisphères ou les deux continens. Les voyages du capitaine Cook ont donné l'éveil aux Russes, et malgré des distances immenses, les glaces de ces mers boréales et leurs côtes étendues, il n'y a rien que ne puisse surmonter une puissance qui a tant de moyens pour satisfaire ses vues ambitieuses. Ainsi donc, nos

vice-rois de la Nouvelle-Espagne devront se tenir
sur leurs gardes, et renouveler leurs reconnaissances vers le nord, comme on l'a fait jusqu'ici,
fixant et assurant tous les points que l'on pourra
en s'attachant les Indiens, et prenant soin de
chasser tout hôte qui s'y sera établi.

CXXX.

Iles étrangères du vent et sous le vent.

Le véritable danger pour l'Espagne vient des
îles étrangères du vent et sous le vent, tant pour
le commerce national que pour la sûreté des
nôtres dans notre continent.

CXXXI.

Des îles Philippines, et de la nouvelle compagnie de ce nom.

Il ne reste à parler à la Junte que de l'importance des îles Philippines, surtout dans les circonstances actuelles, puisqu'on vient de fonder la
compagnie qui porte leur nom. Si cette corporation commerciale prospère, comme on est en
droit de l'espérer, ces îles deviendront une source
de richesses pour l'Espagne, en même temps
qu'elles augmenteront la leur, ainsi que leur
population et leurs productions. On a douté souvent s'il conviendrait mieux de les abandonner

ou les céder, mais ce doute serait aujourd'hui scandaleux, et l'on doit songer seulement aux moyens de les conserver, de les défendre et de les améliorer.

CXXXII.

Précautions envers les nations européennes, car toutes, sans exception, sont jalouses de cet établissement. Offres de la France ; ses vues en les proposant.

Il faut pour cela que la Junte n'oublie jamais que les nations de l'Europe, sans distinction, seront contraires à cet établissement. Quoique la France nous ait offert une ressource dans les îles de France et de Bourbon, pour qu'elles nous servent d'échelle pour notre navigation et notre commerce des Philippines, sans mépriser l'offre, on devra agir avec beaucoup de réserve, l'intention du ministère français étant d'attirer dans ces îles tout le commerce espagnol d'Amérique qu'il lui sera possible, sous prétexte de nous aider en Asie.

CXXXIII.

On surveillera la conduite des bâtimens de la compagnie et de ses facteurs, dans les extractions d'argent et effets de Buenos-Aires pour les Philippines.

En conséquence, on devra surveiller avec soin la conduite des bâtimens de la compagnie et de ses

facteurs dans les extractions d'argent et effets de
Buenos-Aires pour les Philippines, solder leur
établissement, pour qu'ils ne les convertissent pas
en commerce abusif avec les Français et les Hollandais, car ils pourront toucher aisément dans
toutes leurs navigations au cap de Bonne-Espérance, et aux îles de France et de Bourbon.
Aucune précaution ne sera de trop pour empêcher de pareils abus, nuisibles au commerce national comme à mes finances.

CXXXIV.

Il faudra aussi prévenir ou arrêter le tort que l'accroissement
extraordinaire d'effets et de manufactures d'Asie peuvent
faire à ceux de l'Espagne et à leur commerce en Europe
et en Amérique.

Des précautions semblables sont nécessaires
pour arrêter le tort que l'accroissement extraordinaire des effets et des manufactures d'Asie pourraient faire à celles de l'Espagne, et à leur commerce en Europe et en Amérique. Dans cette
affaire, il faut naviguer la sonde à la main, comme
on dit, examinant chaque année l'importation
d'effets que fera la compagnie de l'Inde orientale,
et ce qu'elle exportera des nôtres et de nos fabriques. On sait que les manufactures espagnoles ne
peuvent suffire à beaucoup près ni à la consom-

mation intérieure ni au commerce des Indes.
L'objet du gouvernement espagnol et de la Junte
doit être de compléter cette consommation autant qu'on le pourra par le commerce de la
compagnie des Philippines, afin de diminuer ou
détruire les introductions étrangères; mais dès
l'instant que ce commerce commencera à nuire
au progrès et à l'exportation des manufactures
nationales, il faudra l'arrêter. Je veux plus : il
faut qu'avant qu'il puisse nuire on l'arrête, et
qu'on le règle de telle manière que le cas n'arrive
pas de subir le mal, car, une fois arrivé, il serait
très difficile et non moins coûteux d'y apporter
remède.

CXXXV.

La finesse du travail et l'usage commun des manufactures
de l'Asie pouvant nuire aux nôtres, cette affaire réclame
l'attention de la Junte.

Les manufactures de l'Inde orientale et de toute
l'Asie étant recherchées pour leur qualité et leur
finesse, et les Espagnols ainsi que les Américains
s'accoutumant à leur usage, les nôtres auront peu
de débit, à moins que leur bas prix ne leur serve
de compensation pour les avantages des Asiatiques. N'oublions pas l'exemple des Anglais, qui,
malgré la richesse et le pouvoir que leur donne

la compagnie des Indes, ne lui permettent pas
de vendre les manufactures de l'Asie dans l'intérieur de la Grande-Bretagne. Ainsi donc, je recommande encore une fois à la Junte ses soins
continuels et sa surveillance sur les exportations
et sur les progrès ou diminution de nos fabriques
nationales, pour resserrer les moyens d'importation de la compagnie des Philippines.

CXXXVI.

Les Hollandais ont renouvelé leur ancienne prétention sur ce
que l'Espagne ne puisse naviguer vers l'Inde orientale par
le cap de Bonne-Espérance. Ils agissent en cela par jalousie de la compagnie des Philippines.

Par suite de la jalousie que cette compagnie a
éveillée chez toutes les nations, les Hollandais
sont revenus à leur ancienne prétention d'empêcher les Espagnols de naviguer vers l'Inde orientale par le cap de Bonne-Espérance. Les Anglais
et même les Français auront peut-être fait re-
vivre cette prétention parmi les membres de la
compagnie des Indes hollandaises, car c'est elle
qui aujourd'hui a soulevé cette question, et ré-
clamé l'appui des états-généraux à cet effet.

CXXXVII.

Six provinces de Hollande ont donné leur voix conformément aux désirs de la compagnie de cette nation, mais on
ne croit pas pour cela que la question soit décidée contre
l'Espagne.

Quoique l'amirauté de la Hollande et six de ses
provinces aient donné leur voix conformément
aux désirs de la compagnie hollandaise, on croit
que la résolution sera ajournée, si la principale
des Provinces-Unies décide la question en faveur
de l'Espagne, eu égard aux circonstances actuelles, puisqu'on désire l'accession de celle-ci au
traité d'alliance conclu dernièrement entre la
France et la Hollande.

CXXXVIII.

Malgré le droit incontestable des Espagnols de voyager vers
l'Inde orientale par le cap de Bonne-Espérance, il conviendra que nos bâtimens suivent la direction de la mer du
Sud pour aller dans ces régions, ce qui offrira des avantages marqués.

Quoi qu'il en soit, sans renoncer à mes droits,
ni abandonner la possession où je suis de naviguer librement vers l'Inde orientale et mes îles
Philippines par le cap de Bonne-Espérance,
ainsi que cela a été démontré dans les considérations et réponses qui ont été données et publiées

par mon ordre sur ces affaires contre les plaintes
et les résolutions des états-généraux, je désire
que la navigation vers ces régions ait lieu par la
mer du Sud, ce qui fera cesser plusieurs inconvéniens contraires au commerce légitime de mes
sujets en Amérique, et l'on préviendra de grands
embarras pendant la paix et durant la guerre,
ainsi qu'une foule de motifs pour l'Espagne de se
mêler, sans une utilité reconnue, des mésintelligences des nations européennes et asiatiques qui
ont des états, des colonies et des établissemens
dans l'Inde. Plus nous fréquenterons la navigation de la mer du Sud, mieux nous la connaî-
trons, et plus nous avancerons pour abréger et
assurer les voyages des ports du Pérou, de la
Nouvelle-Espagne et des Philippines.

CXXXIX.

Dommages que l'on peut occasionner à notre navigation dans le golfe du Mexique.

Je termine mes préventions exposées à la Junte
pour le temps de guerre. Aucun soin ne sera excessif tant que nous ne pourrons nous emparer,
dans une guerre légitime, des îles qui nous gênent le plus. La Jamaïque est un obstacle ter-
rible, placée comme elle est à l'entrée du golfe
du Mexique, de laquelle on peut y intercepter

notre navigation par chacun des deux côtés. La
Jamaïque est le dépôt des forces terrestres et maritimes qui peuvent nous envahir ou nous inquié-
ter, dans les îles et sur le continent, avant de
pouvoir être secourus; cette île est d'ailleurs l'entrepôt le mieux placé pour le commerce de contrebande avec tous les établissemens espagnols
dans les îles et dans la Terre-Ferme.

CXL.

Nécessité de veiller beaucoup sur cette île en temps de paix,
et de chercher à s'en rendre maître en temps de guerre.

Ainsi donc, l'objet de l'Espagne, pour remédier à ces maux et éviter les dangers dont il s'agit,
doit être de surveiller de tout son pouvoir la Jamaïque, au moyen de bons garde-côtes et de la
course en temps de paix, comme de chercher à
s'emparer de cette île en temps de guerre. Les
dépenses et soins, quels qu'ils soient, seront toujours au-dessous de leur importance.

CXLI.

Des Iles de Grenade, Tabago et Curaçao.

Les îles de Grenade et Tabago, par leur im-
médiation au continent, et celle de Curaçao, sont
encore très préjudiciables à notre commerce, et
réclament une attention particulière. On devra
agir comme je viens de l'indiquer pour la Ja-

maïque, en temps de paix, pour empêcher le
commerce illicite.

CXLII.

Quoique l'Espagne soit en bonne intelligence avec la France,
il convient de veiller sur les établissemens français, notamment sur ceux de Guarico et de l'île de Saint-Domingue.

Je ne ferai pas à la Junte de réflexions spéciales sur les îles françaises, attendu notre union
parfaite avec la France, que je souhaite perpétuelle entre les deux cours, ainsi que je le dirai
plus bas, pour la tranquillité et le bonheur réciproque des deux nations; mais on doit vivre cependant dans une sage circonspection, dans la
crainte que cette bonne intelligence puisse être
interrompue par suite de l'inconstance et des
vicissitudes des choses humaines. Dans cette pré-
vision, sans laisser voir de la méfiance, on devra
observer les établissemens français, surtout ceux
de Guarico et de l'île de Saint-Domingue, et avoir
soin de maintenir les limites fixées par la dernière
convention entre les commissaires des deux cours.
Il paraît que les Français les ont outre-passées
dans certains endroits. On invitera donc instamment le gouvernement français à faire reconnaître
la ligne de séparation, et mettre un frein aux
usurpations.

CXLIII.

Prétention de la France de s'étendre sur la côte jusqu'à la baie de Samana.

Le ministère français a souhaité beaucoup de s'étendre dans l'île de Saint-Domingue, par la côte du nord, vers l'orient, jusqu'à la baie de Samana. Sur cela, la cour de Versailles me fit une insinuation, et me présenta même un plan qui offre une compensation, ou équivalent en partie, pour l'acquisition de Gibraltar. Il me semble que l'on ne peut admettre ces idées, et qu'il vaudrait mieux céder l'île de Saint-Domingue, comme cela avait été convenu au moment de la conclusion du dernier traité de paix de 1783, que de la conserver sans la baie de Samana, où l'on peut faire le meilleur ou pour mieux dire le seul port, et un bon mouillage dans ces mers et îles, pour nos navigations et refuges en temps de guerre.

CXLIV.

Le nombre des affaires des Indes s'est tellement accru qu'il convient de prendre des mesures sur la manière de gouverner ces possessions, et de partager leur administration entre deux ministères, et même plus s'il le faut.

Relativement aux affaires des Indes, il est nécessaire de prévoir et de déterminer le mode de

gouverner à l'avenir ces immenses possessions.
Un seul secrétaire d'état a été chargé jusqu'ici
des affaires des Indes. Les connaissances, l'expérience et le zèle du ministre actuel (1), dont je
suis on ne peut plus satisfait, ont pu suffire aux
grands travaux, augmentés à ce département;
mais leur nombre s'est tellement accru par les
nouvelles mesures ordonnées sous mon règne,
ainsi que par la prospérité due au libre commerce, par l'exploitation des mines et par les
progrès obtenus dans les découvertes, conquêtes
et population de ces possessions, qu'il deviendra
absolument impossible de les gouverner, à moins
d'en diviser l'expédition entre deux secrétaires
d'état, et peut-être plus encore.

CXLV.

Il vaudrait mieux, ce me semble, réunir par départemens le
gouvernement des Indes, aux départemens ou secrétaireries d'Espagne.

Cette division exige une grande prudence. S'il
était possible, sans apporter de retard dans les
affaires, de réunir par branches les gouvernemens des Indes aux départemens des secrétaireries d'Espagne, ce serait plus en rapport avec le

---

(1) Galvez, marquis de Sonora.

système d'union des états des deux mondes, et
avec l'utilité réciproque de leurs habitans. En ce
cas, voici l'avantage qu'on obtiendrait : dans le
département des grâces et justice, dans ceux de
la guerre et des finances, on pourrait mêler et
dresser mutuellement les listes des employés en
choisissant sans délai ni difficulté les plus habiles,
par conséquent les plus utiles. Les dépenses, ressources et secours des finances et de la guerre,
pour les besoins de l'état, seraient plus prompts
et plus sûrs dans les deux hémisphères, car ils
seraient sous la direction d'un même ministre,
responsable de tout; enfin on bannirait en grande
partie cette odieuse diversité d'intérêts, commandemens et objets, qui perd la monarchie
espagnole, en la divisant en deux empires.

CXLVI.

La division des départemens des Indes pourrait s'effectuer
par affaires, en appliquant à un secrétaire les branches
concernant la guerre, les finances, les mines, le commerce, et à un autre celles relatives aux grâces et justice,
aux affaires ecclésiastiques, aux missions et au gouvernement politique; ou chargeant un ministre de l'Amérique
méridionale, et un autre de l'Amérique septentrionale.

Si les difficultés étaient insurmontables à cet
égard, ainsi que je le pense, on pourrait faire la
division des Indes ou par affaires, en attachant à

un secrétaire les branches concernant la guerre,
les finances, les mines, le commerce et autres
qui en dépendent; et à un autre, celles des grâces
et justice, affaires ecclésiastiques, missions et
gouvernement politique; ou par territoires, chargeant l'un de l'Amérique méridionale et ses îles,
et un autre de la septentrionale et les siennes,
ainsi que cela a lieu pour les secrétaires du conseil. Dans chacune de ces divisions, il y a des
avantages et des inconvéniens. Ce ne serait pas
sans difficulté que s'administreraient plusieurs
autres branches, telles que la correspondance
avec le conseil, *contratacion*, les tribunaux d'Espagne, le libre commerce, les consulats, le vif-
argent et autres attributions. Si tout cela devait
être dans celles du secrétaire le plus ancien, il en
résulterait un département bien considérable, et
il pourrait s'ensuivre des embarras pour l'exécution des ordres dans le territoire des Indes assigné
au secrétaire le plus moderne.

CXLVII.

La division des affaires par branches paraît préférable.

Par ces raisons et par d'autres, je pense que la
division par branches doit être préférée, ce qui
équivaudrait à ce qui se fait en Espagne dans les
autres départemens; chaque secrétaire désignerait

ainsi les siennes tant d'Europe que des Indes. La
Junte, sur les rapports préalables du secrétaire au
département des Indes devra s'occuper de cette
organisation, et commencera à la proposer lorsque je jugerai la division convenable ou absolument nécessaire.

CXLVIII.

Du département de la guerre, et des améliorations qui devront avoir lieu dans l'armée.

Par mon décret de ce jour, j'ai prévenu la Junte
de mes intentions sur les affaires de la guerre.
Maintenant j'entrerai dans des détails. L'amélioration de mes troupes et celle de leur discipline,
leur qualité, leur maintien et augmentation quand
il le faudra, avec économie et proportion gardée
avec la puissance de l'état, la conservation, le
progrès et le perfectionnement de la fortification
et de l'artillerie et ses corps facultatifs, sont les
principaux objets intérieurs du département de la
guerre, mais il y en a d'autres à ajouter, d'après
les rapports que cette monarchie pourra avoir
avec les autres états de l'Europe, et même avec
d'autres parties du monde, eu égard à la vaste
étendue de ses domaines. La Junte devra s'occuper
et traiter à fond tous ces objets.

CXLIX.

L'armée, dans son état présent, peut suffire aux besoins de
la monarchie.

La monarchie espagnole, si elle maintient comme
elle le doit le système de paix avec les puissances
voisines de France et de Portugal, ainsi que celles
de Maroc et les régences d'Afrique, peut réduire
son armée au nombre contingent nécessaire pour
maintenir les garnisons de ses forteresses et places
frontières, et pour conserver dans l'intérieur le
bon ordre, la paix et la tranquillité, pour l'administration de la justice en Espagne comme dans
les Indes. Pour atteindre ce but, l'armée pourra
suffire sur le pied actuel avec les corps fixes (1)
d'Europe, d'Afrique et d'Amérique, ainsi qu'avec
les milices, dont on devra soigner beaucoup la discipline.

CL.

Utilité qu'on peut tirer des milices provinciales.

Quant à cela, la Junte sait que les milices d'Espagne, bien disciplinées, peuvent offrir un moyen
très suffisant pour la défense intérieure et même

---

(1) On appelait ainsi des bataillons ou des compagnies destinées à faire le service dans un lieu déterminé.

pour les agressions qu'il pourra nous convenir de
tenter en temps de guerre, tant contre quelque
ennemi voisin des places fortifiées d'Afrique que
contre la place de Gibraltar, ainsi qu'elles l'ont
prouvé dans le dernier blocus et siége. En forti-
fiant donc la discipline des milices, et en les augmentant selon les circonstances de chaque pays,
en les surveillant et les dirigeant avec prudence,
la plus grande partie de l'armée pourra rester
libre, surtout l'infanterie, pour compléter les
équipages de nos vaisseaux, ainsi que cela se fit
dans la dernière guerre, et pour courir à la défense et au maintien de l'ordre dans nos Indes,
nos îles et autres colonies éloignées.

CLI.

Les milices et les corps fixes d'Amérique sont utiles contre
les invasions des ennemis extérieurs, mais ils ne le sont
pas autant pour maintenir le bon ordre.

Les milices et les corps fixes, dans ces régions,
quoique utiles et même nécessaires pour défendre
le pays contre les invasions des ennemis extérieurs, ne le sont pas autant pour maintenir le
bon ordre à l'intérieur; car les naturels, qui,
dès l'enfance, ont été élevés dans des maximes
d'opposition et de jalousie des Européens, pourront avoir des alliances ou des rapports avec les

paysans et les castes (indigènes) qui inquiètent le gouvernement ou troublent la tranquillité du pays; ce qu'on ne devra jamais oublier, surtout lorsque les chefs de ces corps sont aussi des naturels, ou même des castes d'Indiens mêlés, et d'autres dont cette population est composée.

CLII.

Il importe d'avoir toujours de la troupe de ligne dans les points principaux de l'Amérique.

Cette sage méfiance doit faire que jamais on ne manque de troupes espagnoles de ligne dans les points principaux, et ceux qui seront regardés comme les plus importans en Amérique, pour qu'elles contiennent et appuient les corps fixes et les milices dans l'occasion. Par la même raison, on devra nommer de préférence chefs et officiers supérieurs ou subalternes tous les Européens qu'on pourra trouver. On changera aussi et on renouvellera la même troupe espagnole de temps à autre, non seulement avec celle qui viendra d'Europe la relever, comme cela a lieu ordinairement, mais en la laissant passer aussi souvent qu'on pourra d'un district dans un autre, d'une bourgade d'Indiens à une autre, afin d'interrompre les relations, amitiés et autres liaisons qui affai-

blissent la discipline, et favorisent la désertion
plus encore là qu'en Espagne.

CLIII.

Nécessité d'augmenter l'infanterie de ligne.

De là vient la nécessité, non seulement de
maintenir l'armée en Espagne, quant à l'infanterie de ligne, sur le pied actuel, mais de l'augmenter, puisqu'elle est la seule qui devra être
employée pour les expéditions d'outre-mer que
cette couronne pourra avoir besoin de faire en
temps de guerre comme en temps de paix. Pour
cette augmentation, les économies que l'on fera
dans d'autres branches pourront suffire, sans qu'il
soit nécessaire d'augmenter les finances.

CLIV.

Réduction de la cavalerie.

C'est pour cela que j'ai pris la résolution de
réduire les régimens de cavalerie à un moindre
nombre d'escadrons. L'économie que l'on fera
dans cette partie de l'armée servira à payer l'augmentation d'un bataillon dans chaque régiment
d'infanterie de ligne. Dans la dernière guerre,
terminée en 1783, nous ne pûmes nous servir
que de douze cents hommes de cavalerie démontée
qui passèrent au camp de Saint-Roch, et même,

pour ce faible secours, il y eut des difficultés. Les dragons pourront nous être plus utiles, puisqu'ils font les deux services à pied et à cheval, et qu'on peut les conduire démontés dans toutes nos expéditions, ainsi que nous l'avons déjà fait.

CLV.

Du nombre des généraux, de leurs appointemens, et des officiers attachés aux corps.

J'ai résolu, dans le même but d'économie et de meilleure discipline, que le nombre des généraux et leurs appointemens soient réglés; et je désire que l'on diminue celui des officiers attachés aux corps, car cela nous procurerait une épargne avec laquelle on pourrait augmenter l'infanterie de ligne. On s'occupera de cet objet d'après les ordres que je donnerai. Mes vœux sont que l'on fixe par provinces militaires d'Espagne et des Indes, et par régimens, le nombre des généraux qui devront avoir la solde de campagne ou de disponibilité et celui des officiers attachés, faisant dans ces classes des promotions à chaque vacance seulement, dans le délai qui serait fixé, de la même manière que pour les régimens et les officiers qui y ont un commandement, se rappelant toujours que les promotions ne doivent avoir lieu qu'à mesure des vacances. Hors de celles-ci, on devra

également accorder des grades sans solde de généraux et d'autres classes subalternes. Pour obtenir
ces mêmes grades, un mérite particulier et dis-
tingué devra être reconnu. Il résulterait de ces
mesures une économie pour le trésor. Le gouvernement s'affranchirait aussi des demandes incom-
modes et importunes qui déconsidèrent souvent
les grâces, le service militaire, et font tort à la
dignité nationale.

CLVI.

Épargne qu'on pourrait faire dans les régimens eux-mêmes.

D'autres économies peuvent encore se faire
dans les régimens eux-mêmes, dans leur administration, et dans d'autres branches dont les détails devront être examinés par un secrétaire du
département de la guerre. La Junte aura à traiter
de tout ce qui demandera une réforme, afin que
ces économies soient destinées, comme je le veux
et l'ordonne, à l'augmentation de l'infanterie de
ligne de mes armées, et à leurs meilleures organisation et discipline.

CLVII.

Augmentation des corps étrangers.

Dans les corps étrangers, il conviendra de faire
les augmentations possibles. Les régimens étran-

gers nous épargnent de nombreux sujets qui se
destinent à l'agriculture et aux métiers. En augmentant la force de ces régimens d'un certain
nombre de soldats par compagnie, on pourrait
économiser la dépense de l'état-major et des officiers, ce qui n'empêcherait pas de lever en même
temps des corps nouveaux. Par ce moyen, les
douze régimens existans d'infanterie irlandaise,
italienne, wallonne et suisse, pourraient avoir
une augmentation de trois mille hommes.

CLVIII.

Il convient de changer, avancer et perfectionner la tactique
de tous les corps ; au fur et à mesure que les puissances de
l'Europe le feront.

J'ai déjà dit qu'il convient d'améliorer la constitution et la discipline de tous les corps à mesure que les diverses puissances européennes avan-
ceront et perfectionneront leur tactique, et en
général l'art de faire la guerre. Nous devons ne
pas rester en arrière à cet égard. On enverra,
comme je viens de le décider tout à l'heure, des
officiers, qui, de temps à autres, voient par leurs
propres yeux ce qui se fait ailleurs, et qui, après
l'avoir bien remarqué, nous communiquent les
notions qu'ils auront acquises, pour qu'on choi-
sisse et améliore tout ce qui sera convenable.

CLIX.

Corps facultatif ; génie ; hydraulique militaire.

Ceci est bien plus nécessaire chez les corps facultatifs. Le génie militaire exige de grandes améliorations et des réformes urgentes dans toutes
ses parties, telles que la fortification, les mines, la
défense et l'attaque des places, et les campemens.
Les nôtres ont peu d'expérience et peu d'étude,
comparativement à d'autres nations, et une ignorance incroyable de ce qui concerne l'hydraulique
militaire. Il faut donc que la Junte songe à la
manière d'instruire des hommes de ce corps, choi-
sisse ceux qui seront de plus de talent et d'instruction, pour qu'ils aillent voyager en France,
en Angleterre, en Allemagne et en Prusse, pour
acquérir les principales connaissances relatives à
la matière, conférer avec les étrangers les plus
renommés, apprendre enfin par les yeux et la
pratique ce qu'on ne peut bien savoir par les livres
seuls.

CLX.

Nomination des généraux ; qualités dont ceux qu'on nommera devront être ornés.

Le choix des généraux commandans les provinces demande un grand soin, surtout quand ils

seront investis de l'autorité politique. J'ai déjà dit ailleurs, et je viens d'ordonner par mon décret de ce jour, que pour ceux qui exerceront l'autorité politique ou civile, ainsi que pour ceux destinés aux frontières de mes états, les secrétaires des départemens des grâces et justice, de la guerre et des Indes, se mettront d'accord pour leurs nominations, tant à l'égard de l'Espagne que des Indes, en conférant entre eux, pour en rendre compte à la Junte, sur la capacité et autres circonstances de ceux qui devront être nommés. Il ne suffira pas qu'ils aient la vaillance et les qualités militaires, si avec cela ils ne connaissent pas le talent politique et administratif, et s'ils ne sont pas doués de droiture, de désintéressement, de prudence et d'activité.

CLXI.

Emploi des troupes dans les travaux publics.

Pour maintenir et accroître la vigueur et la santé des troupes, ainsi que pour améliorer leurs mœurs et leur discipline, un des moyens les plus importans, c'est de les employer dans les travaux publics, comme on a commencé à le faire par mon ordre. Les capitaines généraux des provinces y peuvent contribuer beaucoup par leurs mesures et leur autorité, lorsqu'ils seront investis du commandement politique : par-là, ils se feront honneur à eux-mêmes, et rendront un grand service à la province.

CLXII.

Cartes et rapports qu'on devra tenir prêts au ministère de la guerre, pour le cas qu'il serait nécessaire d'entrer en campagne.

Enfin, le ministère de la guerre devra avoir sous la main les plans et les rapports qui y peuvent exister sur les points où il conviendra d'attaquer les ennemis, dans le cas où le malheur, la nécessité ou l'honneur national nous forcerait à faire la guerre. La Junte d'État examinera alors ces matériaux pour exposer ce qu'elle croira convenable ; elle demandera ou proposera que l'on prenne l'avis des généraux de terre et de mer, ainsi que d'autres personnes capables, et même que quelques unes d'entre elles assistent à la Junte avec voix délibérative, si cette assistance est jugée convenable.

CLXIII.

Les seules conquêtes et acquisitions qui conviennent à l'Espagne sont, en Europe, le Portugal, dans le cas éventuel d'une succession, et Gibraltar ; et en Amérique, l'île de la Jamaïque. On devra aussi songer à d'autres points dans le cas de guerre.

Je souhaite de tout mon cœur que Dieu préserve mes sujets bien-aimés des malheurs de la guerre, et je recommande instamment à la Junte qu'elle emploie tout son zèle, et fasse tous ses efforts pour l'empêcher ou la prévenir, si la chose est possible ; mais en attendant que le temps amène les circonstances nécessaires ou convenables pour l'attaque ou la défense, la Junte ne devra pas oublier que toute conquête ou acquisition en Europe n'est d'aucun prix pour l'Espagne si ce n'est celle du Portugal, dans le cas éventuel d'une succession (1) ; ajoutons celle de Gibraltar ;

_____

(1) La réunion des deux couronnes d'Espagne et de Portugal fut une des fins du gouvernement de Charles IV pour déterminer les cortès de Madrid à exposer formellement au roi la nécessité d'abolir la *loi salique* ou l'*auto acordato* de 1713, et à solliciter le rétablissement de l'ancienne loi de Castille, qui appelait les filles du roi à lui succéder à la couronne de la même manière que les fils, c'est-à-dire préférablement aux collatéraux. Le nouveau monarque était assisté alors de ce ministre même qui fut dépositaire des secrets de

et quant à l'Amérique, l'île de la Jamaïque et d'autres dont j'ai fait mention à l'article relatif aux Indes.

---

l'état pendant la vie de son père, et il suivit les principes de politique établis pour le gouvernement intérieur et extérieur de la monarchie.

Dès l'année 1784, où les mariages de l'infante dona Carlotta avec don Juan, prince du Brésil, et de l'infant don Gabriel avec dona Mariana de Portugal, eurent lieu, Charles III eut déjà la pensée de réunir un jour les deux royaumes sous le sceptre de quelqu'un des princes qui naîtraient de ces unions conjugales : pensée patriotique, en vérité, et hautement honorable pour ce souverain, quoique l'on dût toujours craindre des obstacles de la part des autres puissances, le cas arrivant de la mettre à exécution. Par les mots qui suivent du rapport présenté par le comte de Floridablanca à Charles III, on voit que c'était là le but de ce souverain. « Les mariages de l'infante dona Carlotta, petite-fille de votre majesté, maintenant princesse du Brésil, avec l'infant don Juan, et de l'infant don Gabriel avec l'infante de Portugal dona Mariana Victoria, excitèrent la jalousie de toutes les nations, qui, malheureusement pour nous, connaissent mieux que beaucoup d'Espagnols les intérêts véritables et solides de l'Espagne et du Portugal. Les rois catholiques Ferdinand et Isabelle, l'empereur Charles V et son fils Philippe II, comprirent parfaitement que les deux couronnes avaient le plus grand intérêt à vivre dans une amitié intime, et ils cultivèrent cette heureuse union entre les souverains des deux pays avec le succès que tout le monde connaît. L'Espagne s'éleva sous ces princes au plus haut degré de puissance et de gloire. Cette considération seule devrait suffire

17

A ces objets on peut ajouter celui de délivrer
d'Anglais et d'affranchir tout-à-fait notre conti-

---

pour forcer quelques politiques superficiels à reconnaître la
sagesse de votre majesté et de son gouvernement, lorsqu'elle
suit l'exemple donné aux époques les plus glorieuses de l'histoire d'Espagne. »

Dans cette vue, on abolit la *loi salique*, sur la demande
des cortès, tenues en 1789, pour prêter le serment de fidélité au prince des Asturies. Si Charles IV fût venu à mourir
sans laisser d'enfans mâles, comme on le craignit plus d'une
fois, car il en perdit quelques uns dans leur première enfance, les fils de la princesse du Brésil auraient été rois
d'Espagne et de Portugal, et les deux monarchies réunies, qui
avaient de si vastes possessions dans les Indes orientales et
occidentales auraient constitué pour la seconde fois un des empires les plus puissans de l'Europe. Mais quoique dans l'abolition de la *loi salique*, on se fût évidemment proposé ce but, il
n'était pas urgent de la publier, tant que le cas que l'on pré-
voyait n'arrivait pas. A quoi bon entrer dans des explications
avec la France, ni avec d'autres puissances, qui se regardaient comme intéressées dans l'ordre de la succession à la
couronne d'Espagne, tant que le roi Charles IV aurait des
enfans mâles (*). Ce fut là la cause du secret que l'on garda

---

(*) Louis XVI eut vent de la délibération des cortès de 1789, et il
donna au duc de la Vauguyon, son ambassadeur à Madrid, l'ordre de
protester contre l'abolition de la *loi salique*. Le roi de Naples, instruit
également des intentions du gouvernement espagnol, envoya à Madrid
dans le même but le prince de Castelcicala ; mais la *pragmatique sanction*
n'ayant pas été publiée, les ambassadeurs ne furent pas dans le cas de
faire de réclamations formelles. Il est clair que s'ils les eussent faites
après la promulgation de la pragmatique, le gouvernement aurait allégué
en réponse à leurs protestations le droit qu'avait le royaume de revenir

nent sur les côtes d'Honduras. La concession faite
à l'Angleterre par le dernier traité de 1783, pour

---

pendant de longues années sur la résolution des cortès de
1789. Ce monarque ayant conservé trois enfans, savoir, le
prince des Asturies, qui a régné depuis sous le nom de Ferdinand VII, et les infans don Carlos et don Francisco de
Paula, il n'y avait pas urgence pour la publication de la
pragmatique sanction, qui abolit la *loi salique*.·

L'on voit aujourd'hui plus clairement encore combien les
vues de Charles III et de Charles IV sur la réunion des
couronnes d'Espagne et de Portugal étaient profondes, quand
on considère que la première a perdu ses vastes possessions
dans le Nouveau-Monde et que la seconde a vu s'élever
aussi un empire indépendant dans ses états du Brésil. Les
deux royaumes, réduits maintenant à leurs domaines en Europe, ainsi qu'à un petit nombre d'îles qui leur obéissent
encore, leur situation topographique leur montre la nécessité
de vivre étroitement unis. Que cette union intime naisse des
droits de succession ou d'autres motifs puissans, peu importe.
L'observateur impartial ne pourra qu'avouer que s'il existe
des limites naturelles pour les états, aucunes ne pourront
l'être plus que celles qui bornent la péninsule ibérique :
l'Océan, la Méditerranée et les Pyrénées sont de précieuses
lignes de démarcation ; d'ailleurs, les besoins, les idées et
les mœurs des Espagnols et des Portugais sont aussi les
mêmes. Ce serait donc en vain que l'on voudrait les séparer
et en faire deux peuples, lorsque la nature les appelle à n'en
faire qu'un seul.

à ses anciennes lois, et de se gouverner comme il l'entendrait ; mais la
révolution française fixa l'attention des gouvernemens, et l'appela vers des
intérêts plus essentiels et aussi plus immédiats et plus urgens.

la coupe des bois de teinture dans certain terrain,
et l'étendue qui lui a été accordée par la dernière
convention pour évacuer la côte des Mosquites,
doivent être observées religieusement par nous,
tant que la paix et l'amitié subsisteront; mais
dans le cas d'une rupture forcée et indispensable
nous devrons faire des efforts pour secouer ce
joug, et pour chasser de là des hôtes ambitieux
et ingrats de qui nous ne pouvons attendre que
des usurpations et des troubles sur notre territoire.

CLXIV.

La place de Gibraltar est regardée comme inexpugnable.

Quant à Gibraltar, la plupart des généraux
d'Espagne et même des autres puissances de l'Europe considèrent cette place comme inexpugnable.
Cette opinion s'est affermie par l'expérience du
blocus et du siége de la dernière guerre. Les nouveaux travaux de défense exécutés depuis par les
Anglais dans la même place semblent la rendre
impossible à prendre. Cependant il convient
d'avoir toujours sous les yeux les avis et les préventions ci-après (1).

---

(1) L'*Instruction* entre ici dans des détails et des avis que
nous ne devons pas publier.

CLXV.

Blocus qu'il conviendra d'établir devant la place de Gibraltar
en cas de guerre.

La guerre une fois déclarée, il sera nécessaire
et convenable d'établir devant la place de Gibraltar un blocus avec les apparences de siége, pour
faire une diversion aux forces terrestres et maritimes des Anglais, et les éloigner d'autres projets
d'invasion dans nos possessions éloignées, forçant
ainsi l'Angleterre à faire des dépenses et à courir
des dangers pour ravitailler cette place. En attendant, nous resterons maîtres du détroit et de l'entrée dans la Méditerranée vis-à-vis de toutes les
nations, sous prétexte du blocus, ainsi que cela eut
lieu dans la dernière guerre. Peu de personnes ont
bien compris la grande utilité dont cette conduite
nous a été dans la dernière guerre, sans compter
que nos forces maritimes dans le détroit ont tenu
en respect les puissances barbaresques, et donné
des craintes au roi de Maroc.

CLXVI.

Sous prétexte du blocus, on peut avoir à Cadix une escadre
puissante en temps de guerre, pour protéger et assurer la
liberté des mers, et pour d'autres desseins.

Le prétexte de ce même blocus et siége a servi
et servira toujours pour maintenir à Cadix, en

temps de guerre, une escadre puissante, laquelle, destinée en apparence à empêcher seulement les secours d'arriver à Gibraltar, protége en même temps, et assure, comme cet avantage a été obtenu dans la dernière guerre, la liberté des mers et celle du commerce de nos Indes, faisant voile pour intercepter à une certaine hauteur des convois et des expéditions anglaises, ainsi qu'il arriva lorsqu'on s'empara du convoi anglais aux îles Açores, et nous fournit des moyens pour nos expéditions, sans que nos ennemis puissent en pénétrer le motif : cela arriva également à l'égard de celle de Minorque et des secours envoyés en Amérique. Ces expériences et l'avantage qu'elles nous ont procuré démontrent, de la manière la plus évidente, la justesse de nos prévisions sur cet objet, et elles devront l'emporter sur toutes les criailleries, conférences, argumens et probabilités à l'aide desquelles on voudrait varier cette méthode de faire la guerre.

CLXVII.

Possessions d'Afrique. Visites ou inspection qu'il convient d'y faire.

Pour terminer ce qui a rapport à la guerre, je recommande expressément à la Junte sa surveillance pour la visite et l'inspection des places fron-

tières où la guerre peut menacer, et surtout celle
des présidiaux une fois au moins par an; enfin,
de s'occuper dès ce moment de cette surveillance. La paix avec les puissances et les régences
barbaresques, laquelle peut nous être aussi
utile que nécessaire, nous deviendra funeste
si nous nous endormons, si nous ne surveil-
lons pas nos gouverneurs et nos garnisons, les
fortifications et leur conservation, le renouvellement des munitions de guerre, leur approvisionnement, le bon état de l'artillerie et
de ses accessoires, enfin la discipline des troupes. C'est l'expérience qui me fait parler ainsi.
La Junte devra donc me rappeler, et le rappeler
aussi au ministre de la guerre, l'importance
d'effectuer ces inspections à diverses époques
de l'année, afin que l'officier destiné à les
faire, se présentant tout à coup et sans être attendu, puisse s'assurer que ces gouverneurs de
places remplissent ou non leurs devoirs avec
exactitude.

CLXVIII.

Formation et choix de bons généraux.

De tout ce qu'on peut imaginer et prévoir en
matière de guerre, rien n'est aussi important que
la formation et le choix de bons généraux de terre

et de mer. Faute d'un tel soin et d'une bonne élection, les armées, les escadres, les trésors, les plus grands préparatifs, tout devient inutile. Au contraire, les bons généraux suppléent à tout, et lorsque malheureusement on négligera de se procurer ceux qui sont doués de qualités nécessaires, il vaudra mieux se résigner à souffrir les plus grands malheurs que de se hasarder à déclarer la guerre ou à la soutenir, même à la subir. Cette considération devra toujours diriger la Junte lorsqu'on lui demandera ou qu'elle fera elle-même son rapport sur l'utilité d'une déclaration de guerre, par quelque motif grave ou urgent que ce soit.

CLXIX.

Marine ; construction des bâtimens ; économie ; succès dans l'instruction des équipages et des chefs.

L'Espagne étant et devant être une puissance maritime par sa situation, par celle de ses possessions d'outre mer, ainsi que par les intérêts généraux de ses habitans et de son commerce actif et passif, rien ne convient ni ne peut convenir tant, et rien ne devra exiger plus de soin que de travailler aux progrès et à l'amélioration de notre marine. La construction des bâtimens est une branche, sans aucun doute, des plus importantes. Elle fait le fond et la matière de ce département ;

mais il est bien plus essentiel encore d'y mettre de l'économie et d'instruire convenablement les équipages et leurs chefs pour la navigation et le commandement des vaisseaux; on sait d'ailleurs que la bravoure et la discipline surtout sont indispensables dans les expéditions de guerre et dans les combats.

CLXX.

On a fait des progrès dans la construction, mais quant à l'économie, il faut nécessairement faire encore des efforts pour l'obtenir complétement.

On a fait quelques pas heureux dans la construction, pour accroître la vitesse de nos vaisseaux sans manquer à la solidité et à la résistance nécessaires. J'en attends la continuation heureuse, moyennant les efforts et les mesures prises par l'ingénieur général comme par le secrétaire d'état et du département de la marine; mais quant à l'économie, je veux qu'on s'en occupe, et qu'on emploie toutes les ressources possibles pour l'obtenir, car sans elle il n'y aura jamais assez de fonds pour faire face aux dépenses.

CLXXI.

Construction faite par des particuliers.

Il conviendra, à cet effet, d'encourager la construction opérée par des particuliers, ainsi que le font les Anglais, en commençant par la compagnie des Philippines, la banque, les *gremios*, et autres corporations puissantes, qui pourraient se charger d'introduire et exercer cette industrie de construction, et vendre quelques bâtimens à la marine royale.

CLXXII.

Dans ce département, toute épargne est essentielle, quelque petite qu'elle puisse paraître.

L'économie ne suffit pas dans la construction, si elle ne s'étend pas aux autres branches de la marine. Dans un tel département, le plus vaste et le plus dispendieux de la couronne, tout abus, fraude ou profusion, forment un sujet très grand de dépense et de perte; la plus petite économie, répétée dans les moindres choses, s'élève à des sommes considérables au bout de l'année.

CLXXIII.

Nécessité d'envoyer des inspecteurs extraordinaires aux départemens de la marine.

Il faudra nommer des personnes expérimentées, impartiales, désintéressées et zélées, qui
aillent expressément reconnaître, et pour ainsi
dire surprendre dans les départemens tous les
employés et subalternes, voir les approvisionnemens, les existences, les contrats, les dissipations, les abus, les profits injustes, les travaux,
le système suivi en général, et examiner si les
règlemens et les ordres sont exécutés; enfin si,
même étant observés, il y a des améliorations à
faire ou quelques abus à prévenir. Quoiqu'il
existe des inspecteurs ordinaires, ces connaissances obtenues extraordinairement ne sont pas
de trop. Tous les hommes, quelque zélés qu'on
les suppose, contractent certaines habitudes et
s'accoutument au repos. Ils se fient à ceux qui les
entourent, et ne donnent pas toute l'attention
requise à leur travail ordinaire, s'imaginant que
personne n'osera les tromper à leurs propres
yeux.

CLXXIV.

Nombre et dotation des employés de ce département.

L'économie dans la construction devra marcher de front avec celle qui doit être mise dans le nombre et l'assignation des employés tant de la guerre que du ministère. J'ai désiré et ordonné que les officiers de marine soient dotés convenablement, et qu'on règle le nombre auquel ils doivent être portés. Cette organisation produira la discipline, l'amélioration d'un corps aussi brillant que nécessaire à cette monarchie.

Pour obtenir l'accomplissement de ces désirs, on a déterminé le nombre des généraux, capitaines de vaisseau et de frégate, lieutenans porte-étendards, qui devra être en rapport avec l'armement des deux tiers des bâtimens de guerre que j'espère avoir.

Comme je veux qu'on détermine à l'armée de terre le nombre des généraux, et que celui des colonels et autres officiers à la suite soit réduit, mon désir a été que dans l'armée navale les généraux et les autres officiers inférieurs soient nommés de manière que de nouveaux grades ne puissent être conférés que dans le cas de vacance.

CLXXV.

Un bâtiment de guerre devrait être considéré comme un régiment, qui a son colonel, son lieutenant-colonel et les
autres officiers subalternes.

Je veux exposer mes idées à la Junte sur cet
objet, pour qu'elle én prenne et propose celles
qui lui paraîtront les plus convenables, surtout
après les avoir mûrement réfléchies et après avoir
entendu le ministre chargé du département de la
marine. Un vaisseau, une frégate, ou tout autre
bâtiment de guerre, devrait être considéré
comme un régiment, ou tout autre corps militaire inférieur, qui a son colonel, son lieutenant
colonel, et autres officiers subalternes, dans le
sein desquels seulement, lorsqu'une place vient
à vaquer, on fait de nouvelles nominations avec
appointemens fixes, évitant ainsi de faire des promotions indéfinies.

CLXXVI.

Mérite et ancienneté, qu'on devra consulter pour les
promotions.

Outre l'économie, on pourra obtenir par ce
moyen une grande amélioration dans la qualité,
l'intelligence, et l'expérience de ces officiers, car
on ne devra donner de l'avancement dans les va-

cances qu'à ceux qui se seront fait remarquer par
leur conduite, leur bravoure et leur assiduité
dans la partie tant militaire que maritime. Il y
aurait une grande émulation et concours nombreux pour l'obtention de ces places, et l'on
pourrait choisir ceux qui les mériteraient le
mieux. L'ancienneté devra être préférée à égalité
de campagnes, combats et succès laborieux.
Quant aux campagnes, on préférera celles de
guerre à celles de paix. Pour appuyer ces titres
et pour en faire le rapport avec un détail expres-
sif, de manière toutefois à éviter les préjudices
que pourraient apporter la faveur et l'esprit de
parti, on déterminera le mode de l'exposé, à
l'instar de ce qui se fait dans l'armée.

CLXXVII.

Un capitaine de vaisseau devrait faire ses rapports pour les promotions, comme le colonel d'un régiment.

Un capitaine de vaisseau, ainsi que le colonel
d'un régiment, proposerait à l'amiral, lorsqu'il y
en aurait, au directeur ou à l'inspecteur, pour
chaque place vacante, trois officiers avec l'expression de ses campagnes de terre et de mer,
combats, affaires glorieuses, talens et connaissances militaires et nautiques. Ce rapport ou
cette proposition devrait avoir le visa des officiers

les plus considérés et les plus anciens, et en outre celui du commandant général du département, ou les remarques et observations de ce dernier. L'amiral directeur ou inspecteur passerait ces propositions accompagnées de son rapport, notes ou remarques, au secrétaire d'État au département de la marine, et ce sera d'après cela que je ferai la nomination.

CLXXVIII.

Manière de proposer pour les nominations.

On attacherait à chaque vaisseau un certain nombre de frégates et autres bâtimens de guerre inférieurs en nombre proportionnel à celui total de mon armée navale, afin que les propositions pour les places vacantes dans ces bâtimens émanassent du capitaine commandant le vaisseau principal, lequel serait, pour ainsi dire, le colonel ou l'inspecteur particulier de chaque partie de ce corps composé d'un vaisseau et de quelques frégates et bâtimens inférieurs.

CLXXIX.

Dans le cas d'affaires relatives à la guerre, les propositions d'avancemens devraient émaner d'un conseil de guerre.

Pour les grades et les avancemens en temps de guerre, la proposition du capitaine devrait être

précédée de la tenue d'un conseil de guerre, qui
examinerait le mérite ou le démérite de ceux qui
auraient combattu, et le plus ou moins de bravoure et de capacité qu'ils auraient montrée, de
telle sorte que tant pour le châtiment que pour
la récompense, à la suite de toute affaire, on devrait tenir un conseil de guerre, pour qu'il
appréciât l'un et l'autre, ainsi que la préférence
à établir entre les combattans. C'est dans cette
circonstance seule que devraient se faire les propositions pour l'avancement aux places devenues
alors vacantes, comme pour des grades ou autres
grâces, expliquant nettement, dans les propositions faites après ledit examen, ce qui serait
résulté du conseil de guerre relativement à chacun des sujets qui seraient proposés, et de ceux
qui auraient sollicité des récompenses pecu-
niaires.

CLXXX.

Marques d'honneur.

Il conviendrait d'établir des récompenses particulières en argent ainsi que quelques décorations
pour les actions militaires distinguées, et de les
distribuer aux officiers, soldats et matelots, sans
avoir nécessairement recours à l'avancement,
lorsqu'il n'y aurait pas assez de places vacantes.

CLXXXI.

Dans la division que l'on formerait, composée d'un vaisseau, de frégates et autres bâtimens de guerre inférieurs, il faudrait une marque distinctive pour les drapeaux, les officiers et l'équipage.

Chaque vaisseau devant former une sorte de division avec les frégates et autres bâtimens d'ordre inférieur, il conviendrait peut-être, pour exciter l'émulation, que, lorsqu'ils se trouveraient réunis, chacun de ces bâtimens eussent pour leurs drapeaux, officiers et équipage, une marque distinctive, de manière à reconnaître par elle le vaisseau et la division auxquels ils appartiennent, ainsi que la chose a lieu pour les régimens de l'armée et chacun de ses soldats.

CLXXXII.

Ces divisions contribueraient à exciter l'émulation.

Cette diversité de marque, lors même qu'elle ne s'étend pas à l'uniforme tout entier, maintiendrait et affermirait l'esprit de chaque corps ou division, et exciterait entre eux une louable émulation. Si avec cela on leur donnait quelque préférence dans l'ordre de bataille en paix ou en guerre, selon le plus ou moins de bravoure qu'ils auraient montré, et d'après les avantages rem-

portés par le vaisseau ou par la division, ce serait
un moyen de plus d'inspirer des désirs de gloire
et d'honorer les corps de cette profession. Telle
a été la pensée des grands généraux de mer et de
terre, et je veux que l'on examine la manière de
la mettre à exécution dans mes armées navales,
autant que faire se pourra.

CLXXXIII.

Améliorations dans l'ordonnance sur la marine.

Dans le renouvellement de mon ordonnance
sur la marine, on pourrait y mettre cette clause
et d'autres non moins importantes que la Junte
d'État m'indiquera et fera expliquer avec la clarté
et la précision convenable, afin de parvenir à son
observance exacte et continuelle. On pourrait y
ajouter et améliorer tout ce qui serait jugé nécessaire et convenable pour l'avancement et le
perfectionnement des connaissances maritimes,
que devront avoir les officiers de terre et de mer,
ainsi que la manière d'acquérir l'expérience, établissant, comme je l'ai ordonné, un roulement des
compagnies en temps de paix, pour que tous les
officiers, pilotes et autres, s'exercent dans la navigation et dans les mouvemens maritimes.

CLXXXIV.

Les officiers , pilotes et autres s'exerceront en temps de paix
dans la navigation et les mouvemens.

Ce point demande une attention toute particulière, parce que l'instruction de la marine royale
et une grande partie des succès ou des malheurs
des expéditions maritimes en dépendent. La difficulté sera de combiner cette mesure avec l'économie à apporter dans les armemens, mais il
faudra surmonter les obstacles, car on doit sentir
que si tous ceux qui ont un commandement dans
les bâtimens de mon armée navale ne suivent pas
une méthode uniforme et active de s'exercer dans
des campagnes maritimes, quelles que soient d'ailleurs leur instruction et leur capacité, il manquera à
plusieurs d'entre eux l'expérience nécessaire, sans
laquelle les plus tristes résultats sont à craindre.

CLXXXV.

De même que les bons marins se forment par leurs voyages
sur des bâtimens de commerce, les bons officiers de la marine militaire doivent aussi se former par de longues et
fréquentes expéditions.

Les équipages peuvent acquérir beaucoup
d'expérience et parvenir à la science de la ma-
nœuvre en naviguant sur les bâtimens de com-

merce, mais les officiers ne peuvent pas se former s'ils ne prennent la résolution de se charger
des commandemens et du service sur les bâtimens marchands, ainsi que je l'ai désiré et permis, ou si, à ce défaut, ils ne font pas de fréquentes
campagnes sur mer à bord des bâtimens de guerre
de mon armée navale. Pour les employer aux
expéditions commerciales, il faut que les négocians aient une grande confiance dans mes officiers de marine, et ils ne l'auront jamais si ces
officiers ne jouissent pas d'une considération constante, fondée sur l'opinion de leur savoir et de
leur expérience acquise dans des navigations souvent renouvelées.

CLXXXVI.

Écoles nautiques et de pilotage.

Il n'est pas besoin de recommander de mettre
tout le soin possible dans l'augmentation et le
perfectionnement des écoles nautiques et de pi-
lotage, auxquelles devront assister les garde
marine et les officiers, car ceux-ci devant commander les pilotes et les subalternes, il est juste
qu'ils sachent autant, et même plus qu'eux. A cet
égard, il conviendra de prendre des mesures actives et de faire entendre aux officiers de marine
que s'ils n'ont pas la connaissance nécessaire des

principes et de l'art de la navigation, ils ne seront point promus.

CLXXXVII.

Du commerce de cabotage ou de port à port sur nos côtes.

Pour former des équipages accoutumés à la mer et à ses dangers, pour en avoir le nombre convenable aux armemens, on a déjà pris assez de mesures dans l'ordonnance et les règlemens sur les matricules, priviléges et encouragement du commerce maritime, et de la pêche. Il manque cependant encore d'assurer au pavillon national le commerce du cabotage ou de port à port sur nos côtes. On doit prendre une résolution à cet égard, sur le rapport d'une commission spéciale, formée dans ce but, à l'occasion du privilége de préférence que les patrons des bâtimens de Malaga prétendaient avoir, et j'engage la Junte d'État à terminer cette affaire, et à tenir la main, à l'avenir, à l'exécution de mes ordres, en empêchant les contraventions.

CLXXXVIII.

De la pêche de la baleine et des poissons secs.

Dans la branche de la pêche, je désire que l'on encourage celle de la baleine, ainsi que celle des poissons secs sur les mers et côtes éloignées, telles que celles d'Afrique, de Campêche, Buenos-Aires, et aux environs des détroits de Lemaire et de Magellan. La baleine abonde sur toute la côte de la Patagonie et sur celle des provinces du fleuve de la Plata, dont les Anglais, les Français et autres nations profitent. Nous avons de plus grandes facilités qu'elles pour cette pêche : ainsi, on doit lui donner les plus grands encouragemens par mon ordre.

La pêche dans les régions éloignées, non seulement accroît la navigation, mais la connaissance et l'expérience de ses dangers, la découverte des routes et côtes diverses, ainsi que la vitesse et l'habileté dans les mouvemens des gros bâtimens, ce qui n'arrive et ne pourra être obtenu par la pêche seule sur nos côtes voisines.

CLXXXIX.

Récompenses pécuniaires aux bâtimens pêcheurs de baleines, merluches et poissons desséchés, en pays éloignés.

On devra suivre l'exemple des Anglais pour l'établissement de récompenses pécuniaires aux bâtimens pêcheurs de baleines, merluches et poissons desséchés en pays éloignés, eu égard aux dangers, aux distances et aux sommes qu'ils apporteront de chaque espèce. Le ministère de la marine et la Junte réfléchiront et proposeront des fonds pour cette dépense, ainsi que les règles qu'on devra observer dans leur application et dans la distribution de ces récompenses.

CXC.

On donnera des encouragemens aux habitans des Canaries et de Campêche, afin qu'ils cultivent la pêche.

En encourageant les habitans des Canaries, ils augmenteront leur pêche sur toute la côte d'Afrique; de même, en favorisant ceux de Campêche et en leur envoyant des personnes expérimentées pour le desséchement et la salaison des poissons, ils pourront obtenir dans celui qui abonde sur leur côte une branche de commerce qui s'étendra en Europe, car il a une très grande ressemblance avec la merluche, *bacalao,* dont nous faisons usage.

CXCI.

Recherches sur toutes les côtes des possessions espagnoles pour découvrir les routes les plus courtes et les plus sûres dans la navigation vers les pays éloignés.

Je terminerai ce point concernant la marine en recommandant à la Junte que, de la même manière qu'on vient de reconnaître par mon ordre tout le détroit de Magellan, on fasse également à l'avenir, des recherches sur toutes les côtes de mes vastes possessions, dans les quatre parties du monde, ainsi que les expériences possibles pour découvrir des routes plus courtes et plus sûres de navigation vers les pays les plus éloignés, et les moins fréquentés, en mettant à exécution chaque année au moins, un de ces projets, que le secrétaire d'État au département de la marine proposera dans la Junte, après avoir entendu les personnes les plus capables et les plus accréditées sur cette matière.

CXCII.

De l'augmentation et de l'économie dans les finances.

Tout ou presque tout ce qui a été dit dans cette *instruction* demande des dépenses continuelles et très grandes. De là la nécessité de songer très spécialement à l'accroissement et à l'économie dans mes finances, sur lesquelles doivent peser les charges ordinaires et extraordinaires de l'État.

Partout, les finances fixent principalement l'attention, comme étant l'aliment de l'État, ou le moyen de le procurer. En Espagne, il faut encore un soin et une application plus continuelle pour améliorer cette branche autant qu'on pourra, attendu qu'il y a eu des variations, et de grandes erreurs commises dans leur administration.

CXCIII.

En regardant les finances comme le revenu du grand fief de
la monarchie , il convient de l'assurer et de l'augmenter.

Les finances ne sont pas autre chose que le
revenu, la rente ou le produit du grand fief de
la monarchie ; et comme toutes les terres, elles
doivent être cultivées aussi , pour assurer, améliorer leurs productions et leurs fruits. Elles doivent être administrées aussi bien, quant à la perception et au recouvrement, en y employant les
moyens les plus économiques et les plus en rapport avec leurs diverses sources. D'où il s'ensuit
que toute la haute science sur mes finances se
réduit à ces deux points , savoir, leur exploitation
ou culture, et leur perception ou récolte.

CXCIV.

Pour que les finances soient dans un état prospère , il faudra
encourager dans le royaume la population , l'agriculture ,
les arts , l'industrie et le commerce.

Je crains bien qu'on n'ait pas donné dans tous
les temps les plus grands soins à la perception des
rentes, tributs . et autres branches des finances,
ainsi qu'à la culture des territoires qui les produisent, et surtout à la protection de leurs habitans, qui doivent concourir à leurs produits. Au-

jourd'hui , on pense différemment; et c'est là la
première recommandation que je fais à la Junte
et au zèle du ministre chargé de l'administration
de mes finances, savoir : que l'on s'occupe plus
même de les *cultiver* que de les percevoir, car, par
ce moyen, le *fruit* sera et plus mûr et plus abon-
dant. Cette culture (pour suivre la comparaison)
consiste dans l'accroissement de la population , et
celui des arts , de l'industrie et du commerce. J'ai
déjà parlé ailleurs , dans cette *instruction ,* des
moyens d'encourager l'avancement de ces diverses branches ; je me borne donc ici à les
rappeler à la Junte, afin que mes finances contribuent pour leur part aux dépenses que né-
cessiteront leur accroissement et leur amélioration.

CXCV.

Il conviendrait d'assigner à chacun de ces objets un fonds
spécial.

Dans ce but, il conviendrait d'établir sur-le-
champ un fond séparé , qui pourvoirait à ces
objets. Ce serait, par exemple, une déduction d'un
pour 100, qui se ferait annuellement sur tous mes
revenus généraux et provinciaux , tabac et autres,
ainsi que sur le *cadastre* et *équivalent* des royaumes d'Aragon , Valence et Catalogne. Ce fonds

pourrait s'élever à une somme annuelle de quatre millions de réaux environ. Il n'entrerait pas dans la trésorerie générale, et se trouverait hors du danger d'être employé à d'autres fins. Cette petite déduction ne pourrait jamais faire grand tort aux autres soins à donner à mes finances, tandis que celles-ci seraient cultivées et augmentées par le sage emploi de ce fonds.

CXCVI.

Le tiers de cette somme pourrait être affecté à la construction de quelques maisons pour les laboureurs, et à l'achat de bétail et d'outils nécessaires à l'agriculture.

Un règlement sage pour la distribution de ces sommes serait absolument nécessaire. On en pourrait appliquer le tiers à l'encouragement de l'agriculture et de la population, bâtissant tour à tour par provinces et districts quelques maisons pour les laboureurs, surtout dans les endroits où il en existe qui tombent en ruine, et dans les territoires dépeuplés, aidant les agriculteurs pauvres avec quelques bestiaux et instrumens d'agriculture, encourageant les irrigations et les plantations, ainsi que les semailles, l'introduction et l'accroissement des fruits nouveaux et utiles; œuvre à laquelle le fonds d'*espolios* (dépouilles des évêques morts) et des évêchés vacans devrait concourir pour sa part.

CXCVII.

Un autre tiers pourrait servir à encourager les artistes (mécaniciens), en leur achetant des machines et des modèles, aussi bien qn'à secourir les étrangers qui s'établiraient en Espagne.

Un autre tiers pourrait être destiné aux secours à donner aux artistes et fabricans, à l'achat des machines et modèles, aux prix à accorder aux personnes qui tenteraient de découvrir quelque chose utile; enfin, à secourir les étrangers habiles qui viendraient s'établir dans ces royaumes.

CXCVIII.

Le tiers restant servirait pour l'encouragement du commerce.

Enfin, le dernier tiers pourrait être consacré au progrès du commerce en général et en particulier, pour les déboursés et les frais en pays étrangers, et dans les royaumes barbaresques, pour faciliter la navigation commerciale; ajoutons-y l'expédition et le bon traitement de nos négocians, qui trafiquent d'autres branches d'industrie et découvertes de la plus haute importance.

CXCIX.

On pourrait ainsi aider la junte de commerce et les autres corporations et *sociétés économiques.*

Au moyen de cette distribution, le ministre des finances aurait toujours des fonds disponibles pour aider la junte générale de commerce, ainsi que les autres corporations et *sociétés économiques*, sans confondre les besoins ordinaires et extraordinaires du trésor avec les objets de l'amélioration de l'agriculture et du commerce.

CC.

Fonds d'amortissement de la dette publique.

Outre le fonds indiqué, il conviendrait de former un autre fonds qui serait destiné à éteindre les dettes de la couronne, en les diminuant, ainsi que leur rente et intérêt. Ce serait encore un bienfait pour mes finances, car on augmenterait les produits au fur et à mesure que l'on éteindrait ou allégerait le grand poids de ses créances d'intérêt annuel, soit avec le montant de la vente du tabac des deux Amériques, ainsi qu'on en a eu l'idée, soit en y affectant une somme déterminée prise sur tout ce qui arriverait de ces régions et sur les autres revenus de la

couronne. Ce fonds devrait être séparé des autres
branches et entrées dans le trésor. Si ce fonds
n'était point établi avec une distinction précise,
on l'emploierait facilement aux urgences journa-
lières, et le but ne serait point atteint, tandis
que, séparé ou divisé par une distinction spéciale, on sera forcé de diminuer d'autres dépenses
et d'opérer avec plus d'économie, en se tenant
strictement aux entrées effectives dans le trésor.

CCI.

Perception ou recouvrement des impôts.

Touchant l'autre point de perception ou recouvrement des revenus de mes finances, on s'est
beaucoup occupé dans ces derniers temps de cet
objet, et il reste fort peu ou même rien à ajouter
aux mesures que j'ai ordonnées. Cependant j'ai
cru convenable de rassembler ici tout ce qui a
fait l'objet de mes soins concernant les matières
de finance, et recommander très instamment à
la Junte toute sa vigilance et la plus grande activité à cet égard, en aidant surtout le ministre
des finances de toutes ses lumières et de son expérience consommée.

CCII.

Douanes.

Quant aux douanes ou revenus généraux, j'ai fait établir des tarifs d'entrée égaux pour toutes les douanes du royaume. Ces tarifs sont ordinairement de 15 pour 100, excepté pour les matières simples ou premières propres à être employées dans les fabriques. J'ai prescrit en outre, dans ces tarifs mêmes, que les droits soient réduits à des sommes fixes qui devront être exigées, ôtant ainsi aux visiteurs et administrateurs l'occasion qu'ils prenaient de favoriser, dans les jaugeages ou évaluations des marchandises de tels négocians, et de charger d'autres par motifs d'intérêt ou par protection.

CCIII.

Révision des tarifs de temps à autre.

Il reste seulement à établir que ces tarifs d'entrée soient revus de temps en temps, en considération de l'altération que les qualités des objets et des marchandises peuvent éprouver par l'élévation ou diminution de leur prix, par le changement de la marque du nom et de la largeur des étoffes, et par d'autres accidens qui peuvent arriver et qui demanderont de nouveaux règlemens, et l'augmentation ou le dégrèvement de telles ou telles marchandises. Le temps pourrait être fixé à dix ans, peut-être à cinq, en le publiant comme règle générale, pour que personne n'ait à redire. Les directeurs des rentes générales devront s'occuper beaucoup de cet objet.

CCIV.

Considérations que l'on devra avoir sous les yeux pour la revue des tarifs.

La maxime de charger le plus possible les objets étrangers les plus nuisibles à notre industrie, à notre agriculture, à notre pêche, etc., est généralement admise et reconnue; elle devra donc servir de règle pour varier les tarifs d'entrée, au moment de les revoir et de les réformer ou augmenter selon leurs circonstances. Après cette maxime, vient celle d'affranchir de droit les articles qui pourront augmenter et encourager notre industrie, telle que les simples, les machines, les teintures et autres choses de cette espèce. Quant aux céréales, il y a une première mesure à observer, savoir celle de notre abondance ou de notre disette, pour les alléger ou les charger au moment de leur introduction. A ces maximes, qui m'ont dirigé pour les derniers tarifs d'entrée, j'ai ajouté celle de défendre avec prudence et ménagement l'importation de quelques marchandises étrangères qui nuisent à notre industrie, et par conséquent à notre prospérité. Il y en a, au reste, encore bon nombre qu'il conviendra de prohiber en y apportant la même discrétion.

CCV.

Il convient de prohiber les manufactures faites ou fabriquées de la dernière main dans les royaumes étrangers, parce qu'elles nuisent à notre industrie nationale.

Dans le nombre des objets défendus, sont spécialement comprises les manufactures faites ou fabriquées de la dernière main, qui ôtent entièrement à l'industrie nationale les moyens de s'exercer, tels par exemple que tout genre d'habillemens, ornemens et chaussure d'homme et de femmes, les meubles, les voitures et autres véhicules; le linge, les chemises, chaussettes et autres objets de cette nature, que tous les pauvres gens peuvent confectionner. Vivant dans la mendicité, ils ne s'occupaient pas de ces confections, parce que les nations étrangères nous les fournissaient.

CCVI.

Loi du royaume sur ces prohibitions.

Une ancienne loi du royaume contient toutes ces défenses et beaucoup d'autres encore. Il con-

vient de l'exécuter dans toute son étendue,
puisque chez les étrangers on fait de même à
l'égard de tous les objets qui peuvent préserver
ou accroître leur industrie.

CCVII.

Des prohibitions indirectes.

Il existe d'autres prohibitions qu'il conviendrait d'établir directement ou indirectement, en
agissant avec prudence et ménagement, pour ne
pas les rendre insupportables aux cours et aux
nations amies. Les prohibitions indirectes sont
aussi utiles et moins ruineuses que les directes.
Par exemple, forcer toute sorte de marchandises
étrangères à une entrée en entrepôt déterminé,
ainsi que la France le fait pour les soies et autres
objets de commerce, empêcherait l'importation
en grande partie. Restreindre le commerce des
productions étrangères aux bâtimens de la nation
qui les apporteraient, accorder le privilége de la
navigation de cabotage à nos bâtimens nationaux
dont on s'occupe à la Junte à l'occasion des remontrances de la marine de Malaga, et autres mesures de cette espèce, sont des moyens qui méritent bien d'être pesés et examinés pour les établir
s'il y a lieu.

CCVIII.

Mesures sur la pêche étrangère.

Quant à la pêche étrangère, il y a aussi beaucoup à remédier. Je l'ai soumise à des droits
autant que la prudence l'a permis, mais ce n'est
pas encore assez ; car la merluche et les salaisons
étrangères, outre qu'elles sont nuisibles à la santé,
font sortir du royaume plusieurs millions qui
pour la plupart enrichissent nos ennemis, et re-
tardent ou détruisent nos pêches, et la consommation des thons, sardines et autres poissons desséchés, dont on tirerait parti, tout en augmentant
la consommation, comme la morue et autres poissons qui abondent sur nos côtes.

CCIX.

En protégeant dans le royaume les articles de lingerie fine,
de quincaillerie et étoffes communes de laine, nous pourrons par la suite augmenter les droits d'importation sur
ces objets.

Il convient de protéger les articles de lingerie
fine, la quincaillerie et les basses étoffes de laine,
car nous n'en avons pas suffisamment, non seulement pour notre commerce d'Amérique, mais
pour notre propre consommation. A mesure que
nous avancerons un peu dans la fabrication de

ces articles, on devra augmenter leurs droits d'importation. Celle-ci est une règle générale pour nos manufactures.

CCX.

On doit agir avec précaution sur les projets de compensation que la France, l'Angleterre et la Prusse proposent à cet égard.

Les nations étrangères, surtout la France, l'Angleterre et la Prusse, font et feront encore des efforts pour la diminution des droits sur ces mêmes articles, notamment sur celui de la lingerie, à l'égard duquel elles ont proposé plusieurs projets de compensation pour la diminution des droits qu'ils nous demandent. Tout ceci a besoin de tact et de discernement : il faut comparer l'utilité qui pourra résulter pour nous de la compensation qu'on nous offrira avec le préjudice de la diminution des droits, avant d'entrer dans quelque concession. S'il convient d'avoir égard à ces demandes, par la raison qu'il doit résulter pour nous, de la compensation, des avantages, on accordera seulement la diminution pour un temps donné, ou pendant que je le permettrai, c'est-à-dire qu'on verra qu'elle ne nous occasionnera pas de pertes.

CCXI.

Règles qui doivent être observées dans la formation des tarifs d'exportation.

On examine en ce moment le tarif des exportations. Le succès de cette fixation consiste dans l'exécution de deux règles : la première repose sur l'affranchissement des droits d'exportation, ou le plus grand dégrèvement possible de nos manufactures nationales et des fruits excédans d'Espagne et des Indes ; la seconde règle consiste à prohiber ou changer les exportations des simples et matières premières qui doivent encourager et maintenir notre population, nos arts et fabriques, ou dont les autres nations auront besoin pour les leurs.

CCXII.

Sceau avec des marques particulières pour le commerce de nos objets manufacturés dans la navigation aux Indes. On conviendra de l'étendre aussi au commerce d'Europe, sur tout ce qui peut l'y faire adapter.

A ces règles, on devra ajouter encore celles relatives à l'économie et au bon ordre, afin d'égaliser les droits de chaque classe de fruits ou de manufactures dans tous les ports et pour toutes les douanes ; supprimer ou diminuer les deniers d'octroi et les charges qui peuvent exister autres que mes droits; établir enfin des précautions simples et solides, non seulement pour prévenir les fraudes dans le recouvrement de ces mêmes droits, mais encore la falsification des sceaux et marques avec lesquels on cherche à défigurer les marchandises dans leurs caisses, ballots ou volumes, afin de les faire passer comme nationales, ou d'une classe différente de la véritable, et obtenir par-là l'affranchissement ou la diminution des droits. A cet effet, j'ai ordonné d'établir un sceau avec des marques distinctives pour le commerce de nos manufactures dans la navigation aux Indes, et je désire beaucoup qu'on le fasse ainsi, et qu'on l'étende au commerce de l'Europe, dans tout ce qu'on pourrait lui adapter.

CCXIII.

Augmentation des droits pour l'exportation des laines, qu'il conviendrait d'étendre à celle des soies, des lins et des chanvres.

D'après ces règles, j'ai augmenté les droits de l'extraction des laines, qui vont faire fructifier l'industrie étrangère au préjudice des fabriques nationales, et néanmoins, on fait sortir du royaume ce produit précieux, et on le paie à des prix très élevés. On ne doit pas se relâcher ni rien diminuer sur ce point. Il en sera de même, eu égard au temps et aux progrès de nos manufactures pour l'importation de soieries, lorsqu'on le permettra, ainsi que pour celle des lins et des chanvres, à moins qu'il ne fût plus convenable, comme je le crois, de prohiber absolument la sortie de ceux-ci, non ouvragés.

CCXIV.

De l'exportation de la monnaie.

Les droits d'exportation de la monnaie sont un autre point qui entre dans les principaux soins qui doivent occuper la Junte. La monnaie doit sortir précisément dans la quantité proportionnelle aux produits naturels et manufacturés que les étrangers nous apportent au-delà de ceux qu'ils exportent, ou que nous exporterons nous-mêmes. D'ailleurs, l'or et l'argent sont nos produits, et nous en avons un grand excédant, relativement à notre circulation et aux besoins extérieurs ; si cet excédant ne sortait pas, la monnaie s'avilirait, et cet avilissement ne serait pas sans danger.

CCXV.

Continuation du privilége accordé à la banque pour l'exportation de la monnaie.

C'est d'après ces principes qu'il devra être convenu d'agir pour que l'exportation de la monnaie soit en rapport avec notre circulation, notre commerce et nos changes, baissant ou élevant les droits d'après ce baromètre. Il importe pour cela de continuer le système d'exportation de la monnaie, par la banque, en lui maintenant le privivilége accordé sur ce point, car par ce canal on pourra savoir plus exactement la hausse et la baisse des changes, et l'état de notre circulation intérieure. Cette connaissance est, elle seule, plus importante que tous les inconvéniens qu'on exagère; elle l'est trop pour que l'on accorde la libre exportation à des particuliers. Pour parvenir à ce résultat, on devra suivre aussi et exécuter ponctuellement les résolutions déjà prises par le ministre des finances, pour prendre des renseignemens certains sur les objets et marchandises qui entrent dans le royaume, ou qui en sortent, afin de savoir chaque année ce que nous gagnons ou perdons dans la balance, et l'argent que nous devons payer ou exporter.

CCXVI.

Revenu du tabac.

Le revenu que donne l'impôt sur le tabac est un des plus considérables de mon patrimoine royal, ou de mes finances, et il réclame le soin et l'attention les plus grands. Quant à son prix, sa manière d'être fabriqué et son administration, il existe encore une diversité d'opinions très prononcée. Nonobstant cela, ce revenu s'est accru extraordinairement, et si l'on travaille avec sagacité et constance, de manière à contenter le goût des consommateurs, on réussira toujours à le conserver comme à l'augmenter en proportion du nombre croissant de la population.

CCXVII.

Des objections faites contre le prix élevé du tabac.

On prétend que les prix en sont élevés, et qu'ils ne sont point justes, n'étant point en rapport avec la qualité du tabac, et ne paraissant pas non plus combinés de manière à prévenir la contrebande. La Junte devra être sur ses gardes contre cette objection et d'autres semblables, car on doit soutenir une rente sans laquelle il serait impossible de pourvoir aux grandes dépenses de cette monarchie. Certes, la plus petite diminution peut occasionner des pertes dans les produits de cette rente, et même sa ruine totale, si l'on n'agit avec beaucoup de discernement, de lenteur et d'observation des expériences anciennes et modernes.

CCX·VIII.

La justice du prix devra être estimée d'après son utilité ,
pour parer aux besoins de l'état.

La justice du prix du tabac ainsi que celle du
prix de tous les objets vendus par la régie ne
devront pas être appréciées d'après leur qualité
et leur valeur commune, mais l'autorité légitime
les déterminera , selon les causes qui concouru-
rent à leur mise en régie. Le prix ou l'augmentation de la valeur de l'objet en dépôt et en régie
est, par rapport à la masse du peuple , un impôt
dû à l'autorité suprême qui l'établit. Ainsi, la
question ou plutôt le scrupule sur la justice
ou l'injustice du prix calculé sur la qualité
de l'article devient tout-à-fait inutile. Ce qu'il
convient de savoir, c'est que cet impôt fut établi,
et qu'il est maintenu justement pour subvenir
aux besoins de la couronne et à ses charges indispensables, et à l'acquittement de ses dettes.

CCXIX.

La régie du tabac fut proposée et acceptée par les cortès.

Il faut convenir que peu de dépôts et de contributions ont été établis avec autant d'examen,
d'autorité et de justice, que celui du tabac. Les
cortès du royaume proposèrent, accordèrent et

consentirent le dépôt du tabac, ainsi que celui du cacao et du chocolat, en autorisant à cet effet les rois mes prédécesseurs, auxquels on adjugea perpétuellement la libre administration, sans pacte ou convention aucune qui pût restreindre la faculté de déterminer les prix, ou les augmenter.

CCXX.

Comme objet de fantaisie, l'augmentation du prix devient un impôt dont le consommateur se grève lui-même.

Le tabac était et est encore un objet de pure fantaisie et point du tout de nécessité : par conséquent son dépôt ou sa contribution devenait (et il l'est en effet) un impôt volontaire des contribuables eux-mêmes, d'où il s'ensuit que toute augmentation de sa valeur par voie d'impôt est juste, étant ainsi convenu entre le souverain et les sujets, pour les besoins de l'État.

CCXXI.

Toute diminution dans le prix du tabac amènerait nécessairement celle de la rente, sans que la contrebande soit éteinte pour cela.

Pour fixer le prix du tabac il y a une considération politique et économique bien plus forte, c'est celle de la contrebande et des désordres qu'elle peut occasionner ; mais malheureusement il n'est pas possible d'abaisser le prix général de tous les tabacs, tellement que l'on évite la contrebande et qu'on ne détruise pas la rente. Supposons que le prix du tabac fût réduit à vingt réaux la livre, qui est la moitié de son prix actuel, il resterait toujours aux contrebandiers 100 pour 100, et beaucoup plus, de bénéfice, puisqu'ils l'achètent à six ou huit réaux hors du royaume : comment remplirait-on alors le déficit de plus de soixante millions de réaux dans le revenu public? et qu'arriverait-il donc si pour éviter la contrebande on abaissait le prix encore davantage?

CCXXII.

Si, pour diminuer ou éteindre la contrebande, on devait faire une diminution dans le prix du tabac, il faudrait la faire aussi dans d'autres objets de rente générale ou provinciale.

L'expérience fait voir d'ailleurs par des saisies continuelles que les fraudes ont lieu parce que les fraudeurs gagnent le 15 pour 100 chargé sur les objets étrangers dans leur introduction. Il en est de même pour ceux qui introduisent des articles assujettis à la contribution des *millions* chez les peuples administrés, quoique les droits ne montent pas à 10 pour 100. On observe un résultat égal pour les objets dont l'exportation

est défendue dans quelques occasions, comme la
soie, les céréales; et pour ceux dont l'entrée est
défendue, comme les mousselines, les velours,
les étoffes de coton et autres. De toutes ces
classes de marchandises on a saisi, en plusieurs
circonstances, un grand nombre de fardeaux conduits par des escortes nombreuses de contrebandiers, et tout récemment encore on a fait une
saisie sur les confins de Navarre et de la France.
Faudrait-il pour cela abolir ou diminuer les droits
modérés des douanes ou des rentes générales et
provinciales? Permettra-t-on aussi, pour éviter
la contrebande, toutes les exportations de nos
soies et de nos simples, et toutes les importations
étrangères, en détruisant nos fabriques?

CCXXIII.

L'abaissement de prix n'étant pas possible, la contrebande
augmenterait de ce côté autant que celle du tabac diminuerait.

Si la chose ne peut se faire, la contrebande ces-
serait-elle par hasard lorsque les fraudeurs gagneraient seulement 100, 5o, ou 25 pour 100
par suite de la baisse du tabac à vil prix, puisque
nous les voyons s'exposer à tous les dangers pour
gagner seulement un 15 pour 100 sur les marchandises étrangères? Et les contrebandiers ces-

seraient - ils pour cela d'exister, puisqu'il y
aura toujours d'autres prohibitions indispensables
dont la contravention les tente maintenant,
quoiqu'ils trouvent un bénéfice plus grand dans
celle des tabacs? Il arriverait tout naturellement
que, du moment que l'attrait de la contrebande
du tabac cesserait, toutes les autres augmen-
teraient d'autant; d'où il résulterait pour l'État
les maux les plus grands, après celui d'avoir
détruit un revenu considérable, nécessaire et
nullement à charge aux sujets.

CCXXIV.

Mesures prises depuis l'an 1730 pour arrêter dans leur
contrebande du tabac les *Cerveranos* (habitans de Cer-
vera, dans la Vieille-Castille). Plusieurs villes occupées
de ce trafic.

Lorsque les prix des tabacs étaient portés à 16,
22, et 32 réaux, selon les diverses classes qu'on
établissait alors, il y avait les mêmes contrebandes qu'il y a maintenant. La Junte fera examiner les antécédens et les faits qui seront
constatés dans les bureaux du ministère des finances, et elle aura sous les yeux les mesures qui
furent prises depuis l'an 1730 et dans les années
suivantes pour contenir les *Cerveranos* dans la
contrebande du tabac, et les engagemens qu'ils

signèrent en 1733, et qu'ils n'ont jamais remplis.
Ceux de Ceclavin en Estramadure, d'Algezares
à Murcie, d'Estepona, Marbella, Lucena et autres
bourgades d'Andalousie, ont provoqué tant de mesures par leur contrebande continuelle sur toutes
sortes d'objets, et dans des temps où il y avait
des prix différens et moins élevés pour le tabac,
qu'il devient inutile de s'arrêter et prouver que
l'abaissement du prix actuel n'empêcherait ni ne
diminuerait la contrebande, à moins qu'il ne
fût tel qu'il détruisît tout-à-fait le prix de la
vente, et alors les contrebandiers s'exerceraient
à frauder les autres rentes ou prohibitions, ainsi
que cela a toujours eu lieu.

CCXXV.

On pourrait essayer auprès des commerçans et fournisseurs
portugais de leur acheter leurs tabacs excédans à un prix
élevé.

D'autres moyens inhérens ou étrangers à la
vente du tabac seraient peut-être plus convenables pour diminuer les contrebandes. Celles-ci se
font d'ordinaire sur le tabac du Brésil ou sur
celui à fumer qui vient du Portugal. On pourrait
tenter auprès des propriétaires, commerçans ou
fournisseurs portugais l'achat de leurs tabacs
excédants à un prix qui leur ôterait le désir de les

vendre aux fraudeurs, avec lesquels ils ne pourront qu'éprouver toujours des dangers et des pertes pour non-paiement. Quoique mes finances seraient chargées par ces déboursés, elles les gagneraient et au-delà par de plus grandes consommations du tabac, et par l'incomparable satisfaction et utilité de sauver tant de sujets qui se perdent par la contrebande.

CCXXVI.

On pourrait prendre une mesure égale à Gênes, à Marseille et à Gibraltar.

Il serait facile d'agir de cette manière à Gênes, en France et surtout à Marseille, et même à Gibraltar, où se trouvent les deux grands dépôts de tabac pour la contrebande par les côtes et les fontières. On achèterait avec réserve par des commerçans et on accaparerait tous les tabacs bons pour la consommation de l'Espagne, quoiqu'il fût nécessaire ensuite de brûler ceux qui resteraient pour l'utilité de la régie.

CCXXVII.

Il conviendrait peut-être de baisser les prix des tabacs à fumer de nos productions et de celles des Amériques.

On pourrait aussi assigner des prix inférieurs pour les tabacs à fumer de nos productions et de

celles de l'Amérique, pour essayer si l'on intro-
duirait le goût de les consommer de préférence
aux tabacs étrangers, en leur donnant une autre
forme dans leur contexture et leur corde, pour
ne pas les confondre avec les tabacs étrangers et
ceux de contrebande.

CCXXVIII.

L'abaissement du prix du tabac *râpé* fera voir ce qu'il conviendra de faire pour les autres objets.

Enfin, la mesure prise pour l'élaboration du
tabac *râpé* et l'abaissement de son prix peut servir d'essai et d'expérience, car il indiquera si son
introduction frauduleuse s'éteint, ou au moins si
elle est diminuée considérablement. Si ce résultat était obtenu, et les valeurs répondant à
l'objet, ce serait un avertissement pour agir dans
les autres articles, eu égard à leur consommation. On doit cependant observer avec soin les
effets de cette mesure, car, malgré la diminution
de moitié par rapport au tabac en général, le
comte d'Aranda a représenté, de Bayonne où
il était alors, que la cause de la contrebande
subsistait toujours, et que cette ville était remplie
de contrebandiers espagnols, d'où il concluait
qu'on devrait baisser encore les prix.

CCXXIX.

Poursuite des contrebandiers.

D'autres moyens qui sont étrangers à la vente du tabac contribueraient beaucoup à diminuer sensiblement la contrebande, si tant est qu'on ne puisse parvenir à l'éteindre tout-à-fait. Les provinces et les villes où se forment les séminaires de contrebandiers sont bien connues. C'est dans des provinces voisines ou sur les frontières des royaumes étrangers et chez des populations immédiates aux limites qui les séparent, ainsi qu'aux côtes maritimes, que naissent et croissent ces mauvaises plantes et ces fruits abominables de contrebandiers et fraudeurs de profession, qu'il importe de poursuivre et de prévenir avec le plus de diligence possible, car les autres fraudeurs sont inévitables et ont moins d'importance.

CCXXX.

La fainéantise, le libre port d'armes et la désertion des troupes sont les sources des contrebandiers.

L'oisiveté, la fainéantise, le manque d'industrie chez ces peuples, la liberté de porter des armes, la désertion dans mes troupes, et autres délits ou excès qui donnent lieu à des poursuites judiciaires, sont des sources de fraudeurs et de contreban-

diers. Quoiqu'on travaille partout dans le royaume
pour extirper ces causes de la contrebande, on
doit mettre un soin tout particulier dans les pays
où règne cette contagion, ainsi que dans ceux
qui s'y trouvent exposés par leur voisinage des
frontières et des côtes.

CCXXXI.

Il conviendra de s'informer de l'état des populations qui vivent de la contrebande, et des secours qu'on pourrait
leur procurer pour qu'elles s'adonnassent au travail.

Pour parvenir à ce but, il serait bon que
dans chacune des provinces nommées ci-
dessus, savoir : l'Andalousie, l'Estramadure, la
Navarre, l'Aragon, la Catalogne, Valence et
Murcie, leurs administrations dressassent une
liste des populations adonnées au vice de la contrebande et à d'autres qui y ont rapport. Il conviendrait de spécifier dans ces listes le nombre
d'habitans ainsi que l'état, l'accroissement ou
la décadence de leur agriculture, en indiquant
les moyens d'existence des naturels et les facilités
qu'on pourrait avoir de leur procurer d'autres
secours, afin qu'ils se tournassent vers le travail.
Les intendans auxquels ces listes seront pré-
sentées les renverront après les avoir rectifiées,
ayant soin de marquer pour chaque commune ce

qu'il conviendra de faire pour exciter l'application de ses naturels et les sauver de leurs égaremens au moyen d'une bonne éducation.

CCXXXII.

Levée continuelle des jeunes gens inappliqués et turbulens . dans lesdites communes.

En même temps que ces bienfaits se répandront sur ces communes, on veillera avec le plus grand soin à ce que les autorités n'y poursuivent pas les naturels, les jeunes gens surtout, pour des causes légères et de peu d'importance. La levée continuelle des jeunes gens inappliqués et mauvaises têtes sera très-convenable si on l'exécute avec discernement et la plus grande rigueur dans ces communes, sans cependant qu'il soit nécessaire d'y employer autant de formalités que celles prescrites par l'ordonnance relative à ceux qui n'ont pas de demeure fixe.

CCXXXIII.

Défense de porter des armes. Les autorités pourront en permettre l'usage aux propriétaires seulement.

Le désarmement de ces communes serait très-utile pour la destruction de la contrebande : on ne laisserait qu'aux propriétaires l'usage du fusil et de l'épée avec l'autorisation préalable des

magistrats, qui répondront des abus qu'on pourrait en faire, ayant soin de ne pas mettre dans
cette catégorie les armes destinées au service
militaire et aux régimens fixes d'Amérique, qui
naturellement ne doivent pas être compris dans
la défense du port d'armes.

CCXXXIV.

De plus, il convient de combattre l'opinion erronée de ceux
qui regardent la contrebande, ainsi que tous les autres
genres de fraude, comme licite, et la croient telle dans le
for de la conscience.

Plusieurs personnes non moins pieuses qu'é-
clairées m'ont adressé des représentations au
sujet de cette morale relâchée qui a perverti les
mœurs d'un certain nombre de mes sujets sur ce
point et sur d'autres encore, et a été cause
que plusieurs membres du clergé séculier et régulier et même des communautés entières ont
protégé et protègent les contrebandiers, s'inté-
ressant même dans les contrebandes et les fraudes.
De là est venu que plusieurs commerçans et
autres personnes riches ont fourni des fonds sans
aucun scrupule, se sont associés avec les contrebandiers et les fraudeurs, et ont fait taire les
cris de leur conscience par les principes que leurs
mauvais confesseurs, directeurs ou maîtres, leur
ont inculqués.

CCXXXV.

On tâchera d'obtenir des déclarations pontificales qui proscrivent cette doctrine si pernicieuse.

Pour remédier à ces maux autant qu'il est possible, j'ai ordonné que l'on sollicite du pape des déclarations qui proscrivent ces doctrines. Il conviendra, en attendant, d'engager les évêques et les supérieurs des ordres réguliers à faire des exhortations à leurs subordonnés respectifs, ainsi qu'aux fidèles en général, pour que sur de semblables matières ils agissent conformément aux lois de l'Évangile et de Jésus-Christ lui-même, et afin qu'ils sachent que par leurs fraudes non seulement ils s'exposent aux châtimens temporels, mais aussi aux peines éternelles, sans qu'il soit possible de les éviter autrement que par la résipiscense et la restitution. La Junte, à laquelle je recommande particulièrement cette affaire, mettra en œuvre tous ces moyens par le canal des administrés chargés de leur exécution, et rappellera de temps en temps l'observance des lois à cet égard (1).

(1) On dispute dans les écoles sur la question de savoir si les lois pénales obligent aussi en conscience, ou s'il suffit de payer la peine ou l'amende qu'elles établissent pour que le

CCXXXVI.

De la rente du sel.

La rente du sel est encore une des plus productives dans la classe des objets mis en régie,

---

contrevenant reste affranchi de toute responsabilité. L'opinion la plus saine comme la plus générale est que tant pour la loi pénale que pour celles qui ne sont point de cette nature, l'obligation morale existe, et que leur violation est une véritable désobéissance à l'autorité légitime, et constitue une culpabilité réelle. Sur cette doctrine s'appuie l'instruction dans ce qu'elle dit au sujet de la contrebande. Elle considère les fraudes sur cette matière comme des vols ou des escroqueries faites au trésor public, par lesquels ceux qui les ont commis sont tenus à la restitution. Le comte de Floridablanca dit à ce propos, dans ses *Observations* à l'auteur anonyme : « Le furibond auteur voudrait qu'au septième commandement, qui ordonne de ne point voler, on ajoutât cette exception, si ce n'est le roi et les finances , *car ceux-là il est licite de les voler.* »

Cependant, quoique l'opinion qui déclare les lois pénales obligatoires pour la conscience soit la plus probable , peu de personnes se conforment à ce rigorisme sévère dans la pratique au sujet de la contrebande ; et pour prévenir les préjudices que subissent par-là les finances, il n'y aura pas d'autres moyens que de bons tarifs, qui fixeront avec sagesse et équité les droits pour les marchandises, si toutefois on n'en découvre pas d'autres plus efficaces par les progrès futurs de la science économique.

Tous les économistes espagnols ne croyaient pas cepen-

après le tabac. Heureusement elle donne lieu à
peu de contrebande, contrairement à ce qui arrivait autrefois.

---

dant que les mandemens des évêques et les bulles des papes
sur la contrebande fussent aussi importans que le croyait le
premier ministre de Charles III ; il y en avait qui croyaient
plutôt que par ce moyen la religion serait profanée, sans
parvenir à convaincre les esprits que le Très-Haut prît le
Trésor sous sa protection. Le comte de Cabarrus, auquel on ne
saurait refuser des connaissances théoriques et pratiques sur
les matières d'économie politique, dit que la contrebande est
tout au plus une tricherie lorsqu'elle est exercée avec dexté-
rité ; qu'en ce cas, elle devra être punie par la saisie et la
confiscation de la marchandise, et que c'est là la mise du
jeu ; mais il la regarde comme vol lorsqu'elle se fait à main
armée ; il croit alors qu'il y a lieu à l'instruction du procès
et à la peine, comme dans tout autre vol accompagné de
violence (*).

Quoi qu'il en soit, le comte de Floridablanca se vit dans
la nécessité de repousser l'accusation d'avoir été avec Lerena l'auteur des peines pour la contrebande, des confisca-
tions et de la hausse supposée du prix des objets étrangers,
« sans considérer, dit-il (**), que de telles peines ont précédé
les ministères de l'un et de l'autre ; qu'elles sont dans des
cédules et des instructions ; qu'elles sont inférieures, sans
aucune comparaison, à celles établies dans les pays les plus
policés, tels que l'Angleterre, la France et l'Allemagne, et
que le tort de Lerena n'a pu être autre que d'avoir surveillé

(*) Lettres à Jovellanos sur les obstacles que la nature, l'opinion et les
lois opposent à la félicité publique, page 165.

(**) *Observations.*

Malgré le besoin général de cette denrée, comme la consommation particulière de chaque individu est si minime, il n'y a point d'inconvénient à le charger avec l'imposition qu'entraîne le dépôt ou la mise en régie sur le prix naturel de l'espèce. La population et son accroissement seront la règle ou le baromètre principal pour les valeurs de cette rente : ainsi, en ayant soin d'encourager la propagation de l'espèce humaine, en la favorisant par tous les moyens légitimes, la consommation du sel augmentera nécessairement.

CCXXXVII.

Diminution du prix du sel pour les salaisons et pour le bétail.

La pêche et le bétail doivent être favorisés spécialement dans le prix du sel. En vertu de cette considération, on a diminué en plusieurs occasions le prix du sel pour les propriétaires des troupeaux et pour les pêcheurs. Aujourd'hui on le leur vend à des prix fort modérés. Les salaisons étant si nécessaires en Espagne, il convien-

---

avec le soin et l'exactitude habituels chez lui l'observance de ces instructions et cédules. Il est à remarquer que les écrits les plus énergiques contre la contrebande et les contrebandiers, ainsi que contre les tarifs, furent imprimés et publiés sous le ministère doux et tempéré du comte de Gausa.»

drait d'encourager en même temps la pêche et
le desséchement des poissons, dont les étrangers
tirent un si grand profit; de favoriser, en baissant
le prix du sel, les inventeurs qui établissent
quelque branche d'industrie, quoiqu'ils ne soient
pas pêcheurs, car ceux-ci ne peuvent pas eux seuls
faire prospérer cette industrie, si les consommateurs ne favorisent pas leurs opérations avec
des fonds et des établissemens équivalens à notre
consommation.

CCXXXVIII.

Exportation de nos sels aux pays étrangers. Approvisionnemens de sel dans quelques provinces du royaume.

Pour l'exportation de nos sels aux pays étrangers qui manquent de cette denrée, il convient
d'en alléger le prix et aussi de faire qu'avec le sel
surabondant dans une province, on puisse venir
au secours des autres, ayant soin d'éviter l'achat
du sel en Portugal, ainsi que cela se fait aujour-
d'hui dans l'approvisionnement des provinces
de Galice et des Asturies. Quoique ces provinces
se trouvent éloignées de celles qui ont du sel
en abondance, la navigation fréquente peut faciliter les transports par mer à de bas prix, en
offrant des retours de quelque utilité aux bâtimens qui les conduisent.

CCXXXIX.

Des sept petites rentes (*siete rentillas*).

Quant aux autres rentes en régie, qui sont celles des poudres, plomb, alcool, liqueurs, dans Madrid, cartes à jouer et autres petits articles connus sous le nom de (*las siete rentillas*), toute l'épargne consiste dans l'économie de la fabrication et administration, ainsi que dans la probité et dans le désintéressement des employés de cette partie. Malheureusement, il s'est glissé chez les préposés à ces rentes et à d'autres encore certains abus et mauvaises habitudes qu'il importe de réprimer, punir et empêcher, car on sait que la plupart d'entre eux s'intéressent dans les opérations ou dans les travaux de fabrique, soit en s'associant avec les munitionnaires ou entrepreneurs, soit en y employant leurs propres voitures ou bêtes de somme, quoiqu'elles ne travaillent pas autant qu'il faudrait; ou soit enfin en mettant à prix des journées plus hautes que l'on ne devrait pour le pays.

CCXL.

Du dépôt d'eau-de-vie, et des droits qu'il pourrait convenir d'augmenter sur cet objet dans quelques provinces.

Le dépôt de l'eau-de-vie fut cédé aux communes, et il est juste de leur maintenir le privilège ou la grâce qu'on leur fit, mais dans les provinces gâtées par son commerce exclusif, comme cela arrive dans l'Andalousie et dans celles qui le sont également par la culture excessive des vignobles dans le but de faire le commerce de l'eau-de-vie, ainsi qu'on le fait en Catalogne, on devra charger les droits sur cette espèce de boisson pour l'intérêt des communes, afin de modifier et contenir le préjudice et l'avarice.

CCXLI.

Dans la crainte de ces inconvéniens, on devrait au contraire encourager la fabrication et le commerce des eaux-de-vie en allégeant les droits et diminuant les prix.

Dans la Castille, où les vins abondent par le manque de consommation et de débit équivalent à ses récoltes, on devrait encourager la fabrication et le commerce des eaux-de-vie par la diminution des droits et des prix; car, quoique quelques uns prétendent qu'il y ait disette de bois à brûler, il y a toujours des forêts dans les environs des terres les plus abondantes en vignobles.

CCXLII.

Des rentes provinciales.

Nous voici arrivé maintenant aux rentes intérieures, que mes sujets paient sous les noms de

rentes provinciales, ou leurs équivalens : je ne
peux que recommander très instamment à la
Junte son observation constante pour combiner
les effets que les mesures ordonnées par moi produisent incessamment dans leur imposition, distribution et recouvrement. Ces rentes ont l'influence la plus importante, et l'action pour ainsi
dire principale, sur le bien-être ou le malheur de
mes sujets : ainsi, elles réclament non seulement
une plus grande attention, mais encore un soin
continuel et réfléchi.

CCXLIII.

Pour détruire les abus occasionnés par les fermiers de ces
    rentes, avant l'année 1749, époque de leur administra-
    tion par le gouvernement, on a fait un règlement uni-
    forme pour toutes les provinces de Castille et de Léon.

La variété suivie par les fermiers de ces rentes,
jusqu'en 1749, époque où il fut décidé que l'état
les administrerait, avait donné lieu à de grands
abus, et enraciné de grands désordres. Pour y remédier, je fis faire le règlement qui a commencé
à être mis à exécution cette année, en établissant
autant que possible l'uniformité la plus parfaite
dans l'administration des vingt-deux provinces de
Castille et de Léon; en abaissant considérablement les droits comparativement, qu'on devrait

y augmenter par le droit légitime de l'imposition
accordée par les cortès, et en y prescrivant certaines méthodes de contribution qui amèneraient
un système d'égalité géométrique ou de proportion entre les contribuables, selon leur richesse.
En effet, c'était un usage intolérable de charger
davantage les pauvres et simples colons fermiers
ou journaliers que les riches propriétaires. Plusieurs rumeurs contraires au règlement ayant
circulé sur cette matière, quoiqu'en général il
ait été parfaitement accueilli, il m'a paru convenable d'en instruire la Junte, en détaillant mes
intentions sur des points aussi importans, afin
qu'elle puisse surveiller son exécution ponctuelle,
active et profitable à mes sujets.

CCXLIV.

Les rentes provinciales sont de trois espèces : 1°. *Las tercias
reales*, le tiers des dîmes pour le roi ; 2°. *Alcabalas y
cientos* ; 3°. *Millones* ou *sisas*, appelés aussi *tributs*.

Les rentes que recouvre le gouvernement sous
la dénomination de provinciales, dans les provinces de Castille et de Léon, sont réduites à trois
espèces : la première, celle des *tercias reales*,
un tiers des dîmes pour le roi, savoir : deux neuvièmes, ou deux parties sur neuf de la dîme ecclésiastique, mes prédécesseurs ayant cédé un

autre neuvième partie, qui complétait le tiers aux
paroisses de ces royaumes, pour les dépenses de
leurs fabriques matérielles et formelles ; la seconde, celle des *alcabalas y cientos*, qu'on per-
çoit, ou qu'on peut percevoir, jusqu'à 14 pour 100
sur le prix de la vente de tous biens, meubles ou
immeubles, leurs fruits et marchandises, le
royaume, d'accord avec les cortès, ayant accordé
et rendu perpétuels les deux impôts en faveur de
ma couronne; et la troisième enfin, celle des *millones*, *sisas* ou *tributos*, provenant des quatre espèces de denrées, vin, vinaigre, huile et viande,
et les articles qui en dépendent, suif, poisson,
cacao ou chocolat, sucre, etc., qui se consomment
dans ces royaumes, par quelque personne que
ce soit, l'état ecclésiastique y compris, sauf une
diminution en sa faveur, de peu d'importance.

CCXLV.

Les *tercias* s'affermaient autrefois. Par le nouveau règlement,
elles sont administrées par le roi.

Les *tercias,* ou les deux neuvièmes des royaumes, faisaient autrefois partie des baux qui se
passaient à l'époque des fermiers des rentes provinciales, lesquels les sous-affermaient parfois aux
communes, en les comprenant dans les *encabezamientos* (conventions passées avec les com-

munes sur la somme totale de ces contributions).
Comme la dîme ecclésiastique n'a point de rapport
avec les véritables impôts ni avec les contributions profanes que mes sujets me doivent, j'ai ordonné par le nouveau règlement, qu'on l'admi-
nistre séparément, et qu'elle ne soit pas comprise
dans les *encabezamientos,* ou baux des *alcabalas,*
cientos et *millones.* On aura ainsi une connaissance distincte de la contribution que paiera
chaque commune, et des progrès qu'on pourra
faire dans cette partie des finances, sans la confondre avec les tributs ou impôts.

CCXLVI.

Au temps du fermage de *las tercias*, il y avait des com-
    munes dont le territoire était fertile et qui, avec les *ter-*
    cias seules, payaient leurs baux et leurs contributions.

Il existait des communes qui, par l'étendue et
la fertilité de leur territoire, payaient avec les
tercias seulement, leurs baux et leurs contributions, sans que les habitans restassent assujettis à
aucune autre charge, ni impôt, quoiqu'ils fussent
plus riches et plus nombreux que ceux d'autres
communes où, le territoire étant moins étendu et
stérile, à peine si les *tercias* produisaient les sommes nécessaires pour payer le contingent ou son
équivalent : ces communes restaient ainsi assujet-

ties aux impôts et charges de l'octroi, pour solder
le restant du bail ou de la contribution.

CCXLVII.

Par le nouveau système, chaque commune paiera en raison
de la richesse ou de la fertilité de son territoire.

Aujourd'hui, les *tercias* étant administrées par
mes ordres, on réglera les baux pour le paiement
des contributions d'après la richesse véritable de
chaque commune, selon leur territoire, leur
commerce et leur industrie ; on baissera ou l'on
élèvera les impôts dans cette juste proportion,
suivant les lois du royaume et les circulaires du
ministre des finances : tel est le but qu'on s'est
proposé dans la formation du nouveau règlement.

CCXLVIII.

Le revenu des *tercias* peut pourvoir l'armée et la marine.

Le revenu des *tercias*, bien administré par
mon ordre, pourra être d'un très grand secours
pour l'approvisionnement de mon armée et de
mes escadres, ainsi que pour celui des communes
dans les années de disette et de cherté des vivres.
Le grand dépôt des grains et des fruits que les
tercias peuvent former dans toutes les provinces
du royaume sera une ressource très considéra-

ble, si l'on établit des règles économiques et politiques pour leur administration ; il servira aussi
pour que la Junte sache de temps à autre l'état
ou l'existence de ce dépôt dans chaque province.

CCXLIX.

Sur les *tercias* usurpées par la commune.

Pour la même raison , il convient de rendre à
ma couronne les *tercias* usurpées ou aliénées par
contrat de *retrovente*, apportant à cet objet le
plus grand soin possible, et le recommandant aux
directeurs des rentes, pour que ceux-ci fassent
la même recommandation aux administrateurs.
Il conviendrait aussi, quant aux *tercias* aliénées
à perpétuité, d'assigner aux propriétaires la
somme ou le revenu annuel qu'elles leur auraient
produit dans l'espace de cinq ans, tout frais déduit, lequel leur serait payé par tiers dans l'administration de la capitale de chaque province, sans
dépense aucune, et laissant au compte du trésor
public la perception, le recouvrement et le bénéfice de ces *tercias*. Par ce moyen, l'administration de cette rente serait uniforme partout et
pourrait servir pour tous les objets de secours
que j'ai indiqués, relativement à l'approvisionnement de mes peuples et de mes armées.

CCL.

Grandes diminutions opérées par le règlement dans les alca-
balas y cientos.

Dans la seconde classe des rentes provinciales,
les *alcabalas y cientos*, on a fait tant de grâces
et d'allégemens à mes peuples par le dernier règlement que ceux mêmes qui les critiquent ne peuvent pas les nier. Dans tous les marchés ou places
publiques où l'on vendait de la viande, de l'huile,
du vin et du vinaigre, les articles étaient chargés
d'un 14 pour 100 rigoureux, en vertu des concessions et des droits légitimes de ma couronne,
et conformément à une cédule royale du 25 octobre 1742. Actuellement, ces droits ont été diminués pour les provinces de Castille, à un 5 pour 100
et pour celles de l'Andalousie à un 8, celles-ci
étant plus riches et plus fertiles, en raison aussi
de leur plus grande facilité pour l'exportation et
la valeur de leurs productions. La diminution a
été plus considérable encore pour l'huile, quant
aux droits d'*alcabalas, cientos y millones*, considérant que cet article est d'une grande consommation pour les pauvres.

CCLI.

Ces diminutions tournent au profit de la classe la plus né-
cessiteuse.

Les journaliers, les artisans et les autres gens
pauvres, étant ceux qui s'approvisionnent pour
toutes leurs consommations dans les places publiques, où lesdits articles se vendent en détail, le
bénéfice de ces diminutions tourne au profit des
sujets les plus nécessiteux et les plus dignes d'intérêt. Tel a été à ce sujet le but principal de mes
soins.

CCLII.

Rabais des articles de consommation de la classe pauvre.

En vertu de la même considération, on a diminué et réduit seulement à 2 pour 100 les droits
de *menudos* (dîme des fruits mineurs) des vian-
des, poissons, légumes, herbages et autres choses
moindres pour la consommation des pauvres, au
lieu de 8 et même de 14 pour 100, que l'on pré-
levait autrefois sur tous ces articles. Les rentes
des poules, poulets, œufs, pigeons et autres petits
articles du même genre, ont été affranchis totale-
ment de tout droit, quoique auparavant on exi-
geât ou que l'on convînt de payer depuis 7 jusqu'à
14 pour 100.

CCLIII.

*Dégrèvemens accordés aux propriétaires de troupeaux et de
récoltes dans les alcabalas y cientos.*

On a fait aux propriétaires de troupeaux et de
récoltes la diminution, le 8 et même jusqu'au
14 pour 100, que l'on exigeait autrefois, à 4 pour
100, pour *l'alcabala y cientos* de leur vente en
gros; et quant aux fabricans, on les a affranchis
généralement de cet impôt pour les ventes qu'ils
font dans leur fabrique, et pour celles qui seront
faites au dehors par eux, ou par le commerce :
et quant aux fabricans, on a imposé seulement
2 pour 100, calculant la valeur de la manufacture d'après le prix modéré qu'elle a dans la fabrique même, sous l'augmentation que le trafic
lui donne, ainsi que le transport, le luxe, ou le
besoin qui commande la vente.

CCLIV.

*Les commerçans ont été également taxés à 2 pour 100 sur les
marchandises nationales et à 4 pour 100 pour les autres
objets.*

Les commerçans, dans leurs conventions ou
administrations de leurs rentes, ont été également taxés de 2 pour 100, relativement aux ma-

nufactures nationales, et de 4 pour 100, en ce qui
regarde aussi les autres objets nationaux ; ils ont
été de même chargés de 100 pour 100 pour les
objets étrangers, au lieu de 14 qu'ils étaient tenus
de payer; de manière qu'étant favorable comme
il est, à l'industrie de mes sujets, de charger les
manufactures et les productions étrangères, j'ai
ordonné de modérer l'impôt qu'on pouvait mettre
sur celles-ci, considérant que plusieurs de mes
sujets en font commerce; cependant l'abus et
l'excès de leurs importations devra s'arrêter avec
l'augmentation des impôts et des charges, ou bien
par les prohibitions : la Junte y veillera.

CCLV.

Par les diminutions déjà faites, les droits de l'*alcabalas*,
cientos y millones ont été réduits au tiers.

J'ai accordé à mes peuples ces diminutions et
d'autres contenues dans les règlemens, seulement
dans la partie des *alcabalas y cientos;* dans celle
de *millones*, qui est la troisième classe des rentes
provinciales, les diminutions ont été telles que
ces droits ont été réduits à un tiers, peut-être
moins, dans les quatre espèces sujettes à cette contribution.

CCLVI.

On avisera encore au moyen de supprimer le droit de seize maravédis dans la mesure du blé (*fanega*), et de douze dans celle de l'orge, pour la vente des grains étrangers.

Mes vœux paternels ne sont pas encore satisfaits, quant à l'allégement de mes sujets, sur ces articles. Ainsi, je veux que l'on arrive au moyen de supprimer l'impôt qui, sur l'avis et la proposition des directeurs généraux des rentes, a été maintenu pour les ventes des grains étrangers, quelque léger qu'il soit, puisqu'il ne va pas au-delà de 16 maravédis dans la mesure du blé, et de 12 dans celle de l'orge, du seigle et autres céréales. En recherchant ce qu'un aussi faible droit a produit, on verra par quel moyen on pourrait y suppléer avec moins de préjudice; on le supprimera tout-à-fait si la somme qu'il produit n'était pas considérable.

CCLVII.

Il est à désirer aussi qu'on supprime les 2 ou les 4 pour 100 dans la vente des importations des soies, laines, cuirs et autres produits simples ou matières premières.

Je désire également que dans la vente ou importation des soies, laines, cuirs et autres produits simples, ou matières premières des fabricans, ou supprime le 2 ou le 4 pour 100 *d'alcabalas y cientos*, facilitant par ce moyen la baisse dans leur prix; et l'accroissement de nos manufactures, sauf toutefois les précautions qui paraîtront convenables pour empêcher que cette faveur ne s'étende pas aux ventes qui se feront dans le commerce pour négocier et revendre, ou pour exporter ces matières. Le propriétaire de la récolte ayant une fois payé ses droits sur la soie qu'il récoltera, et le propriétaire des troupeaux les siens pour la tonte de la laine, il convient d'alléger l'un et l'autre pour les droits de l'*alcabala*, lorsqu'ils vendent leurs produits aux fabricans.

CCLVIII.

Autres diminutions accordées aux propriétaires des récoltes par le règlement.

Dans les ventes que les propriétaires de récoltes feront de leurs fruits, lorsqu'ils n'ont pas été cueillis, et qu'ils restent encore sur la terre, les règlemens diminuent la moitié de l'*alcabala y cientos*, aux colons ou fermiers : alors ceux-ci doivent payer 3 pour 100, au lieu de 6 que les propriétaires des terres paient ordinairement; je désire que cette règle s'étende à tout genre de vente des fruits et récoltes même déjà cueillis ou

coupés, et lorsqu'on les vend en détail, sans distinction de semences, comme vin, huile, raisin,
olives, etc., suivant cette base tant pour les conventions que dans l'administration à l'égard des
propriétaires et des colons, pourvu toutefois que
ceux-ci prouvent qu'ils vendront les fruits, ou
produits des terres affermées.

Les propriétaires de ces terres paient déjà
pour leur part 5 pour 100 de leurs revenus, s'ils
sont absens du lieu de leur production, et la moitié seulement, s'ils y résident, conformément à
ce qui est prescrit par les règlemens : il paraît
donc juste et convenable de soulager les colons,
qui, par leur pauvreté et leurs fatigues, méritent
ce ménagement.

CCLIX.

Les artisans devront aussi être affranchis du paiement des
alcabalas y cientos.

Enfin, je désire qu'on affranchisse des conventions et des *alcabalas y cientos* les artisans et
ceux qui exercent n'importe quel genre de métiers, puisqu'on affranchit de ces impositions les
fabricans des manufactures et des tissus, lorsque
les ventes se font dans la fabrique. Il n'existe aucun motif de différence ; et cela pourra avancer
les pauvres artisans, qui, d'ailleurs, sont ceux qui

contribuent le plus dans les lieux publics, où ils vont acheter ce qui leur est nécessaire pour leur subsistance. Dans le cas où quelques articles fabriqués par ces artisans seraient exportés par eux-mêmes pour les vendre dans d'autres endroits, ou par les commerçans, on pourra leur imposer des droits, sur les tissus par exemple, de 2 pour 100, tout simplement.

CCLX.

Réclamations contre le règlement.

Toutes les clameurs de ceux qui sont contraires au règlement viennent du 5 pour 100 imposé aux propriétaires des immeubles, rentes et tout genre de fruits civils (*frutos civiles*), ainsi que pour avoir imposé tous les droits qui se paient dans les lieux publics à ceux qui consomment en gros les objets soumis à la contribution des *millones*.

CCLXI.

Dans la contribution de 5 pour 100 imposée aux propriétaires par le règlement, on a eu la très juste et équitable intention d'alléger les consommateurs pauvres, les colons ou fermiers, les fabricans et les artisans.

Quant au 5 pour 100 des propriétaires, appelé le tribut nouveau, on se propose le but très

juste et équitable de soulager les consommateurs
pauvres, les fermiers, les fabricans et les artisans,
sur lesquels pesait tout le poids des impositions
que je leur ai diminuées. C'était une injustice no-
toire et insupportable que les personnes les plus
puissantes du royaume, nageant dans l'abondance
et le luxe, ne payassent point pour leurs rentes
le tribut proportionnellement à elles, et qu'elles
les dépensassent à la cour ou dans les capitales
des provinces où elles résident d'ordinaire, pri-
vant ainsi les communes qui les produisent du
profit de leur consommation.

CCLXII.

Les propriétaires absens de leurs communes sont tenus de
contribuer au paiement de l'impôt de celles-ci avec le 5
pour 100 : ceux qui résident là où sont leurs propriétés
ne paient que moitié de cette contribution.

Par le règlement que j'ai ordonné d'établir pro-
visoirement, les propriétaires absens des communes où ils ont leurs terres devront payer
5 pour 100; on leur accorde ce soulagement
pour les engager à y vivre et à favoriser les habitans par la consommation de leurs revenus sur
les lieux mêmes de leur production. Cela équivaut à diviser l'impôt entre le propriétaire et le
fermier, à empêcher que tout le poids ne tombe

sur celui-ci, à offrir une compensation au peuple
pour la perte que le manque de consommation de
la part des absens lui occasionne, et enfin à rem-
bourser au trésor les sommes qu'il a diminuées
aux pauvres qui sont laborieux pour en charger
les riches et les fainéans.

CCLXIII.

Le tribut imposé aux consommateurs en gros est fondé éga-
lement sur la plus stricte justice.

L'autre charge imposée aux consommateurs en
gros a été fondée aussi sur les principes de la plus
exacte justice, car il était vraiment insoutenable
de voir que le plus riche qui achetait ou intro-
duisait en gros les approvisionnemens dont il avait
besoin payât seulement une petite somme, tandis que le plus pauvre, que la nécessité forçait de
s'approvisionner dans les lieux publics, contri-
buerait trois ou quatre fois plus. Seulement il
conviendra d'ordonner par les règlemens qu'on
exige des consommateurs en gros qui achètent en
dedans de la commune, uniquement pour *alcabalas y cientos,* ce qui manquera pour compléter la somme chargée dans les lieux ou postes
publics à cet égard, avec la diminution du 4 pour
100 qu'aura à payer celui qui vendra : par exemple, si dans les lieux publics on charge 8 pour 100,

le vendeur en gros devant le 4 pour 100 pour sa
vente, on percevra seulement de celui qui a
acheté aussi en gros 4 et non 8 pour 100, ainsi
que le prescrivent les réglemens.

CCLXIV.

Il est de nécessité que l'on observe généralement le règlement.

Maintenant, il faut seulement qu'après avoir
modifié les règlemens tant sur les objets déjà indiqués que sur d'autres prouvés ou découverts à
l'avenir par l'expérience, on en observe généralement la teneur dans toutes les communes qui en
avaient été exemptées, et dans les *encabezados,*
(qui paient les impôts par convention), conformément à l'instruction que j'ordonnai de rédiger; sans oublier d'alléger les communes dont la
population et la richesse ont été diminuées, et de
charger celles qui les auront accrues, afin d'obtenir en cela toute l'égalité possible.

CCLXV.

Les conventions passées avec les communes devraient être revisées tous les quatre ou cinq ans.

L'objet de la juste distribution des impôts entre
les communes d'après leurs richesses respectives
demande que l'on revise et règle leurs conven-

tions et rôles distributifs de temps à autre, par
exemple tous les quatre ou cinq ans au plus. Les
changemens continuels que le temps apporte font
voir clairement que nulle de ces mesures ne saurait être perpétuelle ni même d'une très longue
durée.

CCLXVI.

Au moyen de ces révisions, le gouvernement connaîtra l'état
véritable des peuples.

Par ces révisions, le gouvernement aura connaissance de l'état dans lequel se trouvent les communes, leur accroissement ou décadence en population, leur agriculture, leur commerce et leur
industrie : c'est alors qu'il pourra non seulement
régler les impôts d'une manière juste et graduée,
à raison de la richesse de chaque contribuable,
mais encore chercher à établir d'autres moyens
pour obvier aux maux et augmenter le bien-être
et la prospérité des sujets.

CCLXVII.

Au moyen des règlemens déjà faits et de ceux que l'expérience conseillera, on parviendra à établir une méthode
simple de contributions.

Je n'insisterai pas sur ce qui a été désigné jusqu'ici sous le nom de *unica contribucion*, parce

qu'avec les règlemens en vigueur ainsi qu'avec les modifications déjà faites, et celles que l'expérience indiquera, l'impôt sera peu à peu simplifié de manière à ce qu'il soit établi une méthode simple de contributions, unique et universelle dans les provinces de Castille : c'est tout ce qu'on peut espérer d'obtenir sur cette matière.

CCLXVIII.

On ne pourrait établir tout d'un coup une contribution unique selon les règles du *catastro,* sans occasionner un bouleversement dans le royaume.

L'établissement subit d'une contribution unique selon les strictes règles du cadastre sur les terres ou biens immeubles, ainsi qu'on l'a demandé vivement dans plusieurs écrits et dans les anciennes opérations, donnerait lieu à une perturbation générale de la monarchie, et à un danger imminent de la détruire.

CCLXIX.

Les hommes les plus intègres se sont laissé éblouir par le désir d'établir l'impôt avec une égalité arithmétique ; idée théorique sujette à beaucoup de difficultés dans l'exécution.

Le désir d'établir l'impôt avec une justice tellement stricte qu'il pèse avec une égalité mathématique sur les biens des sujets, et l'avantage

d'épargner les frais des employés, ainsi que les
formalités onéreuses des recouvremens, ont
ébloui les hommes les plus droits et les ont enga-
gés à s'occuper de la formation de cette contribution unique ; mais ces désirs, qui, spéculati-
vement parlant, sont très louables, éprouvent
dans la pratique tant de difficultés et d'inconvéniens qu'il a été impossible jusqu'ici de mettre
cette idée à exécution, et il est probable qu'on ne
l'y mettra jamais.

CCLXX.

C'est ainsi que chez les Anglais, les Français et les Hollandais, on n'a pas pu parvenir à fixer une contribution unique,
et l'on a chargé tous les objets de consommation tant ordinaires qu'extraordinaires ou de luxe.

Ainsi donc, il n'y a aucune nation parmi les
plus actives et éclairées qui ait établi et perçoive
les impôts par cette méthode de contribution
unique dans le sens que les théoriciens français,
anglais et hollandais, y attachent. Tous les États
de l'Europe se sont trouvés dans la nécessité de
diviser, classifier et multiplier les impôts intérieurs, et de charger tous les objets de consommation ordinaire et autres qui appartiennent au
luxe, pour compléter le montant des contributions indispensables aux besoins subvenus par

le Trésor public, et pour faciliter et adoucir leur perception.

CCLXXI.

Une des bonnes raisons en faveur des contributions imposées à la consommation est leur recouvrement le plus doux et le plus facile.

Toute cette théorie repose sur deux principes : l'un, qu'il ne suffit pas que l'impôt soit établi avec justice et égalité, si en même temps on ne facilite et adoucit sa perception ; l'autre, que tout recouvrement d'impôts est plus facile et plus doux, quelque onéreux qu'ils soient en détail, quand ils sont distribués en plusieurs parties journellement et dans divers cas et temps, que celui d'une contribution modérée une fois payable et réunie dans une seule époque de paiement. Un artiste, un fabricant, un ouvrier qui, dans les lieux publics, peut contribuer avec 5o, 6o ou plus de réaux chaque mois, chargé par maravédis sur les comestibles qu'il achète en détail, serait ruiné si on devait les exiger de lui en une seule somme selon les règles de la contribution unique. Les ressources de la sobriété et de l'économie sont nombreuses chez tous les hommes pour gagner et ne point dépenser l'argent dont ils ont besoin pour acheter les vivres et les objets nécessaires

22

pour leur subsistance dans les lieux publics; mais
ces ressources diminuent lorsqu'il s'agit d'économiser ce qui est nécessaire pour l'acquittement
de la contribution, et le jour arrive de la payer
sans que beaucoup de personnes y aient même
songé.

CCLXXII.

Nous avons sur cet objet trois expériences nationales : la
première, c'est l'inutilité de toutes les tentatives faites
sous le règne précédent et sous celui-ci pour exécuter le
plan de la *contribution unique.*

Nous avons à ce sujet trois expériences propres
et nationales qui ne permettent aucun doute :
l'une, c'est que j'ai fait tout ce que j'ai pu
pour exécuter le plan de la *contribution unique*
proposé sous le règne précédent et continué
sous le mien. Après avoir fait de grandes dépenses, après beaucoup d'assemblées d'hommes
dévoués à ce système, d'examens et de règles de
perception déjà imprimées et communiquées,
il s'est élevé tant de milliers de remontrances et
de difficultés que la chambre de *l'impôt unique,*
formée par mon ordre dans le conseil des
finances, en a été intimidée et n'a pu aller plus
loin.

CCLXXIII.

La seconde expérience est celle du *catastro* de la Catalogne.

La seconde expérience est celle du *catastro* de la Catalogne, qu'il fallut revoir, amender et augmenter à plusieurs reprises, et à la fin on se trouva dans la nécessité de charger les sujets avec l'impôt personnel pour assurer la quote-part de l'impôt, et de revenir à la contribution déjà abolie de la *bolla y plomas de ramos*, sorte d'*alcabala* de quinze pour cent sur des objets manufacturés, et aux droits d'octroi sur plusieurs articles dans Barcelone et dans d'autres villes considérables, lesquels subsistent encore.

CCLXXIV.

La troisième est celle des communes (*pueblos encabezados*), qui, au fond, sont réduites à payer une sorte de *contribution unique*.

Enfin la troisième expérience est celle appelée des communes (*pueblos encabezados*) en Castille, lesquelles, en substance, sont réduites à payer, en vertu des conventions, une sorte d'*impôt unique*, quoiqu'on leur accorde des remises et des délais fréquents, et qu'elles imposent une grande partie de leur contribution sur les lieux publics et sur les objets qui peuvent être affer-

més, comme viande, vin, vinaigre et huile :
toutes ces communes, ou presque toutes, sont
endettées, ou en retard pour le paiement, et
leur contribution est moitié moindre que celle
d'autres populations de la même catégorie, qui
sont administrées. Tout provient de la difficulté
de payer et de recouvrer une somme considérable,
quoique divisée par lots, tandis que la même
somme et d'autres plus grandes encore sont
payées sans gêne dans la consommation et achat
journalier des objets que l'on vend dans les lieux
publics.

CCLXXV.

Instructions des années 1716 et 1725.

Par cette raison, dans les instructions des années 1716 et 1725, dans lesquelles on dicta des
règles pour le recouvrement des impôts dans
les communes où il existait des conventions ou
encabezamientos, il fut ordonné de charger mo-
dérément les consommations dans les endroits
publics et sur les articles qui peuvent être affer-
més, afin que les habitans eussent cela de moins à
payer, et à se distribuer entre eux, pour compléter la somme stipulée par la convention.

CCLXXVI.

La méthode des contributions ne devra pas être variée facilement. Il ne faut pas se laisser éblouir par les raisonnemens spécieux des écrivains et des faiseurs de projets.

Je n'ai pas besoin de m'occuper particulièrement de ces points, attendu qu'étant de la plus
haute importance pour la prospérité de mes
sujets, ainsi que pour l'accroissement et la force
de la monarchie, il convient que la Junte et
les membres dont elle se compose ne dévient pas
de ce principe, savoir : ne point varier légèrement
le mode de contribution, se méfiant des raisonnemens spécieux des écrivains et des faiseurs de
projets, qui, sans une expérience profonde, sans
avoir observé et combiné tous les impôts, croient
que le bonheur véritable de l'État consiste dans
ce qu'on appelle la *contribution unique*.

CCLXXVII.

L'impôt pourra bien être appelé *unique*, si l'on entend par-
là *égal, universel* et *simple*, quoique le recouvrement s'en
fasse dans plusieurs petites portions, et sur des articles
différens qui l'adoucissent et le rendent facile.

Mais, en nous resumant, la contribution qui
peut à bon droit s'appeler *unique* est celle
qui est établie d'après une règle commune, est
égale, universelle et très-simple dans sa nature,

quoique la perception ait lieu en plusieurs petites parties, et se fasse sur divers articles qui l'adoucissent et la rendent facile. Tel est le but que je me suis proposé dans les règlemens établis jusqu'à ce jour, auxquels on pourra, on devra même faire, selon les temps et l'expérience, tous les amendemens et améliorations que j'ai déjà indiqués à la Junte, ainsi que d'autres encore qui pourront amener le perfectionnement, l'égalité géométrique ou proportionnelle et la simplicité possibles.

CCLXXVIII.

La Junte verra s'il ne pourrait pas convenir de simplifier les rentes provinciales en divisant les contribuables en six classes.

Dans cette vue, il m'a semblé que je devais avertir la Junte pour qu'elle fît de mûres réflexions à cet égard et me proposât successivement si toutes nos contributions intérieures, que nous appelons *rentes provinciales*, ne pourraient se simplifier selon l'esprit des derniers règlemens, d'après la richesse relative et proportionnelle de mes sujets, en divisant ceux-ci en six classes, auxquelles tous peuvent se réduire.

CCLXXIX.

Première classe : celle des propriétaires de toute espèce de biens immeubles ou perpétuels, comme terres, maisons, fabriques, cens, rentes juridictionnelles, *juros,* intérêts des actions de la banque ou des compagnies, etc.

De manière que la première classe pourrait être celle des propriétaires de toute sorte de biens-fonds, immeubles ou perpétuels, tels que terres, maisons, moulins, fabriques, cens, rentes juridictionnelles, *juros*, intérêts d'actions de la banque ou des compagnies, valeurs sur la ville de Madrid, grâces ou pensions perpétuelles sur la couronne. On a chargé dans le règlement de 5 pour 100 ceux de cette classe, lorsqu'ils perçoivent leur revenu par fermage, et généralement tous ceux nommés ci-dessus, percepteurs ou possesseurs des revenus ou *frutos civiles.* Cette quotepart, plus ou moins forte, d'après ce que l'expérience montrera nécessaire, supportable ou compatible avec la fortune et le bien-être de ces sujets, pourra aussi avec le temps être chargée aux propriétaires de biens immeubles, qui les cultiveraient et les administreraient eux-mêmes, en les affranchissant du paiement des *alcabalas y cientos* pour la vente de leurs produits, et des droits de *millones,* les droits pour la consommation qu'ils feraient de leurs propres récoltes, conservant néanmoins sur ceux qu'ils achèteraient dans les lieux publics, ou en gros en dedans et en dehors de la commune, comme les règlemens le prescrivent. Par ce moyen, tous les propriétaires seraient exemptés des charges et des formalités que demande le recouvrement actuel de ces tributs, et il y aurait une parfaite égalité entre les propriétaires cultivateurs et ceux qui les afferment sans payer l'*alcabala,* parce qu'ils ne vendent pas des produits, en établissant ainsi un système simple et unique de contribution à raison d'environ 5 pour cent. La base que l'on pourrait prendre pour cette imposition serait le montant des droits qu'ils paieraient.

CCLXXX.

La deuxième classe pourrait être celle des fermiers de biens immeubles.

La seconde classe pourrait être celle des fermiers de biens immeubles. On exige seulement de ceux-ci les *alcabalas y cientos* pour les ventes de leurs produits, par administration ou par convention, sur le pied de 4 pour 100, excepté lorsqu'ils les vendent séparément et pendans sur la terre, car alors on n'en exige que 3 pour 100, moitié de la contribution imposée aux proprié-

taires vendeurs des mêmes fruits. En imposant à
ces fermiers 3 ou 2 seulement pour 100, sur la
somme ou la quotité de leur fermage, considérant celui-ci comme une règle de l'utilité que la
terre ou l'effet affermé leur rapporte, on pourrait les affranchir de toute distribution, convention ou recouvrement pour *alcabalas* et droits
des *millones*, des fruits qu'ils vendraient ou consommeraient de leurs propres récoltes, en maintenant toutefois ces contributions dans les lieux
publics pour les achats en gros et les importations, comme nous l'avons déjà dit à l'égard des
propriétaires.

Ce serait à peu près estimer que la somme
payée au propriétaire par le fermier est égale à
celle que ledit fermier peut retirer par son travail ou par son industrie, et charger celui-ci en
considération de ses fatigues, seulement d'un 3 ou
2 pour 100, au lieu du 5 ou du 6 qu'on impose
au propriétaire, eu égard à la condition de celui-
ci, plus douce et plus commode, ainsi qu'à son
profit.

Ce moyen une fois adopté, il y aurait une règle
sûre pour charger et exiger la contribution des
propriétaires et des colons : les uns et les autres
se verraient délivrés d'administrations onéreuses
et de conventions mal définies et variables pour

les produits qu'ils vendraient ou consommeraient provenant de leurs récoltes. Voilà un autre système sûr et unique de contribuer dans cette partie.

CCLXXXI.

La troisième classe serait celle de tous les fabricans et artisans.

La troisième classe serait celle de tous les fabricans et artisans, en y comprenant leurs commis, apprentis et journaliers : on ne devrait imposer à cette classe d'autres contributions que celles établies sur les consommations et les ventes d'objets et de vivres dans les lieux publics, l'affranchissant des distributions et impositions qui lui sont faites par corporations ou par personnes, au sujet des ventes de leurs ouvrages.

CCLXXXII.

La quatrième classe serait composée des commerçans tant en gros qu'en détail.

A la quatrième classe appartiendront les commerçans en gros et en détail. Il conviendrait d'exiger de ceux-ci, au moment de l'introduction de leurs marchandises dans la ville de leur résidence, un 6 ou un 8 pour 100, en place des conventions d'*alcabalas*, imposant la moitié ou un

tiers de plus sur les marchandises étrangères en
sus de ce qu'elles auraient payé à leur entrée dans
le royaume; laissant d'ailleurs dans les villes ou
communes des ports et des frontières où il y
a des douanes l'administration des *alcabalas y
cientos* pour les commerçans qui y sont, d'après
les règles du rôle pour la perception de cet impôt, afin d'éviter les disputes avec les autres nations.

CCLXXXIII.

Dans cette classe, ne seraient pas compris les banquiers ni
d'autres individus qui font valoir leurs capitaux; il serait
pourtant juste de leur faire payer l'impôt proportionnellement à leur dépense et à leur famille.

Les banquiers et tous ceux qui profitent en
trafiquant de leurs capitaux, sans faire des achats
de marchandises, ne sont point compris dans cette
catégorie, et il serait juste de les assujettir à
l'impôt dans une proportion équivalente à leur
dépense, à leur famille et à leurs enfans, en exigeant d'eux 6 ou 8 pour 100, selon le revenu
qu'on croirait nécessaire pour l'entretien de leur
maison.

CCLXXXIV.

La cinquième classe serait celle des salariés par le trésor
et employés dans les tribunaux, offices et charges de la
couronne, aussi bien que de ceux qui exercent les professions d'avocat, notaire, procureur, médecin, chirurgien, etc.

La cinquième classe se composerait des personnes payées par le trésor public, des employés
dans les tribunaux, offices et charges de la couronne, et ceux qui exercent les professions d'avocat, notaire, avoué, médecin, chirurgien et autres
arts libéraux, ou considérés comme tels. On par-
tirait du principe que tous ceux qu'on vient de
mentionner vivent de leur travail ou de leur industrie, et qu'ils pourraient, à l'instar des fabricans et artisans, être assujettis comme ceux-ci,
seulement aux droits de consommateurs chargés
sur les lieux publics, ou dans les introductions,
puisque les commerçans et les propriétaires de
fruits ne manqueraient pas d'élever aussi dans
leurs ventes les prix pour ces consommateurs,
eu égard à l'impôt qu'ils eussent payé au moment de l'introduction.

CCLXXXV.

La sixième classe serait composée des exempts, c'est-à-dire
du clergé.

La sixième classe enfin pourrait être composée des exempts, et il conviendrait dans celle-ci
de continuer le système adopté par les règlemens,
selon lesquels les droits de ma couronne s'accordent équitablement avec les priviléges d'exemption, et avec les adoucissemens qui leur ont été
garantis dans les concordats et dans les concessions pontificales.

CCLXXXVI.

C'est ainsi que l'impôt pourrait se simplifier, et si le montant
de la contribution des propriétaires, fermiers et commerçans, donnait une rente assez considérable, on pourrait
diminuer d'autant les droits sur les consommations, et soulager mes sujets.

Il me semble que les règles que je viens d'indiquer pourraient vraiment simplifier l'impôt
dans toutes les classes de l'État, et former pour
chacune d'elles une méthode claire, simple, universelle, relativement unique ou uniforme. Alors,
si la recette des droits imposés aux propriétaires,
fermiers et commerçans donnait pour résultat une
somme considérable et suffisante pour remplir les
besoins de mon gouvernement, on pourrait dimi-

nuer d'autant les droits ou les contributions chargés sur les lieux publics, en accordant ce soulagement à mes sujets ; et si en outre on percevait
tous les droits de consommation à l'entrée des
villes principales, ainsi qu'on le fait à Valence,
pour percevoir le 8 pour 100, il s'établirait un
système facile, et l'on écarterait les obstacles,
formalités et embarras du compte et du recouvrement dans chacun des postes publics, ainsi
qu'avec chaque consommateur qui aurait des articles sujets à l'impôt pour l'achat et la vente.

CCLXXXVII.

Pour ce qui concerne la couronne d'Aragon, on pourrait
maintenir le mode actuellement suivi.

Dans la couronne d'Aragon, on pourrait et
même on devrait maintenir la méthode qui y est
observée, car il n'y aurait pas de graves inconvéniens ni nécessité pressante de la changer ; mais
il conviendrait d'observer les résultats que pro-
duirait l'essai pour rectifier ou ajouter ce que
l'expérience conseillerait pour le faire cadrer,
autant qu'il serait possible, avec l'esprit des règlemens établis pour la Castille.

CCLXXXVIII.

Politique extérieure.

Il me semble avoir instruit la Junte de mes vues sur les principales affaires du gouvernement intérieur de la monarchie, sur la justice, la guerre, les Indes, la marine et les finances. Maintenant, je vais lui faire connaître mes intentions et mes vœux sur la ligne de conduite qu'il convient à cette monarchie de suivre à l'égard des cours et des nations étrangères (1).

---

(1) Le lecteur ne doit pas oublier que les événemens politiques et militaires survenus depuis la révolution française jusqu'à nos jours ont donné à l'Europe un aspect fort divers de celui qu'elle avait en 1787 : ainsi, les maximes de l'*Instruction* sur la politique extérieure de l'Espagne ne peuvent avoir aujourd'hui d'autre valeur que l'intérêt historique, n'étant pas possible d'agir maintenant d'après des circonstances qui ont existé autrefois, et qui ont fait place à d'autres, exigeant une conduite différente. D'ailleurs, la perte des possessions de l'Amérique, les convulsions continuelles que l'Espagne a éprouvées pendant trente ans et qu'elle éprouve encore, le déplorable affaiblissement de l'autorité royale par suite des faux principes dont les esprits sont fascinés sur la *souveraineté du peuple*, un règne de minorité, crise toujours laborieuse pour les états monarchiques, enfin la guerre civile qui déchire le royaume, toutes ces causes réunies ont changé notre politique extérieure, si différente de celle du règne de Charles III.

CCLXXXIX.

Du pape et de la cour de Rome.

Je ne m'arrêterai pas maintenant à ce qui regarde le pape et la cour de Rome, parce que, l'ayant envisagé comme le chef de l'Église et le père commun des fidèles, j'ai expliqué au commencement de cette instruction tout ce que j'ai cru convenable relativement aux affaires de religion, des mœurs et des prérogatives sur les matières ecclésiastiques. Quant à ce qui concerne les intérêts politiques du pape, comme souverain des états que le saint-siége possède, il n'y a pas, il ne peut même y avoir dans l'état général de l'Europe, d'autres rapports avec ma couronne et avec mes sujets que ceux du commerce et de communication égale à celle des autres souverains de l'Italie.

CCXC.

De l'Italie en général.

L'Espagne a un intérêt général et indirect relativement à l'Italie tout entière, et devra s'en occuper si quelque état puissant voulait envahir et subjuguer les principautés et les républiques que possède maintenant cette belle contrée de l'Europe. Dans ce cas, tant le pape que les rois des

Deux-Siciles et de Sardaigne, les princes de Toscane, Parme et Modène, les républiques de Venise, Gênes, Lucques et autres, mériteraient d'être protégés et secourus par l'Espagne, avec la coopération d'autres cours à cette même fin.

CCXCI.

Prétentions des empereurs sur l'Italie.

Les divers et anciens droits que les empereurs ont prétendu avoir sur l'Italie font craindre que dans l'occasion ils ne renouvellent leurs prétentions en les appuyant sur la force. De l'oppression des princes et potentats d'Italie, il s'ensuivrait l'accroissement de puissance et de force des empereurs et avec elles de nouveaux aiguillons et projets d'ambition sur la Méditerranée et sur les puissances plus éloignées; il pourrait . même se faire que l'on revît encore les fameux événemens de la domination universelle qui · eurent lieu sous l'empire romain. L'ambition secondée d'un grand pouvoir ne reconnaît point de limites, et il faut bien à l'avance et avec beaucoup de prévoyance arrêter et prévoir l'accroissement du pouvoir pour mettre un frein aux progrès de l'ambition.

CCXCII.

Il faut vivre en bonne intelligence avec la cour de Turin, ainsi qu'avec les républiques de Venise et de Gênes.

Par-là j'ai expliqué à la Junte quelles devront être les vues politiques de l'Espagne sur l'Italie en général, et, venant à traiter en particulier de chaque cour, je l'ai chargée spécialement du soin de maintenir une bonne intelligence avec celle de Turin et avec les républiques de Venise et de Gênes. Les États de cette cour et de ces deux républiques sont les portes principales de l'Italie, et donnent la facilité ou la difficulté d'y entrer pour la subjuguer ou la secourir. Ainsi il leur convient à elles-mêmes et à l'Espagne de vivre en bonne amitié et avec une confiance réciproque, pour se mettre d'accord contre les ennemis puissans qui oseraient forcer l'entrée dans la péninsule italique.

CCXCIII.

Il n'existe point d'intérêts opposés entre l'Espagne et la cour de Turin, ni entre l'Espagne et les républiques de Venise et de Gênes. Il en est de même pour les autres états d'Italie.

Il ne saurait y avoir d'intérêts particuliers ou opposés entre l'Espagne et la cour de Turin

qui puissent interrompre ou troubler leur bonne
intelligence et leur harmonie. Il en est de même
à l'égard des républiques de Venise et de Gênes.
L'Espagne n'a ni ne doit avoir de prétentions
aucunes sur ces États ni sur aucun autre de l'Italie, car son véritable bonheur consiste et consis-
tera à conserver les vastes États qu'elle possède.
Il ne peut donc exister aucun sujet de méfiance
ni même de raison pour ne point serrer les liens
d'une amitié durable avec cette cour et ces deux
républiques.

CCXCIV.

Venise et Gênes seront traitées en matière de commerce avec
la même faveur que les grandes puissances.

Sur les affaires de commerce pour lesquelles
les Vénitiens et les Génois, ceux-ci surtout,
ont des rapports fréquens avec l'Espagne, il ne
peut et ne doit y avoir de la mésintelligence,
puisque le système de mon gouvernement et celui
de la Junte doit être de ne point marchander
avec ces petites nations et puissances sur les
mêmes faveurs que l'on accorde aux grandes.

CCXCV.

Les grandes puissances regardent les faveurs comme des droits, tandis que les petits princes et républiques y voient des grâces.

Aux yeux des grandes puissances les faveurs sont des droits : elles les exigent avec hauteur et avec menaces ; elles les conservent avec opiniâtreté et dépression de mon autorité et du bien de mes sujets : au lieu que les petits princes et républiques considèrent ces faveurs comme des grâces, souffrent, quand il le faut, leurs variations, et par leur commerce diminuent le profit des nations puissantes, en empêchant qu'elles ne fassent entièrement la loi sur le prix des denrées et autres objets, ce qui fait faire des progrès au commerce de mes sujets.

CCXCVI.

La cour de Naples est une cour de famille. Grandes propriétés possédées par les Espagnols dans les Deux-Siciles.

La cour de Naples devra bien être traitée comme cour de famille, sans perdre de vue le grand nombre de fiefs et autres biens que les Espagnols possèdent dans les Deux-Siciles, pour ne point s'exposer à perdre ces profits et la considération qui en résulte pour la nation dans ces royaumes.

CCXCVII.

On doit veiller à la conservation de l'indépendance des Deux-Siciles, car il ne convient pas que l'empereur ni aucune autre puissance les possède.

Les Deux-Siciles peuvent et doivent être considérées comme une dotation ou un apanage des secondes branches de la famille régnante en Espagne, et tant sous ce rapport que sous celui de l'excès de pouvoir en Italie, et du préjudice qui résulterait de l'union de ces royaumes et riches contrées avec les possesseurs de l'empire et des États héréditaires de la maison d'Autriche, il convient que l'Espagne veille beaucoup pour l'empêcher et pour protéger l'indépendance et la séparation des Deux-Siciles de toute autre puissance ou domination imposante.

CCXCVIII.

On devra adopter la même politique à l'égard de la Toscane.

On agira de même à l'égard de la Toscane. On sait que les vues de l'empereur sont de réunir ce grand-duché aux États héréditaires de sa maison. Mon intention n'est pas que l'on fasse la guerre pour l'en empêcher, mais on doit employer tous les moyens que conseille et puisse faciliter une bonne politique.

CCXCIX.

La Toscane doit être un apanage pour les branches puînées ou subalternes de la maison de Lorraine.

Le but et le moyen de la politique de tous les intéressés dans la liberté de l'Italie pour diviser le pouvoir et éviter les craintes de la domination, doit être de faire un apanage de la Toscane pour les branches puînées ou subalternes de la maison de Lorraine, ou d'Autriche, aussi bien qu'avec les États de Modène et de Milan, séparés.

CCC.

Il convient de protéger les autres petites républiques de l'Italie et les cantons suisses.

Nous ne nous arrêterons pas aux autres petites républiques de l'Italie ni aux cantons suisses qui constituent le corps helvétique : il suffit de fixer le principe qu'il convient absolument de protéger de tels Etats, de la part desquels il n'y a rien à craindre ni à soupçonner, comme il y a lieu de le faire de la part des cours puissantes, dont il faut arrêter l'agrandissement et l'ambition.

CCCI.

Les Suisses nous envoient plusieurs individus industrieux.
Utilité d'un ministre espagnol à Berne.

Les Suisses nous fournissent des soldats, et
favorisent même notre industrie par plusieurs
individus qui restent en Espagne et s'occupent de
diverses manufactures délicates. A cet égard, il
convient de maintenir aussi et de cultiver l'amitié
de ces cantons. Dans ce but, il serait à propos
d'avoir un ministre résidant à Lucerne ou à
Berne. Par ce moyen on pourrait dresser les capi-
tulations ou contrats pour le recrutement de
l'armée avec une plus grande connaissance, et
attirer des fondateurs ou colons industrieux qui
s'établiraient dans ces royaumes.

CCCII.

De la France. Notre tranquillité intérieure et extérieure
dépend en grande partie de notre union et amitié avec
cette puissance.

Nous voilà enfin arrivés à traiter de la France et
de notre intérêt à vivre en bonne intelligence avec
cette cour et avec cette nation. En effet, notre
paix intérieure et extérieure dépend en grande
partie de notre union et de notre amitié avec
la France, parce qu'étant une nation voisine et

puissante, toute mésintelligence serait très dangereuse dans l'intérieur de ces royaumes, et nous priverait d'un autre côté des secours d'un tel allié contre nos ennemis du dehors.

CCCIII.

Traités et conventions sur les limites de l'île de Saint-Domingue et des Alduides dans les Pyrénées.

Par ces raisons j'ai cherché à écarter tout motif de dispute et de mésintelligence avec la France par les traités et les conventions sur les limites de l'île de Saint-Domingue et des Alduides dans les Pyrénées, faisant d'autres petits sacrifices sur des affaires moins importantes; et je recommande de suivre ce même système pour extirper jusqu'à la moindre crainte de mésintelligence et de prétextes qui la feraient naître.

CCCIV.

La France prétend et prétendra tirer des avantages pour son commerce, nous faire entrer comme puissance subalternes dans tous ses desseins et guerres, et arrêter le progrès de notre prospérité.

Mais, comme la France voit et connaît bien toute l'utilité qui résulte pour nous de notre union avec elle; comme elle est enorgueillie de la force de sa puissance, elle prétend et prétendra

toujours tirer de l'Espagne tous les avantages
imaginables pour accroître et enrichir son commerce et ses manufactures, nous entraîner,
comme puissance inférieure et dépendante, dans
tous ses desseins et même dans ses guerres, et
diminuer ou arrêter l'accroissement des forces et
de la prospérité de l'Espagne, pour éviter qu'elle
soit sa rivale, ou veuille secouer le joug qu'elle
veut imposer ou la domination qu'elle affecte
d'exercer sur nous. Tels sont les trois points de
mire de la politique française sur l'Espagne. Il
convient alors de prendre à cet égard de grandes
précautions et d'employer tous les soins que pourront prendre la perspicacité et la circonspection
espagnoles.

CCCV.

Comment faudra-t-il agir avec elle par rapport au commerce.

Le commerce demande une grande attention.
Il faut ne point accorder à la France des faveurs
qui soient nuisibles au commerce ou à l'industrie
nationale. Pour ne point acquiescer aux instances
importunes qu'elle nous fait et nous fera toujours, il convient de mettre en avant un prétexte national et amical, faisant entendre que
toute faveur donne lieu à des demandes pareilles

de la part des autres nations, surtout de celle de l'Angleterre, en vertu des traités ou conventions passés avec elles, dans lesquels il est statué qu'on les traitera comme la nation la plus favorisée.

CCCVI.

Dans les faveurs que l'on accorde au commerce de la France, celle-ci n'offre aucune compensation véritable au commerce espagnol.

Les Français ne manquent pas de répliquer à cette excuse que les faveurs ayant lieu par voie de compensation réciproque, les autres nations n'auront plus de motifs d'en demander de semblables ; mais, outre qu'elles pourraient nous dire qu'elles donneraient, ou peut-être qu'elles donnent actuellement quelque compensation, il faut ne point oublier que la France ne nous a donné et ne nous offrira jamais une compensation réelle et solide.

CCCVII.

Négociation pendante avec la France sur l'abaissement des tarifs pour la lingerie, et compensation qu'elle propose dans la diminution des droits auxquels nos cacaos sont sujets.

On s'occupe actuellement de cet objet, à l'occasion de la prétention de la France, d'abaisser

les droits d'entrée sur les linges ; les anciens fermiers des douanes de ces royaumes accordèrent
quelques faveurs aux Français et aux Anglais,
notamment dans celles de l'Andalousie, par la
diminution d'un tiers ou un quart sur leurs droits
et leurs évaluations. Quoique j'aie aboli ces pratiques abusives, qui subsistaient nonobstant l'administration des douanes pour le compte du ministère des finances, les Français persistent comme
les Anglais persistaient autrefois à renouveler ces
faveurs par quelque moyen indirect. Celui que
les Français ont cherché pour les étoffes de lin
est celui de proposer que cette faveur nous sera
compensée par l'abaissement des droits qu'ils ac-
corderont à nos cacaos et à d'autres produits ; les
directeurs des finances s'occupent de l'examen de
cette affaire, ainsi que les ministres des Indes et
des finances, et l'on prendra la résolution convenable, de manière à ne point faire tort au commerce et à l'industrie de mes sujets, sans me
priver surtout de l'autorité d'augmenter ou de
diminuer, comment et quand je le jugerai convenable, les droits d'entrée sur cette branche de
l'industrie étrangère, ainsi que sur toutes les autres.

CCCVIII.

D'autres nations ont les mêmes prétentions pour leurs lingeries.

Le roi de Prusse et le corps helvétique, pour
leurs lingeries de Silésie et de Suisse, les Anglais
de même, pour celle d'Irlande, les villes anséatiques et autres provinces de l'Allemagne, pour
les leurs, prétendent à ce que les Français prétendent, car elles ont déjà fait des démarches :
ainsi cela doit nous servir d'avertissement pour
ne pas contracter avec la France des engagemens préjudiciables sur cette matière.

CCCIX.

Il ne convient pas de faire un nouveau traité de commerce
avec la France.

Il en est de même généralement, quant à un traité
de commerce que la France voudrait faire de nouveau avec nous. Il vaudrait mieux ne pas le faire,
car, en le concluant, ses vues seraient de diminuer
les droits d'entrée de ses manufactures et produits,
d'élever les prohibitions sur quelques articles
pour nous inonder de ce qui est préjudiciable et
en faciliter la contrebande. Les anciens traités ne
nous sont certes pas favorables, mais on les a modérés peu à peu, avec équité, ou bien ils sont

tombés en désuétude sur plusieurs points : ainsi
donc, il ne convient pas de rétrograder en rien
de l'État de liberté que nous avons pu acquérir
jusqu'ici, et que nous augmenterons à l'avenir.

CCCX.

Pour ne point rompre avec cette puissance, qui insiste sur la
conclusion d'un traité, on a nommé des personnes qui
confèrent avec l'ambassadeur de France; cependant le
traité qui devra se faire sera provisoire et de peu d'importance.

Mais, comme il ne convient pas, pour d'autres
motifs politiques, de mécontenter entièrement la
France, qui insiste et insistera toujours pour
faire des traités de commerce, nous exposant de
prétendus avantages réciproques, j'ai résolu de
nommer des personnes qui conféreront avec l'ambassadeur ou le plénipotentiaire français, décidé
que je suis à ne conclure aucun traité à moins
qu'il ne soit provisoire et de peu d'importance,
se bornant en substance à traiter les Français
comme les autres nations les plus favorisées, de
manière qu'il n'y ait pas d'inconvénient à agir de
même avec les Anglais, les Russes et autres peuples, qui demandent aussi à conclure des traités
semblables. Je recommande à jamais cette maxime
à la Junte.

CCCXI.

Prétention étrange de la France de vouloir que son pavillon soit en tout égal au pavillon espagnol pour la navigation d'un port à un autre, et que l'affranchissement des
droits et autres produits soit effectué.

Les Français ont eu la singulière prétention
d'exiger que leur pavillon soit en tout égal au pavillon espagnol pour la navigation d'un port à
un autre, prétention qui s'étend jusqu'à l'affranchissement des droits pour leurs vins, grains et
autres produits, auxquels ledit affranchissement
est accordé lorsqu'ils sont exportés et conduits
sous pavillon espagnol. On ne peut porter plus
loin l'envie de nous asservir que de demander
cette égalité des franchises, car si elle était accordée pour l'augmentation de notre navigation et
de notre marine, elle ne servirait qu'à augmenter
la navigation et la marine française, contre lesquelles nous ne pouvons lutter dans l'état où
nous nous trouvons.

CCCXII.

Fausse interprétation donnée au *Pacte de famille.*

Une convention faite dans l'année 1768 et le
Pacte de famille, qui égalisent les deux pavillons,
ont donné lieu à cette prétention violente des
Français. Je recommande à la Junte de s'y op-

poser formellement et de renouveler les ordres
pour éviter les abus qui auraient lieu dans la concession de telles franchises accordées au pavillon
français, car l'égalité de privilége entre lui et l'espagnol ne s'étend jamais et ne peut s'étendre avec
l'exemption et la liberté d'importation, qui demande une mention spécifique et individuelle,
conformément au droit public et privé de toutes
les nations.

CCCXIII.

Mesures que nous devrions adopter, si nous nous trouvions
dans la nécessité de reconnaître l'égalité des pavillons.

Si une nécessité absolue, ce que je ne crois pas,
nous obligeait à reconnaître l'égalité de pavillon
de la manière que la France l'entend, il faudrait
alors imposer des droits sur les fruits qui sont
transportés aujourd'hui librement, sous pavillon
espagnol, tout en accordant à celui-ci un prix
concédé à l'exportant, conducteur ou maître du
bâtiment, lequel serait égal à la valeur des droits.

CCCXIV.

Il faut agir avec bien plus de précaution pour que la France
ne nous entraîne pas dans ses guerres, nous regardant
comme une puissance subalterne.

Si, dans les matières de commerce, nous devons toujours agir avec prudence, en ne nous

départant pas d'une attention continuelle, il n'en faudra pas moins pour empêcher que la France ne nous entraîne dans tous ses desseins, et notamment dans ses guerres, nous traitant comme une puissance d'ordre inférieur, et affectant de nous commander, comme si nous étions constamment à ses ordres.

CCCXV.

Pour atténuer ou masquer son air de domination, la France fait entendre qu'il convient que les autres nations nous voient unis intimement avec elle.

Le langage politique de la France envers nous, pour pallier le ton de domination qu'elle veut prendre vis-à-vis de l'Espagne, a été qu'il est convenable que toutes les nations voient que nous sommes unis, et qu'il n'y a aucun moyen ni intrigue quelconque qui soit capable de nous diviser, ni d'introduire entre nous la moindre méfiance ; que pour cela, nous devons nous communiquer toutes nos idées et tenir le même langage dans les affaires de l'une et de l'autre cour ; qu'enfin, une telle conduite nous rendra respectables aux yeux de l'Angleterre et de toute l'Europe, et mettra un frein à l'ambition de nos ennemis.

CCCXVI.

La France se mêle de nos affaires, et elle nous cache tant
qu'elle peut la connaissance des siennes.

Ces maximes, bonnes en elles-mêmes, se gâ-
tent par les manœuvres de la France, qui veut
diriger toutes nos affaires, et s'immiscer dans tout
chez noüs, tandis qu'elle nous cache les siennes
autant qu'elle peut, faisant semblant d'être l'arbitre de nos délibérations, comme la chose est
prouvée par plusieurs correspondances de nos
ambassadeurs et ministres près des cours étrangères, qui, s'ils ne se soumettent pas et ne révè-
lent tout ce qu'ils font aux ministres français
sont censurés, taxés de méfiance, embarrassés
même dans leurs négociations.

CCCXVII.

Pour que nous soyons des amis véritables de cette puissance,
il faut que nous soyons véritablement libres et indépendans, car l'amitié est incompatible avec la domination.

Le langage que j'ai ordonné de tenir en opposition à celui de la France, c'est que nous ne serons jamais aussi amis de cette cour que quand
nous serons libres et indépendans. En effet, la
confiance et l'amitié ne peuvent s'accorder avec
la domination : ces sentimens sont incompatibles

avec le despotisme des uns sur les autres, et les
hommes ne peuvent s'unir étroitement que par
une égalité et une liberté réciproques. En partant
de ce principe, j'ai cherché à paralyser et détruire
toutes les entraves mises à notre indépendance,
en laissant toujours entendre combien il serait
convenable que chaque cour s'occupât séparément et librement de ses propres affaires, qu'on
se fît part réciproquement de celles dont il pourrait résulter des conséquences d'intérêt ou de
dommage pour les deux cours, ou des engagemens communs avec plusieurs autres cours, et
qu'en agissant de la sorte, nous nous affranchi-
rions d'intrigues et de méfiance, qui prennent
naissance et s'alimentent par la communication
des affaires domestiques et particulières de chaque
nation, et de leurs intérêts respectifs.

CCCXVIII.

Ce qui s'est passé dans la déclaration de la dernière guerre
contre la Grande-Bretagne prouve l'orgueil excessif de
la France et ses vues de domination sur nous-mêmes.

Rien ne montre mieux l'orgueil de la France et
ses desseins ou projets de domination sur nous que
ce qui eut lieu lors de la déclaration de la dernière
guerre contre la Grande-Bretagne. Au mépris de
mon opinion et sans égard pour mes démarches, la

cour de Versailles entra dans un traité d'alliance avec les États-Unis d'Amérique, et elle le conclut sans ma connaissance et sans mon consentement, quoique les négociations fussent pendantes pour nous entendre sur un point aussi grave, qui vraisemblablement devait amener la guerre.

CCCXIX.

Sans avoir le consentement de l'Espagne, elle voulut l'engager dans une guerre, comme pourrait le faire tout despote avec une nation esclave.

Après cette première démarche, la France en fit une seconde plus légère et plus inconsidérée même, car elle notifia sans ma connaissance le traité à la cour de Londres, pour laquelle il était occulte ou du moins très douteux, et elle hâta par une démarche aussi extravagante la rupture et la guerre, sans être en mesure de la faire. Malgré tant de pas inconsidérés, la France prétendit que l'Espagne était obligée de s'unir à elle pour la guerre, en vertu du *Pacte de famille* et de l'alliance qu'il renferme. Il ne saurait y avoir une preuve plus évidente de l'esprit de domination qui préoccupait le cabinet français, car, sans compter avec l'Espagne et sans connaissance ni consentement, elle voulut l'entraîner dans une guerre comme un despote pourrait le faire s'il régnait sur une nation d'esclaves.

CCCXX.

Le *Pacte de famille* est un traité d'alliance offensive et défensive entre l'Espagne et la France, mais pour que le *casus fœderis* ait lieu, il doit exister des circonstances déterminées, tant pour la défensive que pour l'offensive.

Le *Pacte de famille*, abstraction faite de ce nom, dont le but est seulement de marquer l'union, la parenté et le souvenir de l'auguste maison de Bourbon qui le fit, n'est autre chose qu'un traité d'alliance offensive et défensive, pareil à beaucoup d'autres qui ont été faits et subsistent encore entre plusieurs puissances de l'Europe. Tout le monde sait les circonstances qui doivent intervenir pour que le *casus fœderis* ait lieu : ainsi, pour la défensive, il faut que celui qui est attaqué n'ait donné aucun sujet juste pour l'agression et la représaille ; et que l'on ait tenté avant la rupture de l'allié tous les essais de médiation que dictent l'humanité et le droit universel des gens. Pour l'offensive, il est encore plus nécessaire et obligatoire de se concerter à l'avance et d'examiner si la justice, la prudence et la puissance relative permettent d'entreprendre la guerre.

CCCXXI.

Le concert des deux cours étant nécessaire pour l'exercice de
l'alliance , le roi d'Espagne se refusa à prendre part à
la dernière guerre jusqu'à ce qu'il vit les offenses et les
projets ambitieux de l'Angleterre , et que cette nation re-
poussait les propositions de médiation et d'arrangement.
La France fut délivrée par-là des dangers qu'elle s'était
attirés par son inconsidération et sa légèreté.

Ainsi donc, cette communication et cet accord
des deux cours d'Espagne et de France pour
l'exercice de leur alliance dans le cas de guerre
furent stipulés par un article du *Pacte de famille*.
Ce fut là le motif de mon refus de prendre part à
la dernière lutte, jusqu'à ce que les offenses et
les desseins ambitieux de l'Angleterre, non moins
que la résolution constante de repousser les propositions de médiation et d'arrangement que je lui fis,
me mirent dans la nécessité d'y entrer, délivrant
ainsi la France des dangers qu'elle s'était attirés
par son inconsidération et sa légèreté, et l'Espagne du péril de voir sa marine ruinée après
que l'on eut terminé la guerre maritime avec la
France, but évident du ministère anglais, enhardi
qu'il était par les succès obtenus dans la guerre
précédente, que termina le honteux traité de Paris de 1763 (1).

---

(1) Nous avons déjà dit qu'il ne peut exister d'excuse pour

CCCXXII.

Cet exemple doit nous servir de leçon pour ne pas entrer en guerre avant d'y avoir bien réfléchi.

A la vue d'un tel exemple, la Junte et les individus qui la composent doivent agir envers la France de manière à lui faire entendre clairement que nous ne prendrons part à aucune guerre et que nous n'entrerons dans aucun projet qui puisse l'occasionner sans y avoir beaucoup pensé, sans qu'on obtienne notre adhésion, et sans des préparatifs qui soient en rapport avec la grandeur et les suites funestes d'un mal si énorme, le fléau du genre humain.

CCCXXIII.

La France a voulu nous engager dans la guerre qui pouvait éclater entre les Russes et les Turcs à l'occasion des vues ambitieuses qu'on prête aux premiers.

Par suite des troubles du Levant et des vues qu'on suppose à la Russie sur la conquête de

---

l'erreur du gouvernement de Charles III, de soutenir la cause des insurgés américains. La France, n'étant pas appuyée par les escadres espagnoles, se serait vue forcée de céder, et, dans tous les cas, le cabinet de Madrid n'aurait point mis lui-même l'étendard de l'indépendance entre les mains de ses sujets d'Amérique.

l'empire turc, la France voulut, dès le commencement, que l'Espagne fît des démarches énergiques auprès de la cour de Saint-Pétersbourg pour empêcher l'arrivée de l'escadre russe dans la Méditerranée. Son but était de nous engager dans la guerre qui pourrait survenir contre les Turcs, et cela lorsque nous n'avions non seulement pas encore fait notre paix avec la Porte, mais le ministère français étant fortement soupçonné de s'y opposer (1).

CCCXXIV.

Mais l'Espagne se borna à demander à la cour de Russie si l'escadre russe viendrait le printemps suivant dans la Méditerranée, sans accompagner cette demande d'aucune sorte de menaces.

Sans laisser voir ces ressentimens, je pris le parti sage de demander à la cour de Russie si

---

Dans les *Observations* adressées par le comte de Floridablanca à l'auteur anonyme, on lit ce qui suit :

« Une cour puissante avait promis qu'elle faciliterait la paix de l'Espagne avec la Porte, et ne l'ayant pas fait, par négligence ou par mauvaise volonté, le feu roi dit au comte, devant le prince son fils, qu'il se détrompât et se persuadât que s'il n'envoyait pas un émissaire de confiance, jamais on n'atteindrait le but qu'on se propose. Bouligny y fut envoyé, et l'atteignit malgré l'opposition cachée et peu convenable des représentans d'autres cours d'Europe. Ce fut là la cause

l'escadre russe viendrait, cette campagne, dans la Méditerranée, ou au printemps suivant. Par cette demande, je montrai sans menaces nos craintes sur l'Italie et sur la tranquillité de la Méditerranée, et l'on obtint que la Russie agît avec circonspection dans cette circonstance. Si on n'avait pas employé cette modération, il n'aurait convenu en aucune manière de provoquer la mauvaise humeur de la cour de Saint-Pétersbourg, ainsi que la France le voulait.

CCCXXV.

La Junte ne perdra point de vue qu'elle ne doit pas se prêter ni céder aux instances de la France lorsqu'elle croira la guerre imminente entre les Russes et les Turcs.

J'ai fait part de ces idées à la Junte, pour qu'elle emploie la même modération, et ne prête point l'oreille aux instances que fera la France, lorsqu'elle croira la guerre prête à éclater entre les Russes et les Turcs. Je reviendrai sur cet objet lorsque je parlerai de la conduite politique à suivre de notre part vis-à-vis la Porte ottomane; mais en attendant je ne puis que recommander

---

de la persécution et des insultes que l'honnête et très désintéressé Bouligny a éprouvées de la part de quelques uns de ces représentans de leurs cours.

avec instance de ne pas nous laisser éblouir ni séduire par les démarches de la France, et par les tableaux qu'elle pourra tracer de l'intérêt que cette guerre nous offrira, si elle a lieu, ni par les moyens qu'elle nous proposera pour tâcher de nous entraîner dans la lutte.

CCCXXVI.

La France veut aussi que nous prenions part aux affaires de l'Allemagne et même de tout le Nord ; raison pour ne pas entrer dans l'alliance que la France a contractée avec les États-Généraux de la Hollande.

Il faut agir avec la même précaution dans les affaires de l'Allemagne et de toutes les puissances du Nord, aussi bien que dans celles pendantes relatives à la Hollande et à l'échange de la Bavière contre les Pays-Bas, proposé par l'empereur. La France a demandé que j'adhérasse à l'alliance qu'elle a conclue avec les États-Généraux, mais je me suis tenu sur une réserve prudente, sans refuser ouvertement, m'appuyant, pour excuser ma circonspection, sur le juste motif de mécontentement que m'ont donné les Hollandais, par leur opposition à la navigation espagnole par le cap de Bonne-Espérance. Comment l'Espagne pourrait-elle être l'alliée d'une république qui, non seulement, méconnaît nos droits et nos inté-

rêts, sans aucun fondement, mais qui veut en
outre nous priver des moyens de la secourir elle-
même dans ses possessions de l'Inde, en nous défendant de naviguer vers les nôtres, situées dans
ces parages?

CCCXXVII.

La Hollande ferait droit à nos réclamations qu'il ne nous
conviendrait pas d'entrer en alliance avec elle.

Quoique la Hollande, comme je le crois, finisse
par céder sur cette affaire, par suite du manifeste
que j'ai fait publier, et dont les raisonnemens
sont concluans, il ne nous conviendra jamais
d'adhérer à cette alliance, car celle que nous
avons faite avec la France nous produira la
même utilité que si elle avait été faite avec nous,
pour les intérêts communs; et nous n'avons pas
besoin de prendre part aux discordes particulières
des Provinces-Unies, intérieures et extérieures,
entre elles-mêmes et l'empereur, dont l'agitation
et les prétentions mutuelles sont sans fin.

CCCXXVIII.

L'agrandissement du chef de l'empire et sa domination sur le
corps germanique ne nous intéresse qu'indirectement; il ne
doit pas être la cause d'une guerre.

L'échange de la Bavière, et tout autre dessein
du chef de l'empire, soit pour s'agrandir, soit

pour maîtriser le corps germanique, ne nous
intéressent que d'une manière indirecte, par les
conséquences universelles que l'augmentation de
puissance de l'empereur et de toute autre nation
peut entraîner. Cet intérêt indirect ne doit pas
nous engager dans des démarches et offices qui nous
entraînent dans la guerre ; au contraire, nous devons agir avec tant de prévoyance, de circonspection et de politique que nous l'évitions ou l'éloi-
gnions, tant qu'il nous sera possible. Il faut pour
cela faire toujours goûter à la cour de Londres
les idées de neutralité sur les affaires d'Allemagne. En effet, si l'Angleterre ne s'en mêle pas
et si la France n'est pas attaquée par elle, nous ne
courrons aucun danger de guerre, puisque les
engagemens avec l'Allemagne se trouvent excep-
tés dans le *Pacte de famille*, auquel il faut ajouter
la garantie du traité de Westphalie, et plusieurs
autres motifs assez puissans.

CCCXXIX.

Ce qui nous importe, c'est que la France ne soit pas attaquée
par l'empereur, et cela peut s'obtenir au moyen de négociations avec les cours du Nord.

Pour éviter l'agrandissement ou réprimer les
vues ambitieuses de l'empereur, pour que la
France soit à l'abri de ses attaques dans son pro-

pre pays, ce qui intéresse notre alliance avec elle,
il suffit d'employer des moyens politiques et des
négociations qui puissent convenir aux cours de
Berlin, Saint-Pétersbourg, Suède, Dresde et autres électorats, afin d'entretenir ces divers cabinets dans la méfiance et l'éloignement d'un chef
puissant, ennemi de leurs droits et de leur indépendance; d'affermir le roi de Prusse dans son
système de juste rivalité avec le chef de l'empire, et dans son honorable titre de protecteur de
la liberté du corps germanique, qu'il dirige en
vertu de la dernière confédération; enfin, de refroidir, de détruire même l'amitié et l'union de
la cour de Vienne avec l'impératrice de Russie.

CCCXXX.

Cela suffira pour arrêter l'empereur et pour qu'il manque de secours dans le cas d'une rupture.

Par ces moyens, bien dirigés par nos ambassadeurs et ministres, nous pourrons influer sur l'Allemagne et sur le Nord, pour que l'empereur se
contienne et que dans le cas d'une rupture il
manque tout-à-fait de secours. Ses forces seront
tellement occupées contre des ennemis voisins
qu'il ne lui sera pas possible de les éloigner pour
attaquer la France. Par la même raison, l'empe-

reur ne pourra pas mettre à exécution ses vastes
et ambitieux projets sur l'Italie.

CCCXXXI.

On veillera aussi à ce que la France n'empêche pas les progrès de l'Espagne dans son commerce, sa navigation et
son industrie, car s'il est vrai que la France ne veut pas
nous voir ruinés par une autre puissance, elle veut nous
assujettir et nous rendre dépendans d'elle-même.

Si nous devons bien prendre garde que la
France ne nous domine et nous entraîne dans les
guerres, selon son bon plaisir, il ne faudra pas
moins veiller à ce qu'elle n'arrête pas les progrès
et l'accroissement de l'Espagne, dans son commerce, sa navigation et son industrie, non plus
que dans l'augmentation de son crédit et de sa
puissance. La France, il est vrai, ne veut pas nous
voir ruinés, ni opprimés, par une autre puissance, par l'Angleterre, s'il faut citer un exemple ;
mais elle veut que nous soyons dépendans d'elle,
et forcés pour cela de chercher et d'attendre toujours ses secours à raison de notre faiblesse relative ou manque de pouvoir.

CCCXXXII.

Duplicité du gouvernement français dans la promesse qu'il
nous fit de négocier notre paix avec la Porte-Ottomane et
les Régences barbaresques.

Cette maxime du gouvernement français, con-
firmée par plusieurs expériences, doit nous faire

connaître l'intention qu'elle peut avoir dans
toutes ses demandes, et ses rapports avec nous :
par exemple, le ministère de France nous promit
de négocier notre paix avec la Porte-Ottomane et
avec la Régence d'Alger. Eh bien! non seulement
elle ne le fit pas, mais plusieurs indices et présomptions nous ont fondés à croire que, secrè-
tement, elle désira de l'empêcher et en chercha
les moyens. Notre guerre contre les régences barbaresques gênait et diminuait notre navigation
et notre commerce, en augmentant celui des
Français et leur cabotage sur les côtes espagnoles,
voilà le motif de l'intérêt de la France à nous
contrarier, en abusant de notre faiblesse pour
conserver et augmenter sa navigation et ses richesses.

CCCXXXIII.

N'imitons pas la conduite de la France ; ne lui suscitons pas
des guerres ni des ennemis, comme elle l'a fait avec nous.
La véritable politique doit être fondée sur les principes de
la vraie religion et de la droiture naturelle, caractère d'un
souverain espagnol.

En opposition à la conduite de la France,
mon avis est que nous ne devons pas travailler à
l'affaiblissement de cette puissance, ni lui susci-
ter des guerres et des ennemis, comme elle n'a
pas craint de le faire à notre égard. La grande,

la véritable politique, est et doit être fondée sur
les maximes de la religion et sur celles qu'inspire
une droiture naturelle, telle que doit être celle
d'un monarque espagnol. Pour contenir l'ambition de la France, il suffit d'employer deux
moyens légitimes : le premier, c'est de paralyser
l'abondance des richesses que cette puissance tire
de l'Espagne et de ses possessions dans l'Inde, en
faisant notre profit nous-mêmes, comme nous
avons déjà commencé à le faire ; le second, c'est
de ne point contribuer à la ruine totale de l'Angleterre et de sa puissance, ni même à celle de la
maison d'Autriche : c'est assez pour nous qu'elles
ne s'agrandissent pas davantage et qu'elles n'abu-
sent pas de leur prospérité actuelle. L'équilibre
entre ces puissances et la France, l'espoir ou la
crainte de voir l'Espagne pencher pour les unes
ou pour l'autre, nous offriront toute la sûreté possible contre l'ambition de toutes. Ce doit être là
une maxime constante de gouvernement pour le
cabinet espagnol. Les richesses espagnoles et les
profits qu'en retirent l'industrie et le commerce
français dans mes États sont la source la plus
abondante de prospérité pour cette nation; il
faut donc la diminuer ou la tarir, si l'on veut
que la France perde son plus grand profit, et détruire par-là la principale cause de son orgueil.

D'ailleurs la rivalité anglaise et même celle autrichienne lui donneront toujours assez de soucis, malgré les traités, pour la détourner de la tentation de dominer toutes les nations, et pour la contenir, si elle pouvait l'entreprendre, comme elle oserait le faire, s'il n'existait pas en Europe des compétiteurs doués d'une puissance égale à la sienne.

CCCXXXIV.

La France est la meilleure voisine et alliée de l'Espagne, mais elle peut être aussi sa plus grande ennemie et sa rivale la plus redoutable et la plus dangereuse.

Il n'existe pour l'Espagne aucun voisin ni allié meilleur que la France, mais elle est aussi sa plus grande, sa plus périlleuse et sa plus redoutable ennemie. Ce qui se passa dans le dernier siècle doit nous dessiller les yeux, car cette puissance nous fit perdre le Roussillon, la Bourgogne, la Franche-Comté, le Portugal et les Pays-Bas ; nous fûmes même sur le point de perdre la Catalogne. La parenté et l'amitié qui nous unissent avec le roi de France ne sont d'aucune importance lorsque l'ambition brise ces liens (1).

_____

(1) Après que cette instruction fut écrite, plusieurs changemens très essentiels sont survenus dans les relations poli-

CCCXXXV.

De l'Angleterre. La constitution, ou le système de gouvernement de ce royaume fait que l'on ne peut avoir confiance
aux traités que l'on passe avec lui.

Des deux moyens proposés qu'un roi d'Espagne et la Junte ne devront jamais oublier, on

---

tiques entre la France et l'Espagne. Le traité connu sous le
nom de *Pacte de famille* a été rescindé formellement. Ainsi
ni la France n'est déjà plus le centre de ce pouvoir formida-
ble qui inquiétait les puissances de l'Europe, surtout la
Grande-Bretagne, ni aucunes des conditions et des articles
du traité ne sont obligatoires pour les deux parties contractantes. La *Pragmatique sanction* qui a aboli la *loi salique* en
Espagne, après que ledit traité fut rescindé, rend son renouvellement difficile pour l'avenir, puisque les reines d'Espagne pourront s'unir en mariage avec des princes de familles
espagnoles régnantes, autres que la famille française. Ajou-
tez à cela que cette ancienne branche aînée des Bourbons, de
laquelle descendent les petits-fils de Philippe V, ne règne
plus en France, et qu'ainsi les affections, même de famille,
ont dû se ressentir d'un tel changement politique. Parmi les
causes qui contribuèrent plus efficacement à l'union de l'Espagne et de la France, il y en eut aussi une autre, savoir :
la nécessité de conserver nos vastes possessions d'Amérique ;
car il fallait opposer de *grandes* forces maritimes au pouvoir
de la Grande-Bretagne, intéressée à introduire ses marchandises dans ce continent ; avec l'émancipation des Indes, cette
cause n'existe plus. Enfin le Gouvernement représentatif,
établi tant en France qu'en Espagne, et la publicité de dis-

25

déduit la conduite que nous devons tenir envers
l'Angleterre. Tant que la nation anglaise n'aura pas

---

cussion des affaires publiques qui en est la conséquence nécessaire, réduisent les affections de famille à leur juste valeur;
c'est-à-dire qu'au lieu de diriger presque exclusivement la
politique des cabinets des deux nations, comme dans le dernier siècle, les affections de famille devront à l'avenir faire
place à d'autres considérations plus puissantes, fondées sur
les intérêts réels des peuples.

Mais quoiqu'en vertu de ces changemens une partie des
maximes que l'*instruction* vient d'établir ne puisse avoir son
application au temps présent, savoir : celle où il est question
du *Pacte de famille,* ainsi que de la nécessité de défendre
les côtes de l'Amérique, il y en a une autre qui est tout-à-
fait indépendante de ce que la même dynastie règne ou non
dans les deux pays, ni de ce que nous possédions ou non le
Mexique et le Pérou, car étant fondées seulement sur le pouvoir relatif des deux nations, elles sont applicables aujour-
d'hui de la même manière qu'elles le furent jadis, comme elles
le seront toujours tant que ledit pouvoir n'éprouvera pas de
nouvelles vicissitudes. D'ailleurs, tant que la population de
la France sera plus que double de celle de l'Espagne, tant
que cette nation sera très supérieure à la nôtre, non moins
sous ce rapport que par la forme de son gouvernement, par
la sagesse de ses lois, par son administration économique, la
discipline de ses armées et par d'autres causes semblables,
son voisinage sera dangereux pour nous, parce que nous
serons nécessairement exposés à subir l'action de sa puissance.
L'inégalité de force entre deux États voisins est contraire à
leur union. Le plus fort est impérieux, parfois même injuste,
et le faible, que sa position rend soupçonneux, vit toujours

une constitution ou un système de gouvernement
autre que celui qu'elle a maintenant, nous ne

inquiet. L'*instruction* remarque fort judicieusement « que
l'amitié n'est point compatible avec la domination ou le despotisme, et que l'égalité réciproque et la liberté seule peuvent unir étroitement les hommes. »

Ce mal est-il sans remède ? Certainement non. Réformez
les lois et améliorez le gouvernement du royaume; par ce
moyen, la richesse s'accroîtra et la population deviendra
nombreuse. Alors la situation géographique de l'Espagne,
la bravoure naturelle de ses enfans et ses alliances avec
d'autres nations la rendront indépendante et libre. Après
l'asservissement dans lequel la France l'a tenue depuis le
commencement du dernier siècle, après la faiblesse qu'elle
éprouve maintenant par suite des erreurs et des scandales
du règne de Charles IV qui ont enfanté tant de malheurs,
des jours de gloire et de prospérité luiront encore sur notre
pays. Les hommes et les institutions sociales peuvent changer,
les lois de la nature physique ne changent pas ; elles feront
toujours de l'Espagne une nation grande et puissante, pourvu
seulement qu'elle sache mettre à profit les dons que le Créateur lui a accordés si libéralement.

Par malheur, indolens jusqu'ici, ou, pour mieux dire,
ingrats pour des bienfaits si signalés, nous n'avons pas pro-
fité des élémens précieux de richesse et de prospérité qui
abondent sur notre sol. Quelques écrivains nationaux,
jaloux d'exalter leur patrie, ont exagéré outre mesure le
nombre d'habitans que l'Espagne comptait autrefois, et ont
raconté aussi des merveilles sur le développement prodigieux
qu'atteignirent son industrie et son commerce ; mais la population et les productions particulières du pays ont-elles pu

pouvons avoir de la confiance dans aucun traité,
ni dans aucune autre sûreté que nous donnera le

être aussi grandes avec des lois qui, certes, n'étaient pas
favorables pour obtenir de tels résultats. La domination romaine fit prospérer quelques municipes, mais on ne voit pas
qu'elle peuplât les campagnes. L'esprit de ce gouvernement
militaire ne pouvait pas offrir à tous les intérêts la sécurité,
qui est la première source de la richesse et de la population.
Le territoire des Gaulois qui contient maintenant quarante millions d'habitans en comptait à peu près quatre millions sous
Jules César. Soumis ensuite au pouvoir des Romains, il
n'étonna pas par son accroissement. On ne saurait comprendre
en vérité comment un gouvernement qui ne sut pas augmenter
la population au-delà des Pyrénées, aurait obtenu de meilleurs résultats en Espagne, les lois et l'administration des
deux pays étant absolument les mêmes.

Le gouvernement des Goths espagnols était fondé principalement sur la civilisation romaine. Nous apprenons, par les
témoignages que nous ont laissés les chroniqueurs de ce
temps-là, que le nombre des habitans des villes était fort res-
treint. Les communications qui existaient entre elles n'annonçaient pas non plus que la population des campagnes fût
nombreuse et compacte. Tout le monde sait que les quarante
mille Arabes (*), vainqueurs à la bataille de Guadalete, péné-
trèrent trois ans après par les frontières de la Gaule, laissant
déjà asservie presque toute l'Espagne; progrès rapide qu'un
pays très peuplé aurait rendu difficile, pour ne pas dire impossible, à conquérir. Les rois de Castille se virent forcés de
combattre pendant six siècles dans l'intérieur du royaume

(*) Quelques historiens disent qu'il ne se trouva que trente mille Arabes.

ministère britannique, quoique les membres qui
le composent et le souverain soient doués d'une

---

contre des ennemis qu'ils chassèrent peu à peu du sol chrétien. Il n'est pas besoin de dire que l'attention principale se
portant dans ce temps-là sur la guerre, il ne fut pas possible
de jouir des bienfaits et des avantages que la paix seule peut
donner. Ni les lois, ni l'instruction du moyen âge, n'annon-
cent autre chose qu'une société naissante, une industrie bornée presqu'aux objets de première nécessité, et un commerce
à peine digne de ce nom.

Vint ensuite l'époque heureuse de la réunion des couronnes
de Castille et d'Aragon, source de tant de gloire pour la monarchie espagnole. Cependant, malgré la bonne administration du royaume et l'accroissement des États d'Isabelle, nous
savons que la population d'Espagne n'était pas aussi nombreuse qu'on a voulu le supposer. Alphonse de Quintanilla
dit, dans son rapport aux rois catholiques, sur la manière de
recruter l'armée : « J'ai compté très certainement le nombre
des populations de vos royaumes de Castille, de Léon, de
Tolède, de Murcie et de l'Andalousie, en exceptant Grenade. Il résulte qu'il y a un million et cinq cent mille feux (*).
Ainsi donc en calculant sur quatre personnes par chaque
feu, la population montait à six millions d'habitans, et à sept
millions cinq cent mille si l'on suppose que chaque famille
en comptât cinq. Les guerres continuelles de l'empereur
Charles V et de son fils Philippe II, les émigrations en
Amérique et plusieurs autres causes, n'augmentèrent pas la
population du royaume ; au contraire, elles la diminuèrent
considérablement ; on doit donc regarder comme fabuleux

(*) Cabrera, *Histoire de Philippe II*.

probité à toute épreuve, et soient recommandables par d'autres qualités. La responsabilité de

---

le grand nombre des habitans de l'Espagne dans les siècles
passés.

Ce que l'on entend dire sur l'immense splendeur de l'industrie et du commerce ne paraît pas plus fondé. En examinant avec attention et impartialité les relations de quelques auteurs sur l'état prospère des fabriques de Tolède, de
Séville et de Valence, on voit qu'elles sont exagérées. Il s'est
trouvé un auteur qui a affirmé qu'à Tolède seulement, il y
avait, sous Philippe IV, 3o mille métiers pour la fabrique
des étoffes de soie. D'autres, non satisfaits encore de ce nombre, quoique déjà véritablement prodigieux, le font monter
jusqu'à 4o mille. Don Gaspard Naranjo, qui parcourut
toute l'Espagne à la fin du xviie siècle, et s'arrêta quelque
temps à Tolède pour prendre des renseignemens sûrs et cir-
constanciés sur l'état des fabriques de cette ville, dit que la
plus grande consommation de soie qu'il y ait eue jamais à
Tolède fut de 45o mille livres (en 148o), ce qui put donner
du travail à 15 mille métiers, au plus, en ne mettant que
trente livres pour chaque métier. Au commencement du
xvie siècle (1519), on ne consommait à Tolède que 2oo mille
livres de soie, d'après le témoignage du même voyageur ; d'où
il résulte qu'en suivant l'évaluation indiquée de trente livres
par métier, il y avait du travail pour 6664 métiers seulement,
décadence qui fut occasionnée par les troubles du temps des
communautés de Castille (*).

Il y a moins d'invraisemblance dans ce que rapporte Louis
Valle de la Cerda, conseiller du roi et contrôleur de la croi-

---

(*) Troisième Mémoire politique et économique de Harriga.

ce gouvernement avec la nation entière, séparée
ou unie dans son parlement, le rend timide,

---

sade, dans son ouvrage intitulé : *Libération du patrimoine
de S. M. et des royaumes, au moyen de caisses publiques et
Monts-de-Piété*, savoir : qu'en 1563, à la foire de Médina
del Campo, dans trois seules transactions et contrats, il se
croisa pour la valeur de 53 millions de maravédis (un mil-
liard 558 millions de réaux). Jean d'Ortega de la Torre, tré-
sorier général de la croisade, affirme avoir vérifié lui-même
ces contrats, et il ajoute que ladite foire, quoique fréquen-
tée, ne fut pas des plus brillantes, et qu'il y en eut d'autres
où l'on contracta un plus grand nombre d'achats et de
ventes. On explique aisément l'affluence du monde à la foire
célèbre de Medina del Campo par le grand pouvoir que
l'Espagne avait à cette époque. Notre prépondérance en
Italie attirait chez nous une grande partie du commerce des
villes opulentes de cette contrée ; cependant la plupart des
contrats de la foire avaient lieu entre les étrangers. Les
grands capitaux se trouvaient alors entre les mains des négocians de ces républiques. Philippe II s'adressait à leurs
riches banquiers dans sa détresse, et, certes, ils lui impo-
sèrent parfois des conditions tellement onéreuses que les
cortès déclarèrent par la suite qu'elles étaient usuraires.

Nous avons dit que les merveilles de notre ancienne population et de notre richesse paraissent incroyables, parce que
nous ne voyons pas qu'il y ait jamais eu dans le royaume ni
la législation, ni le gouvernement qui les produisent. Il est
permis en vérité de mettre en doute les effets, lorsqu'on sait
que les causes n'ont pas existé. Mais en même temps que la
raison refuse de croire véritable l'épopée de nos grandeurs
passées, elle se plaît à reconnaître qu'il pourra encore y en

inconstant , incapable même de remplir ses engagemens et ses promesses.

---

avoir d'autres très réelles, et plus grandes que celles qui
nous sont rapportées par nos écrivains, lorsqu'un gouvernement sage ouvrira les sources de la richesse publique, presque tout-à-fait obstruées jusqu'ici. Pour obtenir une grande
population et de la richesse, il n'y a d'autre magie que des
lois sages et des gouvernemens justes. Lorsque chaque Espagnol saura que sa personne et ses biens seront également in-
violables, que personne ne pourra lui ravir le fruit de ses
travaux, parce que la loi défend tous les citoyens avec une
parfaite égalité, que toutes les communications lui sont ouvertes et faciles dans l'intérieur du royaume, et qu'il trouvera
protection aussi, s'il visite les autres nations ; lorsque le dépositaire de l'autorité publique sera obéi et respecté aussi
bien que ceux veillant à la sûreté domestique ; enfin, quand
les mœurs ne seront autre chose que l'exercice des vertus
morales et religieuses, alors l'Espagne aura une population
riche et nombreuse ; alors son gouvernement sera vénéré,
parce qu'on verra qu'il est juste ; de même il sera craint,
parce qu'on saura qu'il est puissant. Puisque l'Angleterre,
qui est une île de peu d'étendue et assez peu peuplée avant
le règne d'Élisabeth, compte aujourd'hui 16 millions d'habitans, y compris l'Écosse ; puisque les États-Unis d'Amérique, depuis qu'ils ne sont plus des colonies anglaises, ont
augmenté leur population dans la période d'un demi-siècle,
d'à peu près 3 millions d'habitans qu'ils avaient alors,
jusqu'à 14 millions qu'ils ont maintenant, pourquoi, dans
une autre période d'égale durée, l'Espagne ne pourrait-elle
pas arriver, de sa population actuelle de 14 millions d'habitans, jusqu'à celle de 30 millions, en suivant les principes ,

CCCXXXVI.

Attention et vigilance qu'il faut avoir vis-à-vis de l'Angleterre.

Il suit de là qu'il faut être sans cesse attentifs, vigilans et soupçonneux à l'égard de l'Angleterre, pour ne pas contracter avec elle des engagemens à moins qu'ils ne soient très nécessaires ou sans importance, ainsi que pour accroître notre puissance maritime le plus qu'il sera possible, afin de faire respecter les traités dejà conclus, et de

---

tant législatifs qu'économiques, qui ont agrandi ces nations? Que ne devra-t-on pas espérer de son excellente position géographique et de la singulière fertilité de son sol que, sans hyperbole, on peut dire incomparable?

Voilà le véritable, le seul moyen pour que l'Espagne soit indépendante de la France; il n'existe, il ne saurait même en exister d'autres. Les alliances de famille sont comme tous les autres traités d'incertaine stabilité, quelque solennels qu'on veuille les supposer, tant qu'il y manque leur sanction principale, qui est celle du pouvoir. Philippe de Macédoine disait assez souvent *que l'on trompe les enfans avec des joujoux et les hommes par des sermens;* pensée exécrable comme maxime de morale sociale, fausse aussi, selon moi, comme assertion historique; mais en admettant que les hommes respectent d'ordinaire la sainteté des traités, il faudra convenir que la force est la meilleure et la plus sûre de toutes leurs garanties.

maintenir nos droits, nos possessions d'outre-mer et la liberté du commerce intérieur et extérieur.

CCCXXXVII.

Il ne convient pas à l'Espagne que l'Angleterre soit tout-à-fait ruinée.

Tels sont les objets auxquels l'Espagne devra se borner, sans songer à la ruine totale de la puissance anglaise, qui laisserait la France sans distraction, et rendrait cette puissance plus orgueilleuse et plus prompte à se livrer contre nous et contre tous aux funestes entreprises que son ambition pourrait lui suggérer.

CCCXXXVIII.

Sur la rentrée en possession de la place de Gibraltar.

Nos traités, avec l'Angleterre, roulent ou sur nos possessions d'Espagne et des Indes, ou sur le commerce respectif des deux nations. Quant à l'Espagne, nous avons cédé pour le moment dans l'affaire de Gibraltar, quoiqu'il convienne toujours d'acquérir cette place, lorsque l'occasion se présentera, par négociation ou par conquête dans le cas d'une rupture. Quant à la conquête, j'ai déjà dit à la Junte ce que j'en pensais, lorsque je lui ai exposé dans cette instruction ce qu'il nous convient de faire dans le cas de guerre.

Pour la négociation, il faut beaucoup de sagacité, de constance, comme beaucoup de temps et de dépenses.

CCCXXXIX.

La quarantaine devra être toujours maintenue pour tous les bâtimens qui auront touché dans la place de Gibraltar.

Il faut premièrement ne se relâcher jamais sur l'interruption de toute communication de la place de Gibraltar avec notre continent, et maintenir sans désemparer, sous prétexte de la santé publique, l'usage de la quarantaine la plus rigoureuse pour tous les bâtimens qui auront touché dans la place. Si on agit sur ces points avec vigueur et constance, il n'y aura pas de garnison qui ne s'ennuie dans ce poste, et l'on n'y formera pas une population nombreuse, ni un commerce utile et permanent; car les navires ne voudront pas se priver du commerce lucratif de nos ports et de nos côtes, ni supporter les frais, et les coûteux délais de la quarantaine.

CCCXL.

Il convient de dire que la possession de Gibraltar par les Anglais nous est utile plutôt que nuisible, puisqu'ainsi nous avons des forces toujours sous la main pour préserver ces côtes des invasions des Africains.

En second lieu, on devra maintenir et propager l'idée que cette place nous est plus utile que pré-

judiciable, étant entre les mains de l'Angleterre.
Il nous faut, je l'ai déjà dit, être toujours vigilans
sur ces côtes exposées aux invasions des Africains,
qui causèrent jadis tant de maux à l'Espagne, et
qui pourraient lui en occasionner encore, malgré
leur faiblesse présente, s'ils amélioraient leur
gouvernement ou leur constitution. Si nous ren-
trions dans la possession de Gibraltar, probablement nous négligerions ou nous abandonnerions
tout-à-fait le camp de Saint-Roch, et la ligne,
par-là, se trouverait sans défense : cette partie,
comme on sait, est essentielle à la sûreté de l'Espagne.

CCCXLI.

Il ne peut y avoir un bon port à Gibraltar faute de mouillage.
En temps de guerre, nous serons toujours maîtres du dé-
troit, ayant une escadre légère dans Algésiras ou à Puente-
Mayorga.

Il est hors de doute que l'Angleterre, quoiqu'elle possède la place de Gibraltar, puisse y établir un bon port faute de mouillage, et aussi parce
qu'il serait exposé aux vents et aux courans du
détroit. Par cette raison, elle ne nous empêchera
jamais de le dominer en temps de guerre, pourvu
que nous ayons une légère escadre dans Algésiras
ou Puente-Mayorga. Les escadres anglaises, quel-

que fortes et nombreuses qu'elles soient, seront forcées de borner leurs opérations à secourir la place et se retirer ensuite, comme il est arrivé dans la dernière guerre. Par là, on fait et on fera voir que ce n'est pas un grand dommage que celui qui nous est causé par l'Angleterre, pour laquelle Gibraltar est une charge inutile et aussi une attention très sérieuse dans toutes les guerres qui pourront survenir, pour ne point compromettre son crédit ou la considération nationale, si elle venait à perdre cette place.

CCCXLII.

Gibraltar est pour les Anglais un objet de dépenses ; et pendant la guerre nos escadres de Cadix attireront vers le détroit les forces navales de l'Angleterre. Elle ne pourra donc pas attaquer nos possessions d'outre-mer.

On fera voir troisièmement, à propos et sans affectation, combien il nous importe que l'Angleterre ait dans Gibraltar un sujet de dépense et de distraction pour ses forces maritimes ; car si nous mettons le siége devant la place, ou si nous en faisons le blocus en temps de guerre, et si nous avons pour cela une forte escadre à Cadix et dans l'entrée du détroit, les Anglais se trouveront dans la nécessité de conserver dans les mers de l'Europe de nombreuses forces maritimes, et

de venir avec elles au secours de la place, rendant
ainsi difficiles les expéditions anglaises contre
nos colonies.

CCCXLIII.

L'occupation et distraction des forces espagnoles offrent des
différences qui nous sont avantageuses. Nous sommes chez
nous , et quant à un objet de conquête sur les Anglais en
Amérique, nous n'en avons aucun, si ce n'est la Jamaïque.

Quoique les Anglais aient voulu persuader aussi
que le blocus de Gibraltar donne de l'occupation
et distrait les forces espagnoles, en les empêchant
d'entreprendre aucune agression dans d'autres
contrées, il y a cette différence que nous nous
tenons chez nous, où la dépense que nous faisons
fertilise le pays; que nous n'avons aucun point à
conquérir sur l'Angleterre, ni en Europe, ni en
Amérique, la Jamaïque exceptée, qui puisse nous
avancer ou nous enrichir, en même temps qu'elle
en a beaucoup contre nous; et que nos escadres
de Cadix, tout en empêchant l'entrée du détroit,
protégent aussi le commerce des Indes, d'aller et
de retour en temps de guerre, et sont, pour ainsi
dire, le dépôt pour les expéditions que nous vou-
drons faire promptement et pour le secours qu'il
serait nécessaire d'envoyer dans les Indes. La dernière guerre vient de le prouver par l'expédition
de Minorque, par celle qui était déjà préparée

contre la Jamaïque et par les secours envoyés avec
le général Solano et avec d'autres.

CCCXLIV.

De la même manière que l'on parvient à établir la neutralité
dans la Baltique, on pourrait le faire dans la Méditerranée.

Quatrièmement enfin, il convient de revenir à
l'idée qu'il est possible et même très facile d'établir la neutralité dans la Méditerranée. L'impératrice de Russie parvint, dans la dernière guerre,
à empêcher les hostilités et l'entrée des bâtimens
de guerre et de corsaires dans la Baltique, quoiqu'il s'y trouve des ports de plusieurs puissances,
telles que le Danemarck, la Suède, la Prusse, la
Pologne et autres états inférieurs. On ne voit pas
pourquoi il serait plus difficile d'adopter une résolution semblable dans la Méditerranée, entre
les puissances de l'Europe, si les principales d'entre elles se mettaient d'accord, et surtout l'Espagne et l'Angleterre.

CCCXLV.

Les états et républiques d'Italie, et la France elle-même, ont
intérêt à bannir la guerre de la Méditerranée. D'autres
puissances y sont également intéressées. On pourrait donc
convenir sur la neutralité de la Méditerranée entre l'Espagne et l'Angleterre.

Les états et les républiques d'Italie adhéreront
aisément à un projet qui leur donnerait une

grande tranquillité et leur faciliterait la stabilité
ainsi que l'accroissement de leur commerce. La
France elle-même, maîtresse de la plus grande
partie du commerce du Levant, aurait intérêt à
éloigner la guerre de la Méditerranée. La Hollande et les puissances du Nord ne gagnent rien
non plus dans les troubles de leur commerce
qu'occasionne la guerre et la course maritime. Il
n'y aurait donc aucun inconvénient à arrêter et
établir la neutralité de la Méditerranée, entre
l'Espagne et l'Angleterre, qui pourraient inviter
les autres nations à y adhérer.

CCCXLVI.

En vertu des considérations qu'on vient d'exposer, l'Angleterre pourrait se convaincre de l'inutilité de Gibraltar pour
elle.

Cette idée suggérée à propos, et répandue chez
les Anglais, pourrait enfin les décider, avec les
autres raisons indiquées relativement à l'inutilité
de la possession de Gibraltar par eux, à abandonner cette place, d'autant qu'elle leur rend,
chaque jour, plus lourde et plus onéreuse la dépense de son entretien, sans compter l'ennui de
la garnison d'une part, et le manque de commerce et de population de la place, de l'autre;
toute communication étant interrompue du côté

de la terre et la quarantaine établie, et constamment observée avec rigueur, sur la mer.

CCCXLVII.

*La négociation étant ainsi préparée, on pourrait traiter de la
restitution de Gibraltar à l'Espagne pour de l'argent.*

Lorsque par ces moyens tout serait mûr pour
une négociation, on pourrait la tenter avec sagacité, l'esprit étant fixé d'avance sur la récompense
que l'on pourrait offrir à l'Angleterre pour cette
place. La plus naturelle serait celle de l'argent.
Quelque coûteuse qu'elle fût, elle serait toujours
préférable à toute autre, dans laquelle la couronne
trouverait ou des dommages propres, ou de la résistance, ou des difficultés de la part des Anglais.
Tous les Espagnoles se prêteraient volontiers à
des contributions ou impôts pour cet objet, affectés de douleur qu'ils sont, et honteux du déshon-
neur de la domination anglaise, dans cette partie
de notre Péninsule.

CCCXLVIII-IX-L.

*Proposition faite à l'Angleterre d'échanger Oran contre Gi-
braltar. Avantage du port de Mazalquivir.*

Mettant de côté la compensation en argent, j'ai
songé (et je l'ai fait proposer aux Anglais) à l'é-
change d'Oran contre Gibraltar, leur laissant en-

26

visager les avantages du port de Mazalquivir pour l'abri de leurs flottes. Le ministère anglais s'est montré peu disposé à cet échange, sans doute pour ne point s'établir sur une plage coûteuse, exposé à des disputes et des hostilités, de la part des Maures.

J'ai cherché à lui faire voir les avantages que le commerce anglais pourrait retirer sur tout le continent de l'Afrique, au moyen d'un établissement ou une forteresse à Oran, mais jusqu'à présent mes insinuations ont été vaines (1).

Il serait moins mauvais de céder la partie qui nous reste dans l'île de Saint-Domingue à l'Angleterre ou à la France, étant à la charge de celle-ci de donner à celle-là une compensation au moyen de quelqu'une de ses îles. Cela fut ainsi arrêté pour les préliminaires de la dernière paix. La France offrait la Guadeloupe et même quelqu'autre île aux Anglais, mais ceux-ci, après que

----

(1) Le gouvernement du roi songeait déjà alors à l'abandon d'Oran, même sans compensation. Plusieurs hommes sensés étaient d'avis que sa nombreuse garnison occasionnerait de grandes dépenses sans aucun profit. Lorsque le tremblement de terre de 1790 ensevelit dans les ruines de la place plus de deux mille soldats, on prit enfin la résolution de l'abandonner, quoiqu'on eût fait naguère les plus grands efforts pour sa conquête et sa conservation.

tout était convenu, demandèrent de plus la cession de l'île de Sainte-Lucie ou de la Martinique, et cette énorme prétention rompit la convention. Les intrigues de la cour de Versailles contribuèrent aussi à la non-exécution de ce qui avait été convenu, parce que les intéressés dans les plantations françaises de Saint-Domingue, ayant eu vent de la convention, travaillèrent pour empêcher que la France n'acquît l'île tout entière, prévoyant que par cette acquisition, on diminuerait la valeur de leurs plantations annuelles et de leurs fruits.

CCCLI.

Autres moyens de parvenir à obtenir la cession de Gibraltar.

Outre ces compensations, j'ai songé à d'autres moyens de décider les Anglais à la cession de Gibraltar, lesquels se trouvent dans les instructions réservées que l'on a transmises à notre ministre à Londres. Quelque avantage temporaire sur des objets de commerce, la diminution également temporaire des droits d'entrée pour quelques marchandises anglaises, l'établissement d'un port franc à Gibraltar, la concession de quelques terrains situés à la pointe d'Europe, la franchise pour des magasins à l'instar de ce que la Suède a fait pour la France à Gothenbourg dans la Baltique,

et enfin persuader et garantir la neutralité de la
Méditerranée, par laquelle la nécessité de Gibraltar cessera pour l'Angleterre, aussi bien que
la crainte de voir l'Espagne s'en emparer dans le
cas de rupture : de ces moyens, dis-je, ou de tout
autre semblable qui se présentera à la perspicacité et à l'expérience de la Junte, il faudra se servir adroitement pour recouvrer par négociation
ce rocher, qui ne sert qu'à rappeler la perfidie
anglaise, et à maintenir vifs de plus en plus le ressentiment et l'inimitié de l'Espagne.

CCCLII.

En Europe, nous ne voulons rien des possessions de l'Angleterre si ce n'est Gibraltar. En Amérique, tout ce que nous
pouvons désirer, c'est la Jamaïque, et purger d'Anglais la
côte de Campêche et celle de Honduras. En Asie et en
Afrique, nous n'avons de vues sur rien.

Excepté Gibraltar, nous n'avons ni ne pouvons
avoir intérêt à d'autres acquisitions en Europe sur
l'Angleterre. Dans les Indes, j'ai dit, en parlant
de ces possessions, ce qui peut nous convenir uniquement dans le cas de guerre, savoir, l'acquisition de la Jamaïque, et purger d'Anglais les
côtes de Campêche et d'Honduras. En Asie et en
Afrique, nous n'avons pas non plus d'objets qui
nous intéressent : ainsi, une fois ces points déci-

dés, toutes nos disputes avec la cour de Londres se borneront à des affaires de commerce (1).

_____

(1) Après avoir perdu les Indes, qui étaient naguère une cause permanente de dissentimens entre l'Espagne et l'Angleterre, l'union des deux nations pourra être durable. Lorsque la monarchie était, pour ainsi dire, un corps divisé en deux par l'Océan, il était d'un haut intérêt de maintenir libres les communications entre les états espagnols de l'Europe et de l'Amérique. Puisqu'il ne nous était pas donné d'avoir nous-mêmes le trident de Neptune dans nos mains, il nous convenait du moins d'empêcher qu'il ne tombât dans celles de la Grande-Bretagne. De là la nécessité de l'union mutuelle du roi catholique et du roi très-chrétien pour atteindre ce but si important. Maintenant que ces états se sont émancipés, ce ne sera point l'Angleterre qui devra donner de l'inquiétude au gouvernement de Madrid. Après les vicissitudes et les pertes que la puissance espagnole a éprouvées dans les derniers temps, les Anglais, au lieu d'être nos ennemis, sont devenus nos alliés naturels, et ils aideraient à repousser les agressions de la France ou à contenir l'impétuosité de ses désirs de domination, dans le cas où, perdant de vue ses véritables intérêts, elle voulût quelque jour abuser de sa force. A la vérité, l'union entre l'Espagne et l'Angleterre ne pourrait pas être intime, ni pour ainsi dire cordiale (si toutefois ce mot est applicable aux relations politiques), que quand nous n'aurons plus la honte de voir Gibraltar entre ses mains; mais la possession de Malte par les Anglais diminue beaucoup l'importance relative de ce rocher pour elle. D'ailleurs, les Espagnols parviendront enfin à connaître que, pour devenir maîtres de Gibraltar, ils ont un chemin à suivre bien plus sûr que celui du camp de Saint-Roch.

CCCLIII,

Négociation d'un traité de commerce avec l'Angleterre.

On négocie un traité pour s'accorder sur ces points conformément au dernier traité de paix de 1783, par lequel nous convînmes de faire de nouveaux règlemens de commerce, fondés sur la convenance réciproque. Le ministère anglais désire que la convention ait lieu dans l'espoir d'obtenir la liberté pour l'introduction des diverses marchandises prohibées en Espagne, et surtout des tissus de coton, et d'obtenir aussi quelque diminution sur les droits d'entrée fixés par le dernier tarif.

CCCLIV.

Si nous nous voyons dans la nécessité de faire le traité de commerce, en vertu du traité de paix de 1783, il conviendra que les règlemens établissent le commerce réciproque.

Nous ne pouvons pas nous refuser absolument à faire une convention ou un règlement de commerce conformément au traité, quoiqu'il vaudrait peut-être mieux de ne point le faire, et avancer le plus possible dans le système adopté, de régler chez nous ces affaires, laissant les Anglais et les autres nations les arranger chez eux-mêmes comme ils l'entendraient. Mais si la cour de Londres insiste (et elle insiste en effet) pour

que les conventions du dernier traité de paix
soient mises à exécution, et pour qu'il soit fait un
nouveau traité contenant les règlemens convenables sur le commerce réciproque, nous devons
bien regarder à ce que nous faisons, ayant l'idée
fixée sur quelques maximes de conduite pour le
présent et pour l'avenir.

CCCLV.

Les concessions devront être égales et réciproques pour les
    droits d'entrée et sortie des marchandises, pour la défense
    ou la liberté d'introduire, etc.

Une de ces concessions sera que les Anglais
brisent (comme ils offrent de le faire en partie)
le grand nombre d'entraves par lesquelles, en
vertu de leur fameux acte de navigation, et
d'autres déclarations de leur parlement, ils em-
pêchent les progrès de notre navigation et de
notre commerce en Angleterre, et que les concessions que nous nous ferons devront être réciproques, tant sur le paiement des droits d'entrée
et de sortie des marchandises, la défense et la
liberté de les introduire ou exporter, les visites
et inspections des bâtimens, maisons et livres des
négocians, que sur la faculté d'apporter nos produits et marchandises sur des bâtimens propres
ou étrangers sans distinction de ceux qui vien-

dront de nos possessions d'Europe, d'Amérique, d'Asie ou d'Afrique, ou sans imposer des droits qui ne seraient pas imposés en Espagne.

CCCLVI.

Les Anglais ont eu recours jusqu'ici à mille subtilités pour charger le commerce étranger et ne pas exposer le leur.

Sur tous ces points, les Anglais ont inventé mille subterfuges pour imposer le commerce étranger et favoriser le leur : c'est ce que nous devons faire nous-mêmes. A cette fin, il faut prendre connaissance de tout ce qu'on fera dans les ports, douanes et possessions anglaises, à l'égard des marchandises, commerçans et bâtimens espagnols pour agir de même envers les leurs dans nos ports, douanes et possessions. Au moyen du consul général que j'ai établi en Angleterre, par d'autres consuls qu'on établira par la suite, et par les consulats de Bilbao, Saint-Sébastien et Cadix, nous pourrons acquérir des nouvelles exactes sur les entraves que nous éprouvons en Angleterre et sur l'inégalité avec laquelle nous sommes traités.

CCCLVII.

Pour prix de quelques variations légères dans leur acte de navigation, ils voudraient que nous acquiescions à une foule de prétentions de leur part.

Les Anglais veulent nous contenter avec quelques modifications légères de leur acte de navigation : peut-être iront-ils jusqu'à offrir de nous traiter comme la nation la plus favorisée. Ils demandent en échange que nous recevions des marchandises prohibées jusqu'ici, commes celles de coton et autres ; que nous diminuions généralement les droits sur leurs manufactures ; que les priviléges personnels que la nation anglaise obtint en Andalousie surtout, dans les temps de la plus grande faiblesse de l'Espagne, soient renouvelés ; que les traités sur les visites, manifestes et mouillage des bâtimens de commerce, dans lesquels ils nous font de si grands torts, soient ratifiés et rétablis ; enfin, qu'on n'accorde rien à aucune nation qui ne s'étende à l'Angleterre.

CCCLVIII.

Si le ministère anglais se contentait de ce que nous traitons leurs nationaux comme les autres étrangers favorisés, y compris les Français, on pourrait s'entendre sur quelques explications et réserves.

Tout cet objet demande beaucoup de tact et de réflexion : et si le ministère britannique pou-

vait se contenter de ce que les nationaux fussent
traités comme les étrangers favorisés, y compris
les Français, on pourrait s'arranger, sauf quelques explications et réserves, car cela nous en-
gagerait à nous refuser à des prétentions exorbitantes de la part des Français eux-mêmes ; ou
bien, réduisant les faveurs accordées à ceux-ci
à ce qui est juste et réciproque, les Anglais
se trouveraient dans le cas de supporter la même
modification.

CCCLIX.

Il est digne de remarque que, même dans la réciprocité,
   nous perdons plus que nous ne gagnons, car les Anglais
   et les Français traitent durement l'étranger dans leurs
   ports. Les Espagnols ne se conduisent pas ainsi, par suite
   de traités faits dans des temps de faiblesse et de nécessité.

Il convient d'observer ici que la réciprocité
avec les Anglais et même avec les Français vis-à-
vis de nous ne peut jamais être égale ni parfaite,
si nous ne parvenons ou évitons par quelques
moyens ou explications dans les traités ou conventions deux causes notoires d'inégalité : la
première est que les Anglais et les Français traitant
durement dans leurs ports, douanes et tarifs,
toutes les nations étrangères, ils ne perdent pas
beaucoup, nous offrant de nous traiter comme
les plus favorisés, tandis qu'au contraire les villes

anséatiques, les Anglais, les Hollandais et les Français jouissant en Espagne de plusieurs faveurs exorbitantes, par suite des traités faits dans des temps de faiblesse, et commandés par la nécessité, toute réciprocité de grâces nous sera toujours préjudiciable, tant que nous n'obtiendrons pas de les réduire et de les modérer vis-à-vis de toutes les nations.

CCCLX.

Une autre raison d'inégalité dans le commerce, c'est l'exiguité du nôtre.

La seconde raison de notre inégalité prend sa source dans la petitesse de notre commerce actif, et de notre navigation marchande, comparativement aux Anglais et aux Français. Les faveurs et les concessions seraient donc réciproques, qu'ils en jouiraient pour cent bâtimens par exemple envoyés par eux dans ces royaumes, et nous pour dix seulement que nous expédions chez eux.

CCCLXI.

Ces motifs de disparité méritent d'être pris en considération en fait de concession de grâces et de faveur. En tout cas, la convention ne devra être que temporaire.

C'est en présence de ces raisons de disparité qu'on réglera les compensations que ces nations doivent nous accorder, pour que les faveurs et grâces dont elles auront à jouir en Espagne soient véritablement réciproques. Dans tous les cas, la convention ne sera que pour un temps déterminé, et sera telle qu'elle nous laissera la faculté de parer, à l'avenir, aux inconvéniens, et de réparer les dommages que l'expérience pourra nous signaler.

CCCLXII.

Si l'on faisait une convention nouvelle, tous les anciens traités cesseraient.

Si l'on parvient à terminer de la manière que je viens d'indiquer les conventions ou traités pendans avec l'Angleterre, nous n'aurons plus d'autre soin que de surveiller leur exécution, et d'y ramener tous les anciens traités, que nous devrons affaiblir et même annuler, si la chose est possible.

CCCLXIII.

Il conviendra de traiter les Irlandais avec prédilection, et de leur accorder quelques faveurs pour leurs lingeries.

J'ai cru devoir terminer cette discussion en rappelant à la Junte ce que j'ai dit ailleurs sur l'utilité qui pourra résulter pour l'Espagne de

gagner l'affection des Irlandais. On a discuté
et promulgué dans le parlement d'Irlande, l'abaissement des droits sur nos vins et la faveur à
accorder à d'autres branches de commerce et
produits Espagnols. Il conviendrait d'accorder
à notre tour quelque faveur aux lingeries irlan-
daises, ou autres manufactures et produits de ce
pays. Si l'on augmentait les droits sur les linges
des Suisses, ainsi que sur ceux de la Silésie, puisque la cour de Berlin a augmenté ceux qui existaient sur les vins de liqueur, ceux de l'Espagne
y compris, ce serait une occasion de favoriser
celles d'Irlande et encore celles de France, qui
nous importune tant à cet égard. La cour de
Vienne ne pouvait pas non plus se plaindre avec
justice, ayant fait dans ses douanes les règlemens
inégaux qu'il lui a plu de faire sur toutes les marchandises étrangères, y compris celles espagnoles.

CCCLXIV.

Quant à nos rapports avec les Hollandais, dont nous avons
déjà parlé, sans troubler la bonne intelligence qui règne
entre nous et les États-Généraux, il conviendra de restreindre le commerce lucratif qu'ils font en Espagne avec
leurs épiceries.

Pour ce qui regarde la république de Hollande,
à peine reste-t-il rien d'important à ajouter à ce

que j'ai déjà dit au sujet de la France, et de ses alliances. J'ai fait voir aussi à la Junte ce qui se rapporte à nos intérêts et à la conduite des Hollandais dans leurs établissemens et colonies des deux Indes, et surtout la navigation vers l'Inde orientale, par le cap de Bonne-Espérance. J'ajouterai seulement que, sans donner lieu, de notre part, à troubler la bonne harmonie qui règne entre nous et les États-Généraux, il est convenable de restreindre, autant qu'on le pourra, le commerce lucratif qu'ils font en Espagne, surtout avec leurs épiceries, au détriment des nôtres, en retirant d'immenses richesses de ces royaumes. Nous pourrons encourager le raffinement et le commerce de nos sucres, de notre cannelle et de notre poivre, ainsi que celui qu'on appelle tabasco, ou magellane, aux Philipines et en Amérique, ce qui ferait diminuer les entrées hollandaises.

CCCLXV.

Il suffira de vivre en bonne intelligence avec les princes de l'Allemagne et même avec l'empereur, sans prendre part aux affaires particulières du corps germanique.

A l'égard des cours électorales et d'autres princes d'Allemagne, même de celle de Vienne, j'ai indiqué ce qui convenait à l'Espagne, en parlant de la liberté de l'Italie : maintenir une bonne harmonie sans se compromettre dans les affaires générales du corps germanique, voilà tout ce qui peut nous convenir à l'égard de ces cours, avec le soin de conserver, surtout dans celles de Berlin, Dresde et même Palatine et de Bavière, tout le crédit possible, afin de contre-balancer indirectement l'abus de pouvoir du chef de l'empire.

CCCLXVI.

Rétablissement d'un ministre espagnol près du roi de Prusse.
Il faudrait aussi maintenir celui de Dresde.

Dans ces vues politiques, j'ordonnai d'envoyer un ministre près du roi de Prusse : il n'y en avait eu aucun jusqu'alors. Il convient dans les mêmes vues, de conserver celui que nous avons près la cour de Saxe, et même d'en nommer aussi un pour Munich, car la mort imminente de l'altesse actuelle et la succession du duc des Deux-Ponts doivent produire quelque changement, attendu l'idée fixe de l'empereur, d'acquérir la Bavière en échange des Pays-Bas.

CCCLXVII.

A partir de l'Allemagne, on doit veiller à la sûreté de l'Italie. Gloire qui résulterait au roi de Prusse s'il maintenait et augmentait la confédération germanique.

Dès l'Allemagne et d'autres points, il faudra avoir les yeux fixés sur ce qui se passe en Allemagne, et veiller sur la sûreté de l'Italie, au moyen des obstacles que l'on y formera contre celui qui voudra l'envahir, ou s'agrandir aux dépens du reste de l'Europe. J'insiste encore une fois sur ce point, il convient d'enflammer le roi de Prusse, et de lui faire sentir l'honneur qui rejaillirait sur lui, s'il conservait et agrandissait la confédération germanique, et s'il avait la gloire de se mettre à la tête, contre l'ambition et l'injustice de ce corps.

CCCLXVIII.

L'empereur, prince inquiet et remuant (1), veut enlever quelques territoires au duc de Parme, son beau-frère. Il est décidé que nous nous entendrons avec la France sur cette affaire.

J'ai vécu en bonne intelligence personnellement avec l'empereur, et je veux continuer de

_____

(1) Joseph II.

même. Ainsi, mes ambassadeurs et ministres doivent employer avec beaucoup de sagacité les
moyens de déjouer ses vues ambitieuses. Ce prince
inquiet et remuant fait tout pour dépouiller le
prince de Parme, son beau-frère, de quelques
territoires, maintenant même, sous prétexte de
.déterminer des limites. Je suis décidé à m'entendre avec la France quant à la manière de conduire cette affaire, et cette méthode sera très utile
pour tenir l'empereur en échec dans toutes les
affaires qui pourraient être communes ou importantes aux deux cours, sous des rapports nationaux ou de famille. Quels que soient le ton hautain
et la puissance que l'empereur affecte, il a laissé
voir constamment des craintes sur l'opposition de
la France.

CCCLXIX.

Nécessité de diviser les cours de Pétersbourg et de Vienne.

Diviser ou refroidir les rapports et l'amitié des
cours de Vienne et de Pétersbourg est une autre
affaire importante non seulement pour le Nord
et le Levant, mais encore pour toute l'Europe.
Comme je l'ai déjà dit ailleurs, ces deux puissances pourraient altérer le système général et
nous asservir même tous, si l'on ne les contient
pas d'avance. Elles commencent déjà à se méfier

27

l'une de l'autre, la czarine n'appuyant pas les vues de l'empereur sur l'échange de la Bavière, et l'empereur se refusant à prendre part aux desseins de Catherine contre les Turcs. C'est à la sagacité et à la prévoyance des autres cours de l'Europe et de leurs ministres respectifs à profiter de ces germes de désunion entre les deux cours impériales.

CCCLXX.

L'Espagne doit mettre un grand soin à séparer la Russie de l'Angleterre. Il convient, pour y réussir, de soutenir les principes de la neutralité armée.

Notre conduite à l'égard de la cour de Russie doit être impartiale et modérée relativement aux affaires générales. Nous devons chercher avec soin à empêcher l'union de la Russie avec l'Angleterre, et pour cela il nous faut soutenir toujours les principes de la neutralité armée, à laquelle l'Angleterre sera constamment opposée. La czarine s'attribuant la gloire d'avoir créé ce système, et d'être à la tête des puissances qui l'ont adopté, son amour propre est vivement blessé de la résistance de la cour de Londres, résistance qui, étant fondée sur les principes de l'acte fameux de navigation de l'Angleterre, ainsi que sur la supériorité maritime qu'affecte cette

nation orgueilleuse, ne sera jamais vaincue ni
surmontée tout-à-fait, quels que soient les pallia-
tifs dont le ministère britannique se serve pour
l'adoucir ou pour le modérer (1).

---

(1) Le système de neutralité armée, que la Russie prit
sous sa protection, avait calmé tant soit peu les craintes du
cabinet de Madrid sur les vues ambitieuses de la czarine contre Constantinople. Le ministre Grimaldi pressait vivement,
quelques années auparavant, M. d'Aiguillon pour que l'Espagne et la France réunies prissent les mesures convenables
contre les projets de la Russie. Il est assez singulier que la
Grande-Bretagne vécût alors sans crainte sur les desseins des
Moscovites, et que les deux cours alliées eussent besoin de
chercher des moyens de convaincre le cabinet de Londres
que ce serait une grande erreur de favoriser leurs intentions.

Dans une lettre du ministre Grimaldi à Magallon, agent
diplomatique du roi à Paris, en date du 20 mars 1773, on lit
ce qui va suivre. Après lui avoir dit qu'il avait reçu des communications d'où il résultait que le gouvernement français craignait que les préparatifs de la Russie n'eussent peut-être pour
objet la prise de Constantinople, il poursuit ainsi :

« L'occupation de Constantinople par les Russes serait d'une
telle importance pour tous les états de l'Europe qu'on peut
affirmer qu'il n'y en a aucun qui ne doive faire tous ses efforts
pour l'empêcher. Cette entreprise renverserait la constitution
actuelle de cette partie du monde reconnue par toutes les
puissances, et accroîtrait tout à coup, et d'une manière extraordinaire, le pouvoir de la Russie. D'où il s'ensuit qu'il
n'y aurait aucune nation dans le Nord ou le Midi qui ne s'en
ressentît tôt ou tard. Ainsi, si chaque cour agissait selon les
intérêts véritables et le bien-être des peuples, elles se mer-

CCCLXXI.

Condition que la Russie propose pour faire un traité de commerce avec l'Espagne.

La Russie a voulu faire des traités de commerce surtout avec l'Espagne ; mais elle a exigé,

---

traient toutes d'accord de bonne foi ; et, laissant de côté des intérêts pour ainsi dire passagers et variables, elles s'uniraient pour arrêter la Russie dans l'exécution de ses vastes projets, chacune selon son pouvoir. Mais malheureusement nous ne pouvons pas nous livrer à des espérances aussi flatteuses, et il faut traiter avec les princes qui peuvent prêter un appui qui fasse réussir une telle affaire.

« Le roi pense donc que la cour de Versailles, sans s'exposer à aucun danger, pourrait faire deux choses : la première serait d'avertir le ministère de Constantinople des craintes qu'il a, non seulement pour qu'il puisse se préparer à l'avance, autant que les circonstances pourront le permettre, mais aussi pour lui offrir un témoignage de la cordialité de S. M. très Chrétienne. Cette démarche amènerait peut-être par la suite de bons résultats. La seconde pourrait être d'envoyer à Constantinople quelques officiers instruits qui pussent apprendre aux Turcs beaucoup de choses relatives à leur propre défense, qu'ils ignorent maintenant.

« Mais ce qui importe surtout et doit être considéré comme indispensable et essentiel, c'est de représenter aux cours de Londres et de Vienne les dangers que la puissance excessive de la Russie entraînerait pour la constitution de l'Europe et l'intérêt que tous les autres cabinets doivent mettre à renverser ses projets. Il y a des réflexions fort puissantes qu'on

et elle exige constamment pour cela que lesdits

---

pourrait présenter à ces deux cours en les basant sur leur situation physique et politique à l'égard de la Russie.

« Sa majesté croit que ces représentations pourront être faites aux deux cours sans compromettre les nôtres et sans nous priver de la liberté d'agir comme il nous conviendrait. Si l'Angleterre répondait sèchement à nos observations (comme elle a répondu dernièrement), qu'*elle ne souffrirait pas que personne attaquât les Russes,* et qu'*elle armerait le double des vaisseaux que nous armerions,* une semblable déclaration nous lierait les mains, parce que tout ce que nous ferions serait regardé par le ministère britannique, à tort ou à raison, comme un acte d'hostilité contre les Anglais. Pour obvier à cet inconvénient, sa majesté serait d'avis que nos premières démarches se bornassent à de simples insinuations faites adroitement, pour ne point l'alarmer ni lui donner lieu de croire que nous sommes décidés à secourir les Turcs à tout événement. »

« L'indifférence avec laquelle la cour de Londres voit ces préparatifs ne paraît pas croyable, en vérité, disait Grimaldi dans une autre lettre à Magallon, en date du 31 du même mois. Chaque jour il devient plus urgent de nous expliquer avec le ministère britannique, lui faisant comprendre le danger que court le système politique actuel de l'Europe, et les dommages que souffrirait l'Angleterre elle-même aussitôt que ce système serait changé, ou du moins au bout de quelques années, lorsque la Russie aurait augmenté sa marine et étendu aussi son commerce. »

On voit donc que les forces navales d'Espagne et de France attiraient alors l'attention du cabinet anglais plus vivement que l'attitude menaçante de la czarine contre l'empire turc.

principes de la neutralité armée soient reconnus
et adoptés. Je n'ai trouvé aucun inconvénient à
admettre ces principes et les autres bases générales que la Russie m'a proposées pour un traité
de commerce. J'ai demandé à la cour de Pétersbourg : Que ferons-nous, et quel parti prendrons-
nous si, le cas arrivant d'une guerre, une des
puissances belligérantes se refuse à agir conformément aux principes de la neutralité du pavillon
convenu entre tant de nations ?

CCCLXXII.

Mode d'exécution du principe de la neutralité armée.

Par cette demande, ou la Russie se trouvera
très embarrassée, ou bien elle se résoudra à forcer
elle-même, avec les nations unies par les principes de neutralité, la puissance belligérante qui
s'y refuserait à respecter le pavillon neutre, et
par ce moyen elles formeront une ligue contre
l'Angleterre, seul état qui se déclare contre
cette reconnaissance. Si la Prusse se décide enfin à prendre ce parti, comme il faudra qu'elle
le fasse, puisqu'elle veut soutenir la neutralité
armée, elle indisposera l'Angleterre et rendra
plus difficile l'exécution des engagemens, unions
et alliances convenus avec cette puissance, et c'est
ce qui nous est favorable.

A la vérité, la neutralité armée sera purement
du bruit et une dépense sans effet, comme sans
utilité aucune, si une nation belligérante ne veut
pas la reconnaître, ni respecter le pavillon neutre,
et si elle n'y est point forcée faute d'un pacte ou
d'un pouvoir excessif qui la mette dans la nécessité de s'y soumettre.

CCCLXXIII.

Vues ambitieuses de la Russie sur la mer du Sud et sur le continent de notre Amérique.

Les idées ambitieuses de la Russie sur la mer
du Sud et sur le continent de notre Amérique,
dont j'ai déjà parlé ailleurs, demandent une
grande vigilance. Il ne doit y avoir aucun endroit
qui ne soit reconnu par les vice-rois de la Nouvelle-Espagne dans nos possessions du côté du
Nord, pour chasser les Russes partout où nous
les trouverons établis. Notre langage à Saint-Pétersbourg, lorsqu'il y aura quelque sujet de
plainte, doit être que les vice-rois et les gouverneurs auront agi d'après des lois et des ordon-
nances générales, qui leur imposent une grande
responsabilité pour toute négligence à l'égard de
la permission d'établissemens étrangers dans leurs
districts respectifs. Par ce moyen, et le soin de
prendre toujours du temps pour l'investigation

des faits, eu égard à des distances si considérables, on pourra se tirer d'affaire au sujet des
plaintes et des conventions à renouveler.

CCCLXXIV.

De la Suède et du Danemarck.

Entre les cours de Suède et de Danemarck, il
convient de maintenir une bonne harmonie et
de protéger leur indépendance contre la Russie.
La Suède mérite plus de considération de notre
part, tant par celle qu'elle a eue et qu'elle a pour
nous que parce que son alliance avec la France
unit nécessairement ses intérêts avec ceux de
l'Espagne. Dans tous les cas, on doit prévenir et
empêcher par tous les moyens possibles les rapports d'union et d'alliance de ces cours avec l'Angleterre, ainsi qu'avec les cours de Vienne et de
Pétersbourg. C'est sur cela qu'il faut toujours
bien instruire nos ministres et nos envoyés.

CCCLXXV.

Du Portugal. Politique de l'Espagne avec cette puissance.

Il ne reste plus d'autres cours en Europe sur
lesquelles j'aie des observations à faire à la Junte
que celles de Lisbonne et de Constantinople. J'ai
beaucoup cultivé l'union et l'amitié de la pre-

mière, et il faut absolument suivre toujours le
même système. Tant que le Portugal ne sera pas
incorporé dans les états du roi d'Espagne par les
droits de succession, il convient que la politique
cherche à nous l'attacher par les liens de l'amitié et
de la parenté. J'ai déjà dit que les déférences envers
les petites puissances n'entraînaient pas les suites,
les dépendances et les dangers qu'entraînent celles
qu'on a avec les grandes. Ainsi, à certains égards,
la tolérance de quelques petitesses nées de la vanité et de l'orgueil portugais, quelques condes-
cendances enfin de peu de valeur, nous sont et
seront plus utiles ou importantes avec la cour de
Lisbonne que toutes celles que nous pouvons
avoir avec les autres états de l'Europe.

CCCLXXVI.

L'amitié avec le Portugal ne devra pas être convertie en alliance.

Mais tout en déclarant que l'union et l'amitié
avec le Portugal sont très convenables à l'Espagne, je recommande qu'on n'aille pas jusqu'à
demander une alliance formelle qui rende communs les engagemens des deux nations. Le Portugal serait un allié très onéreux pour l'Espagne,
parce que ses forces terrestres et maritimes n'é-
tant pas grandes, et ses possessions d'outre mer

étant considérables et éparses en **Amérique**, en
Afrique et en **Asie**, il nous serait très difficile de
les défendre si elles étaient attaquées par un ennemi commun.

CCCLXXVII.

L'Espagne aura la neutralité et une correspondance amicale avec le Portugal.

La garantie stipulée dans nos derniers traités
avec la cour de Lisbonne, une neutralité exacte
de la part de celle-ci, et une correspondance ami-
cale de notre part pour profiter de la neutralité et
contrarier les vues de nos ennemis, surtout relativement à l'Amérique méridionale, seront toujours des avantages très grands pour l'Espagne, en
temps de guerre. J'ai déjà dit comment on évita
les expéditions anglaises contre le Pérou, par
l'entremise de la cour de Lisbonne. Le transport
de nos trésors d'Amérique sur des bâtimens portugais et la sûreté de notre commerce furent
aussi des avantages obtenus par la neutralité ami-
cale de cette cour; ce fut par elle également que
l'on réussit à empêcher que les Anglais ne fissent
de course formelle contre nous, sortant des ports
du Portugal. Il faut continuer le même système :
la Junte ne doit jamais perdre de vue cet objet.

CCCLXXVIII.

Il convient de faire contracter des mariages réciproques
entre les infans des deux maisons royales d'Espagne et
de Portugal.

Les mariages mutuels qui viennent de se contracter entre les infans des deux maisons d'Espagne et de Portugal doivent se renouveler chaque fois que l'occasion s'en présentera. Le roi,
mon père, agit ainsi : j'ai suivi son exemple, et je
désire que mes successeurs l'imitent aussi. Il résulterait de ces mariages trois grands avantages :
le premier, c'est de renouveler et de resserrer les
nœuds de l'amitié ; le second, de préparer et faciliter par les droits de succession la réunion de ces
états ; le troisième enfin , c'est d'empêcher que,
par les mariages des princes portugais, contractés
ailleurs , il puisse naître de ces unions de nouveaux prétendans à cette couronne , contre l'intérêt de l'Espagne.

CCCLXXIX.

De la Porte-Ottomane.

Nous devons conserver la paix avec la cour de
Constantinople ; j'ai réussi à l'établir avec beaucoup de peine, après des négociations longues et
fatigantes. Sans parler de l'accroissement que

notre commerce pourra prendre dans le Levant,
il convient toujours à l'Espagne que la paix avec
la Porte-Ottomane serve à contenir les Régences
d'Afrique, et à leur faire respecter les traités faits
ou à faire avec elles.

CCCLXXX.

Projets ambitieux de la Russie et de l'empereur d'Allemagne sur la Turquie.

La Porte demandera peut-être à s'allier avec
nous pour résister aux cours impériales d'Allemagne et de Russie; mais nous devons éviter de
semblables engagemens, et chercher pour le moment à répondre adroitement aux Turcs, et
même à la France, si elle les appuie, par des secours indirects et des mesures capables d'arrêter
ces cours dans leurs vues ambitieuses.

CCCLXXXI.

Si la Grande-Bretagne voulait s'unir avec l'Espagne et la France, la déclaration de ces trois puissances arrêterait dans leurs projets les empereurs de Russie et d'Allemagne.

Si l'Angleterre voulait s'entendre avec l'Espagne
et la France, et se concerter ensemble, ainsi qu'on
le lui insinue, par suite des inquiétudes qu'elle
a témoignées sur les affaires du Levant, ces trois
puissances maritimes pourraient, sans nécessité

de guerre ou d'alliance, contenir l'ambition dé-
mesurée de la Russie et de son allié. Une déclaration ferme, quoique modérée, des cours d'Espagne, de France et d'Angleterre, faite à Vienne
et à Pétersbourg, assureraient la paix générale, et
préviendrait des perturbations dans le Levant,
pour le présent et l'avenir.

CCCLXXXII.

Obstacles à une alliance entre l'Espagne et la Porte.

Une alliance solennelle avec les Turcs serait
toujours mal vue, attendu la piété, la religion et
les principes adoptés en Espagne. L'opinion générale parmi nous sur la mauvaise foi et la perfidie de ces Barbares ne nous offrirait aucune
sûreté dans leurs traités et leurs secours. D'un
autre côté, aussitôt qu'ils pourraient maltraiter
et même détruire les puissances chrétiennes, ils
ne manqueraient pas de le faire ; par conséquent
notre appui devra se borner à la nécessité de contenir l'ambition des autres puissances, sans songer
à affermir et encourager celle des Turcs.

CCCLXXXIII.

Si l'empire turc vient à être détruit, on travaillera pour que les provinces conquises sur les Turcs soient distribuées entre quelques branches puînées des familles impériales.

Lorsque par des ressorts politiques et des conventions arrêtées avec l'Angleterre et la France, on ne pourra empêcher la destruction de l'empire ottoman, on devra songer à paralyser l'agrandissement de l'empereur et de la czarine. Pour y parvenir, il faudra influer pour que les états qui seraient conquis sur les Turcs soient divisés entre quelques branches inférieures des deux familles impériales, et même entre la maison de Bourbon et la république de Venise. On demanderait cette distribution pour prix de la condescendance qu'on aurait pour les cours conquérantes. La division des états possédés par les Turcs entre plusieurs provinces et républiques maintiendrait l'équilibre de l'Europe et empêcherait les progrès de l'ambition allemande et russe.

CCCLXXXIV.

Abstraction faite de l'agrandissement qui pourrait résulter pour l'Allemagne et la Russie de la destruction de l'empire turc, elle nous serait profitable par la ruine qu'elle occasionnerait des Régences barbaresques.

Si le grand but de contenir la puissance et les vues dangereuses des cours impériales n'était,

comme il l'est en effet, préférable à tout autre,
on ne pourrait nier que la destruction de l'empire
turc n'entraînât la ruine des Régences barbaresques ; ruine qui serait d'une utilité incontestable pour toutes les puissances chrétiennes, et
surtout pour l'Espagne, à cause de leur voisinage.

CCCLXXXV.

Sans les secours de la Porte, sept ou huit mille Turcs ne
pourraient pas asservir les Régences.

Par ce motif, nous devons veiller beaucoup à
tirer aussi parti des événemens dans le Levant.
Sans les recrues turques, sans l'opinion et les
secours de la cour ottomane, sept ou huit mille
Turcs ne pourraient jamais dominer despotique-
ment à Alger, Tunis et Tripoli, ni asservir
comme des esclaves tant de milliers de malheureux Maures, ni maintenir la guerre ou rendre
honteusement tributaires toutes les cours de
l'Europe.

CCCLXXXVI.

Tout en observant les traités avec les Régences, il convient
aussi de prendre des mesures dans le cas où elles ne les
observeraient pas.

Tant que les Régences garderont et observeront
les traités faits ou à faire avec nous, nous devons

aussi les observer religieusement; mais l'expérience ayant commencé à faire voir qu'elles ne sont pas capables, notamment celle d'Alger, d'agir de bonne foi, leur perfidie et leur avarice chercheront tous les moyens imaginables pour manquer aux conventions sur plusieurs points, et nous faire payer une contribution perpétuelle et insupportable. Il faut prendre à l'avance toutes les mesures possibles pour réussir à détruire ces opprobres de l'humanité et de la politique européenne. Jusqu'à ce que nous ayons bien préparé les moyens d'obtenir ce but avec justice et sécurité, nous devons mettre en œuvre toutes les mesures convenables pour empêcher la violation des traités.

CCCLXXXVII.

La Russie a proposé à l'Espagne de s'unir à elle pour détruire Alger.

Quant à la régence d'Alger, la Russie s'est offerte à s'unir avec nous pour la détruire; mais il y a lieu de soupçonner que son objet a été de nous envelopper par ce moyen dans les vues de la czarine sur l'empire turc. Quoi qu'il en soit, j'ai répondu que si la mauvaise foi des Algériens nous forçait à une rupture de la paix convenue, je ne manquerais pas d'unir mes forces avec celles de la Russie et avec celles de toute autre puissance chrétienne pour punir et détruire ce repaire de pirates. L'union de plusieurs puissances chrétiennes pourrait faciliter le projet de la destruction d'Alger, qui est la plus mauvaise et la plus préjuciable de toutes les Régences.

CCCLXXXVIII.

Projet pour attaquer Alger en partant d'Oran.

On n'a pas tenté jusqu'à présent la destruction d'Alger par terre, quoique les expéditions par mer aient toutes échoué dans les temps anciens et modernes, à raison de la côte, qui est mauvaise, ainsi que des difficultés pour le débarquement, et pour s'établir sur des terrains convenables pour la sécurité et les opérations d'une armée. Il existe des projets bien conçus pour aller d'Oran par la côte, en s'établissant sur certains points. Une escadre appuierait les mouvemens de l'armée de terre près de la côte avec des bâtimens de toute espèce, galères et barques propres à s'approcher facilement. Il faudrait examiner cette possibilité avec attention et chercher à s'instruire à l'avance sur ces terrains, passages, mouillages et obstacles, depuis Oran jusqu'à Alger. On pourrait se servir du prétexte d'envoyer une personne intelligente qui ferait un traité

28

avec le bey de Mascara. Elle pourrait partir d'Alger même avec l'approbation de la Régence.

CCCLXXXIX.

Pour réussir dans toute tentative d'invasion , il faudra gagner les Maures.

Pour parvenir au succès dont il s'agit, il faudra nécessairement avoir gagné l'affectiou des Maures du pays, lesquels abhorrent l'esclavage qui pèse sur eux sous la domination turque. Dans ce but , et pour dissiper aussi les impostures odieuses que les Turcs ont répandues parmi les Maures contre les Espagnols, j'ai donné des ordres particuliers à notre consul pour faire quelques cadeaux aux Maures, aussi bien que pour donner à ceux de la ville et de la campagne des idées favorables sur le bon traitement qu'ils éprouveraient en Espagne. J'ai recommandé d'agir de la même manière avec les Juifs, dont les arts et l'influence sont puissans auprès de ces naturels et de leur ignorance. Lorsque les Maures ne nous seront pas tout-à-fait contraires , il nous sera aisé de tenter avec succès quelques attaques vigoureuses.

CCCXC.

Tripoli et Tunis.

Les Régences de Tripoli et Tunis seront très faciles à manier, parce qu'elles ont quelque com-

merce et n'ont pas le pouvoir qui rend les Algériens insolens. Nous n'avons pas pour le moment
de motifs de crainte à l'égard de Tripoli. Les
Tunisiens, quoiqu'ils se prêtent à la paix, veulent
exiger de nous de fortes sommes, imitant le
mauvais exemple donné par la paix d'Alger. Je
ne suis pas disposé à acquiescer à des prétentions
aussi exorbitantes, mais je chercherai par d'autres
moyens à amener cette Régence à un traité qui
assure au moins la navigation de mes sujets dans
la Méditerranée, quoiqu'elle ne leur offre pas un
grand commerce dans les états de Tunis. Si nous
ne faisions pas la paix avec les Tunisiens, les
Algériens pourraient faire la course contre nous
en se servant de notre pavillon, et nous éprouve-
rions de grands dommages avant de le découvrir
et trouver remède aux graves inconvéniens qui en
résulteraient pour nous.

CCCXCI.

Lorsque la dernière heure aura sonné pour l'empire turc,
nous devrons songer à nous emparer de la côte d'Afrique.

Dans tous les cas, si l'empire turc est ruiné
dans la grande commotion qui menace tout le
Levant, sans que nous puissions nous y opposer
ni empêcher sa ruine, nous devons songer à acquérir la côte d'Afrique qui est en face de l'Es-

pagne sur la Méditerranée, avant que d'autres puissances ne le fassent et nous gênent dans cette mer étroite, au détriment de notre tranquillité et de notre navigation commerciale : c'est un point qu'on ne devra jamais perdre de vue, d'autant qu'il est inséparable de nos intérêts.

CCCXCII.

Il est juste de vivre en bonne intelligence avec le roi de Maroc.

Il manque seulement que la Junte ait sous les yeux la bonne correspondance que nous avons due au roi de Maroc, et qu'il est juste de conserver pour nos intérêts. Pendant la guerre avec l'Angleterre, non seulement ce monarque ne nous a point inquiétés, ou donné de motifs de soupçons, mais il nous a confié une partie de son trésor en déposant des capitaux considérables à Cadix, et il nous a ouvert ses ports pour y abriter nos bâtimens de guerre, avec permission d'y guerroyer et d'y poursuivre nos ennemis, lorsqu'ils venaient secourir la place de Gibraltar. De plus, le roi de Maroc nous a secourus avec toute espèce d'approvisionnemens de bouche en temps de guerre et de paix, avec affranchissement d'une foule de droits; enfin, il a ouvert particulièrement en faveur de notre commerce le port de Darbeyda pour l'exportation des grains et autres produits de l'Espagne.

CCCXCIII.

Il faut être reconnaissant envers ce prince maure. Conduite à suivre avec son successeur.

Ces procédés utiles et généreux demandent de notre part la reconnaissance la plus sincère et la plus entière réciprocité. Ils exigent que nous cherchions par tous les moyens possibles à rendre durable l'amitié que nous porte ce prince maure. Il en doit être de même de notre part pour son successeur s'il veut nous témoigner la même affection. Nous devons d'ailleurs faire tout pour l'obtenir. Mais, si malheureusement la chose était impossible, et que la guerre se renouvelât, nous devons songer à nous emparer de toute la côte qui avoisine l'Espagne, ayant soin d'acquérir et fortifier Tanger, à moins qu'il ne faille le détruire, ainsi que son petit port, ce qui est très facile. Il faudrait également détruire et rendre nulle l'entrée de sa rivière. Sans cela, nous n'aurions rien d'assuré dans le détroit de Gibraltar pour l'entrée ni pour la sortie ; notre navigation commerciale ne pourrait prospérer, et la population de ses côtes en souffrirait.

CCCXCIV.

États-Unis d'Amérique.

A l'égard des autres princes et potentats d'Asie, d'Afrique et d'Amérique, nous n'avons pas avec eux des intérêts qui demandent une instruction particulière. J'ai dit ailleurs, en parlant des affaires des Indes, ce qu'il faut faire, et la conduite que l'on aura à suivre envers les Etats-Unis d'Amérique. On doit les ménager adroitement, les bien traiter dans ce qui ne peut avoir de grands inconvéniens, et les soutenir contre ceux qui voudraient les opprimer. Touchant les matières de commerce, on peut leur accorder les mêmes avantages qu'à la nation la plus favorisée, mais cela ne doit arriver qu'après que les limites des Florides seront déterminées, ainsi qu'après leur exclusion du Mississipi pour entrer dans le golfe du Mexique. Du reste, les désordres qui règnent dans ces états par l'inquiétude et l'amour de leurs habitans pour l'indépendance nous sont favorables, et entretiendront toujours leur faiblesse.

CCCXCV.

De l'Asie et de l'Inde orientale.

Je répète ici, enfin, que dans l'Asie et dans l'Inde orientale on doit éviter de prendre part

· aux intérêts de ses nababs, ainsi qu'à ceux qu'encourageraient les nations française, anglaise, hollandaise ou toute autre nation de l'Europe. Quelques progrès que la compagnie des Philippines et son commerce puissent faire, elle doit s'abstenir de former des établissemens et d'imiter la compagnie anglaise, en évitant les usurpations et ne donnant aucun motif de jalousie aux nations asiatiques; en un mot, elle doit être compagnie pour le commerce uniquement et non pour la domination ou les conquêtes.

Je termine les avertissemens que j'avais à donner à la Junte, espérant que les hommes qui la composent à présent et la composeront à l'avenir seront des ministres fidèles et zélés, et qu'ils s'acquitteront fidèlement des devoirs que leur commandent Dieu, le Roi et la Patrie.

FIN.

ERRATA.

Page 3, ligne 7, Charles II, *lisez* Charles III.

Page 385, ligne 11 *de la note*, espagnoles, *lisez* étrangères.

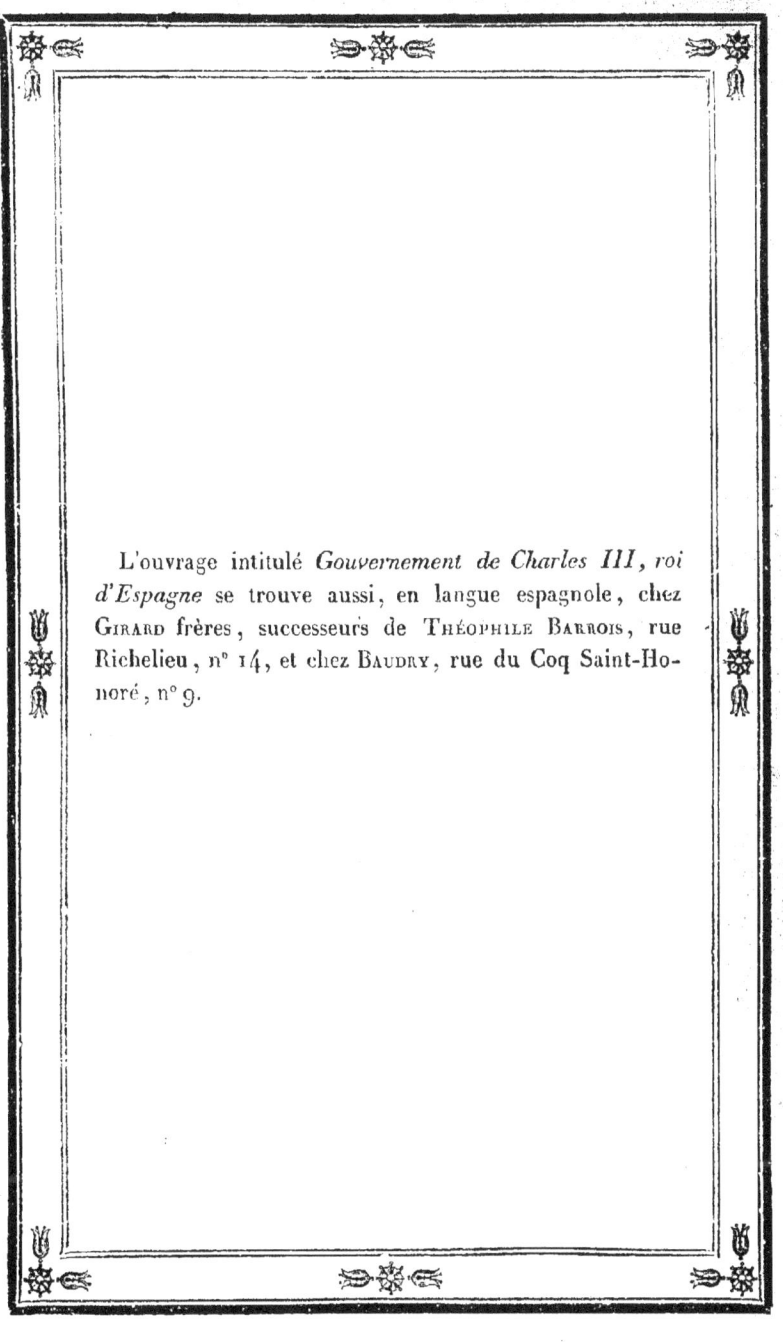

L'ouvrage intitulé *Gouvernement de Charles III, roi d'Espagne* se trouve aussi, en langue espagnole, chez GIRARD frères, successeurs de THÉOPHILE BARROIS, rue Richelieu, n° 14, et chez BAUDRY, rue du Coq Saint-Honoré, n° 9.